KING

Título original: *The Paris Notebook*

© 2023, Tessa Harris. Publicado por primera vez en Gran Bretaña por HQ, un sello de HarperCollins*Publishers* Ltd.
© 2023, de la traducción por Guillem Gómez Sesé
© 2024, de esta edición por Antonio Vallardi Editore S.u.r.l., Milán

Todos los derechos reservados

Primera edición en esta colección: octubre de 2024
Segunda edición en esta colección: noviembre de 2024

Newton Compton Editores es un sello de Antonio Vallardi Editore S.u.r.l.
Pl. Urquinaona, 11, 3.º 1.ª izq. Barcelona, 08010 (España)
www.newtoncomptoneditores.com

Gruppo editoriale Mauri Spagnol S.p.A.
www.maurispagnol.it

ISBN: 978-84-10080-89-8
Código IBIC: FA
DL: B 14.039-2024

Diseño y composición de interiores:
David Pablo

Impreso en noviembre de 2024 en Puntoweb s.r.l., Ariccia (Roma), en Italia.

Tessa Harris

La mecanógrafa
de Hitler

Traducción de Guillem Gómez

Newton Compton Editores

Barcelona, 2024

Para Gill

He extendido mis sueños bajo tus pies;
pisa suavemente, pues caminas sobre mis sueños.

W. B. YEATS
Él desea las telas del cielo

Prólogo

Hamburgo
Agosto de 1939

Con cada paso, el temor de Katja iba en aumento. Esforzándose en alcanzar el primer piso, el eco que retumbaba escalón tras escalón hasta llegar al descansillo la alarmaba. La puerta de su piso estaba entornada. Alguien había entrado, o seguía estando ahí. Le empezaron a palpitar las sienes cuando se dispuso a cruzar el umbral. Entre latidos del corazón que martilleaban en su pecho, comenzó a avanzar por el pasillo, cuidándose de no hacer ruido. Aunque no le hizo falta adentrarse mucho en él para darse cuenta de que, mientras ella había estado en el trabajo, un intruso lo había desvalijado.

Tras pasar de largo la cocina en silencio, se quedó helada al toparse con el caos del salón. Cojines desparramados por el suelo; habían vaciado y lanzado por los aires los cajones. Rompieron los adornos. Estaba claro que habían estado ahí, pero que no era un robo domiciliario cualquiera. Le habían registrado el piso, y Katja sabía quiénes lo habían hecho y qué era lo que buscaban.

El retrato enmarcado de su padre, al que por las noches su madre solía dar un beso, yacía quebrado sobre la alfombra. A su lado estaban los cuencos africanos de piedras preciosas, arrojados desde sus vitrinas; el reloj suizo, con su cuco que llevaba años sin cantar, desatornillado de la pared posterior, y la estatuilla de yeso de la Virgen María de su madre, reducida a escombros. También habían expulsado de sus estantes decenas de libros; a algunos los habían despojado de sus páginas. Se habían arrancado de su sitio todos los objetos de aquel atestado pisito, como árboles de un bosque tras un huracán. Y cada objeto custodiaba un recuerdo. «Pero los recuerdos —se dijo Katja— se pueden guardar en el corazón». Era el cuaderno lo que le importaba.

Deshaciéndose de toda precaución —los intrusos llevaban rato fuera— se apresuró hacia su cuarto para rebuscar junto a su cama y tirar de aquella parte de la moqueta. Habían dejado sus sábanas y almohadas hechas jirones, pero no habían destrozado las tablas del parqué. De rodillas, Katja cogió los alicates que escondía en el cabezal y, con un corazón palpitante que enmudecía todo sonido a su alrededor, hizo palanca en la madera del parqué. Ahí, indemne, estaba su cuaderno. Ya había arriesgado su vida por aquellas páginas, y lo volvería a hacer. No tenía tiempo que perder. En un poco más de una hora iban a volver. Lo sabía. Debía irse. Era ahora o nunca.

Su maleta abierta estaba tirada sobre el suelo junto a los postigos. A toda prisa, agarró la ropa que habían esparcido por toda la habitación —blusas, faldas, ropa interior— y la metió dentro. Con el cuaderno fue más metódica, y lo introdujo entre papel de seda en su sombrerera de cuero. Por suerte, tuvo la precaución de llevarse los pasaportes y billetes de tren consigo al trabajo. Estaban a salvo.

Tuvo la tentación de avisar a un taxi, pero era consciente de que debía ser cauta con el dinero que el doctor Viktor le había dado. Además, sería un riesgo añadido. El chófer la habría reconocido con facilidad, de modo que recorrió penosamente la calle hasta el final, cargando la maleta y la sombrerera, y se subió a un tranvía tras la esquina. Eran las seis y media, y los trabajadores emergían de oficinas y fábricas como hormigas. No quedaban asientos libres en el tranvía, así que tuvo que apretujar su cuerpo en el pasillo contra una mujer muy gruesa que ocupaba el sitio de dos.

Diez aparatosos minutos más tarde apareció ante ella la *Bahnhof* central, con su impresionante torre del reloj y su enorme bandera con la esvástica. El tranvía se detuvo ante ella. Hombres y mujeres atravesaban en tropel su gigantesco portal. También había familias; algunas iban con perros y gatos. Los pocos que se podían permitir huir... antes de que se declarase la guerra. Ella se iría con ellos, trataría de perderse en aquella masa sin rostro. Cuanto antes, mejor. Sostuvo a peso su equipaje y se sumó al final de la cola para apearse del tranvía. Entonces vio que dos berlinas negras se acercaban a toda velocidad al vestíbulo de la estación. De un chirrido, frenaron ante el portal.

—La Gestapo —murmuró la mujer gruesa a la persona de al lado.

Los pasajeros se pararon un instante a observar cómo ocho policías corrían hacia la estación y la riada de transeúntes se abría a ambos lados para dejarlos pasar. Katja no sabía a por quién iban, pero le asustaba que pudiera ser ella su objetivo. Tras bajarse del tranvía, prosiguió en pos de la estación.

Dentro del cavernoso edificio, coronado por un inmenso techo de cristal, el constante estruendo parecía amplificado. Los anuncios de llegadas y salidas, por no hablar del incesante barullo de voces y pasos, le dificultaban a Katja el pensar. Miró el gran reloj. El tren del andén número 5 se iba a poner en marcha en diez minutos. Se apartó con esfuerzo de la multitud para dirigirse a un quiosco de prensa. Ante ella, un hombre de negocios ofrecía unas monedas por la edición de la tarde.

—¿Qué sucede? —preguntó el cliente mientras los policías pasaban junto a ellos.

El quiosquero, al que Katja supuso veterano de guerra por su parche en el ojo, sacudió la cabeza.

—Una secretaria le ha pegado un tiro a su jefe esta mañana. Puede que tenga que ver con eso.

Sus palabras la estremecieron. Confirmaban que ella podía ser la persona a quien querían cazar. La Gestapo la quería incriminar por asesinato. Hurgando en su bolso, Katja se puso las viejas gafas de su madre, que llevaba en caso de necesitar un disfraz, y rápidamente se cubrió el cabello rubio con un pañuelo atado bajo el mentón. Viendo de soslayo su reflejo en un escaparate del vestíbulo, rezó por que su nuevo aspecto bastase para que la Gestapo le perdiera el rastro hasta que el tren abandonara la estación.

A trompicones, zambulléndose entre la multitud y arrastrando todavía maleta y sombrerera, logró llegar al andén número 5 justo cuando el guardia se disponía a cerrar el acceso. Pudo ver cómo dos jóvenes estaban siendo escoltadas a un despacho por un agente. Se preguntó de qué delito serían sospechosas.

—El billete, *bitte* —oyó que gruñía un guardia.

Con previsión, había sacado sus documentos y los tenía a punto para poderlos presentar sin inmutarse, con calma. Al mirar a su alrededor, esperando, vio que se producía un tumulto un poco más allá en el vestíbulo. Cabezas cubiertas con gorras negras sobrevolaban, como gaviotas, el mar de pasajeros.

–Gracias, Fräulein –dijo el guardia, en apariencia satisfecho.

Al devolverle su billete, la dejó pasar. Pero entonces...

–*Reichpass, bitte!*

Un funcionario de aduanas le clavaba los ojos. Se le removió el estómago al hacerle entrega de su pasaporte francés con una sonrisa encantadora. Se mordió el labio mientras el aduanero examinaba el documento con atención. ¿Sabría que era falso? ¿Vería que la fotografía se había pegado o que el sello era de imitación? Contuvo el aliento.

El aduanero la observó.

–*Französisch?* –preguntó, arqueando una ceja.

–*Oui* –mintió ella.

–¡Eso fuera!

Apuntó a su pañuelo. Un tirón dejó a la vista su cabellera rubia, y la revelación la hizo sentir vulnerable..., desnuda incluso, mientras el guardia la inspeccionaba.

Un instante de agonía más tarde, le fue devuelto el pasaporte y Katja recuperó su aliento. Premiadas sus virtudes como actriz, atravesó el acceso con la cabeza bien alta y se dirigió al andén. Su asiento estaba en un coche hacia la mitad del tren. Le dolían ambos brazos por el peso de su equipaje, pero lo había logrado.

Mientras comprobaba su billete, se subió al vagón y avanzó por el pasillo, atestado de gente y repleto de humo, en busca de su compartimento. Había un asiento disponible. Una familia ocupaba los demás. Una madre y un padre, dos niños y una anciana –la abuela, supuso–. Juntos, permanecían en silencio; los rodeaba un miedo tangible, como si colgara de los portaequipajes sobre ellos, y cuando la abuela se removió en su asiento para recolocarse el sombrero, Katja supo por qué. Apenas vio sus ojos oscuros, insertos en cuencas sombrías. Su expresión de tormento la delataba. Igual de aterrada, si bien por motivos distintos, se juntó con ellos.

Desde su asiento, Katja veía otro reloj ferroviario, el del andén. Dos minutos para la hora de salida prevista. El tiempo se detuvo. Necesitaba contar los segundos para que pasaran más deprisa. «Ciento veinte», pronunció para sus adentros, justo cuando desde algún lugar cercano se escuchó un grito. El padre volvió su cabeza hacia la ventana. Un segundo más tarde, un miembro de la Gestapo aparecía ahí fuera, junto a otro que llegaba a toda prisa. Uno de ellos ladró una orden.

«Cien», susurró Katja mientras sacaba el libro de poesía que llevaba en el bolso.

La madre y el padre intercambiaban miradas incómodas. Luego, pasos recorriendo el pasillo. Uno de los hijos, una niña pequeña, empezó a gimotear.

«Setenta».

Una sombra cubrió el suelo del vagón. Un miembro de la Gestapo que pasaba observó en el interior. Katja se cubrió la cabeza con el libro, pero le horrorizó oír la puerta corredera abrirse. Quedó paralizada al instante.

–¡Tú! –gritó el oficial.

Katja alzó la cabeza a tiempo de ver cómo se abalanzaba sobre el padre y lo levantaba por las solapas.

–¡Fuera, cerdo judío!

«Sesenta».

El gimoteo de la niña pasó a ser llanto de verdad. Su hermano, ligeramente mayor, también lloraba, mientras que su padre suplicaba.

–¡Pero si tenemos papeles! –exclamó, hurgando en el bolsillo de su abrigo.

–¡Fuera! –gritó el oficial mientras su compañero comenzaba a tirar de la abuela.

«Cuarenta».

–¡Fuera ahora mismo, vieja judía! –chilló, apuntándole de repente con una pistola.

«Treinta».

–Por favor, no –rogó la madre, llevándose a la hijita a su lado.

Un oficial sacó la porra y golpeó las manos temblorosas del padre, haciendo saltar por los aires sus papeles.

–¡He dicho que fuera!

«Veinte».

Arrancaron a la frágil anciana de su asiento sin dificultad y la empujaron hacia el pasillo. No tardó en seguirla el niño, pero, cuando le mordió la mano al oficial, lo premiaron con un bofetón en la cara y cayó de espaldas. Alterada por lo que veía, su madre se abalanzó entre gritos al pasillo, mientras su marido era sacado a rastras finalmente a manos del otro. Uno por uno, los llevaron de malas maneras al andén.

Katja también gritaba por dentro, pero se contuvo. Quedaban apenas unos segundos. Debía mantener la compostura.

«Diez».

Una sacudida bajo los pies. La locomotora se puso en marcha. Una nube de vapor blanco se elevó desde el andén, engullendo a la desamparada familia judía. El terror que Katja había visto en los ojos de la madre aumentaba la indignación que hervía en sus venas, pero, sabiéndose impotente, se forzó a mirar hacia el reloj. Apenas podía ver su rostro a través del vapor, pero ya no hacía falta.

«Tres».

El agudo silbato se impuso al alboroto, y el vagón se sacudió y se propulsó hacia adelante.

«Uno».

Estaba de camino a París.

A la libertad. A la librería. Y a Daniel.

Capítulo 1

Hamburgo
Siete meses antes

Adolf Hitler contemplaba la ciudad desde lo alto; amo y señor de cuanto podía vislumbrar. Un brazo extendido, rígido, en el conocido saludo; el otro, firme sobre su ario corazón. Pero era su mirada lo que hacía detenerse a los que por ahí pasaban, incrédulos, cuando él los observaba con severidad treinta metros sobre aquella calle congestionada de tráfico. Sus enormes e impertérritos ojos de color azul eran penetrantes e hipnóticos, lo bastante como para imponer admiración –o terror– a cualquiera sobre quien los posara. A cualquiera, como a Katja Heinz.

Aquella mañana Katja estaba de camino desde el centro de la ciudad de Hamburgo hacia un distrito más verde –más verde en verano, claro está–, concretamente hacia la universidad. Si hubiera hecho un tiempo más cálido, habría ido andando a la entrevista desde su bloque de apartamentos. Pero aquel no era un día para quedarse por la calle. Un viento helado soplaba procedente del río Elba, y unas nubes plomizas amenazaban con nevar. El termómetro llevaba siete días sin superar los menos diez grados centígrados. Una semana más así y abrirían el lago Alster Exterior a los patinadores sobre hielo.

Ese había sido durante mucho tiempo su trayecto cotidiano, a veces con su padre, pero sobre todo con sus compañeros de estudios. Aunque algunas partes del camino todavía le resultaban familiares, seis años después el recuerdo parecía de alguna era anterior; de un tiempo más feliz en que la gente podía leer los libros que quisiera y decir lo que pensaba de verdad. Eran pobres, eso sí; pero al menos eran libres de expresarse.

Esta vez Katja se encontraba junto a la ventana del tranvía, empañada por el hálito de tantísimos pasajeros. Un hombre con un abrigo andrajoso y que apestaba a humo de tabaco se apretó contra ella con aires de disculpa. Ella, con su mano envuelta por un guante, frotó la forma de un círculo en el cristal para observar a través de él, mientras se sacudían y brincaban a través de un desfiladero de grises edificios.

Al reducir la marcha y llegar a una parada, más viajeros subieron a bordo. El fumador que se sentaba a su lado —oficinista, supuso— se puso en pie para dejar pasar a otro pasajero. Dio por sentado que cedía su asiento a una mujer, pero, apenas notó un codazo contra las costillas y un brazalete con la esvástica brilló ante ella, sintió un hormigueo de miedo. Un matón de aquellos «camisas pardas» de Hitler se había instalado en el asiento contiguo, cruzado de brazos para apropiarse del máximo espacio. Se volvió para ahorrarse el contacto visual. Todavía vivía con el terror a ser descubierta, por lo que, si bien distaba medio kilómetro del edificio principal de la universidad, decidió apearse en la parada siguiente. Llegaría media hora antes de la entrevista, pero, por lo menos, podría pasarse por uno de los lugares que más le gustaba frecuentar. Cerrándose el cuello del abrigo con las manos, ante el cortante frío, se dirigió hacia la librería de Herr Wortzman.

El único color que sobresalía de entre el gris omnipresente en una mañana como aquella era el rojo sangre de las enseñas y banderas nazis que pendían de todo bloque de oficinas o edificio municipal. Un muchacho vendía periódicos en el cruce de la calle. Sacudiendo una copia del *Eco de Hamburgo* ante ella, iba anunciando: «¡El Führer visitará la ciudad!». «Este es el motivo —se dijo—, de ese enorme cartel que apareció proclamando la llegada del salvador de Alemania». De repente, volvían a aflorar los nervios que, en el tranvía, había logrado controlar.

Contaba con que, al ver las novedades de libros en el escaparate de Wortzman, se distraería un poco antes de la entrevista en la clínica, que sabía que iba a ser complicada. Tenía claro que, en realidad, no poseía la cualificación para aquel trabajo; pero, cuando la llamaron, se sintió agradecida de que contaran con ella.

Una ráfaga imprevista hizo crujir las bisagras oxidadas de aquel letrero familiar para ella y le decía que ya había llegado a su destino. Pensó que pasar un rato entre libros le calmaría los nervios. Hacía ya tiempo que no iba a aquel local, pero, en lugar de la ilusión que solía experimentar cuando veía por primera vez los libros del escaparate, aquella vez sintió cierto desencanto. Tras el deslucido cristal, los expositores ofrecían el mismo aspecto cansado que Herr Wortzman, visible tras el mostrador. Antes de la quema de libros le recordaba a una morsa, con su frondoso mostacho que le asía la boca y su enorme barriga a juego con su risa. Ahora hasta sus bigotes parecían haber perdido su gusto por la vida y se encorvaban.

La quema —la *Säuberung*, 'purificación por el fuego'— los había marcado a ella y a su familia para siempre. Aquel mayo de 1933 los estudiantes nazis montaron grandes hogueras públicas con todos aquellos libros que decían que eran antialemanes. Se destruyeron miles de volúmenes no solamente en Hamburgo, sino por toda Alemania. Antes de aquello, el escaparate de Herr Wortzman siempre había estado lleno de títulos procedentes de todas partes, desde Francia hasta Italia, pasando por Gran Bretaña y Estados Unidos, además de Alemania. Algunos tenían cubiertas sofisticadas que te retaban a que los abrieras, como la de los atractivos protagonistas de *Al este del Edén*. Otros presentaban títulos intrigantes, como *El hombre invisible* o *La máquina del tiempo*, que te invitaban a entrar. Sin olvidar aquellos que, como los del escritor francés Julio Verne, incitaban a explorar otros mundos.

Ahora, en lugar de aquellos libros tentadores de tapa dura y títulos exóticos de los años de Weimar, la insulsa cubierta roja del *Mein Kampf*, del Führer, debía ocupar el lugar de honor en toda librería; los volúmenes se apilaban bien alto, empequeñeciendo al resto. Cuando Herr Hitler alcanzó el poder y se vendieron numerosos miles de ejemplares, su padre le comentó que la gente leía su obra por curiosidad, no porque estuvieran de acuerdo con lo que ahí estaba escrito. Hoy en día, sin embargo, después de todo lo que había sucedido, y que seguía sucediendo, ya no podía estar tan segura. En lugar de sosegarle los nervios, parecía que echar un vistazo al escaparate de Wortzman le producía el efecto contrario. Metiéndose las manos en los bolsillos, Katja prosiguió su camino por aquel plácido barrio y en menos de diez minutos alcanzó su destino, sintiéndose todavía más agitada e incómoda.

La placa del edificio de ladrillo rojo le informaba de que estaba en el lugar indicado. La Clínica de Trastornos Neurológicos estaba afiliada a la Universidad de Hamburgo, pero ocupaba un ala aparte, a un lado. Tenía su entrada propia, con vistas a una plaza tranquila, flanqueada por tilos. Haciendo una pausa antes de subir la leve escalinata, Katja respiró hondo para reponerse. Ese trabajo le hacía falta. Habían obligado a cerrar, cuatro años antes, el bufete judío de abogados con los que había trabajado como secretaria. Más adelante había encontrado un puesto mal pagado de secretaria en una fábrica de jabón y se había partido la espalda para un jefe malhablado. Tenía recibos por pagar. Los medicamentos de su madre costaban una fortuna, por no hablar del alquiler. Una oración revoloteó por sus labios: «Dios, te lo ruego, dame fuerzas».

Una recepcionista mayor, de piel tan arrugada como el fruncido de su blusa, le señaló el camino, al final de un pasillo escasamente iluminado.

–Espera fuera hasta que te avisen –gruñó.

Un peculiar olor a desinfectante flotaba en el aire, pese a no ser un quirófano, sino una clínica psiquiátrica. Todo tenía un aspecto limpio y eficiente, y los muros del pasillo estaban decorados con pinturas de escenas alpinas: lagos y paisajes de montaña. Al pasar junto a ellos, Katja supuso que su propósito sería relajar a los pacientes, pero a ella tan solo le hacían sentir de vuelta al colegio, a punto de entrar al despacho de la directora.

Al tiempo que sus ojos se acostumbraban a la oscuridad, Katja vislumbró otra figura al final del pasillo e imaginó que esperaba también a que la llamaran para la entrevista. Aquella persona, una mujer, levantó la mirada cuando Katja se acercó y la observó con desdén. Era robusta y no llevaba maquillaje, y, al removerse en su asiento, un destello rebotó de su insignia en la solapa. Era miembro del partido. El partido nazi. ¿A quién le recordaba? Katja a menudo comparaba a personas reales con personajes de novelas. Era algo que odiaba de sí misma, pero era una costumbre que había permanecido con ella desde pequeña. Aquella mujer le hacía pensar en la matrona del orfanato de *Oliver Twist*.

Katja, intranquila, se volvió de espaldas para sacarse el abrigo. Nada más tomar asiento, la puerta de enfrente se abrió y una enfermera alta, con un sujetapapeles, vestida de uniforme y que apestaba a jabón fénico, pronunció un nombre. La candidata se puso en pie con seguridad, agarró su chaqueta y siguió a la enfermera. Antes de desaparecer de su vista, dirigió una mirada engreída hacia atrás.

Se hizo el silencio una vez más en el pasillo, y los minutos empezaron a pasar con lentitud. Katja permaneció sentada con rigidez, sujetándose a su bolso como si fuera una boya entre aguas agitadas, mientras las dudas se acumulaban en su interior. Sentía tanta ansiedad en su pecho que empezaba a pensar en salir de ahí. La humillación sería insoportable. Jamás debió haberse postulado para aquel empleo. No tenía experiencia médica, y estaba claro que la otra candidata jugaba en otra división: se la veía llena de seguridad en sí misma. Autoconvencida de que no habría manera de lograrlo, estaba ya a punto de recoger su abrigo cuando la llamaron. La otra candidata le regaló una sonrisa triunfal al salir, y a Katja le dijeron que entrara.

La enfermera alta y de expresión mordaz la llevó a una especie de antesala y luego, a través de puertas dobles, a un gran despacho. Había dos hombres sentados a una mesa, ante una ventana. Katja presupuso que serían médicos, pero, en lugar de llevar batas blancas como era lo esperable, ambos vestían trajes normales de oficina, lo que la tranquilizó. Uno, el mayor, se puso en pie para estrecharle la mano. Tenía un rostro amistoso, con briznas aladas de cabello plateado. Si la otra candidata era la horrible matrona, aquel hombre le recordaba al amable benefactor de Oliver Twist, el señor Brownlow.

–Fräulein Heinz, soy el doctor Viktor. Y este es mi compañero –dijo señalando al más joven, de rostro taciturno y gafas gruesas, que permaneció sentado–, el doctor Ulbricht.

Katja sintió que la mirada del joven doctor la perforaba a través de sus lentes, que le engrandecían los ojos. Su pelo engominado hacia atrás asomaba tras una frente muy alta, recordándole al Drácula de Bram Stoker. Pero era la insignia del partido, que exhibía con orgullo en la solapa, lo que le daba a Katja ganas de volver por donde había entrado. Frente a la otra candidata, de sus mismas simpatías políticas, ella no tenía ninguna oportunidad.

–Veo que no viene usted de muy lejos –continuó el doctor Viktor con ligereza, observando su currículum sobre el escritorio a través de sus quevedos. El rostro de Katja se relajó un poco–. Eso está bien. Necesitamos personal que venga siempre a trabajar, incluso cuando se está de nieve hasta las rodillas –afirmó con voz jocosa.

Al doctor Ulbricht no parecía hacerle ninguna gracia su currículum.

–Así pues –empezó a decir–, veo que no tiene experiencia de ningún tipo en el ámbito de la medicina, Fräulein Heinz.

Ni en sus peores pesadillas había esperado Katja tal brutalidad de entrada. La desequilibró.

–No, señor, pero... bueno, soy rápida escribiendo y con la taquigrafía, y...

–Eso no es necesariamente una desventaja –intervino Viktor, mirando de reojo a su compañero con desaprobación–. ¿Cree que sabría adaptarse? –añadió, con voz más suave.

Le acababan de echar un cable.

–Oh, claro, señor –contestó–. Soy muy versátil y sé archivar...

Ulbricht no permitió que terminara.

–Veo que anteriormente trabajó en un bufete de abogados. Abogados judíos –escupió la palabra «judíos» y se inclinó hacia ella para clavarle una mirada de sospecha–. ¿Es usted judía?

Los ojos de Katja se desplazaron hacia los del doctor Viktor, como si le implorase un rescate, pero él siguió impasible. Volviéndose a Ulbricht, respondió:

–No, señor, no lo soy. Soy cristiana.

Este asintió con satisfacción y luego volvió a relajarse en la silla y jugueteó con un lápiz entre los dedos.

–Y entonces, ¿cómo es que interrumpió sus estudios de literatura en la universidad?

Había temido que le hicieran aquella pregunta y, por muchas veces que la ensayara, no sabía encontrarle una respuesta convincente. Las leyes raciales de los nazis habían obligado a muchos de sus compañeros judíos de estudios a abandonarlos, pero ella los tuvo que dejar por otro motivo. Por su padre, su Vati.

–Yo... yo... Bueno –balbuceó. Una vez más se hallaba suplicando ayuda al doctor Viktor–. El curso no era de mi gusto –alegó, y al instante supo que había sonado engreída.

Se retorció de vergüenza como un gusano en el anzuelo, y Ulbricht se cebó en su dolor.

–¿Acaso no le bastaban a usted nuestros grandes escritores alemanes?

¿De verdad debía hablarles acerca de la quema y de cómo la muerte de su padre había sido consecuencia directa de ella? Los doctores, sin duda, se acordarían de la historia al instante si les dijera su verdadero nombre y que Vati había sido profesor en la universidad. De hecho, incluso puede que se hubieran conocido en persona. Aunque ello sucedió hacía ya casi seis años, el horror todavía era crudo y doloroso.

–¿Y bien?

El placer en los ojos del doctor Ulbricht ante su pugna interna se convirtió finalmente en impaciencia. Hizo impactar el lápiz contra el escritorio.

–No creo que uno deba andarse con chiquitas, Fräulein Heinz. Le veía poco sentido a entrevistarla a usted, pero el doctor Viktor parecía opinar lo contrario. Así que dígame: ¿por qué habríamos de contratarla como recepcionista en el departamento?

A Katja se le secó la boca de repente.

–Soy muy puntual y organizada, y sé archivar.... –repitió.

Esta vez fue el doctor Viktor quien la interrumpió.

–A muchas mujeres se les da bien archivar, Fräulein Heinz, ¿pero con qué capacidades particulares podría usted contribuir a este puesto?

Llegados a ese punto, Katja supo que estaba todo perdido, a no ser que se la jugara y dijera la verdad. Imprimió firmeza a su mirada y levantó la barbilla.

–Puedo contribuir con mi comprensión hacia los pacientes –respondió.

–¿Comprensión? –repitió Ulbricht, con un matiz de repudio. Volvió a coger el lápiz y jugueteó de nuevo con él–. No será que...

El doctor Viktor alzó la mano para que su compañero se callara.

—¿Por «comprensión» qué quiere decir, Fräulein Heinz? —preguntó, ladeando la cabeza.

De repente le vino a la mente a Katja la imagen de su madre en casa. La viudez la había convertido en una sombra de quien había sido, vacía de energía y de interés por la vida, excepto por las palomas, a las que daba de comer a diario desde el balcón.

—Conozco lo que es la ansiedad y la depresión —respondió reflexiva.

—¿En qué sentido? —presionó Viktor.

Katja se movió en su silla, consciente de que Ulbricht la miraba fijamente.

—Sé que una ola enorme te golpea, se te lleva por delante y te arrastra hasta lo más hondo. No se puede pensar con claridad ni comer. El simple esfuerzo de mover las extremidades o levantar la cabeza es demasiado, porque la fuerza te empuja hacia abajo más y más. Alguien te puede echar una mano para sacarte de ahí, pero puedes volver a caer para atrás, y hacia abajo. Y, para la persona que se te acerca, pero que pierde la esperanza de poder hacer algo por ti, el dolor puede llegar a ser el mismo. Saben que tienen que ser fuertes, pero hay veces que les cuesta mantenerse a flote. Puede que también necesiten apoyo para escapar a la ola de esa inmensa y aplastante depresión que amenaza con sepultarlos.

Katja se detuvo entonces, obligándose a volver al presente. Se centró en ambos doctores, que la observaban detenidamente. Había hablado demasiado. Fue el doctor Viktor quien rompió el silencio. Se aclaró la garganta.

–Es palpable que a usted no le han sido ajenas cuestiones de salud mental, Fräulein Heinz –comentó–. Por alguien cercano, supongo.

Katja parpadeó y una lágrima se le extravió. Ya no servía de nada ocultarlo más. Había quedado como una tonta. Tal vez fuera mejor irse. Sus ojos iban de un hombre al otro.

–Lo siento. Debería irme.

Hizo el ademán de moverse, pero el doctor Viktor la detuvo.

–Por favor, Fräulein Heinz. Le hice una pregunta. Me gustaría una respuesta.

Katja se volvió a sentar, aunque deseaba irse con todas sus fuerzas.

–Mi madre –contestó–. Hace tiempo que no está bien. No lo ha estado desde que mi padre falleció.

El doctor Viktor asintió.

–Lo siento –dijo–. ¿Y cómo logra escapar usted?

–¿Disculpe, señor?

Katja no lo estaba siguiendo.

–¿Cómo escapa usted a la gran ola? –se explicó Viktor.

Parecía sinceramente interesado.

La mirada de Katja se acopló a la de él.

–Leo novelas, señor –respondió–. Me llevan a otros lugares. Me ayudan a olvidar.

Los labios del doctor Viktor esbozaron una sonrisa. Con ese gesto parecía decirle que apreciaba sus palabras, lo cual hizo sentirse menos sola a Katja. Pero el doctor Ulbricht no lo iba a consentir.

Dejando caer de nuevo el lápiz sobre la mesa, entornó la mirada.

–Su desgracia personal no nos incumbe. No veo ningún

sentido a seguir entrevistándola. Le comunicaremos nuestra decisión por escrito, Fräulein Heinz.

Estaban rechazando a Katja.

–Lo siento, yo...

Miró al doctor Viktor en busca de una reconsideración del veredicto, pero él simplemente bajó la vista y ella pudo advertir cómo sus hombros también expresaban resignación.

–Que pase un buen día, Fräulein Heinz –insistió Ulbricht–. Ya hemos escuchado todo lo que necesitábamos –añadió, dirigiendo la mirada hacia la puerta–. La enfermera Wilhelm la acompañará hasta la salida.

Un olor a jabón fénico impregnó la habitación, y la enfermera alta apareció de repente para no ofrecerle a Katja más opción que la de irse.

–Buen día, caballeros –murmuró por encima de su propia desdicha–. Siento que hayan perdido el tiempo.

La habían hecho sentir despreciable. Puede que así fuera. Puede que ella también se estuviera hundiendo. Hubo un momento en que creyó que el doctor Viktor podría echarle una mano y sacarla del agua. No lo hizo, y Katja se fue de la clínica sintiéndose como si ella también estuviera siendo arrastrada hacia lo más hondo.

Capítulo 2

París

¡El conductor del Citroën dio un brusco volantazo para sortear al peatón, haciendo sonar el claxon. Mientras sacaba la cabeza por la ventanilla, se señaló la cabeza con un dedo y soltó un agresivo *«fou!»* al hombre al que había estado a punto de arrollar antes de seguir conduciendo a gran velocidad.

No es que el afortunado peatón estuviera «loco» de verdad; lo que estaba era sencillamente muy distraído y, al parecer, no era consciente de la suerte que acababa de correr. Se limitó a levantar la mirada al avanzar hacia la Rue de l'Odéon –había estado paseando con la cabeza metida en un libro– y a encogerse de hombros. Había llegado a la penúltima página de *Adiós a las armas*, de Hemingway, y estaba decidido a terminarlo antes de devolverlo a la biblioteca, un poco más abajo en la misma calle.

Cualquiera que haya estado en París conoce Shakespeare and Company, una librería y biblioteca para suscritos. El retrato de William Shakespeare, colgado de un barrote sobre la entrada, otorgaba al Bardo cejas espesas y una irónica sonrisa de galo. Lo hacía parecer claramente francés, aunque todo el mundo sabía que allí se vendían sobre todo libros en inglés.

Daniel Keenan no era parisino, a pesar de la frecuencia con que se encogía de hombros para denotar indiferencia. De hecho, resultaba obvio que Daniel Keenan no era francés incluso antes de que abriera la boca. A sus treinta y muchos, vestía *tweed*, llevaba un pañuelo alrededor del cuello y calzaba cuero marrón e iba con un sombrero flexible, entre *trilby* y *fedora*, sobre la cabeza. La mayoría lo tomaban por inglés, y uno de los más excéntricos, lo cual le molestaba tanto como cuando lo confundían con un alemán. Si había algo que odiara más que los comentarios acerca de su estilo particular era que lo creyeran «*un rosbif*», como denominan en el argot francés a los ingleses. Él era tan irlandés como un trébol de cuatro hojas, o como el río Shannon, o como James Joyce –a quien conocía bastante bien–, y se había criado percibiendo a los ingleses como opresores. Y ahora, después de lo que los soldados habían hecho a su familia, también como asesinos.

Daniel leyó la última página de la novela de pie en la calle, entre la floristería y la tienda de cachivaches. Cuando hubo terminado, cerró el libro con reverencia para no alterar lo irremediable de la historia, como si el propio acto de cierre pudiera despeinar las palabras antes de que el siguiente lector pudiera alcanzarlas. Siendo periodista, admiraba la prosa concreta de Hemingway: nada de descripciones escabrosas ni florituras del sentir. Simplemente, una capacidad innata de producir frases de un modo que permitían al lector ver más allá de las palabras y alcanzar un entendimiento inmediato.

La campanilla que había sobre la tienda tintineó cuando Daniel la abrió, alertando de su llegada a la mujer que, como un pájaro, atendía tras el mostrador. Aunque había leído la última página fuera, en la calle, repentinamente deseó habérsela guardado para el refugio que aquella tienda le ofrecía.

Era un lugar donde las novelas recibían el mismo trato que las reliquias de los santos entre los católicos y donde, en vez de escenas religiosas o estaciones del vía crucis presidiendo las paredes, se veneraban retratos de escritores como Walt Whitman, Edgar Allan Poe u Oscar Wilde.

–¡Oh, Daniel! –gorjeó la diminuta mujer, apartando la mirada de una montaña de volúmenes–. *Bonjour!*

Llevaba el cabello en un eficiente y masculino corte a lo *garçon*, que le daba un aire de colegial inquieto.

Daniel se quitó el sombrero y lo estrujó para meterlo en el bolsillo de su chaqueta.

–*Bonjour,* Mademoiselle Sylvia –contestó él, con la mirada solemne de su rostro invariable.

Avanzó hacia el mostrador y devolvió ambas novelas. La otra era *El arco iris*, de D. H. Lawrence.

–¿Las has disfrutado? –le preguntó la librera, abriendo las cubiertas una por una para devolver las tarjetas al bolsillo del frontispicio.

Pese a que todo el mundo se dirigía a ella como «Mademoiselle», Sylvia Beach era, en efecto, estadounidense, aunque había pasado la mayor parte de su vida en París.

Daniel asintió.

–El de Hemingway en particular.

Los labios de ella se retorcieron con coquetería.

–Ernest es maravilloso, ¿verdad que sí? –respondió, colocando los libros en un carrito que tenía a su derecha. Había acabado por conocer bien a su compatriota a lo largo de los años, y, de todos los escritores con quienes ella trataba personalmente, «Papa», como se le llamaba, era uno de sus favoritos. Su atractivo rostro bronceado y su paso decidido lo hacían irresistible para la mayoría de las mujeres, aunque era por todo el mundo conocido que Sylvia no tenía interés en el sexo opuesto–. Te lo voy a presentar... –su voz de repente se apagó–, si es que nos vuelve a visitar.

–¿Está en España ahora mismo, no es cierto? –preguntó Daniel.

–Correcto. –De repente se emocionó–. Está cubriendo la Guerra Civil, pero, conociendo a Ernest, también estará yendo por su cuenta y riesgo a por los fascistas.

La imagen que Sylvia acababa de conjurar divirtió levemente a Daniel, pero no logró arrancarle una sonrisa. Apenas sonreía por aquel entonces, a no ser que estuviera borracho, pero la Guerra Civil en España le parecía especialmente preocupante. Su director en *The Parisian* –una revista ligera, de segunda fila– era un estadounidense que tomaba tragos de *bourbon* con su café matinal y que era amante de la buena vida. Chuck Patterson insistía en que el «asunto español» pasaría de un día para otro. Era de la opinión de que los expatriados en París estaban mucho más interesados en el último escándalo o en las inauguraciones de restaurantes que en el general Franco. Daniel sabía que eso era probablemente cierto, aunque en silencio le preocupaba que la guerra se extendiera y arrastrara a Francia con ella. Aquel día, no obstante, se guardó aquellos pensamientos para sí.

Hubo un silencio cuando él empezó a mirar a la nada, como solía sucederle por aquel entonces. Sin embargo, sabiendo que aquellas pausas de Daniel a menudo estaban cargadas de dolor, Sylvia se inclinó hacia él con una mirada de preocupación en su rostro.

–Celebraremos una velada en el apartamento de Gertrude mañana por la noche –le dijo, amablemente–. ¿Por qué no te apuntas?

Gertrude Stein era la predilecta entre los vanguardistas, y sus salones eran legendarios. Se la habían presentado a Daniel, pero a él no le interesaba demasiado ella: la encontraba demasiado estridente y ostentosa. Hubo un tiempo en que le llegó a atraer gente así, pero ya no... No desde su pérdida.

Viendo que la pena no abandonaba sus ojos, Sylvia hizo una pausa y luego puso su mano sobre la de él en el mostrador. Él la observó, como si le extrañara su tacto.

—Esto pasará —le dijo dulcemente—. El dolor decaerá, aunque los recuerdos permanecerán. —Le estrujó la mano—. Solo los buenos.

Daniel alzó la mirada y la observó inexpresivo durante un instante. Sus intenciones eran buenas, eso lo sabía, pero no tenía ni idea de lo que le estaba pasando, cuando cada belleza de llameante cabello le parecía ser su Grace y cada querubín de ojos verdes su Bridie. ¿Cómo lo iba a entender? Ella jamás se había casado. Nunca había tenido hijos. Nunca había tenido que sufrir la insoportable pérdida que él había sentido los últimos quince meses y veintidós días. Echaba de menos la conversación y la cercanía de esos dos seres que amaba desesperadamente, pero deseaba justicia con las mismas fuerzas.

—Gracias —le dijo, aunque no por gratitud sino por educación.

Sylvia se alejó del mostrador.

—Te dejaré hojear entonces —dijo, ladeando la cabeza en dirección a la biblioteca de préstamos.

Era verdad, las novelas le ayudaban a olvidar. Cuando se perdía entre sus páginas, vivía en el mundo del autor y no en el suyo propio. Le permitían ponerse en los zapatos de otras personas, le daban un respiro. Sí, las novelas lo ayudaban a olvidar, pero Daniel Keenan ya había olvidado bastante por un día. Hacía poco que había llegado a comprender que no se podía esconder en los libros para siempre.

—En otra ocasión —dijo con amabilidad, y tras aquello se fue a trancos de la librería para volver a su oficina, luchando contra las lágrimas que la bondad de Sylvia le había provocado.

Capítulo 3

Hamburgo

Tres días después de su entrevista en la clínica, Katja llegó a casa de su trabajo y fue a comprobar su correo, como siempre hacía, al buzón de la entrada. Hojeó su correspondencia. Entre los recibos acostumbrados, había un sobre blanco. Al darle la vuelta, vio la dirección de la clínica impresa en el reverso. Era la carta que estaba esperando, aunque tenía claro lo que iba a contener. Tenía razón.

Apreciada Fräulein Heinz:
Tras su reciente entrevista para el puesto de recepcionista en la Clínica de Trastornos Neurológicos, lamentamos informarla de que...

Aquel rechazo no la sorprendió. Ya había aceptado que no era la candidata para el puesto. Además, tras la entrevista había tenido una pesadilla. En ella soñó que el doctor Ulbricht era un vampiro y que la vaciaba de sangre. En cualquier caso, jamás habría podido trabajar para él. Arrugó la carta, se la metió en el bolsillo y corrió escaleras arriba para ver a su madre.

—¡Mutti, estoy en casa! —gritó al abrir la puerta del apartamento.

Era lo que hacía cada vez que volvía del trabajo, porque, desde la quema, aparte de la depresión, su madre padecía de una ansiedad terrible. Mientras subía las escaleras,

Katja también se había propuesto no mencionar la carta de rechazo de la clínica. Hacerlo no ayudaría en nada.

El apartamento siempre estaba helado. Hiciera el tiempo que hiciera, su madre insistía en dejar las contraventanas abiertas para poder ver las palomas en el balcón. Katja dejó el abrigo en el perchero del estrecho recibidor y tembló al sentir el aire gélido rozándole la piel.

—Mutti, soy yo —dijo de nuevo.

La habitación principal no había sufrido cambios desde la muerte de su padre hacía ya seis años. Mutti insistió en que debía convertirse en una especie de santuario dedicado a él, repleto de diversos *souvenirs* de sus visitas a África.

El profesor Reinhart Lemmerz había sido antropólogo. Dedicó toda su vida a estudiar diferentes culturas; en la colonia alemana de Camerún fue donde realizó la mayor parte de su investigación, antes de la Gran Guerra. Las tallas de marfil, los cuencos de piedras preciosas y los collares de conchas que había ido recopilando en sus viajes constituían impresionantes *objets d'art*. Entre los retratos enmarcados de él posando con varios jefes tribales con llamativos tocados había uno más grande que representaba al profesor sujetando con orgullo un libro que él mismo había escrito: *Interpretación de las culturas del África central*. Había sido el resultado de muchos años de trabajo. Llegó a ganar un prestigioso premio por él, aunque se lo arrebataron al llegar Adolf Hitler al poder.

Se acercó al sofá y Katja encontró a su madre estrujada entre una montaña de mantas. Fue hasta la estufa de la esquina y pasó la mano por su cerámica pintada para buscar el más tenue de los vestigios de algún calor. Sobre una mesa contigua había un pedazo de salami que ni siquiera había sido tocado y migajas donde hubo una rebanada de pan de centeno.

—Ay, Mutti —dijo Katja, medio en bronca—. No se lo habrás dado a los pájaros otra vez, ¿no?

Mutti alzó su canosa cabeza del reposabrazos del sofá.

—Estás en casa —susurró y extendió una mano.

Katja se la tomó. Estaba tan fría como la porcelana de su plato.

—Sí, estoy en casa —dijo con una sonrisa de bondad. Su mirada se posó en el aspecto pálido de su madre. Sus ojos se veían hundidos. Había vuelto a perder peso—. ¿Y si preparamos caldo de pollo? —preguntó Katja, cogiendo la bandeja y yendo a la cocina.

Mutti ladeó la cabeza.

—¿Qué haría yo sin ti, Kati mía?

Era una pregunta que su madre le hacía por lo menos dos veces al día, y que Katja siempre respondía mentalmente. Sabía que pronto iba a desvanecerse. O algo peor. Ya ocurrió algo horrible cuando se tragó un bote de pastillas mientras Katja estaba trabajando, o cuando se clavó un cuchillo en las muñecas. Esperaba que aquello fuera cosa del pasado, pero la dependencia que Mutti tenía de Katja seguía igual. Simplemente, no podía existir sin su ayuda.

Una sonrisa bien ensayada en los labios de Katja fue la respuesta.

—Te las apañarías al final —dijo con brusquedad, como siempre. Ser empalagosa no era algo que se pudiera permitir—. Venga, vamos a calentar el caldo.

Katja justo entraba a la cocina cuando alguien llamó a la puerta del apartamento. Frunció el ceño. Frau Cohen, la vecina viuda, siempre llamaba para anunciar su presencia. Pocas personas llamaban desde que su madre empezó a estar peor, aparte del doctor Spier o el padre Fischer, que ocasionalmente iba a rezar el rosario con ella.

Con cuidado, Katja quitó la cadena del pestillo y abrió un poco. Un hombre de complexión fuerte le daba la espalda en el descansillo. Llevaba una gabardina elegante de color gris y sujetaba un sombrero *homburg* entre sus manos. Al instante de darse la vuelta, lo reconoció.

—Doctor Viktor —dijo ella, incapaz de disimular la sorpresa en su voz.

—Fräulein Heinz, disculpe esta intromisión.

Durante un rato no supo hacer más que mirar a su visitante inesperado.

—¿Llego en mal momento? —preguntó. Su aliento ascendía como humo en el frío de aquella mañana en el rellano.

Katja se mordió el labio y se puso a temblar mientras cruzaba el umbral y cerraba la puerta tras ella.

—Lo siento, no puedo invitarle a entrar, doctor. Es por mi madre —empezó a decir—. Me da miedo que...

El doctor Viktor asintió, como si no le hicieran falta más explicaciones, pero no parecía consternado por ello. Bajó la voz.

—¿Ha recibido alguna carta de la clínica?

Algo incómoda, Katja bajó la mirada y sacudió la cabeza.

—No esperaba conseguir el puesto.

—Usted era una buena candidata, pero el doctor Ulbricht...

—Se lo ruego. No me dé explicaciones.

Con una sonrisa, fue cortante con él.

—Quería que supiera, sin embargo... —empezó él, y luego se calló al oír pasos que venían de más abajo.

Un segundo más tarde, aparecía un joven con gorra y una chaqueta andrajosa que subía dos escaleras a cada paso. Miró al doctor y a Katja, pero no dijo palabra. Simplemente siguió andando hasta la puerta de Frau Cohen, en el lado opuesto del rellano, donde vivía la viuda con su hijo Aaron. El desconocido llamó tres veces con cierto ritmo. Katja ya había escuchado a varios visitantes llamar de aquel modo y suponía que era cierto código secreto que Aaron habría inventado. Como el resto de los judíos de la ciudad, él y su madre vivían aterrados desde que se habían aprobado las leyes raciales.

Un momento después, dejaron entrar al joven sin decir más y el doctor Viktor siguió con su conversación. En voz baja todavía, le confesó:

—Me impresionó su conducta, Fräulein Heinz, y su actitud.

A pesar del frío que se le metía en los huesos, Katja sintió que se le enrojecía el rostro. La entrevista, claramente, no fue como había planeado. En comparación con la otra candidata, más mayor y más segura, debió de parecer ingenua e incompetente.

—Para mi madre es duro… —dijo de nuevo.

Pero el doctor apretó los labios y sacudió la cabeza.

—Tuvo usted mucho valor hablando como lo hizo, desde el corazón. Pero, por favor, no hace falta que se explique —repuso con gentileza—. La comprendo, y por eso estoy aquí. —Ella lo miró con curiosidad—. ¿Sabe? Sé quién es usted.

Katja se quedó petrificada mientras sus ojos se fijaban en la cara del doctor. ¿Conocía su secreto? Si era así, ¿era amigo o enemigo? Pero él mismo respondió la pregunta al instante.

—Conocía a su padre —le dijo.

—Usted conocía…

Katja sintió que la sangre huía de su rostro. Aquel hombre, un casi desconocido que tenía ante sí, sabía algo que ella había logrado ocultar durante casi seis años.

La expresión de Viktor se mantuvo neutra, ante lo cual Katja no osó siquiera respirar, hasta que, un momento más tarde, él agregó:

—Sentía mucho respeto por él.

Poco a poco, la tensión fue desapareciendo de su pecho en forma de una larga exhalación, aunque todavía no estaba segura del todo acerca de las simpatías del doctor. Iba buscando al azar en medio de un campo minado, caminando precavida. Un paso en falso y la arrestarían.

—Nos conocimos a través de nuestro trabajo. —Aquel comentario la descolocó, aunque recordó que la clínica era parte de la universidad donde daba clases su padre. Ambos eran veteranos de sus respectivos departamentos y supuso que las circunstancias de su muerte en la agonía fueron, durante un tiempo, la comidilla de la universidad. Viendo que ella fruncía el ceño, añadió—: Era un hombre muy íntegro.

Katja asintió y bajó la mirada.

—Sí, lo era.

Ella estaba de acuerdo, aunque supiera que precisamente su integridad fue su ruina.

El doctor explicó:

—Vi la dirección en su currículum y me acordé de que el profesor Lemmerz me había dado su tarjeta, de modo que hice comprobaciones. —Los ojos del doctor se entornaron al mirar a la puerta—. Nos invitó aquí una vez, aunque mi mujer... Ella... —Sus hombros se hundieron al mencionar a su esposa, como si el solo pensar en ella fuera demasiado para él. Siguió diciendo con solemnidad—: Perderlo fue una gran tragedia, pero espero que su hija haya heredado sus principios.

Katja achicó los ojos.

—Lo siento, no le sigo.

Él suspiró y se frotó la frente.

—Sé que usted y su madre han pasado por muchas cosas.

Aunque apreciaba que el doctor intentara expresar empatía,

decir «muchas cosas» no era suficiente. El modo en que su padre había muerto ya fue bastante horrible. Luego llegaron todavía más amenazas y recriminaciones. Por supuesto, todas las personas que daban clase se habían enfrentado a un ultimátum: jurar lealtad al Führer o perder la plaza en la universidad. Y no solo en la Universidad de Hamburgo. Le dijeron a su padre que no volvería a trabajar jamás si no se proclamaba fiel a Hitler. Sin embargo, antes de responder definitivamente, empezó la quema. Tras ello, y después de la muerte de su padre, Katja y su madre llegaron a verse obligadas a abandonar el apartamento durante semanas hasta que las cosas se calmaron. Tuvieron que ocultar su dolor y la ignominia vicaria que sufrieron, e incluso hubieron de cambiarse el apellido. Katja se vio forzada a abandonar la universidad y a aceptar cualquier trabajo que se le presentara para pagar los recibos. Era cierto: llevaban viviendo en la sombra desde la quema, y ahora aquel doctor estaba ofreciéndoles algo de luz. Pero ¿con qué propósito?

Katja parpadeó y, aún con miedo a afrontar la verdad, emitió con voz débil:

—¿Por qué? ¿Por qué está usted aquí?

La sonrisa del doctor Viktor desapareció, y una expresión más seria y solemne la reemplazó una vez más.

—Para ofrecerle un trabajo.

—Un trabajo —repitió Katja confusa.

Pensó en la carta que había doblado en su bolsillo.

—Tengo una vacante para otro puesto, que puede ir más acorde con su talento —explicó. Sus ojos centelleaban con la luz de la bombilla del techo del rellano—. Y me preguntaba si le interesaría hablarlo. Claro está, en caso de que no le hayan propuesto otro antes.

Estaba siendo halagador con ella y, por segunda vez, Katja enrojeció.

–No –dijo rápidamente. Entonces comprendió que su respuesta podría ser malentendida, y añadió–: Sí, quiero decir que no tengo ninguna oferta más y me interesa que me cuente acerca de ese puesto, doctor.

La boca del doctor se crispó.

–Me alegro de que nos podamos entender, Fräulein. Así pues, ¿podríamos vernos de nuevo esta noche si no le es inconveniente?

–¡Katja!

La voz de Mutti resonó ensordecida tras la puerta.

Inesperadamente confusa, Katja puso los ojos en blanco. Sin volverse, alzó una mano y señaló a su apartamento.

–Mi madre... Yo...

–¿Mañana por la mañana en el Café Blau? ¿A las siete y media, pongamos? –sugirió el doctor.

Katja asintió, como disculpándose, con la mano sobre el pomo de la puerta.

–Ahí estaré –dijo con firmeza mientras la voz aflautada de su madre seguía reclamándola.

–¿Dónde estás?

El doctor bajó la cabeza antes de volver a ponerse el sombrero, y Katja observó cómo bajaba las escaleras antes de volver adentro. Al cerrar, se apoyó contra la puerta y suspiró honda y largamente.

–¿Kati, eres tú?

–Ya voy, Mutti –la tranquilizó, apresurándose pasillo arriba.

Por primera vez en mucho tiempo sintió que algo impulsaba sus pasos.

Capítulo 4

Todavía reinaba la oscuridad, pero Katja ya conocía el café donde iba a quedar con el doctor. Estaba enfrente de la librería de Herr Wortzman, y Vati a veces la había invitado a la típica *Kirschtorte* allí tras una excursión en busca de libros.

Por la noche había nevado con fuerza, pero, en las aceras, las incontables huellas de los obreros y oficinistas del puerto y de las chicas de la calle habían convertido la nieve en fango. Katja pisó con fuerza antes de entrar en el café, aunque fuera por recuperar la circulación. A pesar de que era muy temprano, ya había mucha gente. Había hombres que bebían cerveza para relajarse tras un duro turno de noche. Otros tomaban café para animarse a empezar el día.

Al llegar al café, Katja se topó con una cortina de humo de cigarrillos y pipas y le empezaron a picar los ojos. Odiaba la mera idea de fumar, ya que cada vez que veía la chispa de un fósforo y la bocanada de humo de un pitillo le venía a la mente aquella noche: la noche en que se llevaron a su padre con tanta crueldad.

No había ni rastro del doctor Viktor en las mesas, así que fue hacia los reservados del fondo y lo halló leyendo un periódico y fumando en una pipa curva. Su *homburg* se encontraba en la banqueta junto a él. Se levantó al verla y buscó la mirada de una camarera que pasaba.

–*Ein Espresso, bitte* –le dijo a la muchacha antes de señalar a Katja.

–Lo mismo, por favor –pidió ella, tomando asiento.

–¿Ya conocía este lugar? –preguntó el doctor Viktor, apagando la pipa.

Los ojos de Katja estaban fijos en el techo abovedado, pintado con estrellas doradas. Todavía entonces le resultaba mágico a sus ojos.

–Sí –reconoció, dando tirones a la punta de los dedos de los guantes–. Mi padre y yo solíamos venir muchísimo.

–Ah, sí, su padre. ¿Estaban muy unidos?

–Sí, mucho.

–Y... ¿políticamente?

Aquellas palabras, disparadas sin preaviso, estaban cargadas de peligro. Ya nadie hablaba de política, y mucho menos en una cafetería, donde los espías de Hitler podrían estar escuchando en la mesa de al lado. La mirada de Katja buscó por todo el espacio, pero su reacción solo parecía divertir al doctor. Sonrió, acrecentando las arrugas que le rodeaban los ojos.

–¿Debería ser más claro, no? –dijo mientras la camarera llegaba con dos humeantes tazas de café.

Katja trató de pensar con claridad. ¿Qué tendría que ver su padre con esa oferta laboral de la clínica? Su desconcierto era más que palpable en su entrecejo, y el doctor Viktor advirtió su impaciencia.

–Iré al grano –le dijo, removiendo el azúcar en su café–. Tengo un cuaderno. –Se encogió de hombros–. Contiene notas detalladas sobre pacientes, y apuntes, cosas así... Y me hace falta alguien que lo mecanografíe por mí. Alguien en quien pueda confiar.

A Katja ya le resultaba familiar la confidencialidad del paciente, pero había algo en la conducta del doctor que le hizo pensar que aquellas notas eran más bien peculiares.

–Alguien en quien pueda confiar –repitió ella. Pensó en la mujer mayor que ella, la de la insignia nazi–. Pero ustedes han contratado a la nueva...

El doctor alzó la cuchara de café para interrumpirla antes de que pudiera acabar la frase. .

–La nueva recepcionista ya tiene bastante trabajo que hacer. Mi proyecto requiere... –hizo una pausa para encontrar la palabra– discreción. Nadie debe saber qué es lo que usted mecanografía.

–Entiendo –dijo Katja en tono cauteloso.

El doctor prosiguió:

–La transcripción será su ocupación principal, pero, si alguien preguntara, usted también se encargará de mi dietario, que incluye mi agenda diaria, y también tomará dictados, pasará a máquina mis cartas y, en general, facilitará que el trabajo en el despacho vaya como la seda.

Katja asintió:

–Sí, señor, puedo hacerlo.

Viktor, pensativo, dejó la cuchara sobre la mesa y evitó su mirada cuando le dijo:

–Pero siento que debo advertirle que este trabajo implica responsabilidades.

–Claro –convino Katja.

Pero el doctor entornó los ojos y la miró directamente.

–Lo que quiero decir es que implica responsabilidades especiales. –Sus ojos se apartaron y a Katja le pareció como si él hubiera estado pensando en voz alta, pese a su actitud vigilante mientras hablaba. Aunque el reservado ofrecía cierto grado de privacidad, repentinamente se le veía muy tenso. Aclarándose la garganta, se pasó la palma de la mano por sus cabellos canos, como si meditara cómo expresar su explicación–. El paciente cuyos apuntes necesito transcribir –siguió diciendo– es una personalidad muy conocida y, si corre el rumor de que lo estoy tratando, podría resultar algo... –dudó– embarazoso.

–Embarazoso.

El doctor Viktor se puso rígido.

–Por favor, Fräulein –ella lo escudriñó de nuevo–, la discreción debe ser su lema. Si es que piensa aceptar este trabajo.

Ella asintió:

–Lo entiendo, señor.

Viktor le correspondió con un movimiento de la cabeza y una sonrisa amable.

–Trabajaría en mi despacho y solo yo respondería por usted –le dijo, como si su presencia le ofreciera algún tipo de protección.

–¿Y qué pasa con el doctor Ulbricht? –preguntó, recordando su humillante entrevista.

Viktor dio un bufido.

–No hace falta preocuparse en ese sentido. No tendrá que tratar con él. Estamos solo usted y yo.

–Entonces, ¿sería su asistente personal?

Aceptar ese puesto adquiría otra dimensión. Inconscientemente, apartó su taza de café, pero Viktor forzó una risita para intentar paliar la tensión que sabía que ella sentía. Cogió su pipa y la golpeó contra el cenicero para soltar el tabaco en él. Le daba a Katja la ocasión de sopesar sus opciones mientras jugueteaba, callada, con la taza entre sus manos.

Mientras Katja valoraba qué hacer, el doctor Viktor acudió en su ayuda.

–Si le resulta útil de algún modo, creo que aceptar este empleo sería un orgullo para su padre. Le decía las verdades al poder y se negaba a comprometer su fe en la libertad de expresión. –Katja levantó la cabeza–. Sabiendo cómo era él, lo que defendía, y cómo le repugnaba este régimen fascista, creo que la habría animado a aceptarlo.

Katja se apoyó en la banqueta mientras escudriñaba la expresión del doctor. Apenas conocía a aquel hombre, pero, aun así, había algo sólido y casi paternal en él. Empezaba a tener la sensación de que podía confiar en él. Iba a seguir su instinto. Un momento después asintió:

–Si usted lo dice, doctor Viktor.

Una sonrisa se expandió por su rostro.

–Entonces, ¿acepta el puesto?

–Así es, doctor –le respondió y le devolvió la sonrisa.

Él extendió su mano derecha sobre la mesa y ella se la estrechó. Viktor se la apretaba con firmeza, pero no demasiado, mientras cubría con su mano izquierda la de ella en señal de confianza.

–Gracias, Fräulein Heinz –dijo.

Ambos estaban tan inmersos en aquel momento que ni se fijaron en el hombre de la barra, que rebuscaba por toda la cafetería en busca de una mesa. Resultó que los ojos errantes del doctor Ulbricht habían sido testigos de lo que hacía su compañero: sonriendo, bebiendo café y tomando de la mano a una joven a quien acababan de rechazar como recepcionista en la clínica. Si alguien se enteraba –y eso podía pasar–, el claustro universitario juzgaría sin ambages un encuentro así. Especialmente, debido al historial de Viktor.

Capítulo 5

Al día siguiente, al terminar su turno, Katja avisó de que dejaba el trabajo en la fábrica de jabón. Su jefe, un hombre rudo y grosero, la empezó a insultar. En lugar de advertirle con una semana de antelación, le dijo que se iría de inmediato, sin preaviso. Traspasó la puerta sin mirar atrás. Gracias al doctor Viktor, Katja sabía dónde estaba su futuro.

Cuando volvió a su apartamento al atardecer, encontró la puerta ligeramente entreabierta, a pesar de que siempre le decía a su madre que cerrara con llave.

—¡Mutti! —gritó, corriendo hacia el final del pasillo.

Su madre estaba sentada en la silla de siempre; no estaba sola. Frau Cohen se llevaba una copa de *brandy* a los labios.

—¿Qué ha pasado? —preguntó Katja, arrodillándose a los pies de Mutti.

—Tu madre ha tenido una caída. Oí que se desplomaba, pero no se ha roto nada.

Frau Cohen había sido enfermera en la batalla del Somme, durante la Gran Guerra. Fue ahí donde conoció a su marido. Se casaron al año siguiente, pero mataron a Hans poco después, dejándola sola con un bebé, Aaron, el hijo que recientemente parecía frecuentar amistades sospechosas.

Aunque tenía visitantes todo el tiempo, Katja sabía que era afortunada por tener a una vecina tan competente en quien confiar.

Hilde Heinz dedicó una leve sonrisa a su hija.

—Perdona que te haya asustado —dijo, buscando a Katja.

—Si por lo menos estás bien...

Frau Cohen cogió la copa vacía y se levantó del sofá. Miró a Katja y luego dirigió la vista hacia la cocina.

—Voy a dejarla ahí —anunció.

Katja la siguió y cerró la puerta tras de sí.

—¿Qué está pasando?

—Tu madre está débil, desnutrida. Le conviene comer mejor.

Katja asintió:

—Ya lo sé.

—Tenéis los estantes prácticamente vacíos —la regañó Frau Cohen mientras abría el más cercano para demostrar lo que decía.

Un tarro solitario de pepinillos y dos latas de guisantes era todo lo que les quedaba.

—Sí, pero no hay por qué preocuparse —le aseguró Katja.

Tras darle vueltas, finalmente le había hablado a su madre de la carta de rechazo que había recibido de la clínica, pero aún no había tenido ocasión de informarla sobre su nuevo puesto con el doctor Viktor.

La suspicacia aguzaba la mirada de la viuda.

—Hilde me dijo que no te aceptaron en la universidad.

—Sí, eso es cierto —respondió Katja.

—¿Se enteraron?

Ella sacudió la cabeza.

—No se enteraron, pero todo bien.

Frau Cohen se inclinó hacia atrás y se cruzó de brazos.

—Bajo mi punto de vista, nada de esto está bien. No podéis seguir así. Os hace falta comida, dinero para el alquiler, medicamentos para ella... —dijo señalando hacia la puerta.

–Tengo un nuevo trabajo –soltó Katja.

Le habría gustado anunciarlo desde el tejado. El puesto le proporcionaría mucho más dinero que el anterior, y hacía mucho tiempo que no se sentía tan positiva.

La viuda no parecía convencida.

–¿Dónde?

–Seré la asistente personal de un doctor que trabaja en la universidad.

–¿En la universidad? Pero...

Frau Cohen levantó una ceja con escepticismo.

–Todo está bien –dijo Katja–. Trabajaré para un hombre que conocía a mi padre.

Los ojos de la anciana se ensancharon y luego se achicaron de nuevo.

–¿Ah, sí? –Se acercó a ella y murmuró–: En ese caso, espero que sepas lo que estás haciendo, porque si alguien te descubre...

Katja sacudió la cabeza.

–Nadie se va a enterar. Confío en él.

Frau Cohen resopló.

–Los nazis se acuerdan de todo y...

De repente llamaron a la puerta con fuerza, justo cuando Katja temía un largo rollo. Venía del otro lado del rellano, de la puerta de los Cohen. Pero no era el típico «ra-ta-ta», que tan familiar le resultaba a Katja, sino un sonido más fuerte y más enérgico. Entonces llegó la orden.

–Gestapo. ¡Abran!

Frau Cohen se dio un golpe en el pecho. Sus ojos se abrieron alarmados, silenciosamente implorando a Katja que la ayudara.

–¡Abran! ¡O derribaremos la puerta!

Rápidamente, Katja condujo a su vecina al armario del pasillo donde guardaban las escobas.

–¿Aaron está fuera? –preguntó a la viuda, metida entre un cubo y un palo para desempolvar alfombras.

–Sí.

–Entonces, déjelo en mis manos –dijo y avanzó hacia la puerta.

Un agente y dos hombres se hallaban al otro lado del rellano. Uno de ellos estaba a punto de destrozar la cerradura de Frau Cohen con la culata de su rifle.

–¿Algún problema, caballero? –preguntó Katja con tranquilidad.

El agente se volvió y sus ojos la estudiaron antes de decir:

–¿Vive usted aquí, Fräulein?

Ella asintió:

–Sí. Vi salir antes a una señora mayor –añadió.

El agente hizo una señal con la mano en alto a sus hombres, diciéndoles que pararan, y luego se dio media vuelta.

–¿Una señora mayor, dice?

Se quitó la gorra y la prensó bajo su brazo. Era bastante joven, con los ojos de un azul brillante.

–Así es.

–¿Y vive aquí sola?

–Oh, sí. Es viuda y su único hijo murió el año pasado.

El oficial la miró con sorna y se volvió a colocar la gorra sobre la cabeza.

–No me diga. –Replicó con firmeza–. En ese caso, no le importará si echamos un vistazo.

Antes de que Katja pudiera protestar, el agente repitió su orden de romper la cerradura y la puerta salió de sus goznes volando, golpeando fuertemente contra la pared. Katja no podía hacer más que mirar en horrorizado silencio mientras escuchaba cómo se abrían los armarios y los cajones se vaciaban sobre las baldosas. Sintió impotencia al oír el ruido de la vajilla y de los cristales rompiéndose, resonando en el aire como los disparos de una ametralladora. No se atrevía a ir a ver cómo estaba Frau Cohen, que estaría oyendo todo aquel alboroto. Con suerte, si los de la Gestapo encontraban algo de Aaron, podrían pensar que la viuda lo guardaba por motivos sentimentales.

Algunos instantes más tarde, el agente y sus hombres volvieron con las manos vacías al rellano y vieron que Katja seguía en su portal.

Él hizo una ligera reverencia.

—Por favor, mande mis disculpas a su vecina por las molestias que hemos causado, pero era inevitable —dijo.

Con educación, se tocó la visera de su gorra como si estuviera de paseo por el parque, antes de marcharse escaleras abajo con sus hombres.

—¡Kati, Kati! ¿Qué es ese estruendo?

Katja ya oía a su madre llamando desde el salón, pero le preocupaba más Frau Cohen. De vuelta a la cocina, se abalanzó sobre la puerta del armario para liberarla. La viuda salió sin respiración y desquiciada.

—Le dije que no lo hiciera. Se lo rogué —jadeaba, emergiendo de la oscuridad.

—Creo que debería contarme qué está pasando, Frau Cohen —le respondió Katja—. Por el bien de todos.

Sentó a la viuda en una silla en el pasillo y le sirvió un vaso de agua.

—Respire profundamente.

—¡Kati! —gritó Hilde de nuevo.

–¡Aquí estoy, Mutti!

Katja torció el cuello para dirigirse al salón, y luego bajó la mirada hacia la cabeza inclinada de Frau Cohen. Su rostro estaba pálido y, lo más preocupante, sus labios se habían puesto azules.

–Le dije que no lo hiciera –siguió repitiendo la viuda, meneando la cabeza, buscando oxígeno–. Le dije que era peligroso.

–¿Qué es lo que ha estado haciendo Aaron, Frau Cohen? –preguntó Katja, pensando en la retahíla de visitantes que llamaban a la puerta de manera sospechosa–. Cuéntemelo, por favor. Necesito saberlo.

Capítulo 6

París

Sin contar el escaso personal, Daniel Keenan era el único cliente del Poisson Jeune. Todavía era temprano y ni siquiera Cyril, el pianista negro que parecía tocar a todas horas, estaba en su puesto. El irlandés resultaba allí una figura extraña, con su cazadora y su pañuelo de cuello, instalado en un taburete de la barra y contemplando el fondo de un vaso de *whisky* casi vacío.

Justo se había acabado su primer *whisky* doble cuando escuchó el ruido de unos tacones que se acercaban por el suelo de madera.

–*Bonsoir*, Monsieur. ¿Invitaría a esta chica a una copa? –dijo una vocecilla.

Olió a perfume barato antes de volverse. Cuando lo hizo, supuso que la voz era de una chica de no más de dieciséis años. Con el colorete de sus mejillas y sus tirabuzones, y una falda con dobladillo que apenas le tapaba el trasero, le recordaba a una de las muñecas de Bridie.

–*Non, va-t'en!* –la rechazó, pero luego, al verla abatida, añadió–: *Chérie*.

Y rebuscando en su bolsillo, le dio un billete. «Al fin y al cabo –se dijo–, de alguien será hija». Pero no suya.

Llevaba un mal día y alzó la mano para pedir otro trago. Hacía quince meses ya, e iba a la deriva. Apenas salía del pozo, sucedía algo y era arrastrado de nuevo a las profundidades. Ese día había sido culpa de Gloria Patterson. Era la esposa del director: rubia, audaz y salerosa. Estaba claro que era ella quien cortaba el bacalao. La niñera estaba enferma, y Gloria tenía una prueba en Chanel, así que había acudido a la oficina de la revista por sorpresa, con la pequeña Jeanie, y había dicho al marido que tendría que cuidar de la cría un par de horas. Aunque conocía su existencia, Daniel nunca había visto a la niña. Imaginaba que sería de la misma edad que tendría ahora Bridie y, simplemente, no podía soportar su presencia allí. Tal vez fueran sus rizos alborotados, o que llevaba los mismos calcetines blancos cortos con lazo rosa. O tal vez que tenía hoyuelos en la rodilla. Fuera lo que fuera, la presencia de la niña era demasiado. Poco después, lo pillaron con los ojos rojos ante la máquina de escribir.

–¡Corcho, Dan! –Su director, Chuck Patterson, tendía a encabezar todo discurso con la palabra «corcho»–. ¡No voy a permitir que presentes una mierda!

Fue muy comprensivo con él y le dijo que podía irse a casa en cuanto acabara el artículo en que estaba trabajando. Los últimos párrafos habían sido difíciles de escribir, pero cumplió con el plazo. Era una cuestión de orgullo, en su caso. Entregó el texto y se marchó de cabeza al bar.

Cuando Claude, la camarera, le llenó de nuevo la copa, una voz, esta vez conocida para Daniel, se le acercó al oído:

–Monsieur Keenan, *comment allez-vous?*

Daniel habría reconocido el ronroneo humeante de Madame Geneviève en cualquier parte. Incluso estando deprimido, con aquel vestido estilo *flapper* que le sobresalía algo hacia la cintura y su portacigarrillos de diamantes, que la hacía parecer una triste estrella del cine mudo, siempre lograba hacerlo sonreír.

–Ahora que la he visto, Madame Geneviève, ya estoy mejor –respondió, señalando galante hacia el taburete de la barra.

–Has llegado temprano –dijo ella y tomó asiento rígidamente junto a él. Claramente, sus rodillas artríticas le causaban problemas, y sus antebrazos temblaban ligeramente por el esfuerzo de escalar el taburete.

–No sé estar lejos de ti –repuso él.

Ella siempre le sacaba el lado más mundano, el que había permanecido hibernando desde hacía meses.

–Eres tan encantador –le dijo, juguetona.

Ya había un cigarrillo en su boquilla y se volvió para que le ofreciera fuego. Daniel obedeció. Se había convertido en un ritual que a él le hacía feliz interpretar cada vez que la veía.

–Claude –dijo él–, champán para Madame Geneviève.

Casi simultáneamente, Cyril, el pianista, llegó vestido de frac y empezó a tocar las teclas de marfil con un *blues* que parecía perfecto para el ánimo imperante. Con la música, Geneviève resopló una gran nube de humo, y luego aplaudió con sus manos enguantadas. Una vez que se despejó el humo, se fijó en la expresión retraída de Daniel y frunció el ceño. Y, bajando la voz, le dijo:

–No parece que estés de humor para divertirte.

Él negó con la cabeza.

–Tú ya sabes que pasará mucho tiempo hasta que esté listo para eso.

Ella le dio una palmada suavemente en la rodilla, en señal de simpatía.

–Ya te lo he dicho, puedes tener a cualquiera de mis chicas por un precio especial.

Dirigiendo su mirada a las botellas alineadas tras la barra, Daniel asintió:

–No podrías ser más generosa, Madame, pero no soy buena compañía para ninguna mujer en estos momentos –dijo irónicamente.

–Oh, *mon pauvre.* –Madame Geneviève hizo un mohín con el labio inferior hacia fuera. Desde que había sabido de su desgracia, parecía preocupada de verdad por él–. Algunas de mis chicas saben escuchar. Marie-Noelle solía ser peluquera y...

–Gracias, Madame Geneviève, pero de verdad que no necesito la compañía de una joven por ahora –respondió considerado pero firme, y ella comprendió que tratar de seguir consolándolo sería en vano.

En aquel momento, Claude dejó una botella de champán en una cubitera ante ellos, en la barra, pero Madame Geneviève hizo señas para que se la llevara.

–En otra ocasión, Monsieur Keenan. –Le tocó el brazo levemente otra vez–. No me voy a aprovechar de un hombre que todavía está de luto –le dijo antes de abandonar el taburete.

El club estaba empezando a revivir entonces. Había hombres de negocios a quienes el *maître*, Gilbert, llevaba a las mesas, y una de las vendedoras de cigarrillos ya hacía su ronda con la bandeja. Cyril había acelerado el ritmo en el piano con una pieza de *ragtime* y, detrás de la cortina –que crujía– del pequeño escenario, la reducida *troupe* de bailarines se disponía a actuar.

Daniel estaba pensando en irse a un local menos concurrido, o incluso en volver a su apartamento con una botella, cuando alguien pronunció su nombre con un acento americano que le era familiar:

–¡Daniel! ¿Eres tú?

—Sylvia.

Ella estaba de pie junto a él, muy apuesta, vestida con un frac de hombre. A él le pareció que le quedaba muy bien.

—Aquí estoy, con Gertrude y James —le dijo, mirando por encima de su hombro. Él le siguió la mirada y vio que Gilbert les ofrecía una mesa—. ¿Te apuntas?

No era solo que le disgustara Gertrude Stein, con sus aires ostentosos y el alarde que hacía de su cartera, también la opinión que Daniel tenía de su paisano era bastante mala. El famoso, o tal vez infame, escritor James Joyce era un parásito y un hipócrita. No dudó cuando Sylvia se ofreció a pagar la publicación de su *Ulises*, cuando ninguna editorial quería ni tocarlo, y luego la dejó tirada en cuanto una gran empresa de los Estados Unidos le hizo una oferta mejor. Sylvia había sufrido de manera terrible las consecuencias y su abandono la hundió, pero, al parecer, los dos habían arreglado sus diferencias y, a juzgar por lo de esa noche, habían recuperado su amistad.

Daniel negó con la cabeza. Le aterraba la idea de hablar sobre arte y filosofía toda la noche. Prefería, en su lugar, acurrucarse con una botella de Bushmills y un libro.

—Ya sabes que, en estos momentos, no se me da bien socializar, Sylvia.

Pero ella no estaba dispuesta a aceptar un no como respuesta.

—Solo una —le suplicó, tomándolo de la mano. Y con una amplia sonrisa, lo condujo hasta la mesa donde los demás estaban sentados y le dijo—: Y sí, querido, ya sé que, en estos momentos, odias a todo el mundo.

Lamentablemente, mientras hacía acopio del poco buen humor que le quedaba, Daniel Keenan se dio cuenta de que lo que ella estaba diciendo era cierto.

Capítulo 7

Hamburgo

Para su primer día en la clínica, Katja eligió un traje de lana y se recogió el cabello rubio en un cómodo moño a la altura de la nuca. Un ligero toque de colorete le resaltaba los pómulos. Tras seis años en que le había resultado muy duro ir a trabajar, aquel día se sentía casi emocionada. Hasta que, claro está, se encontró frente a la nueva recepcionista. Sentada como si estuviera en un trono detrás del escritorio, con un teléfono pegado a la oreja, estaba su antigua y temible rival.

Cuando soltó el auricular, observó a Katja y, al reconocerla como la aspirante derrotada, torció la boca con desdén y levantó un brazo a modo de saludo.

–*Heil Hitler!* –gritó.

Katja, ligeramente desconcertada, murmuró un desvaído «*Heil*» como respuesta.

–Debo presentarme en el despacho del doctor Viktor –le dijo, tratando de parecer tan segura como pudo.

–¿En serio? –fue la respuesta que obtuvo, como si la recepcionista creyera que debía de tratarse de un error.

–Sí –respondió Katja confundida–. El doctor Viktor me está esperando.

La recepcionista cogió el bolígrafo con ademán teatral y lo usó para buscar en un libro de gran tamaño que tenía ante ella.

–Pues claro, aquí está –contestó, tras repasarlo un rato, golpeteando la anotación con el boli–. Su despacho está al final del pasillo, tercera puerta a la derecha.

Katja le dio las gracias, pero no sonrió. Se estaba empezando a temer que, después de haber sido rechazada en un primer momento en la entrevista, trabajar para el doctor Viktor no sería pan comido, y ya se había creado una enemiga. Parte del personal estaría enterado ya de que su solicitud había sido rechazada, pero, aun así, no pensaba encontrarse con el agua al cuello tan pronto. Tras cruzar el pasillo, ya familiar, con sus cuadros de escenas alpinas, Katja llamó a la puerta que indicaba el nombre del doctor Viktor. Al oír su voz al otro lado, sintió alivio.

–Pase.

Entró y se halló con una réplica del ambiente en el que la habían entrevistado: un despacho pequeño de doble puerta que conducía a otro mayor. Al pasar, sus ojos recorrieron rápidamente la sala, y aparecieron nuevas imágenes de los Alpes, un sofá de cuero, archivadores y un gran escritorio que presidía el doctor Viktor. Se puso en pie al verla y le tendió la mano una vez más.

–Me alegro de que esté aquí, Fräulein Heinz –le dijo, señalándole un sillón–. Habrá visto a quién hemos contratado para el puesto de recepción –continuó, tomando asiento–. Fräulein Schauble no está para tonterías –le contó, antes de añadir con una sonrisa de confidencia–: es de Suabia.

Cuando se refirió a la recepcionista, Katja tuvo que devolverle la sonrisa, como si se entendieran mutuamente. Los suabos tenían reputación de ser extremadamente escrupulosos y estirados.

—Estoy segura de que será de lo más eficiente, señor —convino ella.

—De usted, Fräulein Heinz, por contra, se va requerir que trabaje entre bambalinas. Como le dije, voy a necesitar que transcriba unas notas sobre cierto paciente antes de editarlas. ¿Me entiende?

—A la perfección, señor.

—Bien. Empecemos, entonces —dijo, poniéndose en pie y dirigiéndose, con paso decidido, hasta un enorme lienzo en la pared.

«El monte Cervino», pensó Katja. Pero, para su sorpresa, al ser ligeramente movido, el cuadro se abrió a un lado, como si fuera un libro. Detrás había una caja fuerte. Viktor la miró para valorar su reacción. Ella se veía bastante impresionada.

—Nuestro pequeño secreto —dijo él con un guiño antes de proceder a agarrar el dial y a girarlo primero en un sentido, luego en otro, seguido de dos giros más.

El doctor asintió con la cabeza, satisfecho, al abrir la caja fuerte. Rebuscó en su interior y sacó de ella un cuaderno grueso y muy manoseado. Estaba encuadernado en cuero, su lomo era de un marrón más oscuro, y, a juzgar por el aspecto jaspeado de la cubierta, Katja supuso que sería bastante antiguo. Se fijó en que varios de los bordes de las páginas estaban desgastados y con manchas y en que, sin embargo, parecía ser de gran importancia para el doctor. Lo sostenía contra el pecho mientras volvía a su escritorio.

—Aquí lo tenemos —susurró Viktor, depositando el cuaderno con respeto sobre la mesa.

Katja contemplaba en silencio cómo el doctor se sentaba en su sillón y se acercaba el cuaderno; luego colocó las manos sobre la cubierta y lo acarició mientras lo examinaba, casi con reverencia, durante un instante.

—Pues aquí están las notas.

—Las notas sobre el paciente.

—Exacto.

Con cuidado, Viktor abrió la cubierta, revelando páginas pautadas.

—Aquí hay más de doscientas páginas: mis observaciones detalladas. Y aquí... —señaló un bolsillo tras la cubierta, repleto de papelitos y recibos de diverso tamaño— tenemos impresos oficiales y otros. Todo debe ser mecanografiado. Y luego lo dividiré en capítulos para dotarlo de sentido.

Katja inclinó ligeramente la cabeza y se fijó en ellos. Se veía que estaban casi todos escritos a mano, con una tinta negra que avanzaba por la página sin orden ni concierto, y que obviamente entendería el doctor, siendo su autor, pero que a ella no le resultaría tan fácil de entrada.

Viktor dio la vuelta al cuaderno y se lo pasó a ella.

—Tiene que permanecer siempre a salvo. —Repicó sobre una de las páginas y, casi como si se le acabara de ocurrir, dijo—: Espero que pueda entender mi letra.

Ella examinó algunas de las palabras de la primera página por un instante, descifrando un trocito aquí y otro allá, pero no lo conseguía del todo. Sin embargo, sí había algo que le llamó la atención. De vez en cuando, pasando las páginas, se encontraba con un tachón. Una gruesa raya pisaba algunas de las letras, haciéndolas ilegibles. Frunció el ceño. Como si pudiera leerle la mente, el doctor Viktor le dijo:

—Esas eran las iniciales del paciente, pero decidí que, por el bien de todos los implicados, sería mejor borrarlas.

Katja sentía su mirada fija sobre ella, como si el doctor quisiera transmitirle la importancia de la identidad de aquel paciente. Pensó que, para que alguien pudiera adivinar quién era simplemente por sus iniciales, debía de haber alguna conexión personal. Eso, o bien aquellas eran unas iniciales muy conocidas. Se limitó a asentir.

—Se habrá fijado en la máquina de escribir del despacho anterior —dijo Viktor—. En el escritorio hay papel. Ni el cuaderno ni el mecanografiado deben permanecer desatendidos en su despacho. Jamás. Y no puede hacer copias, ¿entendido? —Las palabras del doctor sonaban como ráfagas de artillería antiaérea. Recobró su aliento tras una pausa y luego le preguntó—: ¿Tiene usted alguna duda, Fräulein Heinz?

Katja estaba acostumbrada a recibir órdenes, y también a que la dejaran encargada de asuntos en el despacho de los abogados y en la fábrica de jabón. Suponía que no iba a ser distinto allí: hombres entrometidos que les decían a mujeres competentes lo que debían hacer, para luego dejar que se las apañaran solas ante los imprevistos que pudieran surgir. A veces se preguntaba qué habría pasado si la quema no hubiera tenido lugar, si su padre no se hubiese negado a jurar lealtad al Führer, si no hubiera intentado persuadir a sus compañeros para que se opusieran a un régimen que obligaba a los profesores a enseñar la ideología nazi. «¿Qué habría pasado —pensó—, si me hubieran permitido acabar la carrera de Literatura Inglesa?». Se preguntaba hasta dónde habría llegado si la situación hubiera sido distinta. Pero el trabajo es trabajo, y el doctor Viktor le pagaba sus honorarios.

—Todo claro, Herr Viktor —contestó.

—Bien —dijo él, golpeando ambos reposabrazos a la vez al levantarse—. Ah, Fräulein Heinz —añadió cuando ella ya había alcanzado la puerta–, la cocina está tras la puerta de la izquierda. Ya sabe cómo me gusta el café.

Mientras Katja llenaba el hervidor con agua del grifo, la enfermera alta que olía a jabón fénico, la misma que había visto en su entrevista, entró con una jarra de agua. Se detuvo en seco.

–Debes de ser la nueva asistente del doctor Viktor –dijo con aspereza, mirando a Katja con desaprobación.

Daba la impresión de que todas las mujeres que trabajaban para el doctor tenían algo turbio.

Katja sonrió con educación y cerró el grifo.

–Sí, así es.

La enfermera, con ojos ariscos y boca agria, clavó la mirada en Katja y le dijo.

–Serás consciente de que el doctor Viktor es un hombre casado, claro.

Aquel comentario tomó a Katja desprevenida.

–Lo siento.

No supo decir nada más de entrada.

–A su antigua asistente había que recordárselo –siguió la enfermera mientras abandonaba la jarra vacía al lado del fregadero antes de salir de nuevo.

Aquel comentario le chocó tanto a Katja que no vio que el hervidor chorreaba, de lleno que estaba. Solo cuando notó que el agua le salpicaba la mano, cerró el grifo. ¿Aquello había sido una advertencia sobre la conducta de su nuevo jefe?

*

Cuando Katja finalmente se sentó a mecanografiar, después de haberse servido una taza de *Espresso*, escudriñó las primeras páginas del cuaderno con avidez. «¿Qué pueden contener que las haga tan importantes?», se preguntó.

Aparte de las notas a mano del doctor, los impresos oficiales, doblados en el bolsillo interior, habían sido cumplimentados en una clínica, un sitio del que nunca había oído hablar. Echó un vistazo al nombre. «¿Pasvel o Basvel?». La tinta de la primera letra estaba corrida y costaba leer el resto de la palabra. Aquellos informes también debían ser transcritos, según dijo el doctor Viktor. Pero las fechas le resultaban extrañas. Se iniciaban a mediados de octubre de 1918. «Antes del fin de la guerra», pensó Katja. ¿Qué relevancia podrían tener ahora, más de veinte años después? Entonces se fijó en otra cosa. Sujeto a una de las páginas interiores, había un certificado médico. Por lo que parecía, llevaba la firma de un médico en la cabecera, con fecha del 15 de octubre. Observó la tinta borrosa. El nombre del paciente, claro está, había sido eliminado, pero los detalles estaban claros. Según el informe, el soldado –un cabo segundo– había sufrido exposición a gases tóxicos durante un asalto británico a las líneas alemanas en el norte de Francia. Lo había dejado completamente ciego, incapaz de ver nada en absoluto.

Las notas del doctor Viktor habían sido escritas, suponía Katja, después de su examen inicial del misterioso paciente. Su letra no era fácilmente descifrable, pero se lograba leer. En una de las páginas, un manchurrón de tinta se expandía en un rincón. Había un sutil rasguño en otra. Varias estaban descoloridas, como si las hubieran leído y releído muchas veces. Anotó con lápiz en una libreta las palabras que la confundían, pero, una vez que hubo acostumbrado sus ojos a la caligrafía y pudo empezar a leer, se enganchó.

El doctor Regler ha confirmado su diagnóstico inicial y me ha pedido que me ocupe de este caso. También yo creo que la ceguera del paciente no se debe a los efectos físicos del gas mostaza, sino a una forma de histeria: una afección psicológica en que la ansiedad extrema se traduce en la pérdida de una función física.

Se oyó cerca el golpe de una puerta y se asustó. Levantó la vista, pero vio que el ruido venía de fuera. Volvió a las notas:

«Se trata –escribía el doctor Viktor– de un caso de ceguera histérica».

«Ceguera histérica», masculló Katja, tomando nota en su cuaderno de aquel término, que no le resultaba nada familiar. En otras palabras, parecía que lo que afligía al paciente se hallaba en su mente. Era algo de lo que nunca había oído hablar, pero de pronto aquella idea la fascinó. Que un paciente pudiera creer estar ciego, aun sin haber motivo físico para ello, le pareció toda una revelación. Entonces pensó en su madre, en cómo se solía quejar de dolores horribles de estómago y en cómo, tras ser examinada por el doctor Spier, este había declarado que no le ocurría nada. «Está todo aquí arriba –le dijo a Katja señalándose las sienes–. La ansiedad puede provocar ese efecto».

Volvió a los apuntes. «Una persona así debe de haber sido de una mente extremadamente compleja», pensó. No era de extrañar que el doctor Viktor le estuviera dedicando un estudio especial. De repente se despertó su interés de un modo que no había sentido hasta entonces, y supo que no le resultaría fácil frenar su curiosidad natural.

Una vez que se hubo familiarizado con las primeras páginas, Katja intentó encontrar papel en los cajones. Primero en el de arriba, luego en el de abajo. Por lo visto, estaban vacíos, aunque uno de ellos estaba atascado. Le costó abrirlo al principio, pero, tras darle un potente tirón, cedió. Dentro había varias hojas de papel junto con algo más.

Atascada en el fondo –motivo por el que le había costado abrir el cajón–, había lo que parecía una estrecha tira de tejido. Cuando la soltó y vio los corazones y las flores bordados en ella, Katja descubrió que lo que sujetaba entre sus manos era un marcapáginas y que, en el lado inferior y en seda verde, habían cosido un nombre. Intentó leerlo. «Leisel Levi». Katja pensó por un instante. El nombre era ciertamente judío, pero no le decía nada, de modo que lo devolvió al cajón y sacó varias páginas de papel para escribir. Con cuidado, colocó una hoja en el rodillo de la gran Continental Silenta antes de apoyar el cuaderno a su izquierda sobre el escritorio. Luego, respirando hondamente, situó los dedos sobre las teclas. Para su disgusto, notó que le empezaban a temblar las manos. Sabía también por qué.

Tras haber leído apenas las primeras líneas de los apuntes, comprendió por qué el doctor Viktor estaban tan ansioso por proteger su confidencialidad. Aunque ella no sabía nada de la práctica de la medicina, ya había oído hablar del juramento hipocrático: el acuerdo entre paciente y médico, que no debe ser incumplido. Si saliera a la luz que aquel paciente sufría un trastorno mental, podría perder a su familia, o bien su reputación o su profesión. Y si fuera alguien famoso y la historia llegaba a los periódicos, podrían acabar con él. Simplemente por ocuparse de aquellas notas secretas y aprenderse sus contenidos, podía estar poniéndose ella en una situación comprometida.

Apartando aquellos pensamientos de sí, posó de nuevo las manos sobre el teclado y tecleó a conciencia el resto del día. Avanzaba lentamente, pero logró transcribir lo que le habían encargado y devolvió el cuaderno original al doctor Viktor al final de la jornada.

Nerviosa, aguardó mientras él revisaba su trabajo y el reloj avisaba de que pasaba de la hora a la que se suponía que ella debía irse. Con cada segundo que pasaba después de las cinco en punto, su madre estaría poniéndose más y más ansiosa.

Después de lo que le pareció una eternidad, él asintió:

–Me parecen satisfactorias –le dijo, con una sonrisa.

Katja también sonrió, aliviada de que su trabajo de mecanografía hubiera recibido el aprobado.

–Gracias, señor. ¿Es todo? –le preguntó, a sabiendas de que su madre se sentiría desamparada si no llegaba a casa en menos de una hora.

–Puede irse –le respondió y se levantó para devolver el cuaderno a su caja fuerte.

Al ver cuán celoso de sus notas era su jefe y, después de las crípticas palabras de la enfermera en la cocina, el primer día de Katja en su nuevo puesto la había dejado un poco desconcertada. Al subir al tranvía para volver a casa, se quedó preguntándose en qué demonios se estaba metiendo.

*

Cuando Katja llegó a su piso, media hora más tarde, sintió una corriente que la despeinó y notó el batir de unas alas. Apresurándose pasillo arriba, encontró las puertas del balcón abiertas de par en par y a su madre fuera, rodeada de palomas. Algunas se posaban en las barandillas del balcón y otras arrullaban a sus pies.

–¡Mutti! –le gritó, y su aullido hizo que los pájaros salieran, aleteando y graznando, hacia el cielo de la noche–. Vuelve a entrar. ¡Hace demasiado frío para estar ahí fuera!

Hilde, que no llevaba más que un chal sobre los hombros, se giró y miró con tristeza a su hija, como si fuera una niña a quien le habían interrumpido el juego.

–Pero tienen hambre –protestó, con un chusco de pan todavía en la mano.

–¡Y nosotras también! –dijo Katja, intentando no sonar enfadada.

Cogió a su madre de la mano, la devolvió al salón y cerró las puertas detrás de ella.

Hilde se acomodó en su silla favorita, sin apartar sus inquietantes ojos de las puertas de cristal.

–Mañana volverán –dijo Katja, frotando las frías manos de su madre.

–¿Lo harán? –le preguntó.

Katja asintió y le acarició la rodilla al ponerse en pie.

–Lo harán –le aseguró, aunque sabía que Herr Becker, del apartamento de arriba, odiaba los pájaros.

Decía que eran una plaga y que los envenenaría si tuviera la ocasión. Era un gran partidario de los nazis y le había escuchado llamar a Frau Cohen y a Aaron «escoria judía» más de una vez. «Le gustaría exterminarlos a ellos también», pensó Katja.

Capítulo 8

París

Con la última edición de *The Parisian* recién salida de las rotativas, llamaron a Daniel Keenan para que fuera al despacho de Chuck Patterson en cuanto llegara al trabajo. Patterson era de Florida y no soportaba tener que ponerse jersey, así que la calefacción central tenía que estar muy alta cuando apenas hacía unos pocos grados sobre cero, como era el caso de aquella mañana de febrero. Llevaba una camisa de rayas con ligas y estaba con ambos pies sobre la mesa cuando Daniel llamó a la puerta.

—Pasa —dijo con voz cansina.

—¿Querías verme?

—Tú dirás si quiero verte, Danny Boy. —Arrojó sobre el despejado escritorio un ejemplar de la última edición, que resbaló por su pulida superfice hasta aterrizar frente a Daniel—. Este artículo que has escrito sobre el discurso de Hitler en el Reichstag...

—¿Qué pasa con él?

Daniel estaba examinando el titular del artículo que había escrito acerca de las amenazas más recientes de Hitler: «Advertencia a Francia».

—No deja precisamente en buen lugar al Führer, ¿no?

Patterson retiró los pies de encima de la mesa y los colocó debajo de ella.

Daniel cogió el controvertido escrito y señaló el titular, incrédulo.

–Ese hombre es peligroso –contestó, con cierta exasperación en la voz–. Representa una amenaza, y hay que advertir a Francia y a los Estados Unidos acerca de él.

Patterson enarcó una ceja y juntó las manos detrás de su cabeza, revelando manchas de sudor en las axilas.

–Corcho, Danny. Hemos recibido una queja.

–¿Una queja? –Daniel soltó una risita. Le gustaban las quejas. Indicaban que alguien leía lo que él escribía–. ¿De parte de quién, Pétain u otro fascista?

–En realidad, de una de tus amistades...

Patterson bajó los brazos, se puso en pie y se dirigió al mueble bar.

–Una de mis...

En aquel momento, a Daniel no se le ocurría nadie.

–Miss Gertrude Stein –respondió el estadounidense, sirviéndose un *bourbon*.

Daniel dirigió la mirada al techo y soltó una risotada.

–Gertrude Stein no es amiga mía. Apenas hemos coincidido un par de veces, y ni se me ocurriría ser amigo de una mujer que cree que Hitler ama la paz. –Su sonrisa se desvaneció–. La conozco meramente por cuestiones profesionales.

Sin ofrecer un trago a Daniel, Patterson dio un sorbo a su vaso y se retiró de nuevo al escritorio.

–Corcho, Danny. Da igual, como si fuera tu santa y difunta madre. Tiene influencia en esta ciudad. Y en los Estados Unidos también. Con ella nadie se mete.

Daniel se pasó una mano por el pelo y se agarró de la nuca.

–Ya lo entiendo –respondió–. Entonces, ¿qué es lo que

quieres que haga? Porque todo lo que escribí en ese artículo lo defiendo.

Patterson suspiró profundamente.

—¿Sabes qué eres, Danny Boy?

Daniel odiaba que la gente lo llamara de aquella manera.

—Un hombre muy terco.

Levantó el vaso ante él y Patterson tomó otro sorbo de *bourbon*.

Daniel asintió:

—Vale, eso te lo admito.

Patterson golpeó su vaso contra el escritorio en señal de frustración.

—Corcho, y también eres jodidamente buen escritor. El mejor que tengo.

De nuevo, Daniel asintió. Estaba bien que lo apreciara, aunque, sin licor, su jefe no llegaba a admitirlo.

—Pero también eres demasiado jodidamente liberal, y ese es el motivo por el que voy a decirte que te cojas un permiso. Ponte al día con tus lecturas. He oído que prácticamente vives en ese sitio... ¿Cómo se llamaba?

Daniel pensó en el local de Sylvia.

—Shakespeare and Company.

—Corcho, qué buen nombre para una librería. Ojalá se me hubiera ocurrido a mí.

Aunque Patterson estaba intentando quitarle hierro al asunto, Daniel no se dejaba enredar.

—No me puedo creer lo que oigo —contestó—. Hitler acaba de anunciar que va a aniquilar por completo a la raza judía de Europa y tú quieres que me abandone a la lectura.

—Solo una semana y luego, cuando vuelvas y estés más fresco, puedes cubrir esto para mí.

El estadounidense arrojó un comunicado de prensa ante él. Daniel observó que decía: «Cuestiones de la mente».

–¿Qué demonios es esto?

No estaba de humor para juegos.

–Una conferencia de esos médicos psico-tal-y-cual en la Sorbona. –Patterson hizo el gesto de llevarse un dedo a la cabeza y dar vueltas con él mientras silbaba–. Escríbenos algo que sea ligero. ¿Qué hace que una mujer sea atractiva para un hombre? ¿Qué hace a un hombre atractivo para una mujer? A nuestros lectores les encantan cosas así. Y un par de estudios de caso sobre cómo encontrar el amor. Eso. –Chasqueaba los dedos mientras se sucedían ideas en su cabeza–. «Me sentía feo, pero un día»... –sugirió a Daniel–. Y los sueños. A la gente le fascina leer sobre el significado de los sueños. Ah, y hay un charlatán que dará una conferencia sobre la vida sexual de los nazis. –Sus hombreras a rayas se tensaron mientras reía–. Eso te vendría que ni pintado, Danny Boy.

Daniel no se podía creer lo que estaba diciendo el director. O, mejor dicho, sí podía, pero decidió ponerlo en duda.

–Chuck, Chuck, ¿me lo dices en serio?

Solo lo llamaba Chuck en privado... y cuando estaba exasperado.

Patterson se apoyó sobre su escritorio y su expresión se tornó grave.

–Lo digo muy en serio, Dan –contestó–. Gertrude Stein es una de las mujeres más influyentes de Francia en estos momentos. No queremos echarlo todo por la borda, ¿verdad? Pórtate bien y todos viviremos felices para siempre.

A Daniel le hacía falta un cigarrillo, pero se había dejado el paquete en su puesto.

–Cubriré la conferencia, pero solo por esta vez. No puedes echarme a un lado, Chuck. Si no...

Patterson negaba con la cabeza.

–Si no, ¿qué? ¿Te vas a buscar otro trabajo? –Su jefe lo miraba con lo que Daniel interpretaba como lástima–. Eso no te va a resultar tan fácil, Danny Boy. Hace falta algo más que escribir bien para ser un buen periodista. Y para llevarnos bien tienes que acatar las reglas. –Cogió un bolígrafo y lo apuntó con él de manera acusatoria–. ¿Recuerdas cuando acudiste a mí el año pasado? Estabas hecho polvo. Yo fui a por ti y te di una segunda oportunidad. No la desaproveches.

Daniel vio sus ojos furiosos y le devolvió la mirada, a punto de estallar.

–Puede que estuviera hecho polvo, Chuck –le replicó–. Pero al menos no soy un vendido.

Y así se largó de aquel despacho como un vendaval, y fue de cabeza a un bar, el que fuera, con tal de que la bebida lo ayudara a olvidar.

Capítulo 9

Hamburgo

—Bien —dijo el doctor Viktor, guardando la página de la transcripción en una carpeta.

Era la segunda semana de Katja en la clínica y, aunque mecanografiar se le daba bien, la distraían continuamente las llamadas telefónicas y las reuniones. Aquella mañana no era una excepción.

—Sí, muy bien. Ahora —dijo el doctor, echando un vistazo al reloj colgado en la pared—. Tengo consulta en diez minutos. Acompañará al caballero a mi despacho cuando llegue, ¿entendido? Y, mientras siga ocupado, usted puede dedicarse a esto.

Le pasó el cuaderno de un lado al otro de la mesa.

—Sí, señor.

El paciente del doctor Viktor, un hombre de mediana edad, con pelo grasiento y labios entreabiertos, llegó un poco antes de la hora de su cita. Katja llamó para ver si el doctor ya estaba listo para recibirlo.

—Herr Levi está aquí, doctor Viktor.

Aquel hombre se veía bastante nervioso y, mientras esperaba, jugueteaba constantemente con el ala de su sombrero y claqueteaba el suelo con los pies.

—Enseguida lo atiendo —pronunció como respuesta.

Un momento más tarde, el doctor se encontraba ante la puerta. Sin embargo, en lugar de su sonrisa habitual, lucía una expresión de desdén.

Herr Levi prácticamente se deslizó a la consulta a través de la puerta que Viktor mantenía abierta. Estaba claro que ambos hombres se conocían, pero la suya no era una relación de amistad. Entonces a Katja se le encendió la luz. Al abrir el cajón de su escritorio, volvió a sacar el punto de libro que había encontrado durante su primer día en la clínica. «Levi». Ese hombre tenía el mismo apellido que el que estaba bordado en el tejido. ¿Sería Leisel Levi familia suya? ¿Su hija tal vez? ¿Habría sido ella la asistente del doctor y, por lo tanto, su predecesora?

Poco después oyó voces que se alzaban. Resultaba difícil concentrarse en la escritura, pero no tuvo que esperar mucho tiempo antes de que se volviera a abrir la puerta. El doctor permanecía molesto en el umbral mientras Herr Levi salía furtivamente de la consulta.

—No van a ser necesarias más visitas —anunció el doctor, de un modo más bien incisivo.

Podría haber dicho perfectamente «espero que nunca más vuelva por aquí», pensó Katja.

El pelo lacio de Herr Levi se balanceaba al negar con la cabeza.

—Ni se le ocurra pensar que no volverá a oír hablar de mí —murmuró antes de salir.

Era una advertencia, o posiblemente una amenaza. En cualquier caso, el doctor no pareció inmutarse demasiado.

—Qué hombre tan detestable —masculló, se volvió y entró en su despacho, como si ni se hubiera fijado en la presencia de Katja.

*

Los días siguientes, Katja pudo seguir transcribiendo sin demasiadas interrupciones. Descubrió que, cuanto más leía, más fácil le resultaba descifrar la caligrafía del doctor. Aparte de sus notas médicas, el doctor hacía observaciones personales sobre su paciente. Encontraba aquello particularmente intrigante. Frunció el ceño al leer aquellas letras tan pegadas las unas a las otras:

Me comentan que este cabo segundo es problemático. Hay un grupito de hombres que se acerca a su cama la mayoría de las noches y presta atención a sus diatribas. Desprecia Austria y dice que es un país corrupto e incapacitado. Alemania, por contra, es fuerte y viril. (Nota personal: ¿posible desajuste sexual? ¿Tal vez una mala experiencia con una mujer judía? Habrá que explorarlo). En cualquier caso, parece culpar a los judíos de todos los problemas de Alemania.

Fuera quien fuera aquel hombre –el paciente–, parecía absolutamente despreciable. Le repugnaba toda persona que mostrara debilidad, o incluso humanidad. «No hace falta ser psiquiatra –se dijo Katja–, para entender que hay una especie de amargura profunda en la cabeza de este hombre». En caso de que estuviera vivo, supuso que ya sería miembro del partido nazi y que portaría su insignia con orgullo, como Fräulein Schauble y el doctor Ulbricht. La necesidad de seguir leyendo, con la esperanza de que el doctor Viktor hubiera logrado curarlo de su aflicción, se apoderó de ella.

Quiere saber por qué los pilotos franceses que habían sido derribados con sus aviones recibían las mismas condecoraciones militares que los pilotos alemanes. De hecho, proponía que dejaran pudrirse sus cuerpos en el campo de batalla.

Sin duda, había algo inhumano en aquel misterioso paciente. Era casi como si estuviera cegado por su propio odio. Parecía que lo incapacitaba para entender las inquietudes y emociones normales. Y, aun así, según las notas del doctor, la gente lo escuchaba. ¿Sería por curiosidad o por fascinación? Era imposible, claro, que se identificaran con el veneno que escupía por la boca. Ella no debería estar preguntándose tales cosas, como bien sabía. Ya no era una estudiante, de quien se espera que cuestione e investigue. Una cruel jugada del destino, además del surgimiento del partido nazi, le habían robado aquel lujo. Ahora no era más que una humilde secretaria, e intentaba llegar a fin de mes. No tenía por qué saberlo, pero, cuanto más leía, más alto sonaba la voz de su padre en su cabeza. «Busca la verdad en todo», le decía. El problema era que, cuanto más supiera, más sospechosa se tornaría.

Era el final de otra jornada laboral.

—Ya estaríamos, gracias, Fräulein Heinz —dijo el doctor Viktor, después de entregarle otra ronda de manuscritos.

Katja se dirigía a la salida, cuando vio que la puerta de su propio despacho estaba abierta. Le impactó ver que el doctor Ulbricht se encontraba en el umbral, con una carpeta entre sus manos. Él también parecía igual de sorprendido al verla. Aunque ella estaba en todo su derecho a estar allí, el modo en que la miró la hizo sentir como si fuera una ladrona a la que hubieran sorprendido con las manos en la masa.

—¡Usted!

—Doctor Ulbricht.

—¿Qué es lo que está haciendo aquí? —preguntó, con la voz cargada de desprecio.

Tragó saliva con fuerza.

–Trabajo para el doctor Viktor. Soy su asistente personal.

–¡Ja! –Volvió los ojos al cielo–. Debería habérmelo olido –murmuró y, sin llamar, se fue derecho al despacho de Viktor, cerrando la puerta de un golpe.

Katja avanzó y apoyó el oído en la madera para escuchar.

–¡Me voy unos días y aquí se arma la de Troya! –gritaba Ulbricht.

–Sus días de permiso parecen haber surtido poco efecto, si me lo permite, apreciado colega –respondió calmo el doctor Viktor.

Consideraba que su compañero era perro ladrador pero poco mordedor.

–¡Esa muchacha! ¿Quién es? –escuchó Katja que decía el joven doctor.

Viktor contestó con mesura:

–Venga, vamos. Ya sabe perfectamente quién es. Usted mismo la entrevistó.

–No juegue conmigo. Vi que estaban juntos la semana pasada en una cafetería. ¿Quién es? ¿Su última puta?

Katja se mordió el labio para sofocar un grito. ¿Su última puta?

Para su sorpresa, la voz del doctor Viktor siguió tranquila:

–Ya sabe que sus acusaciones carecen de fundamento. Como ya le dije, llevaba tiempo pensando en reemplazarla. Voy muy atrasado con el papeleo. Me hacía falta una persona más eficiente y organizada que me asista.

–Eso ya lo veremos –replicó Ulbricht, evidentemente poco convencido–. Pensaba que, después de lo ocurrido, ya habría aprendido la lección.

Viktor emitió un sonoro suspiro y la exasperación se dejó ver en su respuesta.

–Como llevo diciéndole una y otra vez, Ulbricht, y como llevo diciéndole a su padre, nada pasó. Fue algo desafortunado, pero yo no tuve la culpa.

Se hizo el silencio en la sala un instante, antes de que Ulbricht respondiera:

–Levi. ¿Estuvo aquí el otro día, verdad?

–Sí –reconoció el doctor Viktor–. Es tozudo como una mula.

–Bueno... No lo va a seguir incordiando más.

–¿Por qué? ¿Qué quiere decir?

–Le he transmitido a Fräulein Schauble que ya no se permite entrar a judíos en este edificio. Levi y los de su calaña están vetados a partir de ahora.

–Algo por lo que debería estar agradecido al partido –contestó el doctor Viktor con sarcasmo.

Katja se puso tensa al escuchar aquel comentario y se preguntó cómo se lo tomaría Ulbricht, pero, si lo había ofendido, no había dicho nada. Lo siguiente que escuchó fue un golpe seco sobre el escritorio. «Papeleo», imaginó ella. Entonces habló el doctor Ulbricht:

–Las actas de la última reunión del claustro de nuestra facultad.

–Gracias –dijo el doctor Viktor–. Podríamos echarles un vistazo en otra ocasión. Tengo recados que hacer esta noche.

Ulbricht respondió con sorna:

–¡Apuesto a que sí!

De repente, se acercaban los pasos con fuerza hacia la puerta y Katja se retiró a su mesa. Se puso a remover papeles para fingir que estaba ocupada mientras el joven doctor pasaba de largo y se dirigía veloz al pasillo. El doctor Viktor avanzó hasta la puerta intermedia y apoyó la mano en una de las jambas, suspirando profundamente.

–Ya ve, Fräulein Heinz –le dijo despacio, con seguridad–. Tengo más de un enemigo por aquí. Primero ese hombre, Levi, y luego Ulbricht... Ya se imagina sucediéndome en mi puesto, pero le toca esperar un poco todavía. No le haga ni caso a nuestras trifulcas. –Se volvió para mirarla mientras se le arrugaban las comisuras de los ojos–. Usted y yo debemos seguir concentrados en el gran premio.

Katja asintió. «El gran premio». Supuso que se refería a los apuntes que estaba transcribiendo, pero luego se dijo a sí misma que no debía hacer preguntas, aunque aquello estuviera en contra de su propia naturaleza. Debía acallar su curiosidad. No estaba ahí para fisgonear.

–El gran premio –repitió, aunque no tuviera ni idea de qué se trataba.

Capítulo 10

Los ojos de Hitler todo lo veían, vigilaban desde el gran cartel que presidía el concurrido cruce. Había penumbra cuando Katja lo atravesó; iba en tranvía a casa desde la universidad. Por aquel entonces, las esvásticas estaban en todas partes: en los edificios, en las casas y en los brazaletes; pero aquello era algo más. Siempre apartaba la vista, si bien aquella noche no lo hizo, y la mirada penetrante del Führer parecía seguirla mientras avanzaba calle arriba. Por instinto, miró tras sus espaldas. Con toda seguridad, aquellos ojos de un artificioso azul la estarían siguiendo, taladrando su cabeza. Se encogió de hombros.

Para cuando se apeó en su parada de siempre, ya era casi de noche, y se dirigió con decisión a la calle que conducía a su apartamento. Las palabras del doctor Viktor –las que había oído a través de la puerta– se repetían en su mente mientras andaba hacia casa: «Fue algo desafortunado, pero yo no tuve la culpa». ¿La culpa de qué? Imaginó que la visita de aquel hombre, aquel «detestable» Herr Levi, podría haber influido. Algo le había sucedido a la asistente anterior: eso era cuanto Katja sabía. Mientras seguía tensa por el incidente, le pareció oír pasos detrás de ella. Eran ligeros, no amenazadores. Luego empezaron de nuevo. Tras caminar un poco, se volvió de golpe para asegurarse de que nadie la estuviera siguiendo. Lo único que vio fue a un niño, sin sombrero, que se estaba agachando para atarse los cordones. Segura de no correr peligro, Katja se apretó el cuello del abrigo para protegerse del frío y siguió adelante.

Momentos después, volvía a estar en el vestíbulo de su bloque. Comprobó en el buzón si tenía correo. Una factura de la medicación de su madre. Reconoció el sobre, aunque esta vez la reclamación no la llenó de temor. Ahora podía pagarla en su totalidad sin tener que suplicar una prórroga. Justo empezaba a subir las escaleras, cuando oyó abrirse y cerrarse la puerta de entrada. Se giró nerviosa y se encontró con el niño que se había estado atando los cordones.

–¿Te puedo ayudar? –le preguntó Katja.

El muchacho, que parecía tener unos ocho años a lo sumo, afirmó enérgicamente con la cabeza.

–Traigo un mensaje, pero no debo hablarle a nadie –dijo, con los ojos repletos de miedo y de emoción.

Katja sonrió.

–Y, entonces, ¿cómo vas a entregar tu mensaje? –preguntó.

El chico frunció el ceño y puso cara de confusión. Bajo su gorra guardaba un pedazo de papel.

–Tengo que darle esto a Frau Cohen.

La sonrisa de Katja desapareció de inmediato, sabiendo que el mensaje podría ser de Aaron. Tras la visita de la Gestapo, Frau Cohen se había sincerado acerca de su hijo. Era diseñador gráfico en una agencia de publicidad antes de que lo despidieran por ser judío. Pero su madre, orgullosa, anunciaba que seguían reclamando su talento y que muchos clientes le pagaban generosamente sus servicios. Katja llevaba tiempo sospechando que aquellos servicios incluían falsificar documentación para judíos perseguidos, y resultó estar en lo cierto.

Miró a su alrededor.

—Ven conmigo —le dijo, y un instante más tarde Frau Cohen aparecía tras su puerta abierta.

Las preocupaciones parecían haberla envejecido de un día para otro, pero los ojos le empezaron a brillar al oír que le aguardaba un mensaje. Se lo arrancó al muchacho de las manos y devoró su contenido antes de levantar la mirada.

—Gracias al Señor se encuentra a salvo. Mi Aaron está a salvo, pero le avisé de que no volviera durante una temporada.

—¿Sabe...? —empezó a decir Katja.

—No. —Frau Cohen sacudió la cabeza—. Y no quiero saber dónde está.

—Por supuesto —dijo Katja. De algún modo la operación clandestina de Aaron había llegado a oídos de la Gestapo. Tal vez a través de Herr Becker. Y ahora la viuda se hallaba a su merced—. Qué bueno saber que se encuentra a salvo —añadió, aunque era consciente de que Frau Cohen también se hallaba en peligro ahora.

—¿Tiene respuesta? —se hizo oír el chaval, que se sentía ignorado.

A la viuda le tembló el labio.

—Dile que vaya con cuidado, y que lo quiero.

El chico asintió, pero siguió merodeando hasta que Katja abrió el monedero y le ofreció algunos *Pfennigs* por su esfuerzo.

—Gracias —le dijo él, antes de empezar a saltar las escaleras, de vuelta a la fría noche.

«¿Hasta dónde hemos llegado para que haya niños arriesgando su vida haciendo de mensajeros?», pensó Katja.

Capítulo 11

La siguiente ocasión en que fue a trabajar en tranvía, Katja miró hacia otro lado al pasar por el gran cruce a fin de evitar la perturbadora mirada de Herr Hitler. Incluso haciéndolo, simplemente pensar en sus ojos hacía que el miedo le recorriera la espalda. Se decía que había mujeres que se desmayaban al verlo, y ya entendía por qué. Había algo tan desesperadamente magnético en su mirar penetrante, algo de dios que todo lo veía, tan poderoso que hacía creerle a una que sabía lo que guardaba en el corazón.

—Ah, Fräulein Heinz —la saludó el doctor Viktor al llegar al despacho. Estaba de pie junto a un archivador, rebuscando sin ton ni son entre el papeleo—. ¿Ya ha mecanografiado las notas sobre hipnosis que le di el otro día?

Katja asintió. Sabía poco acerca de la hipnosis, pero ya había captado sus principios básicos gracias a los apuntes del doctor. Una vez había asistido a una actuación en el teatro, donde un *showman* hipnotizaba a integrantes del público. Los hizo recorrer el escenario como si fueran pollos, cacareando y sacudiendo las alas. Había sido desternillante, pero el trabajo del doctor Viktor, por supuesto, no era algo de lo que reírse. Llevaba a cabo sus hipnosis en condiciones clínicas. Fuera como fuera, a Katja le pareció que había algo sumamente raro y curioso en hacer perder a alguien su voluntad para obedecer a la de otra persona. No estaba segura de querer que la hipnotizaran.

—Sí, señor —le contestó.

Se dirigió a un armario adjunto y sin molestarse en quitarse el abrigo ni el sombrero, fue directamente en busca del importante fichero.

Él sonrió cuando ella se lo entregó.

—Como sabe, Fräulein Heinz, doy clases hoy por la mañana —le dijo—. Así pues, tendrá bastante trabajo durante unas cuantas horas. —Señaló hacia el cuaderno que había sobre su escritorio—. Recuerde: no debe perderlo de vista.

—Sí, señor— asintió Katja mientras se quitaba el sombrero y lo dejaba en una percha.

Se sentía aliviada por quedarse sola toda la mañana. La constante necesidad de café del doctor Viktor implicaba que a menudo tuviera que adentrarse en la cocina, donde los encuentros con el resto del personal, como la mordaz enfermera Wilhelm —como la llamaba ahora— o la enfermera Blum —muy joven y con una risita aguda e irritante—, eran más que probables.

Se dispuso a trabajar, sabiendo que dispondría por lo menos de tres horas antes del regreso del doctor Viktor. Las siguientes páginas del cuaderno la aguardaban. Empezó.

XX parece tener una personalidad escindida. Si se trata de una maniobra astuta o bien de un auténtico trastorno, es algo que debo descubrir. Aunque he oído que es beligerante, dictatorial y que bordea lo maníaco en compañía de los de su rango, con sus superiores se convierte en alguien sumiso hasta el extremo del servilismo.

Katja sacudió la cabeza. Ya había conocido a varias personas así a lo largo de su vida. Había estudiantes varones de su mismo curso que se comportaban de un modo parecido en la universidad. Sin embargo, cuando pasó a la siguiente página leyó algo preocupante de verdad. Aquel paciente misterioso era claramente un hombre difícil y censurable. Katja ya sentía desprecio por él en su interior, pero lo que halló en aquella página la hizo temblar. Lo leyó de nuevo y volvió a temblar. Con la letra del doctor Viktor, había escritas las siguientes palabras: «Dijo que sus ojos se habían convertido en brasas ardientes y que todo se había sumido en la oscuridad». Fuera quien fuera aquel paciente, parecía profundamente trastornado. Al imaginar los ojos de aquel hombre enrojecidos y ardiendo en sus cuencas, de repente le vino a la mente una imagen de Satanás que había visto de niña en la iglesia. La criatura cornuda, con sus ojos en llamas, le había resultado tan perturbadora que la hizo gritar y ocultar su rostro en el abrigo de su madre.

El agudo timbre del teléfono interrumpió sus pensamientos. Sonó tres veces antes de que respondiera:

–Despacho del doctor Viktor.

–¿Quién habla? –preguntó una voz femenina.

–La asistente del doctor Viktor –respondió Katja.

–¿No me diga?

A Katja le sorprendió el tono.

–¿Puedo ayudarla en algo?

Pero la mujer que llamaba se limitó a hacer un ruido extraño, como si resoplara, y colgó.

La llamada, junto con la transcripción que acababa de finalizar, había desconcertado a Katja, como si algo no terminara de cuadrarle, pero sin saber exactamente qué era. Se sintió incómoda.

*

Al volver a casa aquella noche, el tranvía empezó a frenar de nuevo en el cruce con el enorme cartel del Führer. Solo que, aquella vez, en lugar de apartar la vista como anteriormente había hecho, Katja miró fijamente la imagen y, en particular, los ojos de Hitler. Había algo en ellos: algo hipnótico y perturbador. Fuera lo que fuera la paralizó, y un calambre, como una descarga eléctrica, le recorrió el cuerpo entero. Los cables hicieron contacto y crearon un circuito. De pronto, en aquel instante, lo supo.

Rápidamente, se levantó de su asiento y pugnó por avanzar hasta la salida más cercana. Tenía que abandonar el tranvía en la parada siguiente. La puerta estaba a punto de cerrarse, pero sacó la mano afuera y la forzó hasta abrirla, logrando saltar a tiempo a la acera. La calle estaba muy transitada por caballos y carros, pero dio bandazos entre ellos y a punto estuvo de que la arrollara un camión –que le tocó el claxon– antes de alcanzar la seguridad del otro lado. Tras detenerse un segundo para recobrar el aliento, se dirigió a la derecha y recorrió los pocos metros que mediaban entre el bulevar y la librería de Herr Wortzman. Un mero vistazo a la ventana le reveló lo que necesitaba saber, y se apresuró al interior.

El propio Herr Wortzman estaba tras el mostrador.

–Fräulein Heinz. Qué bonita sorpresa. Hacía tiempo que no la veía –la saludó, con una imprevista sonrisa en los labios.

Pero Katja no estaba de humor para cumplidos. Cortándolo con un brusco «buenas noches, Herr Wortzman», corrió al escaparate y cogió un volumen, que puso sobre el mostrador para pagarlo.

Las pobladas cejas del librero se alzaron al ver lo que pretendía comprar.

–¿Está segura?

Katja apenas podía mirarlo a los ojos, percibiendo su desaprobación, pero asintió mientras le hacía entrega de un billete.

–Muy bien, Fräulein –dijo con frialdad, envolviendo el libro con papel marrón y atándolo con un cordel. Un momento después, le entregaba su compra, con una mueca de asco en su rostro que no pasó inadvertida a Katja–. Aquí lo tiene.

–Gracias –murmuró ella, arrancando el libro de sus manos y abandonándolo en el bolso como si le quemara entre los dedos.

Sabía lo que él estaría pensando: que su padre se estaría revolviendo en la tumba. Pero no podía explicarle el motivo de su compra. Todavía no.

Aquella noche, tras asegurarse de que su madre hubiera cenado y tras meterla en la cama, Katja fue a su cuarto. Bajo la pálida luz de una lámpara de petróleo, partió el cordel y arrancó el envoltorio marrón. La cubierta roja con tipografía gótica que antaño le había producido asco parecía invitarla a abrir el libro.

–Perdóname, Vati –murmuró mientras, con manos temblorosas, tragaba saliva con asco, abría el libro por la primera página y empezaba a leer *Mein Kampf*.

Capítulo 12

Por segunda vez, el mundo de Katja daba un vuelco repentino e irrevocable. A la mañana siguiente su trayecto en tranvía discurrió como siempre, seguido de un breve paseo a la clínica. Como todos los miembros del personal, ahora saludaba a la «comandante» Schauble, sentada en su puesto, antes de dirigirse al despacho y colgar sombrero y abrigo como solía hacer. Aunque exteriormente nada había cambiado, por dentro se sentía incendiada. Tenía el estómago revuelto y sus nervios estaban tan enardecidos que experimentó alivio al ser llamada de inmediato por el doctor Viktor.

Él se hallaba de pie junto a una estantería sacando libros, pero ni la miró al desearle buenos días. Katja cerró la puerta tras de sí y murmuró su respuesta, pese a que, mientras se dirigía a su mesa con un puñado de libros en las manos, Viktor parecía indiferente a su presencia.

–Tengo varios exámenes que revisar, Fräulein Heinz –le dijo, todavía sin mirarla, dejándolos sobre el escritorio–. De modo que no la voy a molestar mientras trabaja. Aquí tiene.

Ladeó la cabeza hacia el extremo de su mesa, apuntando al famoso cuaderno, y se dispuso a coger un montón de papeles que tenía delante.

Katja, sin embargo, se quedó inmóvil. Al ver su inacción, el doctor la miró directamente por primera vez, comprobando que sus ojos permanecían fijos sobre él. Frunció el ceño.

–¿Algo va mal, Fräulein Heinz? –preguntó extrañado.

Katja notó que la sangre le palpitaba en los oídos y pensó que le iba a estallar el corazón.

–Sí, Herr Viktor –le respondió.

Se le clavaban las palabras en el paladar, pero no le salían, como si fuera a atragantarse con ellas. La noche anterior, a la luz de su lámpara de petróleo, había leído acerca de un joven austríaco que se unió al Ejército alemán y que el 15 de octubre de 1918, estando destinado cerca de una aldea belga, aseguraba haber sido cegado por un ataque británico con gas. Sus ojos, según había descrito él mismo, se convirtieron en «brasas ardientes» y todo cuanto había a su alrededor se sumió en la oscuridad. Entonces supo Katja lo que su corazón ya había sospechado anteriormente: que el misterioso paciente del doctor Viktor no era un soldado corriente cuyo caso había sido de interés para sus colegas psiquiatras. Ahora sabía con certeza que su paciente no era sino Adolf Hitler, el Führer en persona.

–Sí, algo va muy mal –repitió, temblándole las palabras en la boca.

Viktor se recostó, clavándole la mirada, tratando de interpretar la de ella. Un momento más tarde, suspiró hondamente, se apoyó sobre la mesa y dispuso los dedos como si estuviera rezando.

–Se lo ruego, entonces. Por favor, comparta sus angustias –le dijo.

Katja sintió su cuerpo tensarse. Por la expresión del doctor y el modo en que el color se había desvanecido de su rostro, entendió que él ya sabía lo que ella le iba a decir. También supo que su respuesta la dejaría en posición de vulnerabilidad. Pero un secreto tan grande no se podía ocultar.

–Mire, señor... Los apuntes... Las notas... Me parece... Me parece...

A Katja le resultaba doloroso decirlo.

–¿Qué le parece? –trató de ayudarla el doctor Viktor, a quien claramente le costaba mirarla.

–Me parece que he descubierto... me parece...

Su valor la estaba abandonando.

–Ya lo sabe, ¿verdad? –la interrumpió el doctor, salvándola de su ansiedad.

Soltando un suspiro, asintió.

–Sí, señor. Creo que sí.

Viktor permaneció en silencio un instante, bajando la mirada hacia el escritorio, antes de volver a alzarla.

–Me temía que lo iba a adivinar. Usted es hija de su padre. Inteligente y curiosa.

–No era mi intención. Solo que... –arrastraba la voz, sabiendo que sonaba patética.

Su curiosidad la había conducido a aquella situación, y ya no había salida.

El doctor emitió un profundo suspiro y levantó una mano.

–Es culpa mía. No debería haberla puesto en esta situación. ¿Entiende usted que se encuentra en peligro?

Asintió de nuevo. Por supuesto que sí. De solo pensarlo se sentía aterrada. El enigmático paciente a quien había tratado el doctor Viktor aquellos años –ese hombre cuya histérica psique pregonaba el odio, ese hombre cuyo estado mental era de todo menos equilibrado, ese hombre que podía ser demasiado peligroso para integrarse en la sociedad y mucho más para gobernar Alemania– no era otro que el mismísimo Adolf Hitler.

–Si alguien se entera de que me encuentro en posesión del cuaderno, estaré condenado para siempre. ¿Comprende?

Katja, demasiado aturdida para responder, permaneció en silencio, pero asintió.

–¿No piensa decir nada?

–Nada –logró decir ella.

–Sabía que podía confiar en usted.

Katja comprendió enseguida a qué clase de problemas podía tener que enfrentarse, conociendo las políticas de los nazis: echar puertas abajo, sacar a rastras a los hombres de sus casas, incendiar los negocios de los judíos y apalizar a los opositores políticos. Lo había visto con sus propios ojos, y también su querido Vati.

–Se lo juro por la memoria de mi padre. No se lo voy a decir a nadie.

Notó que una sonrisa se asomaba a los ojos del doctor Viktor.

–Estaría orgulloso de usted.

Una imagen del angustiado rostro de su padre, yacente en su cama de hospital, le invadió de pronto la mente.

–Es lo mínimo que puedo hacer.

El doctor le clavó una mirada desconcertante y asintió:

–Ahora que ya lo sabe, tal vez haya algo más que podría hacer –sugirió.

–¿Señor?

Esta vez se mordió el labio, pensativo.

–Usted y yo debemos hablar –le dijo–. Pero lejos de aquí.

Katja se sintió confusa.

–Pero yo...

Él la interrumpió, atravesándola con una mirada penetrante.

–Si dice seriamente que quiere honrar la memoria de su padre, tal vez sea el momento de actuar.

Por aquellos días las noches se iban retrasando. El invierno todavía tenía la ciudad en sus garras, pero al menos el sol aparecía de manera intermitente. Cuando Katja llegó a su casa aquella noche, seguía habiendo luz. Encontró a su madre encorvada en una silla en el balcón, acompañada de una docena de palomas. Su silueta contrastaba con el tono rosado del cielo, y tenía la cabeza caída.

–Hola, Mutti –la llamó Katja tras la puerta del balcón–. Hace frío, ¿por qué no entras?

Al no obtener respuesta, se dirigió rápidamente a ella y vio que su madre levantaba la mirada, con la angustia posada en el rostro. Fue entonces cuando Katja se fijó en la sangre de su blusa.

–Mutti, ¿te has hecho daño? –Vio que su madre acunaba algo sobre su regazo y al instante se dio cuenta de que lo que había visto no era su sangre. Acercándose más a ella, descubrió que pertenecía a un pájaro: a uno de aquellos pájaros asilvestrados que habitualmente se congregaban en su balcón. Estaba inmóvil y claramente herido. También había sangre en las manos de su madre–. ¿Qué ha pasado?

–Un muchacho –contestó Hilde, con los labios temblorosos de repente–. Iba con un tirachinas y disparó hacia aquí. –Al instante rompió a llorar–. ¿Por qué haría algo así? –se preguntaba con pena.

Katja la cubrió entre sus brazos, consolándola.

–Qué cruel –dijo, contemplando la paloma, que tenía parte de las plumas grises de su pecho húmedas por la sangre carmesí. Parecía que su carne hubiera sido atravesada por un proyectil. Apartó la mirada.

En una esquina había lo que parecía una piedra. Dejando a su madre, que lloraba todavía, recogió el objeto. Era una piedra, era evidente, pero también estaba envuelta en arpillera y atada con un cordel. ¿Por qué haría alguien algo así? A no ser que hubiera algo dentro del envoltorio... Tiró del nudo, pero estaba atado con demasiada fuerza, así que fue a la cocina y abrió el extraño paquete con un cuchillo afilado. Tenía razón. Al retirar la arpillera, un papelito delgado cayó y sus ojos se abrieron en señal de alarma. Un mensaje.

–¡Kati, Kati! ¿Qué estás haciendo?

–Ya voy, Mutti –murmuró mientras leía la nota, y una sonrisa reemplazó su rostro de preocupación.

En el papel iba impreso, en tinta, el siguiente texto: «POR FAVOR, ENTREGAR A FRAU COHEN».

Una risotada escapó de los labios de Katja. Apenas podía creerse lo que acababa de leer. El muchacho que había disparado la piedra no era un cruel matón, como su madre había pensado, sino un mensajero. La desgraciada paloma no era su objetivo, tan solo se había interpuesto en su camino. Corrió hacia la puerta del balcón, fue a por su madre y, con ternura, recogió la paloma de su regazo.

–La cuidaremos hasta que se mejore –le dijo–. Pero ahora mismo, Mutti, tú y yo tenemos que entregarle un mensaje a Frau Cohen.

Capítulo 13

París

Apenas era mediodía y Daniel Keenan ya iba por su segunda copa en el bar junto al bulevar Saint-Michel, del que era parroquiano habitual. A través de la ventana, aquel día de finales de febrero ya contenía la promesa de la primavera. A pesar del viento helado que soplaba a lo largo del Sena, bajo el sol hacía calor. Unos gatos perezosos buscaban un sitio en los tejados donde poder descansar, mientras que las terrazas de los cafés estaban llenas de gente sonriente. Antaño él había sido uno de ellos. Pero ya no.

Acababa de echar la colilla de otro cigarrillo en el cenicero desbordante, cuando se le unió un judío flaco de incipiente calvicie. La mayoría de la gente habría dicho que Oskar Dreiberg tenía cuarenta y muchos años, pero solo contaba con treinta y cinco. La vida, o más bien los nazis, no le había sonreído precisamente. Huyó de Alemania después de la quema y ahora se encontraba en una esquina de la mesa de Daniel, apoyándose en un bastón. En su mano libre sujetaba un vaso de vino tinto.

—Oskar —lo saludó Daniel con indiferencia.

Prefería beber solo.

—¿Pu-puedo juntarme contigo?

Sus ojos, enmarcados en gafas doradas, recorrieron el bar. Estaba nervioso, y no era solo su tartamudeo lo que lo delataba.

Al ver tan tenso a su conocido judío, Daniel le indicó la silla que estaba frente a la suya.

–¿Cómo te trata la vida, Dreiberg?

–No me puedo quejar –contestó Oskar, encogiéndose de hombros, mientras tomaba asiento y ponía recta su pierna izquierda frente a él–. Considerando lo que está sucediendo en mi país, tengo mu-mucha suerte de estar aquí.

Daniel asintió. Todo el mundo sabía que los judíos alemanes estaban sufriendo a causa de Hitler.

–¿Y Alfred? ¿Tienes alguna noticia de España?

Alfred Kantorowicz era uno de los fundadores de la Biblioteca de los Libros Quemados en París. La inauguraron durante el primer aniversario de la quema de Berlín, y contenía miles de libros considerados sediciosos y prohibidos por los nazis. Tras huir de Alemania, Alfred, abogado e intelectual, había ido a España a luchar junto a las Brigadas Internacionales, dejando a Oskar a cargo de la biblioteca.

–Lo último que oí es que estaba en Co-Córdoba. Pero de eso ya hace un par de meses –tartamudeó Oskar.

Daniel alzó su vaso de *whisky* a medio beber.

–En ese caso, brindemos para que vuelva sano y salvo.

El bibliotecario también levantó el vaso, asintiendo.

–De hecho, de eso te quería hablar.

–¿Ah, sí? –Daniel parecía sorprendido.

–Sí. Me ha contactado un antiguo socio de Hamburgo. Tiene algo… –hizo una pausa, en busca de la palabra justa– algo importante. Un cuaderno que, según él, puede ser valioso para personas, digamos, de mentalidad democrática.

Daniel se dio cuenta de que Oskar estaba mirando a su alrededor mientras hablaba. Sacó un paquete de Gitanes del bolsillo de su americana y le ofreció uno. A Oskar le temblaba el pulso mientras lo cogía.

—Suena interesante —dijo Daniel, que encendió una cerilla y la acercó al cigarrillo de Oskar—. Pero si es algo remotamente político, ya sabes que no resultará de interés para *The Parisian*. Actualmente, el director solo quiere cotilleo, moda y crítica teatral.

Oskar levantó de golpe la cabeza.

—No he dicho que fuera po-político.

Daniel lo miró cómplice.

—No hacía falta que lo hicieras.

Ahora se encendió él un cigarrillo, rodeó la llama con la mano y tomó una honda bocanada del Gitanes.

—Entonces, ¿por qué crees que lo que tiene este socio me interesará?

Oskar tomó una primera y dubitativa bocanada y tosió. Estaba claro que no era fumador. Inspeccionó la punta encendida con la curiosidad de un niño y luego se inclinó hacia delante.

—Conozco tu opinión sobre los nazis —dijo con una voz que se elevaba apenas sobre un susurro—. Y mi contacto busca un me-medio donde publicar. Me preguntaba... Esperaba...

Se echó hacia atrás.

El rostro de Daniel forzó una sonrisa, algo que no sucedía a menudo por entonces.

—Un medio —repitió, asintiendo lentamente con la cabeza, antes de depositar el cono de ceniza de su cigarrillo en un platito—. Pero, por supuesto, debes de conocer decenas.

Estaba jugando a ser el abogado del diablo.

Oskar se encogió de hombros.

—Claro que sí. Pero este medio tiene que ser...

–Valiente, contestatario –sugirió Daniel y dio de nuevo una calada a su cigarrillo.

–Precisamente.

–¿Y quieres hablar con ella?

Por primera vez en su conversación Oskar se permitió una sonrisa silenciosa. Por lo menos ambos tenían en mente a la misma persona.

–Conoces bien a Miss Beach.

Daniel también sonrió, a la vez que afirmaba con la cabeza.

–Una cosa es publicar la inmunda, aunque sea genial, novela de James Joyce y otra muy diferente publicar algo... que no sé. –Se encogió de hombros y volvió a darle una calada a su cigarrillo–. ¿Estás diciendo que esa obra es antifascista?

Oskar a punto estuvo de salir disparado de su silla y se llevó la mano directamente a los labios indicándole a su compañero que bajara la voz. Ambos sabían que había espías nazis en la ciudad, pero el francés medio estaba más interesado en las eliminatorias de la Coupe de France que preocupado por las intenciones de Alemania.

El bibliotecario dio otra calada y tosió de nuevo.

–No exagero si digo que podría de-derribar el Gobierno de Hitler.

Le temblaba la voz y mantenía baja la mirada.

Daniel suspiró profundamente.

–Dios mío –murmuró.

–Es un asunto delicado –dijo Oskar, finalmente–. Tal vez podamos hablarlo más a fondo, en privado.

Daniel posó su mirada en el cenicero mientras apagaba su cigarrillo lentamente y con avidez.

–Entonces, ¿es un escrito candente? Eso es lo que me estás diciendo. ¿Y me estás invitando a quemarme las manos?

Oskar frunció el ceño.

—Toda Europa se arriesga a ser pa-pasto de las llamas si alguien no decide hacerle frente a ese loco.

Lo dijo con serenidad, pero con una terrorífica intensidad que hizo que Daniel se lo tomara en serio.

—¿Es una obra lista para publicar o requiere edición?

Las cejas del bibliotecario se levantaron a la vez.

—No estoy seguro.

Daniel tomó un sorbo de *whisky*.

—Sé que Sylvia lo pasó fatal con el manuscrito de Joyce. Escribió la mitad en la imprenta y se juró que jamás volvería a aceptar nada que, digámoslo así, no estuviera completamente pulido.

Daniel vació su copa. No estaba tratando de ser deliberadamente obtuso, pero Oskar ya se había hecho a la idea de que, si quería llegar a algo, debía intentarlo con más fuerza.

—¿No te preocupa, Mister Keenan, toda esta situación, lo de Hitler...?

El irlandés contrajo los labios.

—De llegar a una guerra, no se librará en mi nombre.

Oskar dejó caer los hombros, pensando que probablemente estaba malgastando su tiempo.

—Quizás no, pero te va a afectar. Nos va a afectar a todos.

—Daré el paso cuando toque, Oskar. Por ahora, otras cosas me ocupan la mente.

Dreiberg sabía que Daniel seguía con su propio dolor. Apagó la colilla de su cigarrillo a medio fumar y se puso en pie.

—Por supuesto —dijo—. Siento haberte incomodado.

—¿Tan pronto te vas? —le preguntó Daniel—. Pero si no te has acabado el vino.

Señaló el vaso de tinto, que casi ni había tocado, sobre la mesa.

Oskar le devolvió una leve sonrisa.

—Cuando trabajo, no me va bien el alcohol. Nos vemos.

—Sí. *À bientôt* —dijo Daniel, cogiendo el vaso de vino y alzándolo mientras observaba cómo el hombre cojeaba hacia la puerta.

Antes incluso de perder de vista a Oskar Dreiberg, se había bebido el vaso entero de un trago.

Capítulo 14

Hamburgo

Al tiempo que cedía la luz de aquel invierno tardío se encendía la de las farolas en la Mönckebergstrasse, donde Katja había quedado con el doctor. Era la calle más elegante de Hamburgo, que enlazaba la vieja ciudad gótica con la estación de ferrocarril. Los candelabros de cristal de las joyerías y perfumerías centelleaban y las velas sobre las mesas de los restaurantes empezaban a encenderse. Justo a un lado de la calle, repleta de gente comprando o volviendo a casa, había otra calle paralela, más pequeña, donde las fachadas más desgastadas se caían a pedazos y el yeso estaba negro por la mugre. Ahí también prendían las luces eléctricas sobre los timbres nocturnos de los hoteles alquilados por horas.

De camino, Katja se detuvo a comprar en el quiosco de la esquina un ejemplar del *Eco de Hamburgo*. Había oído a algunas enfermeras hablar emocionadas sobre la visita de Hitler de la semana próxima. La enfermera Wilhelm y la enfermera Blum estaban en la cocina cuando escuchó, por casualidad, que a esta última le habían concedido permiso para ir a ver el desfile del Führer a su paso por el centro de la ciudad. Según el artículo del periódico, Hitler iba a visitar los muelles para inaugurar un nuevo buque de guerra, que llevaba el nombre del gran excanciller alemán, Bismarck, desde el que arengaría a los obreros. Ello iría seguido de una visita por los astilleros. Durante los días siguientes, Katja sabía que la ciudad entera se hallaría en estado de ebullición. «Que Dios se apiade de las voces discordantes», pensó.

Por el motivo que fuese, y que Katja no alcanzaba a ver, el doctor Viktor consideró que un café cercano, en aquella sórdida calle lateral, sería el lugar ideal para encontrarse. Cuando llegó, lo vio sentado cerca de una esquina. El frío había llenado de vapor la montura de sus quevedos, e iba desempañando los lentes con un pañuelo. Tenía un vaso de *Schnapps* a medio vaciar. Se puso en pie cuando Katja se acercó a él.

−¿Está segura de que no la han seguido? −le preguntó, apuntando al banco de al lado.

−No lo creo −respondió, deslizándose en su asiento.

Ya estaba nerviosa y aquella pregunta la puso todavía más.

El doctor Viktor le había dado instrucciones de que no debía mencionar su secreto en las instalaciones de la clínica. Ya le había advertido que estuviera siempre en guardia; especialmente en la clínica, donde sus enemigos, como el doctor Ulbricht, estaban más que felices de rondarlos como si fueran tiburones, listos para atacar al primer rastro de sangre. Debía permanecer alerta ante cualquier cosa sospechosa: sonidos raros en la línea telefónica, sombras inexplicables, archivos que no estuvieran en su sitio; pero, sobre todo, no debía decir nada. Toda conversación acerca del «paciente austríaco», como se refería él a Adolf Hitler, debía tener lugar en una zona neutral, donde no llamaran la atención. De ahí aquel café del centro de la ciudad.

No hacía falta que le explicaran a Katja cuán explosivas resultaban las notas del doctor Viktor. Por supuesto, no tenía ni idea de qué pensaba hacer con ellas una vez transcritas, pero estaba claro que tenía planes. Puede que las utilizase como herramienta de negociación o –Dios no lo quisiera– para chantajear, aunque estaba segura de que el doctor no era un criminal. También había otra posibilidad. En manos de alguna potencia extranjera –supongamos que enemiga de Alemania–, podrían servir para desestabilizar al Gobierno nazi. Y ahora que ella sabía lo que contenían aquellas notas –aunque someramente, no en detalle–, fueran cuales fueran aquellos planes, por fuerza la involucraban a ella.

Katja le dijo a su madre que trabajaría hasta tarde. Ni en sueños le iba a preguntar al doctor qué excusa le había dado a su esposa, aunque tenía la impresión de que el suyo no era un matrimonio feliz. Viktor, de vez en cuando, hacía algún comentario de despecho: «A Frau Viktor no le parecería bien» , «a Frau Viktor tal o cual cosa le importa un bledo». De hecho, cada vez que mencionaba a su esposa, era en un contexto negativo. Cuanto más pensaba en ello, más le parecía que la enigmática mujer que llamó el otro día sería probablemente ella.

Una camarera pasó su mesa de largo y Viktor chasqueó los dedos.

–*Ein Espresso, bitte* –pidió.

Tenía todavía el sombrero encima de la mesa y seguía llevando el abrigo. Katja de repente se preguntó si tal vez sería por si tenían que largarse a toda prisa. Aunque en el café hacía calor, ella tampoco se quitó el abrigo ni el gorro.

–Tengo mucho que contarle –le dijo él, recolocando sus quevedos en su nariz, con los ojos fijos en ella, bien abiertos, como si verla con claridad le sorprendiera. Las mesas en la parte anterior del café estaban todas ocupadas, pero ellos eran los únicos clientes del fondo–. Por supuesto, muchas cosas ya las sabe, pero parece que la he subestimado.

–¿Señor?

–Pensé que cabía la posibilidad de que descubriera la identidad de mi paciente cuando hubiera acabado de pasar mis notas a máquina –le dijo con una sonrisa sardónica–. Pero antes no.

Katja apretó los labios. Los piropos no la salvarían si una bota nazi le pisaba el cuello. Ya sabía eso. Justo entonces volvió la camarera y depositó un *Espresso* ante ella. Katja, observando su taza, le dijo al doctor:

–Ahora que ya he abierto la caja de Pandora, ¿me contará la historia al completo?

Se podía permitir hablarle con franqueza, ya que, a fin de cuentas, tenía una buena mano en aquella peligrosa partida de póquer.

Tras sacar la pipa de su bolsillo, Viktor procedió a llenarla de tabaco de una petaca mientras se disponía a hablar.

–Muy bien –respondió–. Si lo tiene claro... Supongo que es justo que se lo cuente todo –murmuró antes de mirarla–. Ahora que lo pienso, le debo una disculpa.

–¿Una disculpa?

«Los hombres jamás se disculpan ante sus secretarias», pensó Katja. Ahora bien, tal vez precisamente por lo que había descubierto la consideraba más como a una igual.

–Sí –hundió la mirada de nuevo–, le he hecho entrega de un cáliz envenenado y no puedo pedir que beba de él.

Katja advirtió, como si fuera una nube de tormenta que se avecinaba sobre su cabeza, dispuesta a aplastarla con un pesado chaparrón, que el doctor Viktor le estaba ofreciendo la oportunidad de largarse, de escapar al diluvio, de evitar ahogarse. Hizo una pausa antes de continuar. «¿Qué es lo que Vati haría?». No tuvo que pensar mucho. Su padre habría tomado el cáliz entre ambas manos y hubiera bebido de él, sabiendo que, si no lo hacía, más vidas se perderían.

—Cuénteme —dijo enfáticamente—. Cuéntemelo todo.

—¿Lo tiene claro? —Le estaba dando una segunda oportunidad—. No es demasiado tarde...

—Por favor —le respondió Katja, enderezando el cuello, como si se estuviera preparando para la colisión—. Soy consciente del peligro.

Viktor se aclaró la garganta.

—Muy bien —convino—. Empezaré por Pasewalk, hacia el final de la guerra.

—Pasewalk —repitió ella, pensando en la carta llena de manchas.

Él asintió.

—Es un pueblo a unas cinco horas hacia el este desde aquí. En 1918, yo estaba en la Kriegsmarine, la fuerza naval, destinado en el hospital como psiquiatra. Ya sabe que a mi paciente le había sido diagnosticada una ceguera histérica, y que yo estaba convencido de que no tenía la vista físicamente dañada. También sabe que había recibido informes acerca de su conducta, en los cuales se mencionaba su agresividad, su odio patológico hacia los judíos y su absoluta negativa a aceptar la inminente derrota de Alemania en la guerra.

—Hasta ahí lo sé todo —reconoció Katja.

—Por entonces, casi todo el mundo había aceptado que la patria estaba al borde de la derrota. La Gran Guerra estaba perdida. Nuestros soldados iban cayendo como moscas. La gente estaba pasando hambre. Estábamos acabados.

Uno de los más vívidos recuerdos que tenía Katja de su infancia era el de su madre llorando al pedirle un poco de pan. No les quedaba.

—Me acuerdo —dijo, asintiendo con la cabeza.

—Sin embargo, mi paciente se negaba rotundamente a creer que Alemania fuera a perder. Creo que habría preferido la muerte antes de aceptar la derrota. —Sacudió la cabeza, como si volviera a revivir su dilema—. Pensé largo y tendido cómo debía ocuparme de su tratamiento y finalmente se me ocurrió una solución. Los argumentos lógicos no servían de nada. No había nada lógico en la ceguera de aquel hombre, de modo que usar la razón era perder tiempo.

Katja frunció el ceño.

—Me temo que no le estoy siguiendo.

Viktor suspiró pesadamente.

—Llegué a la conclusión de que el único modo en que podría curarlo de sus obsesiones era consintiéndoselas.

—¿Consintiéndoselas? —repitió Katja—. ¿Quiere decir que se dedicaba a mentirle?

Vio que los ojos del doctor se abrían como platos tras sus lentes, encantado de que estuviera siguiendo su argumento. Se inclinó hacia delante y su voz subió de tono, excitado.

—Aquel hombre deliraba completamente. Ah, y también tenía insomnio. No me quedaba más que luchar con sus mismas armas. De modo que eso es exactamente lo que hice.

Katja miró a su alrededor, esperando que el entusiasmo con que hablaba el doctor no hubiera llamado la atención. Consciente de que había elevado demasiado el tono, Viktor prosiguió a media voz:

—Debía hacerle creer que su voluntad era todopoderosa y que, si quería volver a ver, entonces podía obrar un milagro sobre sí mismo. Solo él poseía el poder de devolverse la vista.

–¿Qué es lo que hizo?

–Lo fui a buscar una noche para hablar con él a la luz de una vela –siguió, alumbró una cerilla como si quisiera ilustrar su argumento, y hundió la llama en la cazoleta de su pipa–. Hice que se sentara en una silla cerca de las velas prendidas y lo examiné con mi oftalmoscopio. Aquellos ojos eran de un azul extraordinariamente penetrante. Jamás había visto nada como aquello. Sí, los tenía inflamados, pero probablemente por la falta de sueño; no había motivos para que no pudiera ver. Su reflejo en las retinas era normal. Pero incluso así... –hizo una pausa, volviendo a imaginar la escena–, incluso así, su rostro mostraba terror. Sus rasgos parecían demacrados y tensos, y yo sabía que esperaba que le reiterase lo que los demás doctores le habían dicho: que sus ojos estaban perfectamente, que estaba mintiendo y que, si quería, podía ver.

Katja se acercó aún más.

–Entonces, ¿qué es lo que le dijo usted?

–Apagué las velas y le dije que sus ojos habían sido gravemente dañados durante el ataque con gas. Le dije que realmente estaba ciego y que nadie debió haber dudado jamás de él, un buen ario de naturaleza intachable y poseedor de la Cruz de Hierro.

–¿Y qué dijo de aquello? –preguntó Katja.

–Se veía aliviado por mi diagnóstico. Como si le hubieran hecho justicia. Pero luego lo devolví a la tierra. Le dije que jamás volvería a ver, a menos que...

Dio una calada a la pipa, y una nube de humo lo envolvió repentinamente.

–¿A menos que...?

–A menos que creyera en los milagros.

–¿Milagros?

–Sí. Le di a entender que, mientras que la mayoría creía que ya no ocurrían milagros, si es que alguna vez ocurrieron, la historia demuestra que sí existieron algunos individuos extraordinarios que pudieron doblegar la naturaleza a su voluntad. Postulé que poseían un don verdaderamente especial. Nombré a Jesús y a Mahoma a modo de ejemplo. Sus poderes, su voluntad, demostraron ser supremos, y solo una persona excepcional con una energía espiritual ilimitada podía aspirar a emularlos.

Katja respondió susurrando con incredulidad:

–¿Cómo?

–Lo había estado estudiando, recuerde, durante casi un mes. Sabía que se creía superior a todo el mundo, que pensaba que se le había hecho entrega de un don especial de liderazgo, y que se veía como si tuviera poderes mesiánicos. De modo que sugerí lo opuesto. Jugué a hacer de abogado del diablo y le dije que solo una persona con atributos espirituales supremos y una voluntad de hierro podría adueñarse de la oscuridad y alcanzar la luz.

–¿Y qué ocurrió entonces?

–Volvió su cabeza hacia mí y me preguntó, de modo casi sumiso, si realmente pensaba que él podría ser especial. En ese momento supe que lo tenía comiendo de la palma de mi mano. Estaba depositando su confianza en mí: él, que injuriaba a todo el mundo, me estaba demostrando respeto.

Katja vio que los ojos del doctor se tornaban llorosos.

–¿Qué hizo usted? –le preguntó.

–¿Qué hice yo? –repitió, con la mandíbula temblándole de pronto–. Hice lo peor que podría haber hecho en toda mi vida. No costó demasiado. Era muy sugestionable, y logré que creyera en sí mismo. Le dije que solo él tenía el poder de superar su ceguera. Durante los minutos siguientes, alimenté su ego. Logré convencerlo de que tenía el destino de Alemania en sus manos, pero que, para ejercitar su poder, debía demostrar que su voluntad lo superaría todo, incluyendo sus limitaciones físicas. –Hizo una pausa y sacudió la cabeza–. Luego encendí una cerilla y le ordené abrir los ojos.

Katja ahogó un grito.

–¿Y?

El doctor se humedeció los labios.

–Casi de inmediato me dijo que veía algo, pero le dije que «algo» no era suficiente. Lo insté a que se concentrara, a que centrara su mente. Le recordé que la patria necesitaba jóvenes como él, con arrojo y fuerza. Volví a encender la vela ante mí y le ordené que la viera. Le dije que tenía el poder en su interior para obrar un milagro. Lo obligué a ver por el bien de Alemania.

La voz del doctor volvía a elevarse y estaba mirando, más allá de Katja, a la nada.

–¿Y funcionó?

La pregunta de Katja lo devolvió al momento presente, pero, con el recuerdo, sus ojos volvieron a llenarse de lágrimas.

–Sí, funcionó. Empezó a recuperar la visión, como sabía que iba a suceder. Me dijo que podía verme la cara, mi anillo y la bata blanca que llevaba. Y yo... yo le dije... –se le atragantaban las palabras– le dije que se había curado.

Al ver cómo unas lágrimas se asomaron a sus ojos con un parpadeo, Katja se emocionó y se acercó. Delicadamente tocó la mano del doctor.

–Se lo ruego, no –dijo ella, mirando alrededor para comprobar que nadie había visto aquella muestra de efusividad–. Debe guardar la calma –le urgió.

Viktor negó con la cabeza y dejó la pipa para buscar un pañuelo de tela en un bolsillo de su abrigo.

–Después de aquella noche algo cambió en su interior. Cuando llegó a Pasewalk, Hitler era un hombre destrozado, y con una convicción, pero abandonó mi consulta como un poseso.

–¿En qué sentido?

–¿No lo entiende? –gruñó–. Debí de haber liberado un mal latente en su interior. Nunca había visto nada parecido antes ni luego tampoco. Después de aquella noche, sus discursos empezaron a cargarse de un poder y un odio aterradores. Fue como si se hubiera convertido en un fanático religioso extremo, de un celo insaciable, especialmente en lo referido a los judíos. –Cerró los párpados y se estremeció antes de abrir los ojos de nuevo–. Creía que era el mesías.

Las palabras reverberaron contra los labios de Katja en forma de susurro.

–¿El mesías?

Viktor volvió a asentir y, mirándola con ojos enrojecidos e insistentes, le dijo:

–¿Acaso no lo ve, Fräulein Heinz? Soy yo el responsable de lo que está sucediendo. Si no hubiera sido por mí, Adolf Hitler permanecería en algún sanatorio para ciegos. Nadie sabría de su nombre. Ahora la humanidad lo maldecirá y me maldecirá a mí, porque fui el arquitecto de su éxito.

Katja vio cómo el doctor volvía a reprimir las lágrimas. Su corazón le dolía al verlo mientras trataba de procesar simultáneamente la envergadura de lo que acababa de contarle. Adolf Hitler no era solo un dictador. Era algo más. Se creía una especie de salvador, con la misión de liderar al pueblo alemán hasta la tierra prometida.

–No debe culparse –susurró ella–. Usted es médico. Tiene un deber para con sus pacientes. ¿Cómo iba a saber en qué se convertiría?

Viktor sacudió la cabeza y buscó los ojos de ella. Aparte de las lágrimas, había algo más en ellos. Katja lo reconoció al instante. Su rostro se retorcía de arrepentimiento.

–Soy el doctor Frankenstein –afirmó rotundamente–. Yo he creado el monstruo y ahora debo destruirlo.

Su alarmante confesión desató de nuevo sus lágrimas y, aunque intentaba cortarlas de raíz, Katja vio que no lo conseguía.

–Tal vez deberíamos tomar el aire –sugirió ella, con miedo a estar llamando la atención.

Pagaron la cuenta y se adentraron juntos en la oscuridad. A esa hora, la mayoría ya se había escabullido a sus casas, dejando las calles a borrachos y carteristas. Anduvieron uno junto al otro lentamente. Los podrían haber tomado por amantes. El doctor hablaba en voz baja y Katja se inclinaba hacia él para no perderse una palabra, de camino a la estación central de tren. Pero era a su padre a quien el doctor le recordaba. Había algo en él: no su aspecto, sino sus gestos; el modo en que escogía sus palabras con tanta precisión; el modo en que parecía luchar consigo mismo, como si mantuviera una discusión constante en su cabeza, sopesando los pros y los contras de toda la situación.

–¿Cuánto tiempo le llevará acabar de mecanografiar las notas? –preguntó a Katja.

Ella vaciló ligeramente. Ni siquiera llevaba un cuarto.

–Otras cuatro o cinco semanas, tal vez.

Estaba claro que no era la respuesta que él deseaba. No le había dado una fecha límite específica. Ahora, de repente, todo se había acelerado.

–¿Ha ocurrido algo? –preguntó ella.

Esta vez fue Viktor quien se detuvo en seco.

–Tengo un contacto.

–¿Un contacto?

–En París. Hablé con él por teléfono hace unos días. Dice que espera encontrar a alguien dispuesto a publicar el contenido editado de mi cuaderno.

Empezó a avanzar de nuevo mientras Katja digería sus palabras. Apenas podía creer lo que estaba oyendo.

Ella lo alcanzó.

–¿Publicar?

–Claro. –Él volvió a detenerse de modo abrupto–. De esto se trata. Quiero que el mundo entero sepa que Alemania está en manos de un megalómano. –Katja vio fuego en sus ojos mientras le hablaba–. Se debe detener a Hitler, cueste lo que cueste.

Ella reflexionó un instante. Lo que le decía tenía todo el sentido del mundo, pero la idea de soltar la verdad al mundo también era aterradora. Aun así, siguió pensando en términos prácticos.

–Pero todavía me queda mucho por hacer –protestó.

Viktor negó con la cabeza, como dejando a un lado su objeción.

–Como te dije, Katja... ¿Puedo llamarte Katja? –le preguntó, aunque no aguardó a su respuesta–. Si prosigues con esta misión, deberás trabajar más rápido. Necesito que acabes de mecanografiar a finales del mes que viene.

Entonces fue Katja quien se paró de golpe. Más adelante, un hombre que leía el periódico estuvo a punto de arrollarla.

–*Entschuldigung!* –soltó a modo de disculpa. Él le arrojó una mirada desdeñosa y siguió andando–. Pero, señor, tengo tantas otras obligaciones –se dirigió de nuevo al doctor.

Ignorándola, él apretó el paso.

–Debes pasar a máquina tanto como puedas, porque necesito algo que mostrar a un editor, si es que alguno expresa interés. Entonces, viajaremos a París.

–¿Viajaremos? –repitió, con ojos incrédulos.

–Sí –le dijo, apartando los ojos de ella, antes de murmurar–: Mi antigua asistente siempre viajaba conmigo.

–Su antigua... –Por supuesto, Katja sabía que se refería a Leisel. Se negaba a creer los rumores porque el doctor siempre se había comportado de modo apropiado y sus maneras se parecían a las de su padre–. ¿Se refiere a Fräulein Levi?

Viktor frunció el ceño y se dio la vuelta.

–¿Cómo es que sabes acerca de ella?

Por primera vez sintió rastros de furia en su voz, pero Katja deseaba ser sincera.

–Oí lo que decían las enfermeras –respondió.

–¿Las enfermeras? –repitió Viktor.

–Y luego encontré un punto de libro en mi cajón que llevaba el nombre de ella.

Sin previo aviso, él enlazó su brazo en el de ella y la llevó a rastras hasta la entrada de una tienda para poder hablar sin temor a intromisiones. Por encima de su corazón palpitante, escuchó que le decía:

–¿Un punto de libro? –El descubrimiento parecía haberlo incomodado. Cerró nuevamente los ojos, pero esta vez negó con la cabeza–. No, no. –Su voz emergía ronca–. Pobre Leisel. Yo no hice nada... –Y otra negación de cabeza–. Cualquier cosa que hayas oído no es cierta.

Tenía los ojos muy abiertos y le temblaban los labios, como si le implorara a Katja que lo creyera.

Katja quería saber cómo sucedió. Necesitaba saberlo si iba a arriesgar su vida por la obra de aquel hombre.

—Así pues, ¿cómo fue? —se oyó a sí misma decir, aunque apenas creyó haber sido capaz de hacerlo.

El doctor también parecía fuera de combate.

—Voy a contarte la historia entera —dijo—. Pero no aquí. No ahora. Ya estoy sobre terreno resbaladizo en la clínica. Esta clase de rumores solo sirven para echar leña al fuego.

Katja volvió a asentir.

—Lo entiendo —respondió.

Ambos salieron del portal y prosiguieron su camino a la estación. En el exterior de la entrada principal, Viktor se detuvo y se giró hacia ella.

—Planeaba viajar a París con Leisel, aunque ella no sabía nada acerca del cuaderno. Pero ahora te tengo a ti. —Una sonrisa amable le cubrió el rostro—. Ahora te tengo a ti. —Sacudió su cabeza, la miró profundamente a los ojos y, con una convicción que de algún modo la sobresaltó, añadió—: Sé que puedo confiar en ti.

*

Aquella noche Katja no pudo dormir. Estaba demasiado aterrada para poder cerrar los ojos, porque lo único que veía era los de Adolf Hitler devolviéndole la mirada desde la pancarta. Eran insondables, hechizantes y fascinadores de un modo macabro y siniestro, como si fueran dedos que oprimieran su carne y se deslizaran cuello abajo. Si al menos el doctor Viktor no hubiera obrado su milagro, si no le hubiera devuelto la visión a su singular paciente austríaco reforzándole la confianza en sí mismo y haciéndole creer que poseía poderes sobrenaturales..., cuán distintas serían las cosas entonces. La quema de libros, las crueles leyes contra los judíos y los campos de trabajos forzados para los presos políticos... Nada de aquello habría existido jamás. Ella habría terminado su grado universitario. Su madre estaría sana y, bueno, quizás su amado Vati siguiera vivo. Y, ahora, la amenaza de otra guerra iba *in crescendo*. Mientras sus pensamientos la apesadumbraban, como la oscuridad de la noche, sintió que estaba siendo consumida por el horror de todo aquello. Pero entonces recordó el plan del doctor Viktor. Le había ofrecido un destello de esperanza, pero también conllevaba peligro.

Capítulo 15

Al inicio de la siguiente jornada, Katja se hizo con el punto de libro de Leisel que había en su cajón y lo colocó en silencio sobre el escritorio de Viktor. En cuanto el doctor descubrió lo que era, sus ojos se clavaron en él, pero, al intentar cogerlo, Katja lo retiró rápidamente. Había pasado la noche pensando. Si el doctor Viktor le estaba pidiendo que arriesgara su vida por su obra, ella le pedía algo a cambio: respeto. De momento, ese respeto se presentaría bajo la forma de una explicación. Él se la había prometido la noche anterior, pero Katja temía que la fuera postergando. La mirada que le dedicó mostraba su frustración.

—Quieres que te cuente lo que ocurrió, ¿verdad?

Ella asintió. Un interrogante pendía entre ambos. Las revelaciones de esa noche darían paso a una nueva complicidad entre ellos, ya que sus vidas dependían la una de la otra. Suspirando largo y tendido, Viktor señaló la silla que había frente a la suya en el escritorio. Esperó a que ella tomara asiento para empezar:

—Contraté a Leisel por sus méritos. No voy a negar que era una hermosa joven, pero escribía bien a máquina. Era también eficaz. —Se encogió de hombros—. Poco después de que llegara, empecé a darme cuenta de cosas.

—¿De qué cosas? —le picó la curiosidad a Katja.

–Me traía galletas *Lebkuchen* que horneaba ella misma, flores frescas para el despacho... Parecía ansiosa por gustar. No le di más importancia hasta que...

Un ruido abrupto en el pasillo hizo que se parara de repente. Katja también lo oyó. Volvió a su oficina para oír mejor. Se acercaba más de una persona. Dos, o tal vez tres. Sus pasos sonaban con fuerza y se detuvieron justo afuera. Logró alcanzar su escritorio a tiempo y se le hizo un nudo en el estómago cuando abrieron la puerta sin llamar.

Fräulein Schauble apareció ante ella en el vestíbulo, con aspecto entrometido y exhibiendo con orgullo su insignia nazi. Detrás de ella se acercaba un oficial naval de anchos hombros y de alto rango, a juzgar por sus medallas y brocados, acompañado de un marinero. Katja dio un respingo en su silla cuando el marinero puso el brazo en alto.

–*Sieg Heil!*

Su mano derecha aleteó como respuesta casi involuntaria.

Parecía que Fräulein Schauble estaba a punto de estallar de fervor patriótico.

–El Kommodore Flebert está aquí para ver al doctor Viktor –anunció ella.

Sabiendo que el oficial no había pedido cita, Katja dudó.

–Mmm, yo...

Estuvo a punto de echar un vistazo superficial a la agenda, aunque sabía que aquello podría empeorar la situación, cuando el doctor Viktor abrió la puerta de repente.

–¡Kommodore Flebert! –lo llamó cordialmente–. Qué fantástica sorpresa. Entre, por favor. –Con una amplia sonrisa, hizo un gesto al oficial para que entrara–. Café, Fräulein Heinz –ordenó a Katja, y luego se inclinó hacia ella para murmurar algo acerca de que conocía al oficial de su temporada en la Kriegsmarine. Se echó para atrás–. Y mire si nos queda un poco de *Kuchen* también.

Al oír aquello, el Kommodore, un hombre rubicundo de mediana edad con una larga cicatriz que le recorría la mejilla, se puso a reír con ganas, recordándole a Katja la sirena de un barco. Que se tratara, al parecer, de una visita social la alivió profundamente, aparte de sorprenderla. Por un instante sintió que se rebajaba la tensión hasta que, claro está, recordó que ya había empezado con la transcripción del día. Una media docena de páginas yacían a la vista de todos sobre la mesa, por no hablar del cuaderno, además de varias frases mecanografiadas sobre el papel sujeto en el rodillo de la máquina de escribir.

En la cocina, Katja sirvió café en las tazas ya preparadas y las colocó en una bandeja junto con una fuente de pan de jengibre. Al ver que volvía, el marinero llamó y abrió la puerta que conducía al despacho del doctor Viktor para dejar que pasara.

Se fijó en que el Kommodore parecía relajado y hablaba amistosamente con el doctor.

–Incluso ahora se la ve más feliz cumpliendo con sus funciones –dijo él.

Katja vio que le guiñaba el ojo al doctor.

Viktor soltó una risita, pero, cuando su mirada se cruzó con la de Katja, la sonrisa se desvaneció.

–Gracias, Fräulein Heinz –dijo mientras ella depositaba la bandeja sobre el escritorio y se disponía a servirles el café. Pero Viktor le hizo señas de que se fuera–. Ya lo haré yo – murmuró, y ella se retiró–. Me alegra verla de nuevo como solía ser –oyó que le decía a Flebert.

El oficial naval rio de nuevo.

–La esposa más servicial que podría desear un hombre –respondió.

Katja volvió a su puesto e hizo como si estuviera completamente ocupada en presencia del marino, que aguardaba. Pasaba páginas de la agenda del despacho y empezó a escribir una carta para un paciente que el doctor Viktor le había dictado antes.

Transcurrieron despacio otros veinte minutos; con cada uno de ellos, el nudo del estómago de Katja se iba estrechando al tiempo que se preguntaba qué es lo que querría aquel oficial del doctor Viktor. Tan pronto como oyó que se arrastraban sillas y se iban acercando los pasos, también se puso ella en pie y el marinero se colocó en posición en firmes.

La alivió ver que Flebert aparecía sonriendo.

–Nos vemos en la inauguración, Viktor.

El doctor hizo una ligera reverencia.

–Será un honor, Kommodore.

El oficial sonreía, pero, cuando se volvió a Katja, su sonrisa se disolvió y la miró de modo extraño, revolviéndole el estómago. Los ojos de él permanecieron sobre su cara un instante antes de descender hacia sus pechos.

–Y su secretaria también está invitada –dijo.

Ignorando la expresión anonadada de Katja, Viktor respondió:

–Es usted muy amable.

El doctor acompañó a Flebert y al marinero hasta la recepción, dejando sola a Katja con las náuseas que sentía en la boca del estómago. A su vuelta, y sin mediar palabra, el doctor le pidió que fuera a su despacho y cerró la puerta con firmeza detrás de él. Su rostro había adoptado una extraña expresión. Katja se mordió la lengua al ver cómo se echaba en su sillón. Daba la impresión de que necesitaba un momento para recuperarse. Cuando finalmente habló, sosteniéndose la cabeza entre las manos, sus palabras le salieron con un suspiro ahogado.

—Me acaban de invitar a una recepción de nuestro ilustre Führer.

Katja apenas podía creer lo que estaba oyendo.

—¿Perdón?

El doctor levantó la cabeza y se llevó las manos a las sienes.

—Ya me has oído. La visita de Estado, la semana que viene. La botadura del buque de guerra Bismarck. Habrá una recepción en el muelle. El Kommodore Flebert cree que nos acaba de hacer entrega del mayor de los honores.

Katja negó con la cabeza.

—Pero no lo entiendo. Yo...

—Traté a su mujer por ansiedad y depresión. —Puso los ojos en blanco—. Cree que la curé, y ese es su modo de pagármelo.

—Pero, por supuesto, no irás.

La idea de encontrarse en la misma sala que Adolf Hitler a Katja le ponía la piel de gallina.

Viktor sacudió la cabeza en señal de negación y se levantó de su escritorio. Abrió un cajón de uno de los archivadores, sacó una botella de *Schnapps* y una copa y acto seguido se sirvió un buen trago. Se lo bebió de un sorbo y dejó pasar un segundo antes de volver a su asiento. Ella no sospechaba que bebiera. Le sorprendió ver que, rodeado de tanta gente, él necesitara darse a la bebida para aliviar sus preocupaciones.

—Tendré que asistir —dijo pensativo, como si hubiera estado contemplando la pregunta de Katja todo el rato—. Si me niego, será visto como traición. Me castigarían. Lo sé.

Katja negó y arrugó la frente.

–Pero, si Hitler te ve y te reconoce, seguramente podría meterte en la cárcel, o algo peor, por lo que sabes.

Viktor asintió.

–Así es, pero ya ves que no tengo elección.

–Pero podría destruirte –protestó Katja, incapaz de ocultar su exasperación.

Lentamente, el doctor negó con la cabeza, fijando la vista en ella.

–La invitación se extiende a ti.

Katja recordó la depravada sonrisa del Kommodore.

–¡¿Qué?!

–Quiere que me acompañes. Me temo que estamos juntos en esto.

La idea de compartir espacio con el hombre que había sido responsable de la muerte de su padre mareaba a Katja. Rezó para que no le presentaran al Führer, porque no estaba segura de cómo iba a reaccionar.

–¿Estás dispuesto a arriesgar tu propia vida por esto? –le preguntó, apretando los dientes, consciente de que su vida también estaba en vilo si descubrían su complicidad.

–Lo estoy –dijo con tal convicción que Katja lo creyó–. Pero no la tuya.

–¿Qué insinúas?

–Prepararé alguna excusa para ti. No está bien que te ponga en una situación que te puede dañar. Jamás me lo perdonaría si te pasase algo. Le debo a tu padre mantenerte a salvo. Iré yo solo.

Su rostro se oscureció, y en aquel instante supo Katja que, por muchas objeciones que pronunciara en contra de aquella loca idea, el doctor Ernst Viktor no tenía más opción que acudir a la recepción.

–No –soltó ella.

El rostro de él se volvió hacia el suyo.

–¿Qué quieres decir con «no»?

Katja hizo un gesto firme y sintió renovadas energías que le recorrían el cuerpo.

–No irás solo –le dijo–. Porque voy a ir contigo.

Capítulo 16

París

El apartamento de Daniel se encontraba en un edificio tranquilo de recargada fachada en un barrio residencial. Lo había escogido porque, cuando llegara el momento, tendrían una escuela americana a la vuelta de la esquina para Bridie. El piso se hallaba en la segunda planta, tenía buenas proporciones y un amplio salón, además de –lo más importante– dos dormitorios. Una estantería que llegaba al techo estaba a rebosar, con libros apretados en todas las esquinas; algunos yacían desparramados sobre el suelo, junto a montañas de revistas y periódicos. Las paredes estaban desnudas, como la mayor parte del suelo de parqué, donde solo había un par de zapatillas olvidadas y una camisa arrugada. Se había esforzado más bien poco en que resultara un espacio hogareño. ¿Para qué? El hogar es donde está el corazón y tal, pero su corazón lo había perdido el día que murieron su esposa y su hija.

Eran las siete en punto cuando llegó del trabajo, y le aguardaba toda una noche larga y solitaria por delante. Hubo una época en que se imaginó pasando el tiempo en el pequeño balcón. Tomando copas de vino tinto. Con Bridie acurrucada en la cama, él y Grace observarían cómo el sol se ponía tras los tejados. Hablarían sobre todo aquello que planeaban hacer juntos, como subir a la Torre Eiffel y ver la *Mona Lisa*. Y, quién sabe, tener otro hijo.

Mirando alrededor del salón, suspiró. El caballito balancín había sido una compra impulsiva. Lo vio en un mercadillo cerca de Shakespeare and Company y fue a buscarlo para Bridie, imaginándola subida a horcajadas, vestida de princesa o de guerrera, ocupada en sus juegos de fantasía. Ahora, relegado a una esquina a oscuras, su destino era el de no mecer a nadie jamás. Y, en cuanto a la puerta al final del piso, junto a la de su cuarto, permanecería cerrada largo tiempo.

Tras arrojar su sombrero y su abrigo sobre el sofá, anduvo hacia el enorme escritorio que presidía la habitación, directo a la botella de *whisky* que había sobre él. Mientras se servía una copa, examinó la fotografía de una hermosa joven con un bebé en sus brazos. El dolor jamás ha sido buen compañero, y estar rodeado de recuerdos no ayudaba, especialmente cuando la herida seguía abierta. Alzó la copa ante la fotografía, a modo de brindis.

–Por vosotras, mis amores –susurró–. Estéis donde estéis.

Luego se tragó el *whisky*, tratando de llenar con cada sorbo el vacío que su ausencia había dejado.

En la más grande de las dos butacas del salón, con una segunda copa de *whisky* en la mano, se sumió en solitaria contemplación. Al principio él había sentido enfado. No. Más que enfado, estaba incandescente, con una rabia tan fuerte y profunda que creía que se lo iba a tragar entero y se perdería para siempre. Su mente febril se rebelaba, y su cuerpo era una bomba a punto de explotar. Se había llegado a meter en una pelea en un bar cuando un payaso le dijo que se animara. Su furia alcanzó el punto de ebullición y, con un gancho de izquierda, se encargó de aquel gracioso, pero aquello no logró apaciguar su angustia. Como la silla de madera que rompió durante la reyerta, su corazón había quedado reducido a astillas a causa del dolor.

Después de aquel incidente, juró que no permitiría que su temperamento lo dominara. Su furia, finalmente, había sido aplacada: se había ido deslizando como una serpiente que mudaba de piel. A veces asomaba la cabeza de nuevo, normalmente a las tantas de la noche, pero sabía mantenerla a raya. Entonces comenzaban las recriminaciones. Se culpaba a sí mismo. Por supuesto que se culpaba. No debió haber dejado jamás a Grace y a Bridie solas en Irlanda para empezar su trabajo en Francia. Debió haberlas llevado con él desde el primer momento; se habrían quedado en un hotel unos días hasta encontrar algún lugar acogedor. Tal vez se hubieran quedado sin ahorros, pero ahora seguirían vivas. Ellas pagaron con su propia vida la comodidad y tacañería de él. Pensamientos así de feos a veces salían a la luz en la neblina de su depresión, pero ya no eran tan constantes como lo fueron una vez.

La poesía lo había ayudado. Una breve antología yacía sobre la mesa que tenía ante él: W. B. Yeats. Su poeta favorito, e irlandés de pura cepa. Sus palabras le habían ofrecido una escapatoria cuando se creía náufrago en la ciénaga de su dolor, y lo seguían haciendo. Se estaba empezando a dar cuenta de que la bebida no era más que una tirita sobre una herida abiertísima. Le hacía sentir la mente borrosa y pesada, y, si seguía así, sabía que lo iba a matar. En su mente podía ver la mirada de desaprobación de Grace y escuchaba sus palabras, regañándolo con delicadeza. Siempre fue su apoyo, su brújula moral, pero se sentiría decepcionada si lo viera ahora mismo. Su gentil forma de reñirle se le repetía en la cabeza: «Me molesta verte así, lamentándote. Cariño, ¿a quién le beneficia esto? Ni a Bridie ni a mí, desde luego».

En respuesta a su voz, sus pensamientos se desviaron al modo impertinente con que había tratado a Oskar Dreiberg en el bar el otro día. En medio de su etílica neblina, supo ver que había puesto de los nervios a su socio. No, más que eso: lo había asustado. Él había mencionado una especie de propuesta. ¿De qué trataba? Había algo. «Algo importante», le dijo. Un cuaderno que contenía información. Eso. Consideraba que «sería valioso» para «personas de mentalidad democrática». Sí. Aquel encuentro y aquellas palabras habían permanecido dando vueltas en el fondo de su cerebro durante un par de días. Le recordaban que no era el único que sufría. Que la suya no era la única tragedia. Puede que ya fuera hora de apartar aquellos pensamientos y levantara cabeza. Era un escritorzuelo, siempre a la caza de buenas historias; pero, en aquellos momentos, se había pasado a la vida fácil: reseñas y reuniones de sociedad. Tal vez había llegado el momento de volver a la batalla, de decidirse a ser de nuevo un periodista de raza, de buscar la verdad, sacarle el polvo y exponerla ante la vista de todos, como hacía antes. Volvería a contactar con Dreiberg e investigaría acerca de aquel importante cuaderno y lo que contenía.

En ese instante, la luz ya había desaparecido y estaba sentado en medio de una oscuridad casi absoluta, de no ser por el pálido resplandor de los apartamentos de enfrente. Buscó el interruptor de la lámpara de mesa antes de levantarse y cerrar los postigos. De pie ante la ventana, observó la calle a sus pies. La avenida estaba en silencio. Una vieja cojeaba lentamente. Un muchacho con las manos en los bolsillos pasaba por allí, dando una vuelta, mientras otra señora mayor paseaba a su perrito. Estaba todo relativamente tranquilo, a pesar del pulso del tráfico a lo lejos. Todo parecía relativamente normal, excepto una cosa. En el foco de luz que proyectaba la farola frente al apartamento, se encontraba un hombre con un *trilby*, fumando ociosamente un cigarrillo. Con el sonido de los postigos al cerrarse, el hombre levantó la vista y vio a Daniel un segundo. Sus miradas se encontraron y, en aquel instante, Daniel tuvo la curiosa sensación de que ya no estaba solo. Pero en ningún momento pensó que lo estaban vigilando.

Capítulo 17

Hamburgo

Era el día en que el Führer visitaba la ciudad, en que el Bismarck, orgullo de la Kriegsmarine –la Armada alemana–, sería botado en el muelle. Había estado lloviendo sin cesar durante casi toda la mañana, pero no parecía empañar los ánimos de las miles de personas que llegaron para saludar a su líder. Al pasar el desfile automovilístico de Hitler, ondeaban sus banderas rojinegras como si les fuera la vida en ello.

Poco después de la una, terminaron las obligaciones de Katja en la oficina y se preparó para la recepción de la tarde. En el baño de mujeres, se metió en uno de los cubículos con la intención de cambiarse. Llevaba seis años por lo menos sin comprarse ropa nueva, pero el doctor Viktor había insistido en que lo hiciera. Le dijo que se comprara un conjunto especial en alguno de los grandes almacenes de la ciudad. Iría a cuenta de él. Como era natural, ella se sintió especialmente incómoda cuando llegó el momento de pagar. ¿Era su imaginación o la mirada de la asistente la juzgaba, como si fuera una mantenida, una querida?

Lejos de ser vistoso, el vestido azul marino que Katja había elegido era sencillo y sin florituras, tal como les gustaban las mujeres a los nazis. Hasta el momento había logrado introducirse en la apretada falda y había metido ambos brazos en las mangas de una chaqueta péplum de buen corte. Era un traje de la más alta calidad, aunque ni siquiera el tacto de la seda rozando su piel lograba dominar el miedo que sentía.

No había tenido más alternativa que acompañar al doctor Viktor a la recepción en el muelle. Parecía ser que el Kommodore Flebert había sido de lo más insistente, y el modo en que sus ojos habían jugueteado con ella antes de irse, como si la hubiera estado desnudando en su mente, la inquietaba. Si ella hubiera rechazado la invitación, había señalado Viktor, el Kommodore se lo habría tomado como una afrenta a su persona, mientras que, si hubiese sido el propio doctor el que se hubiera negado, lo habría considerado traición. Ninguno de los dos tenía otra opción. Aquella tarde ambos compartirían el mismo espacio y respirarían el mismo aire que Adolf Hitler.

Desde el interior del cubículo, Katja se dio cuenta de que la puerta del baño se abría y de que dos pares de zapatos de suelas ligeras hacían frufrú ante los lavamanos. Por encima del ruido del agua corriente y del clic de una polvera al cerrarse, escuchó la voz de la enfermera Blum, que llegaba de saludar a la comitiva del Führer.

—Nunca se ha visto tal multitud. Había hombres encaramados a las estatuas y a las farolas simplemente para poder echar un vistazo —soltó.

—¿Lo viste a él?

Katja reconoció la voz altiva de la enfermera Wilhelm. Incluso ella parecía estar impresionada.

—Sí, sí, ¡lo vi! Y juro por mi vida que nuestros ojos se cruzaron.

—¿Te miró?

—Sí, y por un instante contemplé lo que debe de ser el cielo. Es tan inspirador —prosiguió Blum, sin aliento—. Me atrevería a decir que es tan... viril.

Aquel comentario fue acompañado de una risita de niña, seguida de un segundo chorro de agua.

La enfermera Wilhelm volvió a hablar.

—Ya que estamos, ¿qué opinas de la nueva chica del doctor Viktor?

Katja se tuvo que reprimir un grito, pero la enfermera Blum chasqueó la lengua con asco.

—Apenas consigo mirarla. Va de doña perfecta, de que trabaja muy duro, cuando ya sabes que a lo que se dedica todo el tiempo es a... —interrumpió la frase, dejando que la imaginación de su compañera evocara alguna imagen del doctor Viktor en brazos de su nueva querida.

—La que me da pena es su pobre mujer —añadió la enfermera Wilhelm—. Todo el mundo sabe que esto acabará mal, como ocurrió con aquella judía, Leisel.

Leisel. «Ese nombre otra vez», pensó Katja. El doctor Viktor seguramente se vería forzado a despedirla a causa de las leyes nazis al ser judía, pero todo sonaba como si aquella antigua asistente suya reclamara su atención. Todavía no conocía el destino de aquella chica. La visita del Kommodore interrumpió la explicación. «Entonces, ¿cómo debió de acabar?», se preguntó.

—He oído... —empezó a decir la enfermera Blum en un susurro, aunque no tuviera ni idea de que alguien la estaba escuchando— he oído que él le proporcionó las pastillas para hacerlo.

—¡No!

El espanto recorrió la espalda de Katja. ¿Leisel estaba muerta? De repente, había sobreentendido que se había quitado la vida, y aquellas enfermeras aseguraban que el doctor Viktor la habría ayudado a hacerlo. Estaban acusándolo de asesinato. No podía permanecer ahí callada. Debía defenderlo. La rabia crecía en su interior y se desbordó cuando abrió la puerta del cubículo y salió directa al exterior, con su rostro hecho una furia. Tras fulminar a ambas con la mirada apenas un segundo, vio sus caras muertas de vergüenza y decidió detenerse. Su presencia era más que suficiente: no había necesidad de decir nada. Ya tenían bastante con saber que ella había escuchado todos sus comentarios malintencionados. Ambas enfermeras se quedaron boquiabiertas al ver a Katja, con la maleta en la mano, saliendo del lavabo y volviendo a su despacho. Una vez dentro, dio un portazo y se apoyó contra la puerta, con la cabeza inclinada hacia atrás, deseosa de calmarse.

–¿Ocurre algo, Fräulein Heinz? –preguntó Viktor, que estaba junto a su escritorio.

–No, no ocurre nada –dijo ella, añadiendo un momento después–: estoy solo un poco nerviosa, ya está.

El doctor llevaba un traje de doble botonadura con un pañuelo rojo en el bolsillo del pecho. También se había aplicado un extra de aceite capilar. Por primera vez, Katja lo encontró casi atractivo, pero, justo entonces le vino a la cabeza lo que acababan de decir las enfermeras, y se apartó de la puerta para dejar la maleta bajo el escritorio. Una vez más, las dudas se le amontonaban. ¿Se podía confiar en el doctor Ernst Viktor? Estaba segura de que no era un asesino, pero ¿tal vez un mujeriego?

–Entonces, ¿estás lista? –le preguntó, con los ojos posados en el nuevo conjunto de Katja.

–Sí –le contestó, observándolo de cerca.

–Te ves...

Le sonrió mientras buscaba el cumplido apropiado, y Katja se sintió aliviada cuando declaró que se veía «muy bien vestida para la ocasión». Los límites de su relación ya estaban muy borrosos. Parecía no querer complicarlos más. Por ello le estuvo agradecida.

*

Katja estaba sentada junto al doctor en el asiento de atrás. El coche del personal había sido enviado por el Kommodore Flebert para que los recogiera. Una vez que llegaran al muelle, se les unirían oficiales del partido y los acompañarían hasta la tribuna de observación instalada para que los oficiales de la Kriegsmarine y sus invitados pudieran ver la botadura del Bismarck. Luego estaba programado que Hitler se reuniera en una recepción con los oficiales de alto rango relacionados con el barco.

Una pantalla de cristal separaba a Katja y a Viktor del conductor, de modo que su conversación no podía ser escuchada fácilmente. La lluvia cada vez caía con más fuerza, y Katja se alegró de que el sonido de los limpiaparabrisas dificultara todavía más que el chófer pudiera oír lo que estaban hablando.

Viktor notó que algo iba mal.

–¿Estás nerviosa?

Señaló las manos enguantadas de ella, que reposaban inquietas en su regazo mientras hablaba. Katja también se las miró y fue consciente de cómo jugueteaba con ellas y se tiraba de la punta de los dedos. Por supuesto que estaba nerviosa. Aterrada, incluso. Se volvió de repente para mirarlo a la cara.

–¿Estás seguro de que Herr Hitler no te reconocerá? Sé que han pasado más de veinte años, pero...

Viktor se llevó el dedo índice a los labios y los presionó contra ellos, indicando que no debía estar preocupada.

–Espero que no lo haga, claro. –Siguió, meneando la cabeza–. Y, por supuesto, haré lo que esté en mi mano para evitarlo, si es que es posible.

Controlaba la mandíbula al hablar, pero Katja detectaba su miedo.

El coche siguió adelante y se metió en el túnel del Elba, que se introducía dos kilómetros bajo el río. Aunque estaba muy bien iluminado, el simple pensamiento de encontrarse bajo un río con millones de toneladas cúbicas de agua ejerciendo presión sobre ellos solo lograba aumentar su ansiedad. Fue un alivio cuando la limusina frenó, al emerger del túnel, y se aproximó a la entrada del muelle. Centenares, si no miles, de personas que vitoreaban se encontraban a ambos lados del camino. Por todas partes había esvásticas. Las banderas colgaban de las vallas y de un edificio a otro, así como de gigantescas grúas. Con la inauguración de aquel nuevo buque de guerra, Hitler estaba demostrando al mundo que Alemania jamás sería intimidada de nuevo y que había una mayoría dispuesta a apoyarlo.

Al cruzar el enorme portal de los astilleros, el coche se detuvo junto al muelle. La mole imponente del Bismarck se cernía sobre ellos. Un marino abrió la puerta a Katja, que se dispuso a salir bajo un gran paraguas que sujetaban para ella. Ella y el doctor Viktor fueron dirigidos escaleras arriba, junto con otros invitados, hasta una plataforma cubierta.

Una vez sentados, no tuvieron que esperar mucho tiempo antes de que el mismísimo Hitler llegara, acompañado de su mano derecha, Hermann Göring. Se hizo el silencio entre la muchedumbre en el instante en que el Führer alzó su brazo. Un escalofrío recorrió el cuerpo de Katja cuando él empezó a hablar. Tenía algo hipnótico. Hipnótico y terrorífico a la vez, porque, ahora que sabía lo que le había sucedido, veía claramente que creía ser de verdad el salvador de Alemania... Y lo mismo creían casi todos los demás.

Mientras hablaba, todo el mundo permanecía inmóvil. Los tenía a todos embrujados. Los miles que se habían congregado allí escuchaban en absoluto silencio su discurso y, cuando terminó, rompieron a aclamarlo con fervor. Todos asentían rugiendo y levantaban sus brazos al unísono para saludar. El sonido era ensordecedor, pero la vista era escalofriante. Un hombre maléfico tenía a miles de personas cautivadas.

El doctor Viktor se le acercó al oído:

–¿Entiendes ahora por qué hay que detenerlo? –preguntó. Katja asintió.

–Sí, sí, lo entiendo.

Entonces la nieta de Bismarck estrelló una botella de champán contra la proa. A su señal, el navío, de cuarenta y dos mil toneladas, empezó a desplazarse sin esfuerzo agua adentro, señalando el fin del acontecimiento público.

*

Más tarde, los invitados fueron llevados a las oficinas del astillero para la recepción. Los condujeron a una planta superior y los repartieron por un enorme salón, donde todo el mundo aguardaría a la llegada de su líder. El estruendo era tal que impactaba contra los oídos de Katja y le hacía desear darse la vuelta y huir. «Todo esto es un terrible error», se dijo. Nunca debió haber accedido a acompañar al doctor Viktor. Se encontraba a punto de darse a la fuga en silencio, cuando una voz pronunció con fuerza el nombre del doctor sobre su cabeza.

–*Heil Hitler!* –Un brazo se extendió en forma de saludo. Era el Kommodore Flebert–. Estoy tan contento de verlo, doctor Viktor –dijo–. Y encantado de que haya traído también a su asistente, Fräulein...

–Heinz –replicó el doctor con amabilidad.

–Fräulein Heinz –repitió Flebert, jugueteando con su nombre en la lengua. Cuando el Kommodore se dirigía a ella, el modo descarado en que la ojeaba le puso el vello de la nuca de punta–. El Führer debe de estar al caer –añadió.

Era demasiado tarde para escapar. Esbozó una sonrisa, pero el pánico en su interior la tenía presa. Antes de poder decir nada más, anunciaron la entrada del propio Hitler. El momento que había estado temiendo con todo su corazón había llegado. Segundos más tarde, el Führer –con el Kommodore Flebert ahora a su lado– iba avanzando por la fila de recepción, conformada por el personal naval y sus mujeres, como si fuera un cuchillo cortando mantequilla.

Katja, viendo a Hitler acercarse, comprendió que aquellas personas eran más que sus defensores. Eran sus seguidores. Como había dicho el doctor Viktor, había algo de mesiánico en su presencia. Si hubiera caído de la plataforma al mar durante su discurso, no se habría ahogado. Era inexpugnable. Nadie osaría cuestionar su poder. De solo pensarlo, sintió escalofríos hasta en los tuétanos.

Katja se encontraba más y más mareada a cada paso que daba el Führer. Un rancio olor corporal se iba colando por la fila conforme se iba acercando, hasta que el miedo provocó que diera un paso atrás. Encogiéndose tras el oficial naval que había junto a ella, se ocultó a la vista de Hitler cuando este se acercó. Pero el doctor Viktor permaneció quieto hasta que, por fin, llegó el momento. Katja lo estaba observando. Por un lado, quería atraerlo hacia ella, distraerlo, para que no hubiera ocasión de que se encontrara con la mirada del Führer. Pero comprobó que el doctor no podía moverse, cercado como estaba por tres flancos. Su boca permanecía inmóvil, sus ojos centelleaban. Su mirada estaba fija en la del Führer como la de un halcón sobre su presa.

—Y este es el doctor Ernst Viktor —oyó Katja que decía el Kommodore.

—*Heil, mein Führer* —fue la respuesta del doctor.

Katja no se atrevía a mirarlos por temor a convertirse en piedra, a que el cielo cayera sobre sus cabezas, a que ocurriera algo tan terrible, tan trascendental, tan bíblico... Pensaba que se iba a morir de miedo. Se encogió todavía más hacia atrás, para presenciar el encuentro desde las sombras. Pero no, cuando osó mirar hacia ellos, vio que Adolf Hitler —ya fuera porque reconoció su nombre y deliberadamente decidió ignorarlo, ya fuera porque su atención estaba centrada en otra parte— no reaccionó al oír la voz de Viktor. Tampoco lo miró a los ojos cuando ambos se estrecharon la mano... No hubo chispas. Ni truenos. Ni escenas apocalípticas. El Führer simplemente avanzó por la línea de recepción al ritmo de la banda sonora de emocionados murmullos, y Ernst Viktor fue libre para retirarse de nuevo en medio del barullo.

Katja suspiró de alivio. No sabía qué podría haber ocurrido de haberse encontrado los ojos del Führer con los de Viktor, como le había sucedido antes a la enfermera Blum según ella misma había contado, pero, aun así, estaba perpleja. ¿Cómo podía ser que Hitler no recordara el nombre de quien le había devuelto la visión? Y no solo la visión, sino la fe en sí mismo. Si el doctor Viktor era Frankenstein, ¿no debería haberlo reconocido entonces aquel monstruo? Cuando el Führer llegó al final de la fila, Katja se acercó al doctor. Vio que estaba temblando.

—¿Te encuentras bien? —le preguntó muy bajito.

Se giró y ella descubrió que tenía lágrimas en los ojos

cuando la miró de un modo tan trágico y doloroso que su corazón, de repente, sufrió por él.

–Ni me miró –masculló–. Gracias a Dios. Creo que estamos a salvo.

Del bolsillo de su traje sacó un pañuelo y se secó el sudor que relucía en su frente.

Katja también se permitió relajarse un poco. El doctor no había tenido contacto visual con Hitler, y este no había percibido que se trataba del hombre que le había devuelto la vista. Era uno más en medio de una multitud.

–Había tanta gente que... –empezó a decir ella.

Iba a contarle a Viktor que el Führer parecía no prestar atención en aquel momento, pero algo hizo que no terminara la frase. De soslayo, vio que Hitler estaba al otro lado de la sala. Pudo advertir que se volvía hacia ellos y les dirigía una mirada certera y aguda, que recaía sobre ellos con la precisión de una lanza. Susurró algo a Flebert, que se encontraba de pie a su lado. El Kommodore también centró su atención en ellos, y una corriente de miedo se abrió paso por su interior.

–Fräulein Heinz –oyó que decía la voz del doctor desde algún lugar lejano. Ella se giró sobre su eje–, me estaba contando que...

Katja sonrió con un suspiro.

–Nada, no importa –respondió, al tiempo que un camarero le ofrecía una copa de vino de una bandeja de plata.

Un incómodo pensamiento la poseyó de golpe. ¿Qué pasaría si Hitler se hubiera acordado del doctor Viktor de Pasewalk y fingiera que no? Había algo en aquella mirada fugaz pero penetrante que le decía que recordaba aquella noche con total claridad. En su mente, si aquel era el caso, solamente podía significar una cosa.

Capítulo 18

Cuando Katja llegó a la clínica el día después de la memorable visita de Hitler, Fräulein Schauble la miró, pero, en lugar del saludo nazi habitual, le dedicó una mirada mucho más fiera si cabe. De hecho, lo hizo de un modo tan intenso que Katja se sintió obligada a dirigirse a ella.

–*Guten Morgen, Fräulein Schauble* –dijo, pero no hubo réplica a su saludo por parte de la recepcionista.

Por el contrario, sus ojos de desaprobación se aferraron a Katja y la siguieron mientras se apresuraba camino del despacho del doctor Viktor.

Katja recorrió el pasillo con creciente inquietud. Algo no iba bien. Más adelante, vio que las enfermeras Blum y Wilhelm estaban cuchicheando y se detuvieron al verla acercarse. Luego se hicieron a un lado en silencio para que pudiera pasar entre ellas. Nunca había estado tan contenta de llegar al refugio que era su oficina. Al menos así fue hasta que entró. Entonces llegó la sorpresa. Había un gran surtido de flores dispuesto sobre su escritorio. Resplandecientes rosas rojas intercaladas con gisófilas y tallos de follaje. Así que ese era el motivo de la hiriente mirada de Fräulein Schauble y el porqué del silencio de las enfermeras.

Desde su despacho, el doctor Viktor comprobaba cómo reaccionaba a aquellos ramos a través de su puerta abierta. Se le acercó y se apostó contra la pared, mientras

Katja tomaba en sus manos la tarjetita que venía con el ramillete.

—Parece que tienes un admirador —dijo, metiendo las manos en los bolsillos de su bata blanca.

Tras desgarrar el sobre, Katja leyó el texto de la tarjeta y una sensación de pánico la invadió cuando vio la firma.

«Kommodore Flebert».

Buscó la reacción del doctor Viktor. La mención del nombre provocó que se pusiera firme y sacara las manos de los bolsillos. Apretó los labios y sacudió la cabeza.

—Temía que esto fuera a ocurrir —dijo, caminando hacia ella—. ¿Me permites?

Cogió la tarjeta que Katja, todavía en *shock*, le entregó.

Mi querida Fräulein Heinz:
Siento no haber pasado más tiempo con usted en el transcurso de la recepción de ayer, pero, como sin duda sabrá comprender, tenía muchos deberes que reclamaban mi atención durante la visita del Führer. Espero que no me considere un hombre negligente, y me preguntaba si me haría el honor de cenar conmigo en un futuro cercano.
Su obediente siervo,
Stefan Flebert (Kommodore, Kriegsmarine)

Katja posó sus ojos fijamente en el doctor, con un nudo en el pecho.

—¿Qué debo hacer? —preguntó, sintiéndose como un animal al que habían tendido una trampa.

El doctor Viktor, apoyado en el borde de su escritorio y con los ojos yendo de rosa en rosa, cuyo perfume inundaba ya la oficina, dijo tras un instante:

—Tienes que pararle los pies. Dile que no puedes dejar sola a tu madre enferma.

Katja asintió con la cabeza. Desde un inicio había sabido qué clase de hombre era aquel Kommodore: de los que creen que su poder profesional trasciende a su vida privada. Todo lo que quería lo conseguía. El día anterior, cuando Flebert fue a su encuentro en la recepción, había visto deseo en sus ojos. La había hecho sentir incómoda, y ella lo evitó a propósito. Había hecho un gran esfuerzo para comportarse con frialdad ante él cuando se cruzaron durante la recepción. No había hecho nada para inducirlo a aquello, y aun así...

—Sí —respondió débilmente—. Sí, es lo que voy a hacer.

Pero ambos sabían que el Kommodore Flebert no era un hombre que fuera a aceptar un no como respuesta. Sería cuestión de tiempo que la invitación se convirtiera en una orden, con consecuencias si se desobedecía. De todos modos, estaba claro que el doctor Viktor tenía la cabeza en otra parte.

—A mi despacho, Fräulein Heinz, por favor.

Se marcharon enseguida después de la recepción del día anterior. No habían tenido tiempo de comentar su encuentro con Hitler. Viktor siguió hablando en voz baja cuando, de nuevo, se sentó en el borde de su escritorio. La contempló detenidamente y vio que el mismo miedo del día anterior le centelleaba en los ojos, pero, en medio de aquella ansiedad residual, había algo más.

—¿Recuerdas que te hablé de mi contacto en París? —le preguntó.

—Sí. Aquella persona que puede ayudar con la transcripción.

El doctor señaló hacia delante con el mentón.

—Creo que ha llegado el momento de que nos encontremos. Cuanto antes mejor. Ya llevas transcrito más de un cuarto del cuaderno. Debería bastar para satisfacer el apetito de un editor.

—¿Todavía quieres que vaya contigo?

–Claro –respondió él, como si considerase absurda su pregunta.

–¿Pero no van a hablar? De que vaya a París contigo, que es...

Se acordó de Leisel y aprovechó la oportunidad.

–Nunca terminaste de contarme lo de tu asistente.

Su recordatorio lo dejó de piedra.

–Sí, es verdad –admitió, frotándose la barbilla pensativo.

–¿No sería ahora el momento de hacerlo, antes de dar un paso más allá? –sugirió ella.

El doctor suspiró con fuerza.

–Muy bien –empezó–. Desde un buen principio, Leisel me dijo que su madre estaba muerta y que su padre la maltrataba. Como es natural, mostré preocupación por la muchacha, pero ella lo tomó por... –buscó una palabra delicada– interés.

–Ya veo –dijo Katja.

–Comenzó a esparcir rumores acerca de nuestra relación. Todos falsos, claro. Y no hubo nada más que eso. Por supuesto, la despedí y nunca más la volví a ver.

–Pero se suicidó –le recordó Katja.

Los ojos de Viktor se tornaron vidriosos.

–Sí, lo hizo. Fue lamentable, pero...

Selló sus labios y sacudió la cabeza.

–¿Qué pasa? –preguntó Katja, intuyendo que se estaba reservando algo.

–No puedo demostrar nada, pero... –dudó.

–Pero... –lo apremió Katja.

–Sospecho que Ulbricht tuvo algo que ver.

–¿Crees que animó a Leisel para que actuara contigo del modo en que lo hizo?

Aquella era una acusación descabellada, pero, al haber

sido testigo de la rivalidad profesional que tenía el doctor Ulbricht con Viktor, le parecía posible.

Él asintió:

–Tal vez.

–¿Y las pastillas?

Katja recordó la acusación de la enfermera Blum.

El doctor se encogió de hombros.

–Leisel no era mala chica. Se dejaba influenciar. Tal vez se arrepintió de lo que había hecho. Al fin y al cabo, mancilló mi reputación. –Suspiró–. No debió de resultarle difícil hacerse con pastillas a través de la farmacia de la clínica.

Al ver sus ojos húmedos y sus hombros caídos, Katja comprendió que Viktor también había sido una víctima en la tragedia de Leisel.

–Gracias –dijo ella–. Eso era todo lo que me hacía falta saber.

Viktor asintió y Katja se disponía a marcharse cuando el doctor se puso en pie y se dirigió a uno de los archivadores.

–Espera –la llamó, mostrándole una carta. Se aclaró la garganta–. Estaba en mi buzón esta mañana.

La dejó sobre el escritorio para que la viera Katja.

–Habrá un congreso de psiquiatría en la Sorbona dentro de dos semanas. Me han invitado a asistir.

–Un congreso –repitió con cautela, temiendo lo que vendría después.

–¿Vendrás conmigo? ¿En calidad de asistente? Es la excusa perfecta.

Katja sintió de pronto la necesidad de tragar saliva con fuerza. Era un descanso saber lo que realmente había ocurrido con Leisel, y, sin duda, se creía la versión de los acontecimientos del doctor Viktor. Pero debía ocuparse de Mutti.

–Lo siento. Mi madre...

Viktor, al ver que vacilaba, movió la cabeza de un lado a otro.

–Seguro que habrá alguien que la pueda cuidar, ¿no? Sería por muy poco tiempo.

–Pero me necesita, debo comprobar que come y se toma la medicación, y...

Viktor se dio la vuelta mientras hablaba y se acercó a la ventana, uniendo sus manos por detrás de la espalda. Al cabo de un instante, dijo:

–Entiendo tu dilema, pero me han ofrecido otra oportunidad, Katja, y necesito tu ayuda. Ahora bien, si te sientes... –Contrajo los hombros y luego se giró para sopesar su reacción.

–Sabes que quiero serte de ayuda –protestó ella, antes de detenerse para transigir un poco–. ¿Cuántas noches estaríamos fuera?

–Tres. Viajaremos en tren y nos quedaremos en un hotel modesto pero correcto que conozco, a escasos pasos de la Sorbona.

El doctor hacía que sonara tan sencillo, tan rutinario... Pero las necesidades de Hilde suponían una carga añadida para ella.

–¿No hay nadie que pueda encargarse? –preguntó.

A Katja le vino a la cabeza la imagen de Frau Cohen. Ahora que Aaron ya no vivía con ella, tal vez pudiera pedirle que cuidara de su madre. Asintió despacio.

–Hay alguien.

–Excelente. ¿Quieres decir que vendrás conmigo? –preguntó Viktor, buscando, con sus ojos, la mirada alicaída de ella.

Sintió la presión de la pregunta y alzó la vista.

–Siempre que pueda disponer de los arreglos necesarios –le dijo.

En el rostro de él estalló una sonrisa.

–Gracias, Katja –le dijo–. Lo que estamos haciendo es lo correcto.

–Lo sé –reconoció ella.

Sabía que los planes del doctor Viktor requerían de una gran valentía, pero también sabía que su propia seguridad personal y la de su frágil madre pendían ahora de un hilo. Le estaba pidiendo realizar más sacrificios. Aquel terreno ignoto estaba plagado de minas, y podían detonar en cualquier momento.

*

Katja se forzó a concentrarse en pasar a máquina los apuntes del doctor Viktor. Las flores del Kommodore Flebert se encontraban ahora sobre el archivador, pero su presencia la perturbaba y su perfume era un recordatorio continuo de que debía, de algún modo, rechazarlo. También sabía que eso era algo más fácil de decir que de hacer.

Al final de la jornada decidió que ya no podía dejar el ramillete en su oficina. La distraía, y además de un modo muy desagradable. Le revolvía el estómago cada vez que sus ojos se perdían en él, ya que le recordaba la forma en que Flebert la había mirado. Las enfermeras que habían visto las flores ya hilvanaban conclusiones que no eran. Con gran satisfacción atizarían los rumores, sin duda presuponiendo que tal obsequio procedía del doctor Viktor. Sin embargo, desechar las flores frescas en la oficina también despertaría sospechas. Rebuscando en un armario, encontró una gran bolsa de papel que había servido para el transporte de alimentos y, tras coger los ramos por los tallos, los metió dentro. Las flores primero. Decidió que se desharía de ellas en casa.

El doctor Viktor se quedaría trabajando hasta tarde aquella noche, como a menudo hacía. Ella devolvió los papeles mecanografiados y el cuaderno sobre su escritorio. Él la observó con una sonrisa.

–Has hecho muy buen trabajo hoy, Fräulein Heinz –le dijo–. Hemos progresado.

Katja sabía que se refería a su viaje a París.

–Sí, doctor –le contestó, aunque la previsión del congreso y el tener que dejar a Mutti sola la incomodaban.

Le deseó a Viktor buenas noches y, tras coger la gran bolsa con las flores, se dispuso a salir de la clínica. Hacia la mitad del pasillo apareció el doctor Ulbricht de una de las consultas y empezó a caminar hacia ella. Katja se hizo a un lado para dejar que pasara y vio que sus fosas nasales se contraían al acercarse.

–Fräulein Heinz –dijo, entornando los ojos detrás de sus gafas mientras observaba la bolsa que acarreaba.

Al percatarse de que trataba de ver su contenido, se pasó la bolsa de un brazo al otro, pero ya era tarde. Un pétalo extraviado de rosa cayó y terminó sobre el suelo. Ulbricht arqueó una ceja.

–Usted tiene un admirador, Fräulein Heinz –comentó con sarcasmo.

–Son para mi madre –contestó Katja.

El doctor mostró escepticismo.

–Qué gran sentido del deber filial. La patria reclama un deber parecido –dijo, antes de dejar que se fuera.

*

Antes de entrar en su apartamento aquella tarde, Katja llamó a la puerta de Frau Cohen para preguntarle si podría echarle un vistazo a su madre mientras estuviera fuera. La viuda aceptó, y Katja sintió menos miedo de soltarle a su madre el bombazo de su ausencia. Encontró a Hilde en el balcón, dando de comer a las palomas, cuando llegó a casa. Hacía mucho que no podían permitirse flores recién cortadas y pensó que aquellos ramos podrían alegrarle el ánimo. Algunas de ellas habían padecido el viaje en tranvía y estaban aplastadas. Sin embargo, las pocas que pudo rescatar las colocó en un jarrón de cristal.

–Toma, Mutti –le dijo–. ¿No son hermosas?

Su madre giró la cabeza despacio, pero sus ojos se iluminaron al ver las rosas.

–¡Oh, sí! –jadeó maravillada.

Katja sonrió al ver su reacción y se alegró de no haber tirado a la basura las turbias flores de Flebert. Cogió una rosa del jarrón y se la dio. Su madre aspiró profundamente para que la alcanzara su perfume, y Katja disfrutó del simple placer que le propició. Pero entonces recordó una cosa: la mirada lasciva que le dirigió Flebert cuando él y el Führer se volvieron en dirección al doctor. Una corriente de terror la traspasó, como lo hizo entonces, y de repente le pasó por la cabeza la idea de que Flebert tal vez le hubiera dispuesto una trampa. Hiciera lo que hiciera a partir de entonces, ya era una presa. Podía huir de él, pero no se podía ocultar. Tarde o temprano iría a por ella, y la idea le producía temor.

Más tarde, aquella misma noche, preparó una nota para el Kommodore. Con educación, rechazó su oferta de ir a cenar poniendo a su vieja madre como excusa. Aquello le pararía los pies, pero ¿por cuánto tiempo? Al llegar al final de la carta dibujó su firma con una floritura, pero no podía evitar temer que estaba firmando su propia orden de detención.

Capítulo 19

El sol apenas había salido, pero, a pesar de la temprana hora, la estación principal de tren de Hamburgo estaba llena de viajeros de cercanías y de aquellos que, como Ernst Viktor y Katja, viajaban más lejos. Katja había dejado a su madre durmiendo para citarse con el doctor a las cinco en punto. El tren a París los aguardaba.

Dentro, la *Bahnhof* seguía engalanada con banderas nazis rojinegras, y los guardias de las SS patrullaban el vestíbulo y los andenes. Katja viajaba ligera y llevaba una pequeña maleta con dos mudas de ropa y una sombrerera. El doctor llevaba dos fardos: una bolsa de lona y su maletín. Un joven botones de sonrisa desdentada se acercó con un carrito y se ofreció a cargar su equipaje hasta el tren. El doctor aceptó y observó cómo subía primero su gran bolsa, seguida de la maleta y la sombrerera de Katja.

—¿Señor? —dijo el botones, fijando su mirada en el maletín del doctor.

—*Nein* —respondió él con firmeza.

Katja sabía que los textos que contenía eran más valiosos para él que su vida y, sin duda, más peligrosos que una pistola cargada. Los ojos de Katja se dirigían a la maleta mientras hacían cola en la puerta de embarque para que revisaran sus billetes. Había trabajado horas extras, de tal modo que había completado ya casi la mitad de la transcripción.

Aquel maletín de cuero marrón, ordinario en apariencia, contenía un documento que los llevaría a ambos a la cárcel, o a algún sitio peor. El doctor Viktor no solamente estaba desobedeciendo el juramento hipocrático al intentar que publicaran los informes de su antiguo paciente, sino que lo que estaba haciendo se llamaba «traición». Planeaba derribar el régimen nazi y ella, Katja, era su cómplice. Toda aquella situación le parecía irreal.

En aquel momento, el doctor se encontraba delante de ella en la cola; su ancha espalda, a menos de un metro. Miró a su alrededor: al muchacho con gorra que vendía *Bratwursts*, al botones que empujaba un carrito cargado de equipaje, a los dos hombres de negocios que los seguían en la cola. Había gente por todas partes y, aun así, se sentía aislada. Había oído que eso es lo que produce la culpa: te aparta de la sociedad y hace que tengas que vivir en tu cabeza, abandonada en una isla de incertidumbre y secretismo. Le habría resultado tan fácil irse en aquel momento; bastaba con darse la vuelta y alejarse del doctor Viktor y de su inefablemente peligrosa misión de desenmascarar al Führer. Todavía estaba a tiempo de salvarse a sí misma y a su madre. Pero entonces, mirando a su derecha, vio el puesto de libros. De nuevo, la cubierta roja de *Mein Kampf* dominaba sobre el resto. Una vez más pensó en su padre, agonizante en el hospital, y en la promesa que le hizo.

–¿Fräulein? –le espetó el guardia, enfadado–. Su billete.

Katja se despojó de aquellos pensamientos. Vati lo habría querido así. Vati estaría a su lado. Rebuscó en su pequeño bolso para mostrarle el billete al impaciente funcionario. Este le lanzó una mirada de desaprobación y recortó la esquina del papelito para luego permitirle seguir al doctor Viktor y cruzar la puerta. Él la estaba esperando con paciencia, y en su rostro asomó una gran sonrisa cuando se acercó, aunque ella sabía que se trataba de una máscara.

–No deberías poner esa expresión de susto –le dijo, apretando los dientes, mientras avanzaban a lo largo del andén–. Lograrás que llamemos la atención.

Las comisuras de sus labios se elevaron algo más y se quitó el *homburg* al pasar ante una remilgada señora.

Katja estaba demasiado distraída para sonreír. Ojeando su billete, y luego la numeración de los vagones del tren, pensó que su compartimento no debía de estar lejos. El doctor Viktor le había pedido que reservara en segunda clase para pasar desapercibidos.

El áspero olor a carbón se acentuó en el andén y se iba adhiriendo a la garganta de Katja mientras caminaba. Se cruzaron con una pareja que se abrazaba; la joven lloraba, pegada a la solapa de la chaqueta de su amante. Una madre y su hija pequeña los adelantaron. Un grupo de niños parlanchines iban guiados por su agobiada profesora. La vida seguía su curso y, para los demás, tanto ella como el doctor Viktor no eran más que gente de lo más ordinaria, dedicada a sus ordinarias cotidianidades. Sin embargo, lo ordinario se había convertido ahora en extraordinario, y la cicatriz que la había marcado desde la quema se le volvía a abrir. El pitido de un silbato cortó de repente el aire. Sobresaltada, Katja se golpeó el pecho para calmar su corazón.

–Doce. Trece. Ya llegamos –dijo ella al detenerse ante una de las pesadas puertas. El joven botones también se detuvo y empezó a descargar el equipaje sobre el andén.

–Relájate –murmuró Viktor antes de impulsarse hacia delante para escalar los empinados escalones del vagón.

Luego se volvió para ofrecerle una mano y ayudarla a subir al tren.

Una vez que el botones hubo depositado el equipaje y le dejaron una generosa propina, Katja inspeccionó el pequeño compartimento, consciente de que, durante las siguientes doce horas, aquel confinado espacio, con sus descoloridos asientos de felpa roja y sus antimacasares con la marca de tantísimas cabezas, sería su refugio. Se sentaron uno frente al otro, ambos en el lado de la ventana. Mientras siguieran solos, podrían hablar en libertad. Viktor planeaba hacer la corrección de la transcripción y Katja, sin máquina de escribir, se había traído a una compañera para las horas que tenían por delante: *Anna Karenina*.

Cuando, diez minutos después, sonó el agudo silbato del jefe de estación, intercambiaron miradas de satisfacción al comprobar que tendrían aquel espacio para ellos solos. El largo viaje iniciaba ahora su curso. Esperaban que no se les uniera a ellos nadie más en alguna de las siguientes estaciones de la línea.

Las impactantes grúas y almacenes portuarios que conformaban la característica silueta de Hamburgo pronto quedaron atrás, mientras el tren se encaminaba hacia el suroeste. Solo cuando cruzaron la frontera con Francia, Katja viajó tranquila. Inmersa en la novela, el tiempo transcurría bastante deprisa. De vez en cuando alzaba la vista para fijarse en el doctor Viktor, que mantenía los ojos pegados al texto, mientras ella se permitía el placer de contemplar los magníficos paisajes que se deslizaban ante sus ojos.

Un buen rato más tarde, la campiña dio paso a casas nobles y edificios elegantes. Estaban a punto de adentrarse en Colonia. Poco después de pararse el tren, la puerta del vagón se abrió y un hombre de negocios asomó la cabeza para comprobar la numeración de los asientos. Satisfecho por haber encontrado el compartimento que le tocaba, saludó a sus compañeros de viaje.

–*Guten Tag* –dijo con una sonrisa sospechosamente amplia.

El doctor Viktor le devolvió el saludo y Katja saludó con la cabeza mientras el recién llegado se quitaba el *trilby* para dejar al descubierto una melena de color rubio pálido. Colocó el sombrero, junto con su abrigo, en el portaequipajes superior. Su presencia la inquietó de inmediato. Sacó un periódico del maletín. Debía de tener unos cuarenta y tantos, lucía un bigote de herradura y se le veía seguro de sí mismo. Katja supuso que sería un comercial o un banquero, pero, fuera cual fuera su profesión, el hecho de que estuviera ahí quería decir que no podría hablar de la transcripción con el doctor, tal como habían pensado.

Katja buscó distracción en *Anna Karenina*. Tras sacarlo del bolso, apenas abrió sus páginas se le cayó el punto de libro al suelo del vagón. El desconocido se apresuró –demasiado rápido, tal vez– a agacharse y recuperarlo. Se lo devolvió a ella con una sonrisa y echó un vistazo al título.

–Qué joven tan desgraciada –comentó.

Sus ojos se fijaron en los de ella como si escondieran alguna amenaza, como si estuviera predicéndole el futuro.

–Una distracción apasionante –respondió la bienvenida voz del doctor, en un tono ligero que acabó con la tensión que sentía Katja.

–Sí –dijo el desconocido–. ¿Viajan a París?

–Así es –contestó Viktor.

–¿Por negocios?

La pregunta hizo sonar las alarmas en la mente de Katja. Aunque lo más probable es que fuera una pregunta inocente, también cabía la posibilidad de que no lo fuera. Sus ojos ansiosos buscaron los de Viktor.

–Sí –respondió el doctor y añadió–: ¿Y usted?

–También viajo por negocios –contestó el desconocido. Dirigió su mirada al libro de Katja y luego, para su horror, a las páginas mecanografiadas que Viktor sostenía.

–Qué coincidencia –comentó el doctor con frialdad, como si también él se hubiera sentido alertado por un nuevo peligro, por difuso que fuera.

A partir de aquel momento la tensión empezó a hacerse palpable en el compartimento. Cada tos, cada vez que se revolvían papeles, cada mirada al exterior de la ventana ponía a Katja de los nervios. Cuando un guardia caminaba tras la ventana se le cerraba el estómago y, temiendo que fuera a echarlos del vagón a ella y al doctor, contenía el aliento hasta que se alejaba. Las siguientes cuatro horas transcurrieron en un fallido intento de sumergirse en el mundo de Anna Karenina, que en aquellos instantes le parecía preferible al suyo.

Cuando el tren entró con su vapor en la Gare de l'Est, en vez de estar descansada, Katja se sintió como si hubiera soportado un calvario de silencio en el que cada palabra y cada movimiento había sido objeto de escrutinio e interpretación por parte de aquel desconocido sentado frente a ella. Él había hecho dos intentos más de entablar conversación con ella, pero su reticencia era evidente. A él aquella situación parecía divertirlo, pero a ella no hacía sino ponerla más nerviosa.

Al levantarse los tres para recoger sus cosas, el desconocido se enfundó el abrigo y recogió su maletín y su *trilby*. Sonrió al doctor Viktor e hizo una reverencia a Katja, para luego decir:

–Les deseo a ambos un fructífero congreso.

Aquel distendido comentario, soltado con la ligereza y soltura de un asesino, los alcanzó como si fuera una daga en la oscuridad, pero Viktor se mantuvo firme.

–¿Congreso? –repitió el doctor, mientras el desconocido se disponía a abrir la puerta corredera del vagón.

Entonces se giró hacia él.

–Sí –respondió–. Esa invitación de la Facultad de Psiquiatría de la Sorbona. –Sus ojos recayeron sobre una pila de papeles que había sobre el asiento vecino del de Viktor–. Estaba a la vista –dijo–. Nunca se es lo bastante cauteloso hoy en día.

Y con aquellas estremecedoras palabras, dio media vuelta y se marchó del vagón.

Capítulo 20

París

Eran casi las seis de la tarde, y Sylvia Beach se estaba planteando acabar la jornada en la librería. El negocio no había ido muy bien ese día y se había citado para cenar con su amigo, el escritor André Gide. Le apetecía una noche de buena comida y charlas animadas, pero, cuando procedió al cierre de caja, la campanilla que coronaba la puerta de entrada sonó y una silueta familiar entró.

–¡Daniel! –exclamó mientras se acercaba el irlandés. No lo había visto desde hacía días y había empezado a preguntar por él a sus conocidos. Desde su tragedia, se había estado preocupando por él–. Qué alegría verte.

Él se acercó con cautela al mostrador donde estaba ella, caminando como si estuviera sobre la cubierta de un barco en un mar embravecido, y Sylvia sospechó que había estado bebiendo de nuevo. Cuando llegó hasta ella, elevó el rostro hacia el suyo. Al ver Sylvia que tenía los ojos inyectados en sangre, confirmó su sospecha.

–Sylvia, Sylvia –decía él. El aliento le apestaba a licor y medio hablaba, medio cantaba–. «¿Qué luz es luz si a Sylvia yo no veo?».

Ella sacudió la cabeza. Ya le podía dedicar aquellos versos de Shakespeare –como hacían algunos clientes suyos– que no iba a poder disimular que iba más bebido que un cosaco.

–Daniel, mi querido Daniel. ¿Qué has estado haciendo...? –le preguntó, sabiendo sobradamente que debía de haberse pasado la tarde en su bar de siempre, a pocos metros de allí.

–Esquivando a mis admiradoras –le dijo, apoyándose sobre el mostrador. Sylvia percibió el olor a *whisky* de su aliento–. Si me empezaran a hacer caso, este mundo sería mucho mejor. Nos estamos yendo de cabeza al infierno, pero nadie parece darse cuenta.

Sylvia sonrió. Daniel, borracho, ya no resultaba una amenaza. Es cierto que a veces tenía delirios de grandeza, pero no era agresivo. Ya no. De hecho, en ocasiones podía ser bastante vulnerable, aunque en aquel momento parecía estar entrando en su fase literaria. Cuando eso ocurría, como bien sabía Sylvia, se ponía a citar poemas y a Shakespeare, y flirteaba con las mujeres, incluyéndola a ella misma, por supuesto, a pesar de su falta de interés por los hombres.

–Yo te hago caso, Daniel, pero también tú debes escucharme.

Su tono se había vuelto maternal.

Como respuesta, Daniel hizo sobresalir su labio inferior, como si fuera un crío, y, apoyado sobre el mostrador, dijo:

–*Oui*, Mademoiselle.

Sylvia, que ya se estaba empezando a exasperar, le sugirió:

–Deberías irte a casa, beberte un vaso de agua de Evian y meterte directo en la cama. Mañana la cabeza te dolerá un horror, pero aún podrás dejar por escrito algo maravilloso, inspirador e ingenioso, y la gente se fijará en lo que escribes y no en lo que dices. Ahora, nos vamos.

Daniel se quedó en silencio un instante, como si estuviese

filtrando a través de su abotargamiento alcohólico lo que Sylvia le acababa de decir.

–Pero en casa no hay nadie –murmuró.

Grace y Bridie habían sido todo su mundo y todavía no hacía ni dieciocho meses desde que las había perdido, pero Sylvia creía que había empezado a sanar. Estaba convencida de ello.

–¿Sabes qué te digo? Te prepararé un café bien cargado. –Señaló hacia la minúscula cocina que tenía al fondo–. Te sentirás mejor. Y, mientras tanto, echa un vistazo a los libros. –Pero tan pronto como le hubo dado la espalda, la campanilla volvió a sonar, y Sylvia se giró de nuevo–. Debería haber puesto el cartel de «CERRADO».

Chasqueaba la lengua casi en silencio, corriendo hacia la puerta para rechazar a su potencial cliente. Era una joven de probablemente menos de treinta años, que llevaba un conjunto gris oscuro con un sombrero a juego, bajo el cual descendía una melena rubia hasta la altura de los hombros. Sus grandes ojos apenas se veían bajo el ala del sombrero, y una expresión de perplejidad le ocupaba el rostro, como si acabase de entrar en una iglesia de gran belleza. Se veía más bien pálida y delgada, y no le pareció nada parisina a Sylvia.

–Lo siento, justo estaba a punto de cerrar –le dijo en francés.

La joven dirigió su mirada a Sylvia.

–Discúlpeme –le dijo de repente–. No lo sabía.

Pronunció aquella respuesta de modo incómodo, y, por el acento, Sylvia supo de inmediato que su visitante era alemana.

Daniel, por entonces, ya se había girado hacia a la puerta. Si bien antes apoyaba la espalda contra el mostrador, ahora parecía haberse puesto las pilas.

—«¡Silencio! ¿Qué resplandor se abre paso a través de aquella ventana?» —soltó, envuelto en la visión de la clienta de Sylvia.

El sol de atardecer arrojaba un brillo en la acera del exterior, iluminando a la joven por detrás. Con la puerta a su espalda, su perfil estaba enmarcado a la perfección y su cabello relucía como el oro.

Sylvia le lanzó a Daniel una mirada de resignación y le dijo a la clienta en inglés:

—Perdone, no hablo bien el alemán, pero me disculpo en nombre de mi amigo. Ha tenido un día muy largo.

La joven, claramente desconcertada por el recibimiento de Daniel, primero le sonrió a él y luego a Sylvia.

—Ningún problema. Volveré mañana —respondió en fluido inglés, aunque en su voz subyacía la decepción.

Bajó la vista y ya estaba a punto de irse cuando Daniel dio un paso adelante.

—No, espérese, por favor —la llamó, con una voz repentinamente sobria—. Estoy seguro de que, por usted, Miss Beach podría esperarse y cerrar un poco más tarde.

Sus ojos inyectados en sangre se posaron en Sylvia, y puso cara de cachorrito suplicante.

Una risita escapó de los labios de la librera, pero la joven sacudió la cabeza.

—No podría...

—Insisto —dijo Sylvia, señalando al interior—, por favor. —Y tras buscar el pomo, cerró la puerta—. Siéntase como en su casa. Aquí tenemos las novelas, la poesía está ahí, y los libros de no ficción por allá.

—Gracias —respondió la joven, con sus ojos recorriendo los cientos de volúmenes, como una niña en una tienda de caramelos.

Daniel se acercó a ella, y a Sylvia le preocupó que el olor a alcohol de su aliento asustara a su pobre clienta, pero, cuando Daniel volvió a hablar, su voz ya no parecía arrastrarse.

–¿Qué le interesa en particular? –le preguntó mientras la joven, todavía un poco abrumada, se volvía hacia él.

–Me gustan las novelas –contestó–. Mi favorito ahora es F. Scott Fitzgerald, aunque recientemente también he descubierto a D. H. Lawrence y llevo leída una cuarta parte de *Anna Karenina*.

Daniel arqueó una ceja.

–*Anna Karenina* –repitió–. Es usted una lectora audaz y universal en sus gustos.

Ella asintió.

–Lo leería todo, y cualquier cosa –reconoció.

–Yo también –dijo él, aparentando de repente mucha seriedad mientras sostenía la mirada de la joven más tiempo del necesario–. ¿Tal vez me permitiría recomendarle algunos autores?

*

Una vez que se registraron en el hotel, Viktor le dijo a Katja que necesitaba un descanso antes de la cena. Ella, por el contrario, se encontraba demasiado tensa para una siesta. El hombre del vagón la había inquietado. Sabía que debía andarse con cuidado, pero no podía resistirse a sacar el máximo partido a su breve estancia en París y, en particular, a sus librerías. Así es como había ido a parar a Shakespeare and Company, siendo bombardeada por libros, personajes y relatos.

–¿Ha leído *Un mundo feliz*, de Huxley? –le preguntó atento aquel hombre–. No es muy alegre, aunque sí interesante.

¿Y *Sin blanca en París y Londres*? Ya que está en París, sin duda sería una lectura obligada.

Katja ya había decidido que tal vez debería elegir a uno de los escritores o poetas que trabajaban en la librería durante sus horas muertas para llegar a fin de mes. Había oído que la mayoría de los escritores vivían pobremente. Y si la gran variedad de libros en la tienda la deslumbró, lo que más la impresionó fue aquel caballero. Le contaba todo tipo de cosas sobre novelas que ella nunca había leído y sobre autores de quienes jamás había oído hablar. Estaba abriéndole todo un mundo de posibilidades, descubriéndole a W. Somerset Maugham y a Agatha Christie, ambos ausentes en el fondo de la librería de Herr Wortzman. Resultó ser que incluso conocía a alguno de aquellos autores en persona, como a aquel escandaloso James Joyce o al poeta estadounidense Ezra Pound. Y aunque se habría podido quedar escuchando su acento maravilloso todo el día –que no acababa de identificar del todo, pero que sonaba tan suave y delicioso como la crema de leche–, también él le preguntaba cosas: ¿prefería la aventura, el realismo o el romance?, ¿había oído hablar alguna vez de las obras de las hermanas Brontë o de George Elliot? Pero cuando le contó que Shakespeare and Company tenía también una maravillosa biblioteca, de la que apenas costaba hacerse miembro, y que él había logrado conservar su cordura gracias a ella los últimos meses –aunque sin mencionarle el motivo de tal falta de cordura–, Katja le comentó que su estancia en París iba a ser muy breve.

–Estoy aquí por trabajo. Me temo que habré de irme en dos días –dijo, viendo que se disculpaba ante un completo desconocido por algo que escapaba a su control.

El rostro del hombre quedó abatido, y una sombra se adueñó de él. La revelación lo dejó en silencio casi al instante, como si hubieran enmudecido una radio. Se le veía tan apenado que su imagen entristeció a la propia Katja. Era absurdo, pero ella sentía la misma decepción.

—Bueno, lo siento, pero debo irme —dijo ella, sintiéndose algo incómoda.

Pasó junto a él y se dirigió al mostrador a pagar el ejemplar de una antología de W. B. Yeats que él le había recomendado. Pero, un instante más tarde, él ya se encontraba a su lado.

—Permítame que se lo regale yo.

—No podría...

—Un *souvenir* —le dijo—. De la Ciudad de la Luz.

Katja sonrió.

—Muchísimas gracias, Monsieur...

—Keenan, Daniel Keenan —añadió, aunque, por algún extraño y decepcionante motivo, no le preguntó a ella su nombre. Tan solo sacó un arrugado sombrero del bolsillo de su chaqueta y dijo—: Le deseo una agradable estancia, Fräulein, aunque sea demasiado corta.

Un momento después, ahora mucho más apagado, hizo un gesto con la cabeza a la librera y se escabulló como un perrito triste fuera de la tienda. Katja lo observó mientras se iba, con una expresión que delataba su confusión ante aquel comportamiento. Pero la mujer de detrás del mostrador le sonrió con complicidad.

—El pobre Mister Keenan es un hombre roto —le dijo con melancolía—. Pero me da la impresión de que puede que usted lo haya arreglado un poco.

*

En la librería, Katja se había sentido segura. Para llegar le había bastado un paseo de diez minutos por la orilla izquierda, cruzando un puente y una avenida azotada por el viento. Todo el tiempo había estado mirando a su alrededor, consciente de que tal vez alguien la estuviera siguiendo. Haber coincidido con aquel hombre de negocios en el tren la había puesto de los nervios. Por suerte, ya no lo tenía a la vista, y la única persona a quien había pillado mirándola sospechosamente resultó ser un cura, con el alzacuello oculto bajo una bufanda.

Dos horas después de haberse decidido a salir, Katja volvió al Hôtel du Roi, cuyo nombre, por cierto, le hacía escasa justicia. De hecho, era más bien una pensión, pero con palmeras en macetas y un suelo ajedrezado que le daba cierto aire de grandeza, ausente más allá de las zonas comunes. Cuando alcanzó la recepción, pidió la llave de su habitación. El conserje, un hombre de espeso bigote negro, se la entregó con una mustia sonrisa.

Al entrar a su modesta habitación, empapelada con rayas elegantes pero con una alfombra roñosa que estropeaba el conjunto, Katja cerró la puerta. Acercándose a las ventanas, se sentó sobre su cama individual y se echó sobre la colcha de color fucsia. Dirigiendo la vista al techo, se imaginó el rostro de Daniel Keenan mirándola desde arriba y sintió que algo se removía dentro de ella. Contaría con unos treinta y tantos años, supuso Katja, y tenía una cara que debía de haber visto muchas cosas, a juzgar por las arrugas de su frente y en torno a sus ojos verdes. Su cabello, del color de la arena, estaba un poco despeinado y, al parecer, no se aplicaba productos en él. Su expresión había permanecido seria casi todo el rato, pero, cuando sonrió, fue como si alguien hubiera encendido un fósforo que hubiera prendido fuego en el interior de Katja, y que ardió todo el tiempo que estuvieron juntos. Hasta que ella le dijo que solo estaría en París por una breve visita, vertiendo así un chorro de agua fría sobre aquellas llamas. Entonces fue como si él hubiera cancelado toda posibilidad de verla de nuevo, sofocando inmediatamente cualquier deseo que pudiera haber sentido por ella. Aquello que se removía dentro de Katja se había disuelto en una suerte de nostalgia de lo que podría haber sido, pero su lamento fue interrumpido por un suave repiqueteo en la puerta.

Rápidamente se sentó bien recta.

–¿Quién es? –gritó, volviéndose al espejo de pie para comprobar su aspecto.

–Soy yo, el doctor Viktor –le dijo la suave voz.

Al abrir con llave la puerta, la dejó entornada. El doctor estaba de pie en el pasillo, con el ceño marcadamente fruncido.

–Tenemos que hablar –dijo, con el maletín de cuero marrón adherido a su pecho.

Por su expresión, Katja entendió que esperaba entrar en su habitación. Preocupada por lo que podría aparentar la situación ante desconocidos, sacó la cabeza para mirar si había alguien tras su inesperado visitante. Se acercaba una camarera de piso que empujaba un carrito de la colada.

–Espera –le susurró en voz muy baja mientras la limpiadora pasaba y, luego, cuando comprobó que ya se había ido, abrió la puerta de par en par y dejó entrar al doctor.

Deseosa de colgar la ropa para quitar las arrugas, Katja había guardado en el armario su otra falda y dos blusas, junto con un vestido de noche que se había comprado impulsivamente la semana anterior, por si acaso. Se alegró de ver que su ropa interior ya estaba guardada en un cajón, pero sus cosméticos y productos íntimos estaban desordenados sobre el tocador. De repente se sintió desnuda cuando los ojos del doctor Viktor recorrieron la habitación, pero a él no parecían interesarle sus pertenencias y centró su atención en otra parte. Tan pronto como dejó sobre el suelo su valioso maletín, anduvo hasta la ventana y pasó la mano bajo el alféizar interior. Luego buscó bajo la pantalla de la lámpara junto a la cama.

—¿Qué haces? —le preguntó Katja—. Dijiste que teníamos que hablar.

Callado, se llevó el dedo índice a los labios y procedió a examinar el otro lado del espejo de pie.

—Hitler tiene espías por todas partes —le dijo, como si ella no lo supiera ya, pero entonces Katja comprendió lo que estaba haciendo y sintió estupefacción.

—No creerás que...

¿Estaba insinuando que podría haber artilugios con que escucharlos en la habitación?

Aparte de una silla, el único lugar en la habitación donde poder sentarse era la cama. El doctor Viktor se apoyó contra una alta cajonera, descansando parte de su peso sobre el codo. Se aclaró la garganta.

—¿Pero todavía crees que nadie sabe acerca de tus notas?

Tras aquello, el doctor sacudió la cabeza.

—Suponiendo que el hombre del tren fuera un agente nazi, probablemente solo estaba ahí para advertirnos de que no nos pasásemos de la raya. Deberíamos seguir como habíamos planeado. Eres mi secretaria y una asistente necesaria en el congreso. —Se apartó de la cajonera para enderezarse—. Así que... vamos a cenar —dijo, como si la perspectiva de comer lo animara de repente–. Te veré abajo a las ocho, Fräulein Heinz, pero tenemos que tener cuidado de todos modos. Nunca se sabe quién podría ser nuestro vecino de mesa.

*

El comedor del hotel tenía un techo elevado y grandes ventanales, pero algunas de las baldosas estaban agrietadas y los manteles blancos tenían los bordes raídos. Katja y el doctor Viktor eran los únicos que allí comían, y, aun así, mantenían la voz baja mientras tomaban una correcta pero insípida *soupe à l'oignon* servida en boles pequeños.

Katja, no obstante, solo hablaba cuando le decían algo y parecía muy preocupada. El doctor Viktor notó que algo iba mal e intentó convencerla de que se abriera, pero, a pesar de la enorme copa de borgoña, al final del primer plato seguía claramente incómoda. La coincidencia con el hombre de negocios del tren y el temor del doctor a que sus habitaciones contuvieran micrófonos, por no mencionar a aquel hombre de la librería que no se parecía a nadie que hubiera conocido antes, competían en su mente disputándose su atención, hasta que, tras comer medio *coq au vin*, Katja apartó el plato.

El doctor la miró por encima de su copa de vino.

–Tienes que comer, querida. Tienes que reservar fuerzas para el trabajo que nos espera.

Ella asintió, pero no hizo esfuerzo alguno por recoger su cuchillo y tenedor, como si le bastara con verlo comer a él solo. Él, por el contrario, buscaba llenar el silencio posterior hablando de cualquier cosa mientras seguía devorando. Limpiándose la barbilla con el pañuelo atado al cuello, le preguntó:

–¿Has dejado a tu madre en buenas manos?

Katja alzó la mirada, consciente de que trataba de hacerle olvidar las notas.

–Sí. Una vecina la está cuidando.

Él afirmó con la cabeza.

–¿Y su depresión?

Katja se encogió de hombros.

–Nada cambia.

Los días se le hacían eternos a su madre y la vida le resultaba un camino sin atractivos. Pero Katja sabía que aquella era la naturaleza de la depresión, y no podía ver un final cercano. Entonces, algo se le pasó por la cabeza. Pensando en la aflicción de su madre, de repente se acordó de que Viktor había tratado a la esposa del Kommodore Flebert y de que el resultado había sido tan satisfactorio como para invitarlo a la inauguración del acorazado como agradecimiento. Si el doctor había podido curar a Frau Flebert, entonces tal vez...

–La esposa del Kommodore –dijo entonces–. ¿Le aquejaba una depresión también?

Viktor tosió entre risas.

–Sabes que no puedo compartir tales detalles, Fräulein Heinz –le respondió con las cejas alzadas.

Katja se sintió avergonzada.

–Lo siento, no pretendía...

Él le guiñó un ojo y ella comprendió que lo había dicho en broma.

–El Kommodore acudió a mí porque su mujer no... –se encogió de hombros–, ¿cómo decirlo?, no cumplía.

Por un instante deseó no haber dicho nada. Entonces, con cierto rubor en las mejillas, su vergüenza dio paso a la estupefacción. No podía ser que el doctor Viktor hubiera hipnotizado a aquella mujer para que aceptara a su esposo. Sin embargo, como si pudiera leerle la mente, el doctor exhibió una de sus sonrisas.

–No te asustes –le aseguró–. No creo que la hipnosis deba ser utilizada para doblegar la voluntad de un paciente. Mi método solo sugestiona. Todas las acciones proceden de los pacientes, pero, en el caso de la esposa del Kommodore, no hizo falta.

–Pero, entonces, ¿cómo...? –preguntó Katja.

Los labios de Katja se contrajeron y él se acercó a ella.

–Simplemente le sugerí a la pobre mujer que se buscara un amante. –Volvió a su posición y se puso a reír–. Y parece haber recuperado el apetito.

Katja sintió de repente que le ardían las mejillas y se arrepintió de haber preguntado de más. El doctor Viktor no estaba flirteando con ella, pero tenía un proceder que fácilmente podía llevar a malentendidos. Pensó en los cotilleos de las enfermeras y en lo que decían acerca de Leisel. No se había creído sus malintencionadas mentiras, ni entonces ni ahora, pero podía comprender por qué circulaban los rumores, y el doctor parecía bastante satisfecho echando leña al fuego. Todavía incómoda, cogió de nuevo su cuchillo y su tenedor, aunque la comida ya se había helado.

Capítulo 21

Un edificio enorme y elegante alojaba la famosa Universidad de la Sorbona. Junto a ella discurría una calle estrecha que estaba siempre llena de alumnos y profesores, carretas y carteros, arremolinándose todos en el exterior. El congreso de psiquiatría y especialidades relacionadas había logrado atraer a muchos expertos de toda Europa.

Una vez dentro, Katja y el doctor Viktor se mezclaron entre la multitud y fueron conducidos por un torrente de académicos entusiastas, todos ellos prontos a abalanzarse sobre el gran auditorio. La conferencia sobre la psicología de masas del fascismo demostró ser particularmente popular. La iba a dar un controvertido alemán, el doctor Wilhelm Reich, antiguo estudiante de Sigmund Freud y cuyas opiniones liberales lo habían enemistado con los nazis. Por aquel entonces estaba huyendo de ellos. El doctor Viktor sospechaba que Ulbricht contaba con que ellos dos estarían en la conferencia. Sería motivo suficiente para denunciarlos al partido y que vigilaran sus movimientos en París.

Katja tomó asiento, nerviosa, junto al doctor Viktor. Se sentía muy pequeña e indefensa en un entorno tan elevado, y una profunda ansiedad le secaba la boca. Mientras esperaban al doctor Reich, sus ojos barrieron el salón revestido de roble en busca del hombre del tren, cuando, de repente, el doctor Viktor se puso en pie para sentarse a continuación con la misma velocidad.

–Ahí está –murmuró, volviendo la cabeza hacia la puerta.

Katja se quedó inmóvil, esperando encontrar al agente nazi, pero entendió que, en realidad, el doctor se estaba fijando en un hombre enjuto y casi calvo, con gafas redondas y un bastón, que iba subiendo con esfuerzo.

Enseguida el doctor se puso a agitar un manojo de papeles en el aire. Al ver aquel movimiento, el hombre del bastón miró hacia él y aceleró su paso tanto como pudo, ya que cojeaba de una pierna. No sonrió al saludar a Viktor, pero le estrechó la mano e inclinó la cabeza educadamente para saludar a Katja.

–Miss Heinz, este es mi buen amigo, Herr Oskar Dreiberg –dijo Viktor, aunque a Katja no le pareció que el colega del doctor se mostrara especialmente amigable, sino más bien nervioso y furtivo; de hecho, parecía más bien que no deseara ser visto en público con el doctor.

–Ya hablaremos después de la conferencia –le aseguró Dreiberg–. Fräulein Heinz.

Se despidió de ella con una ligera reverencia y partió hacia la última fila con un grupo de estudiantes judíos.

Aquel sería, pues, el contacto del doctor Viktor, pensó Katja, mirando por encima del hombro hacia el lugar donde se sentaba el hombre. Tan solo esperaba que su compromiso de publicar el cuaderno del doctor, una vez editado, fuera más sólido que lo que aparentaba su amistad. Al contemplar el reloj de la pared, vio que la conferencia empezaría en menos de cinco minutos. Hurgó en su bolso para sacar una libreta y un lápiz con que apuntar cualquier parte relevante para el doctor Viktor. Al posar la mano sobre la libreta, vio el breve poemario de W. B. Yeats que Daniel Keenan le había dado la noche anterior. El recuerdo le produjo un repentino hormigueo. Había en él algo tan seductor pero tan trágico a la vez que se marchó de la librería anhelando conocer su historia y le entristecía el no poder hacerlo.

Finalmente, el ruido del aula cesó, y el doctor Wilhelm Reich se dirigió con determinación hacia el atril mientras el público se ponía en pie y le aplaudía. El ambiente estaba tan enardecido que le recordó a Katja la noche en que su padre la llevó a ver un concierto de la Orquesta Filarmónica de Berlín. Un murmulló fue cayendo como la noche, y los asistentes de sala estaban a punto de cerrar las dobles puertas, cuando Katja detectó a alguien tomando asiento tarde en la primera fila. Vio que había cinco o seis asientos reservados a representantes de la prensa. Había algo que le resultaba familiar en aquel hombre: el cabello del color de la arena, la cazadora de *tweed*... Se inclinó hacia delante para fijar la mirada en su nuca, y luego volvió a su posición. Se debía de estar confundiendo. Al fin y al cabo, ¿qué estaría haciendo un poeta irlandés en una conferencia sobre la psicología de los nazis?

El doctor Reich electrizaba al hablar. El fascismo, le decía a los asistentes, no era simplemente un partido político. Era una ideología. Una religión. Y estaba en manos de su particular profeta: Adolf Hitler. Habló apasionadamente durante más de una hora, y el aplauso que recibió se prolongó hasta que abandonó el auditorio. Algunas personas se volvieron a sentar, mientras que otras se fueron yendo. Katja vio que el doctor Viktor echaba un vistazo al final del aula buscando a Oskar Dreiberg. Al agachar su mirada, ella localizó al enjuto hombre más abajo.

–Ahí está –dijo.

Una sonrisa se abrió paso en el rostro de Viktor y, recogiendo su maletín y su sombrero, bajó la escalera. Juntos descendieron hasta la parte frontal del auditorio, pero un gesto que le hicieron desde uno de los laterales captó la atención de Dreiberg en ese momento. Katja no vio quién lo hizo, pero sí que Dreiberg desapareció entre el gentío de la entrada.

*

Daniel Keenan ya había oído hablar del doctor Wilhelm Reich. Era enemigo de los nazis y creía que todo el mundo está reprimido. Chuck Patterson no podía tener ni idea, cuando le asignó el congreso de la Sorbona, de que la conferencia de Reich sería tan explosiva y polémica. Aquel era un psiquiatra de renombre internacional, buscado por los nazis, y lo que había dicho sobre el fascismo –y sobre Hitler– era dinamita. Apenas había otra publicación que se hubiera tomado las molestias de enviar a sus periodistas, pensando, como él mismo al principio, que solo les tocaría escribir «periodismo amarillo», como se le conocía en su profesión, o bien artículos de relleno. Pero lo que Daniel Keenan había ido apuntando era una bomba: una advertencia acerca de la posesión mística que el fascismo podía llegar a producir en las mentes de sus seguidores. Daría para titulares de primera página. Cargado de adrenalina, Daniel recogió a toda prisa sus cosas con la intención de empezar a escribir en cuanto llegara a la redacción, cuando, de repente, vio a Oskar Dreiberg dirigiéndose a la salida. Recordando su última y críptica conversación, lo llamó por su nombre. Había estado pensando en ponerse en contacto, pero no había encontrado ocasión todavía.

Los ojos de Dreiberg se abrieron como platos.

–¡Keenan! No esperaba verte.

–Me alegro de haber venido. ¡Qué bien habla Reich! –dijo Daniel, sorteando a la muchedumbre.

El hombre asintió. Su habitual expresión de desconfianza dio paso a algo parecido a la emoción.

–Ha sido fascinante, ¿verdad? Pero no ha llegado a contarlo todo.

–Ah... –respondió Daniel, recordando su encuentro en el bar–. Aquellas transcripciones de las que me hablaste.

Dreiberg se alertó y alzó ambas manos, mirando nervioso a su alrededor.

–Te ruego que no mencionemos estos temas en público. –Se acercó frunciendo el ceño–. Aparte, no pensaba que te interesara de veras.

Después de lo que acababa de oír, junto con su reciente decisión de volver al cauce de la vida, desde luego que estaba interesado, pero debía jugar bien sus cartas.

–Tal vez deberías persuadirme.

El más bajito de los dos se humedeció los labios.

–Bueno, si es así, haré que el autor en persona hable contigo.

Giró el cuello en busca del doctor Viktor.

–Entonces, ¿está aquí?

Dreiberg afirmó con la cabeza.

–Sí, ¡aquí está!

Apuntó con su bastón al doctor y a Katja, que andaban despistados hacia la salida. Ellos, al verlo, cambiaron de dirección.

–Doctor Viktor, me gustaría presentarle a Daniel Keenan, un respetado periodista –dijo Dreiberg, mientras ambos estrecharon sus manos–. Tiene muy buenos contactos.

El doctor sonrió con ganas.

—En ese caso, me alegro particularmente de conocerlo —respondió, y presentó a la joven que estaba detrás de él—. Y ella es mi asistente, Fräulein Heinz.

La sorpresa de Daniel fue evidente, así como la de la joven que acompañaba al doctor Viktor.

—¿Ya se conocían? —dijo Dreiberg.

—Nos habíamos visto, sí —respondió Daniel, sonriendo con algo de vergüenza por el estado en que estaba cuando se conocieron—. En Shakespeare and Company, ayer mismo, aunque me temo que no nos presentaron de manera formal. —Sus ojos la acariciaron con una mirada segura—. Es un placer, Fräulein Heinz —dijo.

Ella, por su parte, parecía turbada, aunque no tuviera motivos para ello.

—Igualmente —contestó, con las mejillas enrojecidas.

El doctor Viktor retorció los labios de perplejidad.

—Ah, entonces compartimos todos nuestro amor por los libros —dijo, sonriendo con ternura.

Dirigiéndose al doctor, Dreiberg fue al grano:

—En ese caso, ¿podríamos ir todos a algún sitio para charlar? A un lugar más privado... —Bajó el tono—. ¿En mi apartamento?, ¿esta noche? —Se acercó más a ellos y susurró algo al oído del doctor, que Daniel escuchó—: ¿Va a traer su documento, verdad?

Viktor asintió.

—Perfecto, así quedamos —dijo Daniel, haciendo una reverencia y mirando avergonzado a Fräulein Heinz.

Aquella joven, una chica tan atractiva, había visto lo peor de él en la librería. Se odiaba por haber actuado de un modo tan grosero y le horrorizaba lo que debía de estar pensando sobre él. Peor incluso: sintió que había traicionado el recuerdo de Grace. La noche anterior, en compañía de aquella tal Fräulein Heinz, se había sentido vivo por primera vez en muchos meses, pero luego le sobrevino la culpa. Como una resaca terrible después de un caro champán. ¿Merecía la pena? No estaba seguro.

–Sobre lo de anoche, me... –empezó a decir, pero la joven lo interrumpió.

–Por favor. No hace falta –respondió ella.

Lo miraba con franqueza y sin lástima. Daniel estaba harto de que la gente sintiera pena por él cuando se enteraban de su tragedia. Pero aquella joven no lo conocía e, incluso habiendo visto su mayor vulnerabilidad, no había apartado los ojos de él ni lo había rehuido. Aquella noche iría al apartamento de Dreiberg. No tanto porque le interesara una causa política, por noble que fuera, sino porque quería saber más cosas de la asistente del doctor Viktor.

Capítulo 22

El apartamento de los Dreiberg, según le habían dicho al doctor Viktor, se encontraba en un extremo de Le Marais, la antigua judería de París, donde las callejuelas de adoquines se hacían más estrechas y los tejados de las casas prácticamente se rozaban. Ya atardecía cuando hicieron señas a un taxi. El doctor no había querido, muy acertadamente al parecer de Katja, pedirle al recepcionista del hotel que llamase a uno. Cuanta menos gente conociera su destino, mejor.

Katja se sentó rígida en la parte trasera del coche, visiblemente nerviosa. Como si pudiera leerle la mente, el doctor le confió:

—Si te hace sentir mejor, quiero que sepas que solo llevo conmigo las primeras páginas. —Siguió con los ojos su mano, con la que se tocó el bolsillo de su abrigo y sacó un sobre—. Aquí están —dijo, pero eso no hizo que Katja se sintiera mejor.

¿Por qué debería? Nadie más sabía que solamente llevaba unas cuantas páginas. Podían moler a palos al doctor por una página o por todas. A un espía nazi le traería sin cuidado.

—¿Dejaste el resto en tu habitación?

Su sonrisa tenía algo de fanfarronería.

—Bien escondido, claro.

Ella le extendió la mano.

—¿Me permites? Estarán más seguros aquí dentro —dijo, indicando el bolso rectangular y sin asa que llevaba en el regazo. El doctor supo que había lógica en lo que le decía.

—Muy bien.

En los bulevares, las farolas se estaban empezando a encender y, cada vez que pasaban ante uno de aquellos bellos postes de hierro forjado, se iluminaban las facciones del doctor Viktor. Katja pensó que las sombras lo hacían parecer mayor, ojeroso. Preocupado. Él hacía todo lo que podía para parecer optimista, tanto por su propio bien como por el de ella, pero traslucía cierto temor en el modo en que se tiraba de los puños de la camisa y tosía, nervioso, entre frase y frase.

—*Là-bas!* —espetó el taxista, más bien maleducado, diez minutos más tarde.

Había parado y apuntaba hacia una calle estrecha, con altos edificios de pisos a ambos lados incómodamente dispuestos, como vecinos desavenidos. Algunos eran elegantes, otros menos. El olor peculiar de los desagües impregnaba el aire, y Katja se fijó en que allí no había farolas del *fin de siècle*.

—Número 18 —dijo el doctor, comprobando el papel que Dreiberg le había dado—. Ya hemos llegado —anunció triunfante frente a uno de los edificios más desvencijados.

El portal estaba apenas iluminado y había bicicletas que se amontonaban junto a la entrada. Si había conserje, no estaba de servicio, de modo que se decidieron a subir a pie al cuarto piso. Viktor llamó a la puerta y poco después se oyó una cadena. Un segundo más tarde, el rostro tenso de Dreiberg hizo aparición, serio, a través del hueco en el umbral.

—Herr, Fräulein Heinz —los saludó con cara sombría—. ¿No los habrá seguido alguien?

Al ver que el doctor negaba con la cabeza, Dreiberg los

animó a entrar a una habitación estrecha y gris. Un raído sofá estaba flanqueado por dos butacas igual de gastadas, con una mesa baja en el medio. Y a un lado había una cocina.

–*Bonsoir!* –los saludó una mujer con pinta de duende.

Su pelo oscuro estaba recogido en un moño despeinado que acentuaba sus grandes ojos. La cara se le había enrojecido un poco por haber estado removiendo en la olla algo que olía delicioso y que iba burbujeando sobre un elemental hornillo.

Dreiberg señaló hacia ella con la cabeza.

–Monique, mi mujer.

–*Enchanté*, Madame –dijo el doctor Viktor con una reverencia.

Monique, algo apabullada por el saludo del doctor, se limpió las manos en su delantal y le tendió una mano para que se la besara.

–Siéntase como en casa, caballero –respondió. Y entonces, lanzando una sonrisa a Katja, añadió–: Y usted también. Fräulein Heinz, ¿verdad?

Katja sonrió con incomodidad. Haber salido por la noche con la transcripción, aunque solo se tratara de las primeras páginas, no era una gran idea, a su juicio, pero había aceptado bajo la condición de poder llevarlas en su bolso. Le pareció que era menos probable que ella fuera un objetivo y, además, si quería ser sincera consigo misma, no podía perderse la ocasión de volver a ver a Daniel. Pero no había ni rastro de él, y se preguntó si acaso no se presentaría. Ya lo había visto borracho a media tarde cuando se conocieron, y la librera le dio a entender que era un poco cantamañanas. Puede que hubiera cambiado de idea. Puede que, al fin y al cabo, no quisiera formar parte de una peligrosa conspiración. No podía culparlo. Después del inquietante encuentro a bordo del tren, ella tampoco estaba muy segura.

–¿Les apetece un poco de vino? –preguntó Monique, yendo a un armario a buscar copas.

–Gracias –contestó Katja.

Dreiberg se acercó más al doctor y le preguntó a media voz:

–¿Lo tiene?

–Aquí está –respondió Katja, cogiendo su bolso de noche.

–Dejé el resto en mi habitación del hotel a modo de precaución –se explicó Viktor.

–Ha hecho bien –convino Dreiberg–. ¿Nos sentamos?

Empezó a andar hacia el sofá, dejando a Katja con Monique en la cocina.

–Oskar me ha dicho que estarán aquí solo un par de días –dijo Monique, animada, volviendo a poner la cazuela sobre el fogón–. ¿Es su primera vez en París?

–Sí –le contestó Katja, distraída al ver cómo los hombres tomaban asiento–. Es una ciudad muy bella.

–Por supuesto que lo es –contestó Monique justo cuando llamaron a la puerta–. Debe de ser Daniel –dijo, deshaciendo el nudo de su delantal y encaminándose al vestíbulo.

Katja sintió que su corazón se aceleraba al escuchar aquel familiar acento irlandés, y luego vio que Daniel Keenan entraba en la habitación con una botella de vino tinto. Tenía una expresión de hartazgo, casi como si hubiera acudido a regañadientes. Pero, tan pronto como la vio, ella misma detectó lo que parecía ser su aproximación a una sonrisa: un ligero movimiento del lado derecho de su boca. ¿O se lo estaba imaginando?

–Fräulein Heinz.

Un pensamiento le atravesó la mente cuando él la miró. Parecía un cruce entre Mr. Dixon, el irlandés que aparece en *Emma*, de Jane Austen, y el Mr. Rochester de *Jane Eyre*.

En la librería había sido bastante encantador e ingenioso, aunque fuera claramente por efecto de la bebida, pero ahora parecía taciturno y enigmático. No podía llegar a descifrarlo, pero se sintió con deseos de hacerlo.

—Mister Keenan —contestó ella, recordándose a sí misma que no debía quedarse mirándolo demasiado rato.

Daniel hizo una cortés reverencia, para luego dirigirse a Dreiberg y al doctor.

Monique sirvió más vino en otra copa y se la pasó a Daniel mientras se sentaba en una de las butacas. Katja se quedó mirándolo. Aquella noche se le veía tan serio como si llevara el peso del mundo sobre sus espaldas.

—¿Me pasaría la sal? —pidió Monique un instante más tarde, que volvía a ocuparse del ragú del fogón.

Katja se giró sobresaltada.

—Disculpe —le respondió—, claro.

Y tras coger un botecillo, avanzó y se lo pasó.

—Oskar me ha dicho que usted y Daniel se conocieron en Shakespeare and Company —dijo Monique, sazonando el ragú. En su voz había cierta tensión, pero sus labios sonreían. Oskar Dreiberg, sin duda, había hablado del encuentro del día anterior con su mujer.

—Sí —respondió Katja, apoyada en un armario.

—Es lo que podríamos llamar «una rata de biblioteca». —Monique se puso a reír por la expresión que había utilizado mientras se llevaba a los labios una cuchara para probar el guiso, y luego dio un profundo suspiro—. Pobre hombre.

Katja frunció el ceño al recordar las palabras de la librera. Miss Beach se había referido a Daniel como un «hombre roto», pero no le dijo nada más.

—¿Pobre? ¿Por qué lo dice? —preguntó.

Monique cogió el pimentero que tenía a su lado y sacó una pizca de su interior. Mientras lo añadía a la olla, se aseguró de que Daniel estuviera distraído y dijo:

–¿No lo sabe, verdad?

Katja se le acercó.

–¿El qué?

Moviendo la cabeza de un lado a otro, Monique se puso completamente de frente a Katja.

–Perdió a su mujer y a su hija hace unos meses. Todavía las está llorando.

Katja sintió que sus labios formaban una «o», pero sin emitir sonido alguno. Tras girarse para contemplar a Daniel, que estaba sentado examinando el primer capítulo del texto mecanografiado, de repente lo comprendió. El modo en que bebía, por qué la librera había usado la palabra «roto» y la expresión melancólica que le velaba el rostro tenían como explicación lógica su trágica pérdida.

–No tenía ni idea –acabó por decir.

Monique se encogió de hombros y fue a por los platos.

–Usted no tenía por qué saberlo, se acaban de conocer. Pero está solo. Le hace falta compañía.

Katja no entendía por qué Monique le estaba diciendo aquello.

–¿Sabe que vuelvo a Hamburgo pasado mañana?

Monique asintió:

–Sé que se queda poco tiempo, pero tal vez...

–*Chérie* –la llamó Oskar en aquel momento–. A nuestros invitados les hace falta un poco de vino.

–*Un moment* –gritó, limpiándose las manos en el delantal–. Tengo una idea –susurró, mientras cogía una botella de borgoña.

*

–Como les dije, estas son solamente las primeras páginas –aclaró el doctor Viktor. Fijaba la mirada en Daniel y en Oskar, nervioso, rascándose las palmas de las manos mientras aguardaba a que ambos acabaran de leer las primeras diez páginas–. ¿Y bien? –inquirió cuando finalmente levantaron la vista.

Por un instante los dos se quedaron estupefactos en silencio, como si se hubieran dado cuenta de que acababan de tomar veneno de un cáliz, esperando a que surtiera efecto.

–Es... Esto es... –empezó a decir Dreiberg.

–Peligroso –intervino Daniel, clavando sus ojos en Viktor–. Ya ha escuchado la conferencia de Reich. Sabe a qué se enfrenta. Los nazis no se van a detener ante nada hasta que subyuguen a Europa.

El doctor asintió lentamente y emitió un suspiro que había estado conteniendo desde que ambos comenzaron a leer.

–Soy consciente de ello. Por eso precisamente es vital que el mundo entero conozca quién es su líder.

Parecía que la magnitud de lo que Viktor acababa de decir hubiera paralizado a Dreiberg. Daniel se lo estaba tomando con más calma.

–Naturalmente, cualquier editor pediría ver el resto del documento antes de decidir si va a ayudarlo o no, doctor Viktor –dijo él.

El doctor se mostró de acuerdo.

–Claro. No está mecanografiada más que la mitad del manuscrito entero –miró inconscientemente a Katja–, pero espero que esto baste para que se decidan.

Daniel arqueó una ceja como respuesta.

–Permita que sea yo quien lo juzgue por mí mismo, doctor.

Viktor alzó una mano en señal de rendirse.

–No quería decir...

–Ya lo sé –respondió Daniel, con el ceño fruncido–. Debe entender que, por lo que he podido ver, este documento es extraordinario, pero va a requerir de un medio valiente para sacarlo adelante.

El doctor volvió a asentir.

–Pero ¿podría ver qué puede hacer?

Daniel miró de reojo a la cocina, donde Katja estaba charlando con Monique. Había algo en ella que le resultaba atractivo. No era tanto que fuera amante de las novelas y que tuviera tantas ganas de aprender. Tal vez era su sonrisa o lo que esta escondía. Tenía la impresión de que era un alma afín. En cualquier caso, quería volver a estar a solas con ella.

Dirigiéndose a Viktor, prosiguió:

–Como le he dicho, me haría falta ver más –le confirmó al doctor, levantando los bordes de las páginas que tenía ante él–. ¿El resto de las páginas mecanografiadas las tiene con usted en París?

–Sí, en mi habitación del hotel.

–Bien. –Daniel dejó caer las manos sobre sus rodillas–. Entonces, tal vez me las podría facilitar mañana –sugirió–. Se las mostraré al director de mi revista.

A medida que progresaba la conversación iba emergiendo una idea. Daniel trataría de persuadir a Chuck Patterson para que publicase las notas médicas en capítulos, traducidas al inglés a partir del alemán original, claro. De ese modo, argüía Daniel, la circulación de *The Parisian* aumentaría y todas las revistas francesas importantes, como *Voir*, *L'Illustration* y otras similares, se pondrían en contacto con ellos ansiosos por adquirir los derechos. Esa era su teoría, en cualquier caso.

Dreiberg, sin embargo, se mostraba reticente.

–Te-tenemos que tratar este a-asunto con cu-cuidado. Hay agentes nazis en la ci-ciudad.

Su tartamudez hacía de nuevo aparición.

–Eso es cierto –admitió Daniel–. Quizás lo mejor sería que tú ejercieras de intermediario.

Dreiberg lo miró con horror.

–¿Yo?

–Si apenas consistiría en ser el mensajero. Entregar la transcripción en el lugar indicado para quitarte de encima a posibles espías.

–No lo veo tan claro –respondió Dreiberg, negando con la cabeza–. Es arriesgado.

Daniel lanzó una mirada a Viktor y luego se volvió hacia Dreiberg.

–Amigo mío, tras leer estas páginas, estamos todos en esto, nos guste o no.

*

–¿Lo que están haciendo es peligroso, no? –dijo Monique después de haber servido el vino, claramente captando partes de la conversación.

Katja frunció el ceño. No sabía cuánto le habría explicado Herr Dreiberg a su esposa, pero esperaba que fuera bien poco. Cuanta más gente supiera acerca del cuaderno, más arriesgada se volvería su misión de publicar las notas.

–Eso creo, sí –respondió, mientras preparaba los cubiertos, tratando de sonar lo menos concisa posible.

–Y usted –Monique miró a Katja directamente–, ¿tiene miedo?

Katja reflexionó un instante. Desde que su mundo había sido pasto de las llamas en 1933, con la quema, sabía lo que significaba vivir con miedo. En Hamburgo vivía con miedo. Le resultaba tan natural como peinarse o preparar la cena. La mayoría de las veces era como un dolor atenuado, pero, ahora que estaba en París, se había tornado más agudo.

–No –mintió–. Sé que debemos hacer lo que estamos haciendo.

Monique, cogiendo una pila de platos, dijo:

–Mi Oskar a veces tiene miedo. En Berlín era conferenciante, ¿sabe? Pero los camisas pardas le provocaron la cojera y la tartamudez.

Sus hombros se vinieron abajo con resignación al hablar su marido, y Katja imaginó que aquel pobre hombre habría recibido una paliza en algún callejón oscuro por el mero hecho de ser judío. La idea la trasladó a la noche en que su padre resultó herido. Enfrentarse al mal era siempre más fácil cuando no se estaba solo.

*

Se congregaron alrededor de la mesa de la cocina para cenar. Monique iba vertiendo cucharadas de ragú de pollo, acompañadas con rebanadas de *baguette*. Daniel mojó su pan en la espesa salsa de tomate como si llevara días sin comer bien. Cuando vio que Katja lo estaba observando, se disculpó.

–Perdón –dijo, limpiándose la barbilla con la servilleta–. No me ocurre a menudo que me inviten a una buena comida casera. –Daniel ladeó la cabeza–. Y menos en una compañía como esta.

Katja se puso roja.

–Daniel preferiría devorar un buen libro a un buen plato, ¿no es cierto? –bromeó Monique–. Si prácticamente vive en esa librería.

Daniel afirmó con la cabeza.

–Es verdad que paso demasiado tiempo allí –confesó.

–Sylvia tiene cierta..., ¿cómo decirlo?, cierta debilidad por su cliente irlandés –añadió Monique, dándole toquecitos en la mano y mirando a Katja.

Daniel dirigió de nuevo sus ojos a Katja.

–Miss Heinz sabe que me apasionan los libros –respondió.

Monique torció sus carnosos labios.

–Sí, Oskar me contó que se conocieron en la librería –comentó con una sonrisa traviesa, limpiándose la comisura de los labios con su servilleta.

–Exacto –dijo Daniel.

–¿De modo que ya lo sabe todo sobre George Orwell y W. B. Yeats? –preguntó Monique, volviéndose hacia Katja.

–Sí –contestó ella, deslizando su atención hacia Daniel–. Me regaló un poemario de Yeats.

El doctor Viktor apartó los ojos de su guiso y Dreiberg dejó de mordisquear el pan al darse cuenta ambos de que, ante ellos, estaba teniendo lugar una especie de cortejo.

–Ah, Yeats –reflexionó Monique pensativa, como si intentara recuperar algo de su memoria–. «Pisa suavemente, pues caminas sobre mis sueños». Qué hermoso... ¡Pero no tanto como la poesía de Baudelaire!

Arrojó a Daniel una sonrisa juguetona.

Pasaron el resto de la noche conversando sobre libros y poemas, sin mencionar de nuevo la política. Katja se alegró. Ello solo conseguía producirle ansiedad. Pero, en lugar de abrirse gracias a la conversación de la cena, Daniel permaneció como un libro cerrado. Monique era una anfitriona estupenda y facilitaba la conversación, pero el irlandés que tenía ante ella seguía siendo un enigma, y, cuando la campana de una iglesia vecina anunció la medianoche, interpretándolo el doctor Viktor como una señal de que debían irse, Katja sintió una gran decepción.

–Gracias por su hospitalidad –le dijo el doctor a Monique.

–Me temo que a mí también me conviene dormir –afirmó Daniel, con su sombrero doblado entre las manos. Luego se dirigió a Katja–: Ha sido un placer volver a verla, Fräulein Heinz. Hasta la próxima ocasión, espero.

Katja no tenía claro que lo dijera de verdad. Porque... ¿cuándo habría una nueva ocasión? Dudaba que la hubiera. ¿Había alguna convicción tras aquella sonrisa que le había dedicado? No podía estar segura, porque Daniel no se quedó el tiempo suficiente como para que ella lo pudiera observar con más atención. En lugar de eso, dio las gracias a sus anfitriones y se dirigió a la salida. Tras su partida, Katja sintió que se desinflaba por momentos. Una parte de ella quería ir con él y seguir hablando sobre Yeats, sobre Orwell o sobre cualquier otro autor de su elección, solo para escuchar de nuevo el hermoso timbre de su voz. Pero su parte sensata sabía que aquello era absurdo. ¿Cómo iban a ser algún día malhadados amantes si su situación ya dictaba que tal vez no volverían a verse?

*

El doctor Viktor le fue relatando el plan a Katja mientras caminaban hacia la avenida principal para coger un taxi, pero ella no estaba convencida del todo. También la desanimó que aquellos hombres no la hubieran incluido en su conversación acerca de la publicación de las notas, como si los riesgos que ella misma estaba corriendo no contaran para nada. Guardó silencio, por supuesto. Pero, cuando supo que el ardid de Daniel dependía de la cooperación de su jefe, empezaron sus dudas. Ella había hojeado *The Parisian*, pues, en el vestíbulo del hotel, tenían un ejemplar. Estaba lleno de moda y reportajes sobre fiestas de la alta sociedad. Además, era una revista muy conservadora, pensada para expatriados ricos, a la mayoría de los cuales probablemente les parecía que Hitler era bueno para Alemania. Daniel Keenan, sin duda, tenía palique –ella había oído que eso caracterizaba a los irlandeses–, pero su plan no era impecable.

De todos modos, el doctor Viktor se sentía animado por aquel encuentro.

–Si todo discurre bien, la primera entrega podría salir el mes próximo –dijo, mientras avanzaban por aquella calle mal iluminada.

Unos pocos metros más y ya estarían en el bulevar principal, donde cogerían un taxi de vuelta al hotel. Pero estaba tan enfrascado en sus pensamientos que ni se fijó en el hombre que había apoyado contra el muro un poco más adelante. Al acercarse, Katja vio que llevaba un *trilby*, y algo en él le resultó familiar. Pero no fue hasta que estuvieron a un metro o menos de él cuando el hombre encendió un cigarrillo y la luz de su cerilla le iluminó el rostro. En ese instante alzó los ojos y sus miradas se cruzaron. No había duda. Katja agarró a toda prisa el brazo del doctor y lo arrastró para que corrieran hasta la avenida.

–Katja, ¿qué estás haciendo? –preguntó Viktor indignado.

–Tú sigue andando –le susurró entre dientes.

Les quedaban pocos metros para llegar al cruce, y a Katja le dieron ganas de salir corriendo, pero, tras mirar furtivamente hacia atrás, se convenció de que no los estaban siguiendo.

–¿De qué va todo esto? –le preguntó un irritado doctor Viktor una vez que alcanzaron el agradecido resplandor de una farola.

–Ese hombre –dijo mientras sus pulsaciones se iban relajando poco a poco.

–¿Qué hombre?

–El que nos hemos cruzado ahí atrás. Era el hombre de negocios. El del tren.

El doctor frunció el ceño.

–¿Estás segura?

–Del todo.

Había mostrado su cara de forma deliberada. Quería que supieran de su presencia, como Katja se había temido. Ni siquiera en París estaban a salvo de los espías nazis. La aparición de aquel hombre era una advertencia. Y ellos fueron conscientes de que cada paso que dieran a partir de entonces podría ser vigilado.

Capítulo 23

Aquel encuentro lo cambió todo para Katja. Le hizo pensar en la recepción oficial en el muelle, cuando, de reojo, vio que Hitler conversaba largo y tendido con el Kommodore Flebert mientras miraba directamente hacia ellos. No le había contado al doctor Viktor aquel estremecedor incidente y había desterrado sus nefastas sospechas, repitiéndose una y otra vez que se había imaginado aquella mirada. El doctor Viktor creía que la presencia de aquel hombre de negocios era una advertencia, pero que no guardaba relación con la transcripción de las notas médicas de Hitler que habían estado cotejando. Le comentó a Katja que era un procedimiento corriente el seguir a los académicos cuando viajaban fuera de Alemania para asegurarse de que seguían a rajatabla la línea del partido nazi. Katja no iba a convencerlo de lo contrario. Al menos no de momento. Ahora bien, ella albergaba un temor: la existencia del cuaderno podría no ser ya un secreto.

El doctor Viktor llamó a Oskar Dreiberg nada más llegar al hotel. Era pasada la medianoche. Tal vez presintiendo que pasaba algo, Dreiberg descendió las escaleras hasta el vestíbulo tan deprisa como le permitía su pierna herida y descolgó el teléfono de la comunidad antes de que nadie más fuera a hacerlo.

–¿Sí? –Apenas tenía aliento.

—¿Dreiberg?

—Doctor Viktor, ¿o-ocurre algo?

—Nos siguieron al salir de su apartamento.

Se le escapó a Dreiberg un grito ahogado.

—¿Un agente?

—Fräulein Heinz cree haber reconocido al hombre de nuestro viaje en tren.

—Pero... en cualquier caso, no sabrán de sus notas, ¿no?

—No, no lo creo. Pero, si no andamos con cuidado, pronto las descubrirán. Propongo un cambio de planes.

En principio, el doctor debía hacer entrega del resto de las páginas mecanografiadas a Dreiberg en la Biblioteca de los Libros Quemados a primera hora del día siguiente, pero aquello resultaba ahora impracticable. En su lugar, urdieron un plan alternativo. Katja se prestó voluntaria, especialmente porque sabía que la misión implicaba volver a ver a Daniel. Así fue como terminó yendo de nuevo a la Rue de l'Odéon a la mañana siguiente. Había salido disimuladamente de su hotel por la puerta de atrás poco después del desayuno, con un pañuelo que le cubría el cabello rubio. Cargaba con una sombrerera que, en lugar de sombrero, contenía las notas a máquina.

Todavía hacía bastante frío, pero el cielo se iba despejando y auguraba un día soleado cuando llegó al escaparate de Shakespeare and Company. Inspirando a fondo, dio un empujón a la puerta. Según el reloj de la tienda, llegaba dos minutos antes de tiempo. La campanilla avisó de su llegada a la librera. Sylvia Beach estaba colocando libros en un estante cercano. Levantó la vista y sonrió de oreja a oreja.

—¡Fräulein! —exclamó sorprendida—. ¡Cómo me alegra verla de nuevo!

–Lo mismo digo –contestó Katja, con la sombrerera sujeta entre sus manos.

Dio un vistazo por toda la tienda. No había rastro de Daniel.

–¿Busca hoy algo en particular? –le preguntó Sylvia, acercándose.

«Sí, a Daniel», pensó. Pero, al volverse hacia la pared más próxima a ella, la fotografía de Oscar Wilde le insufló inspiración.

–¿Tiene *El retrato de Dorian Gray*?

Sylvia sonrió.

–Estoy segura de que debe de estar por algún sitio.

Se fue a la parte trasera de la tienda, cuando la campanilla volvió a tintinear y Daniel entró, a la hora en punto.

Al quitarse con brusquedad el sombrero, su rostro reflejó preocupación al ver a Katja.

–Dreiberg me avisó, Fräulein Heinz. ¿Está bien? –preguntó.

–Un poco conmocionada, pero estoy bien. –Se encogió de hombros–. No nos atacó, pero quería que supiéramos de su presencia. Para atemorizarnos, supongo.

Daniel asintió.

–Pero no creerá que...

Ella lo interrumpió:

–El doctor Viktor dice que es imposible que alguien más lo sepa.

–¿Y usted? ¿Qué es lo que cree?

Sus ojos verdes estaban intensamente fijos en ella.

–Tengo mis sospechas –se limitó a decir.

Él afirmó comprensivo y luego susurró:

–¿Trae el resto?

Los ojos de Katja apuntaron a la sombrerera. Nadie sospecharía que un utensilio donde se guardan gorros de cocina, boinas o sombreros de campana contuviera los informes médicos de Adolf Hitler. Tras alejarse del escaparate, dejó la caja sobre la única superficie despejada: sobre la mesa que había en el centro del local. La abrió justo en el instante en que Sylvia regresaba con la novela.

–He encontrado un ejemplar. Estaba en el fondo de... –Dejó la frase a medias al ver a Daniel–. Vaya, *bonjour*, Daniel –exclamó, sonriendo abiertamente–. Es una coincidencia que os volváis a encontrar aquí.

Katja logró colocar de nuevo la tapa a la caja antes de que Sylvia se diera cuenta de lo que estaba sucediendo.

–Pasaba por aquí. Ya sabes que nunca me olvido de visitarte, Sylvia.

Daniel sabía cambiar de humor y aparentar encanto con la facilidad de quien enciende una bombilla, pensó Katja. Le pareció ligeramente desconcertante.

Sylvia sostenía la novela en alto.

–Bueno, aquí la tiene. *El retrato de Dorian Gray.* Dejaré que hojee sus páginas mientras preparo un envío –le dijo a Katja, depositando el ejemplar con diplomacia sobre un estante cercano.

Una vez solos, Katja y Daniel se miraron mutuamente, sabiendo lo que debían hacer. El mecanografiado pasó de la sombrerera de Katja al maletín de Daniel en una ágil maniobra. Él luego cerró el candado con llave.

Katja suspiró descansada al escuchar el clic de la cerradura.

–Conmigo estará a buen recaudo –dijo Daniel, intentando tranquilizarla.

–Eso espero –contestó–. Sé que usted será muy precavido, porque...

–¿Porque hay vidas que dependen de ello? –sugirió él.

Oírle decir la verdad de viva voz la aterraba más que sus propios pensamientos, como si sus palabras convirtieran todo aquello en real.

–Sí –afirmó ella, sintiendo un temblor que se expandía por su cuerpo.

Daniel siguió hablando en voz baja:

–Lo que usted hace requiere de mucho valor, ¿lo sabe?

Ella asintió. No lo hacía por ella. Era por su madre y por su padre, y por las demás personas que eran objeto de persecución en su país natal.

El tintineo de la campanilla interrumpió su conversación. Entraron en la tienda una señora bien vestida y un muchacho. Sylvia, reaccionando al sonido, volvió del almacén para atender a sus nuevos clientes.

–Será mejor que me vaya –dijo Katja–. He quedado con el doctor Viktor a las once en la Sorbona.

¿Se había ensombrecido la expresión de Daniel? No estaba segura, pero sus palabras sonaron tan rotundas que notó cierto desánimo en el rostro de él.

–Así pues, supongo que esta es nuestra despedida, Fräulein Heinz –dijo él–. Le deseo suerte.

¿Eso era todo? ¿Se había rendido? ¿Tan pronto? Katja no quería abandonarlo de aquella manera; la había conmovido en lo más profundo. Mientras se dirigía hacia la puerta, algo le decía que debía aprovechar la ocasión. Se giró del todo.

–¿Tal vez podría acompañarme... a la Sorbona?

Aquella proposición pareció pillarlo desprevenido. El modo en que reaccionó él le hizo pensar a Katja que se había equivocado, que había malinterpretado las señales. Parecía desorientado y se acariciaba las sienes distraídamente. O puede que quizá no supiera qué hacer.

–Sí –le dijo finalmente, y sus labios mudaron gradualmente en una vaga sonrisa al pensar en ello–. Sí. No trabajo hasta la tarde. Y, por supuesto, será lo mejor para todos –añadió, como si tuviera que justificar sus actos.

–Por supuesto –se avino ella.

Entonces él frunció el ceño.

–Sin embargo, ¿qué pasa ahora con...?

Sus ojos buscaron la sombrerera.

–Yo puedo esperar aquí mientras la lleva a su oficina, y luego me puede acompañar sin problema a mi destino –sugirió Katja.

Él respondió entonces con una amplia y generosa sonrisa, la primera de verdad que había visto en él desde su primer encuentro, y aquello la hizo sentir al instante un poco más a salvo.

–Decidido, pues –contestó ella.

Lograr aquel avance había costado lo suyo, pero lo percibía ya como una pequeña victoria, en cualquier caso. Para pasar el rato, mientras esperaba, decidió comprar *El retrato de Dorian Gray*.

*

Para cuando Daniel volvió, y le aseguró que sus páginas se encontraban a salvo, el sol de primavera ya había disuelto la tenue neblina que, como cinta de plata, recorría el Sena. Contemplando el sol, él le dijo:

–Hay algo que quiero mostrarle.

¿Se lo estaba imaginando o parecía más animado, como si la niebla que le había cubierto antes los ojos también se hubiera esfumado? Daniel llevó a Katja por el concurrido bulevar Saint-Germain. Bajando la antigua escalera de piedra que conduce al embarcadero, se detuvieron para que ella pudiera admirar las vistas de Notre-Dame en la Île de la Cité, en la orilla opuesta del río.

–Nunca me canso de ella –le dijo frente a las majestuosas torres y las bóvedas de su cubierta.

Aunque Katja no podía sino estar de acuerdo, seguía con los nervios a flor de piel.

–¿Pero este no es el camino más rápido para llegar a la Sorbona, no? –le dijo un instante más tarde.

El doctor Viktor le había dado instrucciones.

Daniel parpadeó, nervioso.

–Tienes razón. No lo es –respondió–. Hace un día tan hermoso que quería que viera esto.

Señaló hacia los puestos de color verde que se sucedían uno tras otro a los pies de los altos muros del embarcadero del río.

Por lo que Katja podía ver, por todo el Quai de la Tour-nelle y más allá había puestos donde se vendían libros de segunda mano.

–Dicen que el Sena es el único río del mundo que fluye entre dos librerías –le dijo en un tono más distendido–. Aquí llaman *bouquinistes* a los libreros. Llevan en la zona cerca de trescientos años.

El padre de Katja ya le había hablado de los puestos de libros, pero nunca se había imaginado que llegaría a verlos.

–¿Podemos echar un vistazo? –le preguntó de repente, emocionada por el plan de estar más tiempo junto a Daniel, además de rebuscar entre libros.

La transcripción estaba a buen recaudo y tenía más de una hora todavía.

–Por supuesto –respondió él.

Una oronda señora mayor, cuyo pelo gris se había soltado

de un moño, aguardaba tras un puesto al que se acercaban. Llevaba mitones y un mandil sucio, y saludó a Daniel cuando estuvieron delante.

—¡Yvette! —exclamó él y le plantó un beso en cada mejilla—. *Ça va?*

—*Oui*, Monsieur Daniel. *Et toi?* —Sus ojos relucieron de pura alegría, y luego se volvió hacia Katja—. ¿Tu amiga? —le preguntó emocionada.

Daniel asintió.

—Fräulein Katja Heinz, le presento a Madame Yvette Lebrun, la *bouquiniste* más astuta de los embarcaderos. —Se acercó a ella—. Y la más guapa.

La mujer le toqueteó divertida el brazo.

—*Egues teguible* —bromeó.

—Madame Lebrun trabajaba en uno de los hoteles más finos de la ciudad hasta que tuvo una idea brillante.

Ella le guiñó un ojo a Katja.

—Vendí todos los *libgos* que los huéspedes *olvidagon* en sus *habitasiones*.

Daniel negó con la cabeza.

—¿Pero no tenías por gran cosa las novelas escritas en inglés, verdad, Yvette?

Una risita siguió a aquello mientras Madame Lebrun daba de nuevo un codazo a Daniel en broma.

—Ah, Shakespeare and Company —risoteó como si fuera una niña pequeña.

Daniel volvió a mirar a Katja.

—Así que se los vendió a Sylvia por muy poco.

—Oí *desig* que una *ameguicana* loca *queguía abguig* esa *libgueguía* —dijo, acariciándose la cabeza.

Katja sonrió y dijo:

–Bueno, por mi parte, me alegra mucho que usted así lo hiciera, Madame Lebrun.

Siguieron caminando, deteniéndose un momento en cada puesto. Recorriendo con ojos anhelantes el lomo de los libros, emocionada por el tacto del cuero e inhalando el perfume del papel envejecido, Katja olvidó por qué estaba en París. Se olvidó de la necesidad de vigilar a su espalda a cada rato. Daniel también era otro: más parecido al relajado y, aun así, experto bibliófilo que había conocido en la librería, ahora sin la embriaguez. Junto a él, pudo sostener entre sus manos antologías de poesía y novelas en inglés de Virginia Woolf, algo impensable en Alemania. Se compró un ejemplar de *La señora Dalloway*, y Daniel un esbelto volumen de poesía irlandesa.

–Nunca me canso de Yeats –le dijo él, siguiendo su paseo por el margen del río.

El sol de abril ahora resplandecía entre las copas de los castaños de indias, animando a nuevas hojas a salir.

–Debe de extrañarlo. Su país natal, Irlanda, quiero decir –dijo Katja súbitamente.

Había estado pensando en lo que Monique le había contado sobre la muerte de la esposa y la hija de Daniel, y, aunque sabía que eso no era asunto suyo, quería saber más de aquella historia. Pero él se paró en seco y ella comprendió que le había tocado una fibra sensible.

–¿Le contó Monique acerca de Grace y Bridie?

Su rostro palideció.

–¿Su mujer y su hija? –le respondió dubitativa, temiendo haber cruzado una línea roja.

Daniel abrió la boca a punto de decir algo, pero se lo pensó dos veces. Metiéndose las manos en los bolsillos, retomó sus pasos, pero Katja sabía que el daño ya estaba hecho.

Una gran nube ocultó el sol y la liviandad de sus pasos se desvaneció también, junto con su sonrisa. Había hablado cuando no debía y estaba profundamente arrepentida de ello. A partir de entonces permaneció callada.

Unos pasos más allá, Daniel se detuvo ante unos empinados escalones que subían desde el muelle y se palpó la chaqueta en busca de un paquete de Gitanes, que sacó de un bolsillo. Se lo ofreció.

Confundida por aquel gesto inesperado, ella se echó hacia atrás.

—No fumo —le dijo.

—Bien hecho —contestó él, encendiéndose un cigarrillo.

Era la primera vez que hablaba desde que Katja le había revelado que ya sabía que su mujer y su hija estaban muertas, y su enfado parecía haberse esfumado. Katja, en cambio, todavía se mantenía expectante, y se reprochaba haber sido tan insensible. Observó cómo envolvía con su mano la llama de un fósforo para encenderse el pitillo.

—Todo el mundo ha sido amable conmigo, pero no pueden saber lo que es —dijo—, no pueden sentir lo que siento.

Katja no sabía muy bien cómo responder, pero pensó en Sylvia, la maternal librera, y en Monique.

—Por lo que he podido ver, mucha gente se preocupa por usted, Mister Keenan. Quieren que...

Se dio cuenta, sin embargo, de que él no estaba escuchándola. Lo que hacía era dar una profunda calada a su cigarrillo y alzar la cabeza al cielo, inmerso en sus pensamientos. Katja siguió observándolo, sintiéndose desdichada.

—Todavía... todavía es demasiado reciente —dijo él finalmente, mientras el humo bailaba por encima de su cabeza en el aire inmóvil.

–Así es –respondió Katja, sabiendo exactamente cómo se sentía, pero incapaz de confiarle sus propias circunstancias. Además, ya veía que él seguía sin escucharla.

Daniel continuó fumando su Gitanes y le dijo:

–Gracias por su compañía, Fräulein Heinz, pero no debo entretenerla más. La Sorbona está a pocos metros, bulevar abajo.

Señaló con su cigarrillo hacia las escaleras que emergían del muelle.

La brusquedad de sus palabras desconcertó a Katja.

–Lo lamento, yo...

Pero su disculpa solo arrancó una sacudida de cabeza por parte de Daniel, y el aspecto hundido que había visto en él la noche anterior de repente dio paso a la amargura.

–No quiero compasión –sentenció–. Quiero justicia.

–¿Justicia? –repitió ella, antes de comprender que seguir con sus preguntas no haría más que empeorarlo todo–. No quiero meterme en asuntos ajenos –le dijo–. En ningún caso fue mi intención... Sintió que estaba hurgando en una herida que apenas estaba empezando a curarse.

El humo se esparció alrededor de Daniel cuando abrió la boca para hablar, interrumpiéndola.

–Soy yo quien debería pedir perdón. Discúlpeme por ser tan brusco.

Sus palabras rezumaban vulnerabilidad, y una vez más Katja sintió que le dolía su propio corazón al contemplar aquella expresión.

–No tiene por qué disculparse –le dijo ella–. Créame, entiendo por lo que está pasando.

Daniel la miró profundamente a los ojos, como tratando de averiguar qué era lo que había querido decir. Al parecer, lo había descubierto, porque asintió y le dijo un momento después:

–La creo. También pienso que es usted una buena persona.

Aquel fue un comentario inesperado, pero a Katja le pareció que sería su modo de declarar una tregua, aunque fuese él quien la había desarmado con sus palabras.

Durante un instante simplemente se miraron, hasta que Katja señaló las escaleras que estaban a su espalda.

–Voy a llegar tarde –dijo.

–Entonces debemos apresurarnos.

Luego subieron juntos los peldaños, aunque esta vez en silencio. Sin embargo, era un silencio llevadero, nada incómodo, como si cada paso que daban los acercara más entre sí, hasta que finalmente alcanzaron su destino.

–Ya hemos llegado –dijo Katja nerviosa, con la Sorbona elevándose detrás de ellos.

Sosteniéndole la mirada, él afirmó:

–Así es. –Y la sorprendió al añadir–: ¿Volveré a verla, Fräulein Heinz?

Los ojos de Katja se abrieron y sintió que se le formaba un nudo en la garganta. Aquel hombre atractivo y sensible se acercaba a ella de nuevo, pero lo único que pudo hacer fue sonreírle con impotencia y negar con la cabeza.

–Me temo que volveremos a Hamburgo mañana.

–Claro –asintió él, tocándose la cabeza para escenificar su error. Sus hombros parecían pesarle al tratar de digerir la noticia–. En ese caso, le deseo *bon voyage* y buena suerte, Fräulein.

Se quitó el sombrero, y Katja hizo esfuerzos para no lanzarse hacia él y estrechar entre sus brazos su roto corazón. Y al ver cómo se alejaba de la entrada de la Sorbona, no pudo evitar pensar que su corazón se rompería también.

Capítulo 24

El recuerdo del desolado rostro de Daniel permaneció en la mente de Katja tras verlo alejarse: una figura solitaria, afligida, atrapada en un mundo aparte. Cuánto habría deseado ofrecerle la mano para ayudarlo en su camino por el severo y extraño paisaje del duelo, pero había desaprovechado la ocasión, y ahora debía centrarse en la tarea que tenía ante ella.

Había acordado con el doctor Viktor que se verían fuera del aula donde tenían lugar las conferencias. Iba a asistir a un coloquio a las once y media, y quería que ella tomara apuntes. No le costó encontrar el aula. Estaba a solo un par de puertas del auditorio, pero no había ni rastro del doctor. Al mirar el reloj, se dio cuenta de que llegaba cinco minutos antes de la hora. Una mujer, frente a la puerta del aula, estaba anotando nombres en un memorando.

–Disculpe, ¿se ha presentado el doctor Viktor? –preguntó Katja en un francés poco natural.

Tras una ligera comprobación, la respuesta fue la temida:
–*Non*.

El doctor no se había presentado todavía. Un rápido vistazo por el aula le confirmó que el doctor no se encontraba allí.

Katja siguió esperando en uno de los bancos del pasillo. Se hicieron las once y media, el tiempo pasaba y las puertas del aula se cerraron al inicio de la sesión. Katja se puso en pie y empezó a vagar pasillo arriba, pasillo abajo, pensando qué hacer. Los minutos se iban arrastrando despacio en la esfera del reloj hasta que, a mediodía, decidió que lo preferible sería volver al hotel. Quizá el doctor Viktor no se encontrara bien, aunque parecía estar en forma a la hora del desayuno. Por supuesto, se estaba engañando a sí misma, pero no soportaba darle vueltas a lo que podía haberle pasado. Aunque Katja había tratado de sobreponerse a sus miedos tras los hechos de la noche anterior, con la ausencia del doctor sentía que estaban resurgiendo: esa misma amenaza que, insidiosa, le surgía de las tripas y la agarraba del cuello con tanta frecuencia; ese miedo visceral a estar siendo observados y a que algo malo le hubiera ocurrido al doctor Viktor. Al salir de la Sorbona, la ansiedad provocó que apretara el paso y, cuando llegó al hotel, veinte minutos más tarde, estaba sin aliento.

–*Numéro 23, s'il vous plaît* –pidió al recepcionista de espeso bigote.

Al mirar el tablero de las llaves, se dio cuenta de que el gancho de al lado, con el número de la habitación del doctor, estaba vacío. Con suerte, eso significaba que estaba dentro, aunque no quería levantar sospechas.

–*Voilà*, Mademoiselle –dijo el recepcionista, dejando la llave sobre el mostrador.

La agarró y, dado que el ascensor estaba ocupado, se decidió a ir por las escaleras, subiéndolas corriendo una vez que estuvo fuera de la vista del recepcionista. Recorrió el pasillo a toda prisa, alcanzó la habitación 23 y golpeó la puerta.

No hubo respuesta.

Volvió a llamar, pero ahora con el puño cerrado y no con los nudillos. Tampoco hubo respuesta.

–Doctor Viktor –lo llamó a media voz. Trató de abrir la

puerta. Estaba cerrada con llave. Muy bajito, acercó la boca a la cerradura–. Soy yo, Katja.

La angustia que había estado creciendo en su interior desde la Sorbona amenazaba con desbordarla, al tiempo que imaginaba toda clase de posibilidades terribles. Tras el encuentro de la noche anterior, la amenaza se había convertido en realidad. Tal vez el doctor yacía muerto allí dentro. Levantando el puño de nuevo, pensó en golpear la puerta una vez más antes de dar la voz de alarma, cuando la puerta se abrió de repente. Y allí estaba el doctor Viktor.

–*Mein Gott!* –jadeó Katja–. ¿Qué ha pasado?

El doctor tenía la cara hinchada con un lado lleno de rasguños, y se sujetaba una toalla blanca contra la nuca. Vio que estaba roja por su sangre.

–Ven –le dijo, invitándola a entrar rápidamente. Se tambaleó al borde de la cama y murmuró–: Me golpearon por la espalda.

Katja se sentó a su lado para inspeccionar la herida abierta de su nuca.

–Tienen que ponerte puntos.

–No –soltó–. No puedo llamar la atención. Las notas...

–Están a buen recaudo –le dijo ella. Pero, al oírle mencionar la transcripción, echó un vistazo rápido a la habitación–. Tu maleta. ¿Se la han llevado?

El doctor, sujetando la cabeza entre sus manos, gruñó:

–Sí.

–Pero eso quiere decir que...

Viendo el horror que se extendía por su rostro, el doctor intentó tranquilizarla.

–Eso no significa necesariamente que conozcan la existencia del cuaderno. Puede haber sido...

–Por favor, doctor, no te autoengañes. Lo saben todo. Tal vez no los contenidos, pero sí que ocultamos algo.

Tras ponerse en pie para ocultar su frustración, Katja se introdujo en el baño, llenó un barreño con agua y cogió una toallita para la cara. Volvió al dormitorio y, de pie junto a él, empezó a limpiarle con agua la cabeza. Él hizo una mueca de dolor y se apartó.

–Por lo menos tienes que dejar que te limpie la herida –le dijo con firmeza, estrujando la toallita.

Él suspiró profundamente y se inclinó hacia delante, usando las manos para mantener firme su cabeza.

–Perdona –se disculpó–. Claro que sí.

Su cuero cabelludo estaba un poco partido junto a la sien, pero, aunque había un montón de sangre y algo de hinchazón, la herida no parecía muy seria, por más que las heridas en la cabeza, como bien sabía Katja, debían tomarse siempre muy en serio.

–¿Cómo te sientes? –preguntó ella, frotando para limpiarle la sangre.

–Me siento como si estuviera bailando un vals.

Katja paró.

–¿Cómo estás para bromas? –le preguntó–. Quien sea el que te haya hecho esto podría haberte matado –lo regañó, frotándole a su vez el cuero cabelludo con renovadas fuerzas.

Gracias a ella, el texto se hallaba en manos de Daniel, pero aquello significaba que también él podía encontrarse en peligro. A esas alturas el atacante del doctor debía de saber ya que su misión había fracasado y que se había ido con las manos vacías. Katja sabía que buscarían por otras partes, entre los contactos del doctor. Debía avisar a Daniel de que podían ir a por él, de que debía andarse con particular cuidado.

El agua del barreño ya había empezado a volverse de un color rosa oscuro, pero la herida parecía no rezumar sangre. Tras una cortina que proveía un poco de privacidad al bidé, Katja encontró otra toallita de cara. La dobló en cuatro y la colocó sobre la herida del doctor. Entonces, tras descolgar el albornoz que había tras la puerta, le quitó el cinturón y lo usó para rodear con él la cabeza del doctor y que el cuadrado de tela no se desplazara de su sitio.

—Ven —le dijo a Viktor, ayudándolo a acomodarse en un extremo de la cama. Amontonó varias almohadas para que pudiera recostarse, y luego le quitó los zapatos y lo ayudó a tumbarse. Finalmente, lo cubrió con una colcha—. Ahora tienes que descansar —le ordenó y cerró las contraventanas.

Ella, en cambio, no podía hacerlo. Necesitaba ayuda. «Oskar Dreiberg», se dijo en voz alta. Tenía que contarle lo que había sucedido. Cogió su bolso de noche y hurgó en su interior, buscando el papel que Monique le había entregado cuando se estaban yendo. «París es una gran ciudad. Llámanos si necesitas algo». Todas las llamadas, sin embargo, pasaban por el conserje del hotel. La advertencia del doctor Viktor resonó en sus oídos: «Fíjate en si hay sonidos raros en la línea». Era un riesgo que debía correr.

Bajando a toda prisa las escaleras hacia el vestíbulo, localizó al alicaído recepcionista, enfurruñado tras el mostrador.

—Me gustaría hacer una llamada —dijo, tratando de sonar serena, aunque por dentro estuviera temblando.

Le pasó el papel, y el empleado arqueó una ceja con desdén mientras marcaba el número. Un momento más tarde Katja oyó una voz al otro lado de la línea y, mirando ceñuda al recepcionista, le dio a entender que deseaba privacidad, por lo que este se esfumó a un despacho trasero.

Tragando saliva con pánico, se acercó el auricular al oído.

—¿Herr Dreiberg?

—*Ja?*

Reconoció la voz y respiró hondo.

—Soy Katja Heinz. La asistente del doctor Viktor.

—¿Qué ha ocurrido? —se alertó.

—Alguien lo ha atacado.

Se hizo silencio en la línea.

—¿Le han hecho daño?

Tuvo que bajar la voz cuando un camarero cruzó la sala con una bandeja.

—Creo que necesita un médico.

—¿Están en el hotel?

—Sí.

—Por lo menos las páginas están a salvo —oyó que murmuraba. Supuso que Daniel ya le habría contactado—. Vuelva a su habitación, yo estaré con ustedes dentro de nada —añadió, tratando de calmarla.

—¿Cuánto...?

La conexión se cortó, Katja devolvió el auricular a su sitio y subió en ascensor al piso de arriba para ver cómo estaba el doctor. Al abrir la puerta, lo encontró durmiendo profundamente y decidió volver a su habitación mientras esperaba la llegada de Herr Dreiberg. Se sentó en una silla junto a la cama y su mirada se topó con la antología poética que Daniel le había regalado. Resultaba difícil creer que tan solo unas horas antes había sido feliz por primera vez en años, paseando por el Quai de la Tournelle una mañana de primavera. Se sentía muy a gusto al lado de Daniel, simplemente mirando libros y sintiendo el sol primaveral en su espalda. Ahora, en cambio, cada puerta a la que llamaban, cada paso en el pasillo se le antojaba un agente nazi en busca de la transcripción que no estaba en el maletín del doctor. Tuvo que aceptar que el poder de Hitler empezaba a traspasar fronteras y a infectar las democracias vecinas. Un agente nazi había seguido a dos ciudadanos alemanes a otro país y podría haber asesinado fácilmente al doctor en suelo extranjero. Ningún sitio parecía estar fuera del alcance del Führer.

Capítulo 25

Katja dejó un mensaje al recepcionista para Oskar Dreiberg, diciéndole que fuera directamente a la habitación del doctor Viktor. Menos de media hora después, escuchó pasos que se detenían frente a la puerta del doctor y rezó para que fuera él. Corrió a responder, pero, cuando abrió la puerta de su propia habitación, se sobresaltó al ver que quien allí estaba no era Herr Dreiberg, sino Daniel.

—¡Mister Keenan!

El estómago le dio un vuelco al verlo. Hacía menos de dos horas le había parecido tan vulnerable, necesitado de cariño y comprensión... Y ahora los papeles se habían cambiado. Era ella la que desesperadamente necesitaba auxilio.

—Fräulein Heinz, ¿se encuentra bien? —le preguntó, con cara de preocupación.

—Sí, sí. Estoy bien. ¿Cómo...?

Le aliviaba verlo, pero también la intranquilizaba. Lo estaban arrastrando hasta el interior de aquella telaraña.

—Dreiberg me llamó.

—Está aquí —dijo Katja con urgencia y llevó a Daniel a la habitación del doctor, asegurándose de que nadie los veía.

Los ojos del irlandés se abrieron como platos y luego se entrecerraron al tiempo que se acercaba a la cama.

—Lo han golpeado por la espalda, de camino a la Sorbona —le explicó Katja mientras contemplaba al paciente, que dormía. Pensó en el hombre de negocios del *trilby*. Tuvo que ser él o uno de sus secuaces.

Los ojos de Daniel se posaron sobre la venda improvisada del doctor, cubierta de sangre.

—Así que no fue un asalto cualquiera. Parece que los nazis ya les han echado el ojo —dijo en voz baja—. Se pondrá bien, ¿verdad?

Katja asintió:

—Esperemos que sí. Aunque, como puede ver, ha estado sangrando mucho. Deberían ponerle puntos, pero él no quiere llamar la atención. Si la prensa se entera...

Daniel pensó lo mismo. Siendo periodista, conocía las repercusiones de que una historia como aquella llegara a circular: la vida del doctor y la de Katja peligrarían más si cabe. Vio la *chaise longue* junto a la ventana.

—Todo lo que nos queda por hacer es esperar. ¿Nos sentamos?

Katja se mostró de acuerdo.

—Probablemente no le vendría mal uno de esos —sugirió él al reparar en el aparador, que contenía una botella de coñac.

Katja aceptó con un gesto y él sirvió dos copas.

—¿Qué ha sucedido? —preguntó Daniel, pasándole una de ellas mientras tomaba asiento a su lado.

Ella torció el gesto tras el borde de su copa al tomar un trago del coñac, y sintió que le ardía la garganta y se le incendiaba el cerebro.

—Después de que usted se fuera —empezó a decir—, fui en su búsqueda, pero nunca apareció. Esperé media hora y luego volví al hotel. Me lo encontré aquí, apenas consciente. —Tomó otro sorbo—. ¿Y usted está seguro de que la transcripción...?

–Está en mi oficina. –Suspiró–. Pero mi jefe va a estar fuera durante varios días. Una emergencia familiar.

Katja le arrojó una mirada escéptica.

–¿Cómo?

Daniel contemplaba el fondo de su copa, como si evitara el contacto ocular.

–Su mujer se ha roto un dedo del pie jugando al tenis y la niñera está enferma, así que tiene que ayudarla con su hija mientras está impedida e incapaz de mover un dedo. Ese por lo menos.

Tomó un buen trago.

–¿Así que todavía no está informado de nada?

Había un deje de exasperación en su voz.

–Me temo que no, pero le voy a mostrar las páginas cuando vuelva. Puede que pique –se encogió de hombros– o puede que no.

–¿Y entonces qué? –Katja cada vez se sentía más impaciente–. ¿Qué pasa si se niega a publicarlo?

–Hay otras publicaciones más políticas. Solamente es cuestión de encontrar una que tenga el valor suficiente para entrar en liza y arriesgarse a despertar la ira de Adolf Hitler –le dijo sin ambages.

Katja tomó otro sorbo.

–¿Pero sigue creyendo que a su jefe le puede interesar?

Daniel asintió despacio, pero le preocupó que su convicción careciera de entusiasmo.

–Como ya le he dicho, si no le interesa, habrá otros.

–No parece convencido –replicó ella.

El sol primaveral se había ocultado tras las nubes de lluvia y la habitación había quedado en penumbra, de no ser por una pálida luz en un rincón alejado. Katja se alegraba de no poder ver el luminoso verde en los ojos de Daniel, porque temía que escondieran incertidumbre.

–Debemos estar seguros –le dijo ella–. Si no, estaremos poniendo en riesgo nuestras vidas por nada.

Debió de ser la creciente desesperación de su voz lo que produjo que finalmente Daniel se le acercara y posara su mano sobre la de ella. Al sentir su tacto, Katja bajó la mirada al suelo, como si no supiera cómo reaccionar, pero en un abrir y cerrar de ojos también colocó su mano sobre la de él. Daniel la miró y apartó su copa.

–Créame, Fräulein Heinz, haré todo lo que esté en mi mano para desenmascarar a Hitler. Recuerde que he leído las primeras páginas. Está claro que ese hombre no debe gobernar. Es pura maldad.

Se pasó la mano libre por la frente.

–Lo sé –dijo–. Solo que bueno...

Intentó atraer su mirada, pero ella se negaba a mirarlo porque le brotaban lágrimas de los ojos.

–¿Hay algo más, verdad? –dijo él–. Algo que se está guardando. Pude verlo hoy en sus ojos mientras caminábamos por el embarcadero. Soy todo oídos si me lo quiere contar.

Katja asintió y echó un vistazo al doctor Viktor, que yacía malherido en la cama. Verlo así le recordaba lo que ocurrió durante la quema.

–Mi padre –empezó a decir.

–¿También le ocurrió algo a él? ¿Algo malo? ¿Es eso lo que la incita a actuar?

Katja no se había percatado de que, sin conocerla apenas, Daniel parecía captar el trasfondo de su dolor.

–Era antropólogo –dijo Katja con ternura.

–¿Estudiaba diferentes culturas?

—El desarrollo y el comportamiento de los humanos de todo el mundo —matizó Katja—. Culturas, lenguas y, por supuesto, características físicas de los pueblos.

—Ah —la interrumpió Daniel—. Y su padre estaba en desacuerdo con la teoría nazi de la superioridad de la raza aria.

Katja se puso tensa. Ya se estaba avanzando a sus palabras.

—Por supuesto. Es completamente falsa y carece de base científica.

—¿Y se lo dijo a los nazis?

Ella tomó otro sorbo del coñac.

—Fue un paso más allá. Escribió todo un libro acerca de ese tema, desmontando sus infames teorías raciales, y animó a otros profesores a hacer lo mismo. Lógicamente, después de aquello, fue perseguido por las conclusiones a las que llegó. Científicamente refutó uno de sus principios básicos, y se lo hicieron pagar. —Mientras seguía hablando, contemplaba su copa—. Cuando Goebbels anunció la quema de libros...

—Quemaron el libro de su padre —se adelantó Daniel.

—No solo el suyo. —Un sollozo le empezó a brotar en el fondo de la garganta—. Durante toda la semana, camiones cargados de libros procedentes de librerías y bibliotecas, colecciones privadas y hogares de todo Hamburgo llegaron para la hoguera. Obligaron a todos los miembros de la universidad a presenciar cómo los estudiantes nazis les prendían fuego y, mientras las llamas cobraban vida bajo el cielo negro de la noche, siguieron alimentándolas y arrojando un libro tras otro, como si se tratara de un monstruo hambriento. Cada vez que se alzaban las llamas, había vítores. —Se secó una lágrima—. No es que aquello gustara a todo el mundo, por supuesto. Muchos de nosotros contemplábamos con horror cómo todos aquellos años, o incluso décadas, de trabajo y estudio académico eran pasto del fuego. –Katja se detuvo y tomó otro trago de licor–. Entonces alguien gritó el nombre de mi padre. Él estaba muy cerca y observaba cómo un grupo de camisas pardas sujetaban ejemplares de su libro. Uno por uno, empezaron a ser arrojados a la hoguera. ¡Una ovación por cada libro! Mi padre no pudo soportarlo. Comenzó a gritarles. Intenté retenerlo, claro, pero mis fuerzas eran limitadas, y él se abalanzó hacia ellos para arrancarles los libros de las manos. Se enfrentaron a él, y uno lo empujó con tal fuerza que perdió el equilibrio.

Todavía era capaz de imaginarlo, a cámara lenta: el cuerpo de su padre derribado y cayendo de espaldas a las llamas. Su grito de agonía la perseguiría por siempre jamás.

–Fui a toda prisa a tirar de sus piernas. Dos o tres más me ayudaron y logramos sacarlo del fuego, pero su cuerpo ardía en llamas. –Se volvió a Daniel con el incendio del recuerdo en sus ojos y la voz quebrada–. Su pelo estaba... ¡Su pelo estaba cubierto de llamas! Me quité el abrigo y lo cubrí con él para apagar el fuego, pero no sirvió de nada. El olor... –El hedor acre y horrendo a carne chamuscada le atacó el olfato al rememorar aquello–. Lo llevamos al hospital, pero ya era demasiado tarde. Murió agonizando tres días después. Y mi pobre madre... nunca ha vuelto a ser la misma desde entonces.

Había estado temblando por dentro, pero, al terminar y ver que Daniel no decía nada, experimentó una sensación de desmoronamiento. Era como si las cuerdas que lo mantenían todo bien atado en su interior como una bobina se hubieran deshecho cayendo en forma de una complicada maraña ante ella.

Cuando se volvió hacia él, Katja vio que también había lágrimas en sus ojos. Fue entonces cuando sintió que su brazo le rodeaba el hombro. Su tacto era cálido y suave, y por un instante quiso disolverse completamente en él, fundirse en él para que todo el dolor y la locura desaparecieran.

–Se dice que el dolor es el precio que se paga por amar –dijo Daniel suavemente.

Ella se mordía un labio tembloroso. Él la comprendía y sus palabras le daban coraje para librarse de su desesperanza. Algunos instantes más tarde, cuando finalmente volvió a hablar, Katja se sorprendió de lo segura que sonaba, como si haberle contado su historia a Daniel le hubiera infundido valor.

–Así pues, ya ve por qué es importante que el mundo conozca quién es Hitler y de lo que es capaz de hacer –dijo, aún incapaz de mirar a Daniel porque temía perder el control sobre su llanto.

–Por supuesto –contestó, acercándose más a ella–. Y le prometo, Fräulein, que haré todo lo que esté en mi mano para hacer que el mundo sepa la verdad y actúe para detenerlo antes de que sea demasiado tarde.

Katja asintió. Esta vez sus ojos sí se encontraron con los de él, y de pronto los vio más brillantes que antes, como si alguien hubiera prendido una llama en su interior. Daniel se inclinó hacia ella, y Katja pudo sentir su aliento suave y cálido sobre su mejilla.

–He desnudado mi alma ante usted. Ahora es su turno, si está listo. Me lo puede contar –susurró.

Transcurrió un segundo, luego otro... hasta que, para decepción de Katja, Daniel se apartó, como si se hubiera roto el hechizo. Al hablar, sonó extrañamente formal.

–Lo siento. Discúlpeme –dijo sacudiendo la cabeza.

–¿Que le disculpe? –repitió ella. Era como si se hubiera acercado a un horno encendido y se hubiera quemado.

–Tengo que volver a la oficina. No puedo llegar tarde –se excusó. Se puso abruptamente en pie. Recordó que le había dicho que trabajaba aquella tarde. Rebuscó en el bolsillo y le dio su tarjeta–. Me puede llamar a este número si me necesita –dijo mientras recogía su chaqueta de un tirón, en un tono que no sonaba nada personal.

Ella soltó una risa apagada y luego arrugó la frente. Un minuto antes había creído que Daniel estaba a punto de besarla, y al siguiente él le estaba dando su tarjeta de visita. Era como si ella se hubiera quitado toda la ropa y se hubiera quedado desnuda ante él, y él simplemente la hubiese estado mirando fijamente. Su efusividad parecía haber apagado la luz en sus ojos. Ahora aquellas palabras de Daniel la devolvían a la realidad, recordándole que estaba saltando de la sartén de París a las brasas de Hamburgo. Y el calor en ambas estaba empezando a resultar insoportable.

De repente sintió como si el ataque al doctor Viktor la hubiera dejado temerosa de su propia sombra. Ningún lugar era seguro para ella. Casi parecía que la estuvieran abandonando. Se apartó de Daniel porque había visto cómo había cambiado su estado de ánimo: si ahora él veía miedo en sus ojos, posiblemente no correspondiera con ternura. Y, francamente, no sabía si podría soportarlo. Optó por fijar la mirada en el doctor Viktor. Llevaba media hora sin moverse.

Sintiendo la desazón en Katja, Daniel intentó en vano aliviar su desconcierto.

–¿Todavía planea irse mañana? –le preguntó.

Ella suspiró profundamente para tragarse el dolor.

–Si él no empeora, sí –respondió, observando al doctor dormido.

–Necesitará ayuda. Estaré aquí a primera hora –dijo Daniel.

Se había vuelto a convertir en un desconocido y su conducta la dejaba perpleja.

Ella se dio la vuelta de repente, y una lágrima inesperada se le escapó con el movimiento. Rápidamente se la limpió con la mano, esperando que él no se hubiera dado cuenta.

–Se lo agradezco, Mister Keenan –contestó con formalidad–. Eso sería de gran utilidad.

Capítulo 26

Katja permaneció junto a la cama del doctor Viktor la noche entera. Hacia las once se había despertado y había aceptado dos aspirinas, junto con un poco de agua, antes de volver a caer dormido al instante. Ella tan solo deseaba poderse dormir, pero se encontraba atrapada en una especie de tierra de nadie: entre su padecer por el doctor y sus notas médicas, por un lado, y sus sentimientos hacia Daniel Keenan, por el otro.

Por un instante el irlandés era ingenioso y encantador para, a continuación, resultar sombrío y, lo peor de todo, distante. Él la había ilusionado con su charla literaria, sus buenas maneras y su compromiso contra la injusticia, pero luego la decepcionó con la misma facilidad gracias a su mal genio y ahora, por lo visto, también gracias a sus modales rígidos y huraños. Desde su primer encuentro en la librería supo que había algo especial en él. La excitaba, la emocionaba y la hacía sentir como una reina en su compañía. Aun así, a veces había tenido que poner en duda su comportamiento. Aquella noche había estado a punto de besarla. Era como si se hallara al borde de un precipicio que condujera a algo hermoso, pero simplemente fuera incapaz de dar el salto. Se mantenía a sí mismo a raya. Algo lo detenía. La culpa, presuponía ella, como si fuera prisionero de su conciencia.

Todavía lo atenazaban los grilletes del duelo por su mujer y su hija, y puede que ella se hubiera equivocado al anhelar que la besara. Sylvia tenía razón. Estaba roto, pero eso no cambiaba el hecho de que ella sabía que podría amarlo. Tal vez ya lo hacía. Pero no podía haber futuro para ellos dos. No, al menos, hasta que Daniel Keenan asimilara su propia pérdida, y aquello podía llevarle muchos meses más, cuando no años.

Aquellos pensamientos la abatían y le hacían sentir un gran peso en el cuerpo. Sentada todavía en una silla, reposó su cabeza sobre la cama del doctor Viktor y, apoyada en sus brazos extendidos, finalmente se durmió justo antes de romper el alba.

*

Un poco más tarde, aunque no tenía ni idea de cuánto tiempo después, una llamada a la puerta la despertó. Su cabeza dio una sacudida y dejó escapar un débil grito. Un rayo de sol se colaba entre las persianas, iluminando aquella extraña habitación. Intentando arrancarse el sueño de la cabeza, vio al doctor Viktor que yacía en la cama. Se fijó en sus propios brazos y se sorprendió al ver que estaba vestida todavía. Entonces se acordó.

Llamaron de nuevo; aquella vez decían su nombre suavemente:

–Fräulein Heinz, soy yo.

Tras levantarse de la cama, se apresuró a dejar entrar a Daniel y cerró la puerta. No estaba segura de cómo proceder. Sabía que lo mejor sería olvidar lo vivido el día anterior, junto con sus revelaciones acerca de la muerte de Vati, si es que habían tenido lugar, pero no iba a ser fácil.

Mientras caminaba hacia el centro de la habitación, Daniel se veía aturdido; respiró profundamente y se rodeó la nuca entre las manos.

–¿Cómo se encuentra esta mañana? –preguntó, contemplando al doctor.

Sin alcanzar a entender su comportamiento, Katja le respondió:

–Ha dormido bien.

–Bueno –le contestó, antes de mirarla a los ojos finalmente–. Le prometí que la ayudaría a llevarlo a la estación de tren.

Daniel Keenan, en verdad, le resultaba un enigma. No lo entendía, pero ahora mismo no tenía por qué hacerlo. Tan solo le agradecía su ayuda.

–No he muerto todavía, ¿sabe? –habló una voz que procedía de la cama.

Katja esbozó una sonrisa.

–Buenos días, doctor Viktor –le dijo, al tiempo que él intentaba enderezar la espalda en vano–. Debe mantener la calma –lo tranquilizó ella, corriendo hacia él–. Todo va a ir bien. –Miró a Daniel en busca de apoyo–. Mister Keenan está aquí para ayudarnos –le anunció.

*

Desde el interior del vagón de tren, Katja miraba hacia el andén, donde seguía Daniel contemplándola. Presionaba la mano tristemente contra la ventana y su aliento empañaba el cristal. Le producía pavor el sonido del silbato.

El doctor Viktor estaba echado en una esquina del compartimento. La herida en su cabeza lo había dejado adormilado y con incesantes dolores. Daniel le había echado una mano para vestirse y luego los había acompañado en un taxi hasta la Gare de l'Est para ayudar a Katja a montarlo en el tren. El doctor no se aguantaba en pie y todavía estaba mareado. Katja agradecía, además, que las páginas pasadas a máquina permanecieran en Francia, en la oficina de Daniel, hasta que pudiera recuperarlas. Era algo menos de lo que preocuparse.

A Katja le costaba creer que no hubieran estado ni setenta horas en París. Tantas cosas habían pasado que podrían haber sido setenta días. En su mente, las imágenes de la transcripción, la librería, la Sorbona, el apartamento de los Dreiberg y la cabeza ensangrentada del doctor Viktor se sucedían a una velocidad vertiginosa. Pero, por encima de todo, Daniel. Guardaría para siempre el recuerdo de su breve paseo juntos por la orilla del río, curioseando libros a la luz del sol. Cuando Katja se subió al tren con el doctor, Daniel se negó a decirle adiós.

—Prefiero *à bientôt* —le había dicho en el andén—. Nos volveremos a ver pronto.

«No lo suficientemente pronto», pensó ella, albergando de nuevo esperanzas de que volvería a ponerse en contacto con ella. La noche anterior, tras haberle abierto su corazón, no hubo palabras entre ellos dos: tan solo la tácita impresión de que Daniel parecía comprender la confusión y el dolor en el alma por la pérdida de una persona querida e inocente a manos de tiranos, y discernía la injusticia de todo aquello. ¿O acaso estaba ella malinterpretando la situación? Puede que solo estuviera intentando empatizar con ella, aunque esta vez, al despedirse, se inclinó y le rozó primero la mejilla derecha y luego la izquierda, al estilo francés. Fue un gesto precipitado y algo incómodo, pero consiguió hacerla sonreír y le dio ciertas esperanzas de que tal vez él se sintiera del mismo modo que ella, solo que tal vez era incapaz de expresarlo.

Justo en aquel momento un pequeño guardia pomposo dio un corto y agudo toque de silbato, a menos de cinco metros de ellos.

–*Tous à bord,* Mesdames *et* Messieurs*!*

Ambos se estremecieron ante aquel sonido, y luego la expresión de Daniel cambió.

–Es usted una persona muy especial, Fräulein Heinz –soltó de repente–. Quiero que lo sepa.

Katja casi habría preferido su silencio, porque de nuevo le produjo dolor en el corazón.

–Gracias por escucharme anoche –dijo, antes de armarse de coraje para añadir–: espero poder hacer lo mismo para usted algún día.

Daniel bajó la vista avergonzado, pero ella se agachó situándose bajo su mirada, repentinamente dispuesta a sacar el máximo partido a lo que había dicho.

–Lo entiendo, ¿recuerda? Apenas sé nada de su situación, pero sé que lleva tiempo.

–*Tous à bord,* Mesdames *et* Messieurs*!* –repitió el guardia ahora más cerca.

Ella ya se había dado la vuelta y estaba en una cárcel de cristal que la separaba de Daniel, esperando a que empezara un viaje que la llevaría a cientos de kilómetros de distancia. ¡Deseaba tanto que él le permitiera formar parte de su mundo, compartir su dolor y, al hacerlo, mitigarlo de algún modo! Pero todavía no tenía claro que la dejara entrar.

Cuando el momento que temían llegó y el silbato sonó, Daniel se quitó el sombrero y alzó su brazo a modo de saludo melancólico. Entonces sonrió y ella lo interpretó como un mensaje. Le decía que todo iría bien, que estaría ahí para ella. La locomotora se tambaleó, haciendo que también ella se tambaleara ligeramente sobre sus pies antes de que el tren empezara a moverse. Daniel le siguió el ritmo al principio, andando cada vez más rápido para alcanzar el tren, pero pronto se vio superado por su velocidad y al rato quedó engullido por una gran bocanada de vapor.

Conteniendo sus lágrimas, Katja tomó asiento junto al doctor. Seguía con el sombrero pegado a su cabeza, impidiendo que saliera de su sitio el improvisado vendaje sobre su herida. Tenía los ojos cerrados, y estaba claro que lo único que quería era que lo dejaran solo.

Anna Karenina ahora estaba acompañada por *El retrato de Dorian Gray* en la maleta de Katja. Pero también había otro tomo que le llamó la atención. Cogió la antología de poesía que Daniel le había regalado en Shakespeare and Company. «Un *souvenir*. De la Ciudad de la Luz», le había dicho. Durante los próximos cientos de kilómetros en su ausencia, los emotivos versos de W. B. Yeats lo mantendrían en su corazón durante el largo trayecto a casa.

*

Era ya al final de la tarde y no había oscurecido del todo, cuando el tren finalmente se detuvo en la principal *Bahnhof* de Hamburgo. El doctor Viktor pasó la mayor parte del viaje durmiendo. Aunque Katja no podía evitar escudriñar a todo el mundo que pasaba ante su vagón, no detectó a nadie que fuera vagamente sospechoso. Tan solo los revisores, que comprobaban billetes y pasaportes, los habían molestado. El doctor Viktor parecía estar un poco mejor y fue capaz de avanzar hasta la fila de taxis cuando llegaron a Hamburgo. Fueron directamente a su casa, en un barrio residencial de las afueras.

El hogar de los Viktor se encontraba en una calle arbolada en el norte de la ciudad, a poca distancia en tranvía de la clínica. La casa, un adosado de tres plantas, estaba en medio de una elegante manzana de principios del siglo XIX, y en ella se respiraba un aire de cómoda opulencia. Cuando el taxi se detuvo, Katja se apeó para dejar al doctor en su casa. Tiró del cordón de la campanilla. Un momento después apareció una criada.

—Dígame, ¿está Frau Viktor en casa? —preguntó Katja—. Necesitaría hablar con ella urgentemente. —Señaló hacia el vehículo y añadió—: El doctor Viktor está en el taxi.

La criada, una desgarbada adolescente, parecía estar aterrada cuando fue a buscar a su señora. Desde algún sitio en el interior de la casa se oía una voz severa que ascendía con furia, seguida de fuertes pasos. Apareció a continuación una mujer gruesa, con el pelo enrollado sobre los oídos y frunciendo el entrecejo.

—¿Qué ha pasado? —ladró Gerda Viktor—. ¿Dónde está mi marido y tú quién eres?

Miró de arriba a abajo a Katja con sus ojos de grandes pestañas, evaluándola como si estuviera a punto de engullirla.

—Está en el taxi —explicó Katja, señalando el vehículo—. Pero hubo un accidente y se ha hecho daño.

—¿Accidente? ¿Daño? —repitió la esposa, más escandalizada que preocupada por su marido.

Casi pasando por encima de Katja, se arrojó contra el taxi y abrió de golpe la puerta trasera. Katja oyó un gruñido.

—¿Qué le has hecho? —chirrió Frau Viktor, enfrentándose a Katja.

Katja trató de mantener la calma.

—Está herido. Tenemos que llamar a un médico.

Se oyó una mezcla entre tos y gemidos al ordenarle Frau Viktor al conductor que ayudara a su pasajero a entrar en la casa. Agachándose, el hombre consiguió levantar al doctor de su asiento y llevarlo adentro, dejándolo sobre una silla en el recibidor.

Frau Viktor revoloteaba junto a su marido como una gallina angustiada.

–¿Qué significa esto, Viktor? –cloqueó.

Ignorando los gritos de dolor de su marido, le quitó el sombrero de un tirón sin tener el menor cuidado con la herida. Al ver el vendaje empapado de sangre, se llevó las manos a su flácida cara con horror.

–Necesita un médico –reiteró Katja.

Pero su recomendación fue recibida con todavía más agravio.

–¿Cómo te atreves a decirme lo que tengo que hacer? ¡En mi propia casa! ¡Si ni siquiera sé quién eres!

–Soy la asistente del doctor Viktor –dijo Katja, esperando que su explicación relajara la situación. Pero resultó lo contrario.

–¿Su asistente? ¿Asistente? ¡Ya sé todo eso de las asistentes de mi marido! –refunfuñó–. La última... Pero antes de poder acabar la frase, su marido intervino.

–Munch –gruñó él, con las manos sobre la cabeza–. Llama a Munch –le pidió a su mujer.

Ya había mencionado una vez al doctor Munch en el viaje de vuelta en el tren: un viejo amigo de la Facultad de Medicina, como descubrió Katja. Sería discreto.

La orden pareció devolver a Frau Viktor al presente. Su papada sobresalió al llamar a la criada, que esperaba nerviosa en la oscuridad.

–¡Ute! Llama al doctor Munch. Dile que venga de inmediato.

Ute descolgó el teléfono que había en la mesita del recibidor, mientras Frau Viktor se volvía hacia Katja, con un rostro lívido de rabia.

–¡Ahora largo de mi casa! –gritó, dirigiendo el brazo hacia la puerta, que seguía abierta–. ¡Sal y no vuelvas jamás!

La reacción de Gerda Viktor sorprendió a Katja. En cualquier caso, recogiendo sus maletas, obedeció, pero no sin antes dirigirse al doctor herido.

–Le deseo una rápida recuperación, doctor Viktor –dijo.

–¡Fuera! –chilló su mujer todavía más alto.

Un momento después Katja oyó cómo la puerta se cerraba de un golpe tras ella. Se estremeció con el ruido y echó a andar. Con los desvaríos de Frau Viktor todavía resonando en sus oídos, estaba tan turbada por lo que había presenciado que no se dio cuenta hasta llegar al final de la avenida de que su último billete de cinco *Reichsmarks* había sido para el taxista. Dejando las maletas sobre la acera, suspiró con fuerza. Después de un retorno tan traumático, tendría que volver a su apartamento en tranvía. Mutti habría de esperar todavía algunos minutos más antes de reunirse con ella.

Capítulo 27

Hamburgo

Dos clics hacia la derecha, dos clics hacia la izquierda. Al volver a la clínica el lunes por la mañana, Katja se tranquilizó sobremanera cuando vio que el cuadro del monte Cervino seguía intacto en la pared del despacho. La cerradura de la caja fuerte emitió el satisfactorio sonido tras la cuarta vuelta, y un suspiro escapó de los labios de Katja. Mientras los capítulos mecanografiados permanecían en Francia aguardando a que el jefe de Daniel los examinara, el cuaderno original del doctor Viktor seguía en su sitio, cual santo grial en su relicario. Por lo que podía ver, nadie lo había tocado.

Justo estaba cerrando la puerta de la caja fuerte cuando escuchó pasos de repente. Alguien había entrado en el despacho anterior. Recolocando el cuadro sobre la caja fuerte tan rápido como pudo, oyó el ruido del pomo de la puerta al girarse, más fuerte que los latidos de su corazón, y esta se abrió. Entró el doctor Ulbricht.

–Fräulein Heinz. –Como siempre, la saludó con formalidad, sin rastro alguno de sonrisa–. Ya me han dicho lo del doctor Viktor.

Evidentemente, Frau Viktor lo había llamado de antemano y le había contado al doctor Ulbricht acerca de la herida de su marido.

–Sí. Un calvario terrible –contestó Katja–. ¿Tiene alguna noticia, señor?

Estaba nerviosa junto al escritorio del doctor, intentando calmar su respiración agitada. Logró dar la impresión de estar ocupada en algo, ordenando bolígrafos y lápices, pero le daba miedo no parecer muy convincente.

–Hablé anoche con él. Ha recibido atención médica y seguirá descansando por lo menos unos dos o tres días. –La estaba observando de un modo extraño, logrando que se sintiera todavía más incómoda–. ¿Tiene algo que decirme? –le preguntó. Sonaba como si fuera un cura antes de proceder a la confesión, y cerró la puerta a sus espaldas.

Katja se aclaró la garganta, ahogada por los nervios.

–Tengo la impresión de que el doctor ya le contó lo que pasó –dijo, sabiendo que cualquier discrepancia en sus relatos sería un peligro.

Ulbricht asintió:

–Lo hizo, pero quiero escucharlo de su voz también, Fräulein.

Ella hizo un ademán nervioso.

–Un ladrón lo atacó por la calle. Eso es todo lo que sé.

Aquella era una frase que había acordado con Viktor.

–Ah, sí, el ladrón –repitió Ulbricht, subiéndose las gafas sobre el caballete de su nariz.

«¿Lo dice con escepticismo?», pensó Katja.

–Lo golpeó por la espalda y le robó el maletín.

–Pero cuando ese ladrón vio que no contenía nada de valor, tiró el maletín.

Ulbricht tuvo la amabilidad de añadir aquello.

–Sí –convino Katja, con los nervios revoloteándole en el estómago.

Ulbricht dio tres pasos hacia ella, y ella se alejó tres más. No la creía.

—¿Me está contando la verdad, Fräulein Heinz?

Katja contraatacó con una mueca de indignación y miró fijamente a aquellos ojos que parecían todavía más grandes y penetrantes tras las gruesas lentes.

—¿Y por qué no iba a hacerlo, señor? Además, ya lo ha oído en boca del doctor Viktor, ¿no?

Él afirmó:

—Así es. Pero también he oído una versión distinta de su mujer.

Dio dos pasos más hacia ella.

Y ella, dos pasos más hacia atrás.

—¿De su mujer? No entiendo.

El interrogatorio de Ulbricht había empezado a tomar un cariz incluso más siniestro. ¿Por qué no se creería la mujer del doctor Viktor su versión de lo acontecido?

El doctor ladeó la cabeza.

—Pero yo creo que sí lo entiende, Fräulein Heinz. Ya ve, pienso que está encubriendo al doctor.

Se había acercado tanto que podía oler su aliento a ajo.

Ella sacudió la cabeza.

—No tengo ni idea de qué...

Ulbricht alzó un dedo de repente y lo levantó a la altura del rostro de ella.

—Frau Viktor está convencida de que fue usted quien atacó a su marido.

Katja ya estaba casi contra la pared, atrapada por el avance del doctor.

—¿Qué? ¡Pero eso es absurdo!

Entonces se acordó: Leisel. Estaba claro que su predecesora estaba tan desequilibrada que se había quitado la vida y hubo quienes acusaron al doctor de aquel acto. Frau Viktor probablemente descubrió aquel desafortunado incidente y se había autoconvencido de que Katja estaba siguiendo los pasos de aquella joven.

–Según ella, lo golpeó por resistirse a sus insinuaciones.

Ulbricht no se apartaba de ella, con sus ojos bien abiertos taladrándole el cerebro.

La idea horrorizó a Katja.

–¡No, no! Eso no es verdad. ¿Cómo puede creer que yo haría algo así?

Sacudió la cabeza con tanto vigor que Ulbricht tuvo que retroceder. Entonces él se cruzó de brazos, como si la examinara.

–¿Por qué me está mirando de ese modo? –preguntó ella.

Los labios de él dibujaron de pronto una sonrisa.

–Yo tampoco creo que eso sea verdad –le dijo.

Katja levantó las cejas sorprendida.

–¿No lo cree?

–No. –Ulbricht bajó los brazos y se acercó todavía más–. No creo que hiciera una cosa así.

Katja resopló por la nariz al oír aquel malintencionado elogio.

–Me parece que es usted una mujer con un gran sentido de la moralidad.

Ella asintió, pero no tenía muy claro adónde estaba conduciendo aquello.

Ulbricht achicó los ojos y prosiguió:

–Por eso creo que, si hay que culpar a alguien, es al doctor Viktor.

–¿Culpar? Si alguien tiene la culpa es el salvaje que lo atacó por la calle.

Ulbricht negó con la cabeza.

—Una historia inverosímil —dijo—. No. Viktor intentó seducirla en París y, cuando usted lo rechazó, quiso forzarla. —Inclinó la cabeza—. Usted debía proteger su honor.

De nuevo Katja enarcó las cejas, pero ahora de incredulidad.

—¿Cómo puede decir algo tan vil? El doctor Viktor nunca haría una cosa así. Es un caballero. Nunca se ha comportado de modo inapropiado conmigo.

Entonces Ulbricht se echó a reír. Emitió un sonido horrible y burlón que puso a Katja la piel de gallina.

—Ahí se equivoca, Fräulein Heinz. No es usted la primera, pero, si me salgo con la mía, será la última.

—¿Qué quiere decir?

Su sorpresa estaba dando paso al temor.

—La conducta del doctor Viktor lleva tiempo preocupando a las autoridades de la universidad. Ya va siendo hora de que rinda cuentas, y este último incidente, en fin... —juntó las manos de golpe ante él— no dice nada bueno sobre su proceder.

—¡Pero lo atacaron, se lo estoy diciendo! Fue un ladrón, en París. ¿Por qué no me cree? —Se estaba sintiendo como un animal que caía en una trampa.

Ulbricht le dedicó una mirada socarrona y se inclinó sobre ella para advertirle en voz baja y monótona:

—La verdad saldrá a la luz, Fräulein Heinz. Con su cooperación o sin ella. Y, mientras tanto, no va decir nada sobre este asunto. Nada, ¿me entiende? No lo hará si espera volver a encontrar trabajo en Hamburgo.

*

Katja seguía inmóvil en su mesa de trabajo, incapaz de hacer ni un solo gesto por miedo a provocar sospechas, por miedo a que alguien entrara en el despacho con más acusaciones infundadas. Ni siquiera se atrevía a teclear el contenido del cuaderno. En el transcurso de un viaje a la cocina para prepararse un café, las enfermeras respondieron a su presencia con silencio; en cuanto salió, volvieron de nuevo sus voces agitadas. En ausencia del doctor Viktor, Katja se sentía aislada y vulnerable, aunque no tanto como él, visto lo visto. Estaba deseando advertirle que, como ya él suponía, se la tenían jurada; que Ulbricht planeaba acabar con él cuanto antes mejor. Pero, con aquella bruja que tenía por mujer, no podía contactar con él.

No había nadie más en el mundo a quien Katja sintiera que podía acudir; nadie salvo cierto periodista irlandés que, en París, la había ayudado a ver una luz al final del túnel tras la muerte de su padre. Rebuscando en su bolso, sacó su tarjeta:

Daniel Keenan
Corresponsal jefe, *The Parisian*
Rue du Prévôt, París
Tel. 1 3672800

Descolgó el teléfono, pero luego se detuvo y lo devolvió a su sitio. El corazón le latía con fuerza en el pecho. ¿Qué excusa podría inventarse para hacer una conferencia de larga distancia a una revista de París? Por mucho que anhelara escuchar la voz de Daniel, por mucho que desease sus sabios consejos, supo que, por el momento, estaba mejor sola.

Capítulo 28

París

C uando Chuck Patterson finalmente regresó a su puesto de director en *The Parisian*, Daniel Keenan estaba esperándolo. Con la carpeta que contenía la transcripción bajo el brazo derecho, siguió a su jefe al gran cubículo acristalado.

—Me alegro de verte de vuelta, Chuck —le dijo a su superior mientras el estadounidense se quitaba la chaqueta y dejaba al descubierto una estridente camisa de raya diplomática y unos tirantes rojos.

—Y yo de estar de nuevo aquí, Danny Boy —respondió, buscando cigarrillos en el bolsillo de su camisa—. ¡Publicar una revista es condenadamente más fácil que jugar a las muñequitas con una cría de cuatro años! Y ni siquiera me dejaban fumar a su lado. —Tiró sobre la mesa el paquete de Marlboro importado especialmente para él.

—¿Y el pie de tu mujer? —le preguntó Daniel tras asegurarse de que la puerta estuviera cerrada.

El resto del personal podía ver el interior del despacho, pero, a menos que supieran leer los labios, no podían escuchar nada.

Patterson se sentó a la mesa y se remangó la camisa.

—Digamos que ya se puede calzar los zapatos.

–Entonces, el dedo se le está curando bien.

Daniel sentía la necesidad de charlar de cualquier tontería, de relajar a su jefe antes de soltarle aquella bomba.

–Sí... –El director ladeó la cabeza y se rascó el cuello–. No puedo decir lo mismo de nuestra vida amorosa. No es que haga precisamente falta tener bien el pie para el sexo, ¿verdad?

Daniel quiso complacerlo con una risa varonil y se sentó a su lado sin que le hubieran dado permiso.

–Entonces, ¿qué tenemos ahí? –preguntó Patterson con curiosidad, frotándose las manos, claramente con ganas de cambiar de tema–. Dispara, ya veo que es algo gordo por cómo me miras. ¿Alguna boda de la alta sociedad? ¿Tufillo a escándalo? –Bajó la cabeza, burlón–. Dime qué tienes ahí.

Daniel dejó la carpeta sobre el escritorio.

–Ya creo que es gordo. Diez toneladas de dinamita –respondió.

Patterson lo miró con escepticismo.

–¡Guau! Con tal presentación, más te vale que sea bueno –le dijo, acercándose el documento hacia él y abriéndolo por la primera página. Un momento más tarde, miró malhumorado a su corresponsal jefe–. ¿Qué demonios es esto?

Daniel se acercó al escritorio y le habló con delicadeza.

–Con esto podríamos librar al mundo de Adolf Hitler. Obviamente, es un documento todavía incompleto, pero...

Patterson vio su mirada seria, y luego se echó hacia atrás en su asiento, riendo. Se palmeaba la barriga.

–Esto tiene que ser una patraña. Alguien se lo ha inventado. ¡Te han tomado por idiota, Danny Boy!

Daniel no esperaba una reacción así. Negó con la cabeza.

–Esto es muy serio.

Patterson se irguió, buscó su paquete de cigarrillos y sacó uno. Tras golpetear con la punta en el escritorio, se lo llevó a los labios. Daniel, en aquel momento, habría matado por un Marlboro.

—¿De dónde lo has sacado? —preguntó Patterson, encendiendo un mechero de mesa, a cuya llama acercó un cigarrillo y lo prendió.

—Una fuente —dijo Daniel, respirando el humo que serpenteaba hacia él.

—Venga ya. Esfuérzate un poco.

—Tengo que proteger a esa persona. —Daniel se mordió el labio. Pensó que sería mejor que el director fuera consciente de lo peligrosa que era la situación—. La atacaron. Alguien intentó robárselo.

Patterson alejó la cabeza y resopló.

—Muy bien, ¡fantástico! Justo lo que necesitamos. ¡Espías alemanes husmeando a nuestro alrededor! —Repentinamente se inclinó sobre la mesa—. ¿Qué parte de «revista de sociedad» no entiendes, Danny Boy? —preguntó, enfatizando la palabra «sociedad».

Daniel no trató de ocultar su exasperación.

—Esta «revista de sociedad» —se burló— no deja de perder dinero, señor. Piénsalo. Si publicamos algo así, todo el mundo va a querer leerlo, y no solo las amas de casa ricas y aburridas o los expatriados que juegan al golf. Lo podrías publicar por entregas mensuales. La tirada no dejaría de aumentar. Por supuesto, habría, además, derechos internacionales.

Patterson entornó la mirada.

—¿Quieres tajada de esto? ¿Una comisión?

Daniel negó con la cabeza.

–Mi fuente no quiere dinero. Está poniendo en peligro su vida porque cree en la democracia. Tiene pruebas de que Hitler está loco, de que no se detendrá ante nada hasta lograr dominar Europa, cuando no el mundo entero, por lo que, si no lo paramos ahora, es bastante probable que tu pequeña Jeanie ya hable alemán cuando esté en el instituto.

Dio un golpe sobre la mesa con la mano, con frustración, y un par de periodistas miraron para ver qué estaba pasando.

–¿Has terminado? –preguntó Patterson dando una calada a su cigarrillo y poniendo, primero uno y después el otro, los pies encima de la mesa.

Aquel gesto irritó a Daniel, como si Patterson le estuviera haciendo señas de que no lo tomaba en serio.

–Sí –soltó.

–Muy bien, entonces déjamelo por aquí, lo leeré entero y te diré si quiero ver el resto.

Dio una larga y fuerte calada a su Marlboro.

–¿Pero lo guardarás a buen recaudo, en la caja fuerte?

Daniel quería asegurarse de que así fuera.

–Así será –respondió Patterson, tocando la tapa de carpeta–. Esta bomba no va a explotar tan pronto.

Daniel se puso en pie.

–Gracias, jefe –le dijo–. Te lo agradezco.

El director asintió, pero, cuando Daniel estaba ya abriendo la puerta, le gritó:

–Ah... Danny Boy...

–¿Sí?

–Dile a Peggy que me traiga un café para tomar con el *bourbon*. ¡Me va a hacer falta después de esto!

Dejando atrás el cubículo, de vuelta a la oficina principal, todas las miradas se congregaron en él.

–¡Guau! ¡Menuda reunión debéis de haber tenido! –recalcó Joe, un cínico redactor.

Daniel intentó quitarle hierro al asunto, enfadado.

–Pues sí.

Pensó en Katja y en su llanto al revivir la noche en que su padre ardió en una hoguera nazi. Si tenía que ser sincero consigo mismo, aquello lo hacía tanto por ella como por la democracia. Después de todo lo que ella había vivido, y de lo que todavía estaba viviendo, necesitaba creer que seguía habiendo personas buenas en el mundo... Y, a decir verdad, él también lo necesitaba.

Capítulo 29

Hamburgo

El reloj seguía corriendo. Katja sabía que, cuanto más tardara en pasar a máquina el resto del cuaderno del doctor Viktor, más peligro correrían todos los implicados. No solamente los habían localizado los espías de Hitler en París, sino que, tras la revelación del día anterior, estaba claro que el doctor Ulbricht tramaba algo y no dudaría en apuñalar por la espalda al ya de por sí malherido doctor Viktor. Antes del ataque, le habían dado unas pocas semanas más para tener listo el proyecto. Ahora, sin embargo, parecía crucial tenerlo a punto en cuestión de días. De la noche a la mañana, tomó la decisión de transcribirlo a la mayor velocidad que le fuera posible.

Nada más llegar a su trabajo en la clínica al día siguiente, Katja se encaminó hacia la caja fuerte y lo camufló rápidamente en el interior de un inofensivo libro de contabilidad. Sentada ante su escritorio, se obligó a centrarse en las páginas, aunque su mente no dejaba de dar vueltas y vueltas. La caligrafía del doctor Viktor ya le resultaba algo más fácil de descifrar, pero el texto contenía números y símbolos científicos extraños por todas partes, que le impedían avanzar todo lo rápido que ella quería.

Aun así, logró transcribir tres páginas más antes de empezar a notar el olor a jabón fénico. La irascible enfermera

Wilhelm entró en el despacho sin llamar y miró a Katja con suspicacia.

–Estos historiales de pacientes deben ser pasados a máquina cuanto antes. El doctor Ulbricht me dijo que debemos mantenerla ocupada mientras no esté el doctor Viktor.

Katja reprimió su necesidad de mandarla a freír espárragos. Estuvo a punto de soltarle que se podía ir al diablo con aquellos historiales, pero no lo hizo.

–Claro, claro –contestó, intentando frenar su irritación–. Ahora mismo.

Aquello era una estratagema, obviamente. El doctor Ulbricht habría dado instrucciones precisas a Wilhelm de que la vigilase y se asegurara de que estuviera completamente ocupada en los asuntos de la clínica. Katja se imaginó a aquella agria mujer dándole el parte al médico, indicándole con placer qué errores o manchurrones de tinta había encontrado en sus papeles.

En cuanto al proyecto del doctor Viktor, Katja ya temía que ni el cuaderno ni la parte ya transcrita estuviesen realmente a salvo. Tal vez podía llevárselo todo a su apartamento. Tal vez podía guardar los papeles en algún sitio menos obvio, en algún lugar donde no pudieran ser destruidos. Y sabía exactamente dónde. Antes de la muerte de su padre, la Gestapo se había presentado en su apartamento en busca de libros prohibidos. Lo inspeccionaron todo y confiscaron algunos de sus textos académicos, pero no lograron encontrar sus preciadas novelas. Julio Verne y H. G. Wells estaban a salvo de sus maléficas manos bajo las tablas de madera del parqué. La transcripción del historial médico de Hitler podría unirse a ellos.

*

Aquella tarde, Katja dobló por la mitad las páginas pasadas a máquina y se las metió en el bolso. Seguramente nadie, ni siquiera el doctor Ulbricht, se atrevería a entrometerse en sus efectos personales. Mirando al frente con firmeza, pasó decidida por delante de Fräulein Schauble en recepción. Le deseó «buenas noches», como siempre, y se fue de la clínica.

A las seis en punto, Katja se subió a su tranvía habitual para ir al distrito en que vivía y caminó los dos minutos que mediaban de la parada hasta su piso. Todavía había luz, y las esvásticas aleteaban movidas por la ligera brisa que soplaba del Elba. La cafetería de la esquina ya había bajado la persiana, y al muchacho que vendía la última edición del periódico le quedaban unos pocos ejemplares. Al acercarse a su apartamento, buscó con la mirada las palomas en fila sobre el balcón.

Tras entrar en el vestíbulo del edificio, comprobó el correo tal como solía hacer. Aquel día, entre los recibos, había un sobre escrito con letra de hombre. En cuanto vio el sello francés, se le detuvo el corazón. Era de Daniel. Tenía que serlo. Se moría por abrirlo, pero sabía que antes tenía que ir a ver cómo estaba su madre.

Inmersa en sus pensamientos, subió las escaleras. Debía esconder las páginas mecanografiadas del cuaderno bajo el parqué. Y ahora, junto con el incriminatorio texto, tenía en sus manos aquella preciosa carta. En el descansillo, hurgó con llave en la cerradura y se dio cuenta de que la puerta ya estaba abierta. Le sonaron todas las alarmas mientras se apresuraba a entrar. ¿Y si la Gestapo hubiera llegado antes?

—¡Mutti! ¡Mutti!

Corrió a lo largo del pasillo.

—Estamos aquí —habló una voz conocida.

Katja suspiró aliviada.

—Frau Cohen, me alegro de verla —dijo, esbozando una gran sonrisa—. Mutti.

Se inclinó hacia ella, que permanecía sentada en su sillón habitual, y la besó en la cabeza.

Frau Cohen estaba disfrutando de un café y había un plato con *Lebkuchen* sobre la mesa.

—Me he pasado para charlar un poco —explicó.

Katja contuvo un suspiro.

—Quería darle las gracias por cuidar de Mutti mientras estuve fuera —le dijo, al tiempo que se quitaba el abrigo—. ¿Ha vuelto a tener noticias de Aaron?

Frau Cohen negó con la cabeza.

—No las espero —dijo, y luego añadió más bajito—: Pero si hay alguna emergencia, tengo un contacto en el puesto de *Pretzels* de la Müggenkampstrasse.

Katja sabía que eran malos tiempos para Frau Cohen; malos tiempos para cualquier judío.

—Es bueno saberlo —afirmó sonriendo.

«Al menos mi vecina tiene alguien en quien confiar si la situación empeora aún más. Y ahora, gracias a Daniel, yo también», pensó Katja.

Tras dejar a Hilde cenando lo que le había preparado a toda prisa, Katja corrió hacia su cuarto y vorazmente abrió el sobre y sacó de él una única hoja escrita a máquina. Llevaba la firma «Atentamente, Daniel». Sin demora leyó el resto de la carta, hambrienta de palabras de consuelo, después de aquellos últimos días en que se había sentido tan sola.

Estimada Fräulein Heinz:

«Qué formal», pensó ella.

Espero que usted y el doctor Viktor hayan vuelto a salvo a Hamburgo, y que el doctor se haya recuperado del todo de su herida en la cabeza.
Le he dado el texto a mi jefe, que lo va a leer durante los próximos días. En cuanto haya tomado una decisión, le escribiré de nuevo.
Atentamente,
Daniel Keenan

Katja abrazó la carta en su pecho y luego la leyó una vez más, buscando entre líneas alguna palabra o frase que pudiera ofrecerle esperanzas. En la estación de tren, al separarse, ella se atrevió a soñar que Daniel sentía algo más que amistad por ella. Había visto una luz en su mirada. Un hilo invisible los unía. ¿O solo eran imaginaciones suyas? Porque, en cualquier caso, no había nada en la carta que revelara sus sentimientos hacia ella. Era muy formal. Cortés, pero fría. Tal vez Daniel estaba siendo comedido porque temía que la carta pudiera ser interceptada. Su tono era, al fin y al cabo, muy correcto y, por el momento, esa carta era todo cuanto podía consolarla. Si la Gestapo se hacía con ella, Daniel se vería involucrado y lo investigarían. Por lo que Katja sabía, ya lo estaban siguiendo en París. Él había puesto en riesgo su propia seguridad al acompañarlos al doctor y a ella hasta la Gare de l'Est. Era más que probable que fuera un hombre señalado ya. Y entonces, justo cuando iba a deshacerse del sobre, descubrió otra página en su interior, en la que no había reparado. Esta vez, al desdoblarla, vio que estaba escrita por ambas caras. Con el corazón latiéndole más deprisa, comenzó a leer:

Querida Katja (espero que no le importe que la llame Katja):
Siento que le debo una disculpa. Mi comportamiento hacia usted es
censurable. Me ofreció su bondad, y yo la rechacé en cuanto mencionó
la muerte de mi mujer y de mi hija. Incluso después de eso, tuvo la
gentileza de contarme su propia tragedia, y me sentí muy honrado
de que confiara lo bastante en mí como para hacerme partícipe de su
dolor. Yo, en cambio, he sido un cobarde inútil, incapaz de afrontar el
hecho de haber perdido a quienes más amaba. Como sabe, soy perio-
dista y me resulta más fácil expresar mis sentimientos por escrito que
hablando. Por eso, aquí, en esta carta, intento ofrecerle mis disculpas
y explicarle mis planes de futuro. Si no desea seguir leyendo mis pala-
bras, entonces le ruego que haga trizas esta hoja y se deshaga de ella;
pero, sinceramente, espero que tenga paciencia conmigo y me escuche.

Katja tragó saliva. Apenas podía creer lo que estaba leyendo. Daniel estaba desnudando su corazón por escrito.
Para él, el uso de la palabra escrita le permitía expresarse
con mayor facilidad, ser más comedido y menos impetuoso.
Ahora lo entendía. Intentó concentrarse en las líneas que
tenía ante ella :

Cuando me contó que había visto sufrir y morir a su padre, com-
prendí lo afortunado que yo había sido por no haber tenido que ser
testigo de los cuerpos desgarrados y rotos de mi esposa y de mi hija
cuando los tuvieron que sacar de entre los restos del automóvil. Por
esa clemencia, siempre estaré agradecido.
Tras escuchar lo que vivió y viendo su reacción digna y valiente,
entendí que el trauma la había hecho más fuerte. Usted me ha dado
esperanzas de que yo también podré soportar lo peor de mi dolor y
encauzar mi rabia y sufrimiento hacia algo positivo.
Honra la memoria de su padre enfrentándose a los tiranos res-
ponsables de su muerte. Grace y Bridie también fueron víctimas de
un régimen opresor. Usted ha renacido de las llamas, literalmente
hablando. Ya va siendo hora de que haga yo lo mismo. Por lo tanto,

espero que no me considere impertinente si le cuento acerca de mi propia situación. Ha sido tan buena y generosa conmigo que siento que, como mínimo, le debo una explicación.

Seguramente no conozca mucho sobre Irlanda, pero tal vez sepa que no hace mucho tiempo mi país fue dividido en dos. Durante siglos los ingleses intentaron despojarnos de nuestra cultura y nuestra riqueza, y no hace ni veinte años que el Gobierno británico decidió partir nuestra tierra en dos con su frontera.

Katja pensó en la gran masa de tierra al oeste de Gran Bretaña que aparecía en su atlas escolar. La «isla esmeralda», así la llamaban, porque la cantidad de lluvia volvía la tierra verdísima.

Los protestantes estaban principalmente en el norte y los católicos en el sur, y el odio era todo cuanto había en el medio. Mi esposa, Grace, y nuestra hija, Bridie, vivían justo al sur de la frontera, en la nueva República de Irlanda, mientras que el norte permanecía bajo dominio británico, pero muchas familias decidieron irse del país para encontrar un trabajo decente y un futuro más esperanzador.

Daniel era un hombre lleno de amargura. Katja se dio cuenta de que se lo comía vivo un resentimiento tan profundo que le traspasaba el alma.

Llegué a París en busca de una vida mejor y también de un buen trabajo, como corresponsal para el New York Times. *Llevaba dos meses en París y había encontrado un apartamento perfecto para los tres. Grace iba a venir conmigo con la pequeña Bridie. Ella no podía esperar más para venir y yo ansiaba verlas de nuevo. Solo que nunca pude hacerlo más.*

Ellas habían parado en casa de la madre de Grace, en el norte. Bridie se puso enferma. En la casa no había teléfono, pero Grace me llamó desde el pueblo más cercano el día anterior para contarme que nuestra hija estaba muy mal. Y aquella misma noche Bridie no podía respirar. Necesitaba un médico. El problema era que el más próximo estaba al otro lado de la frontera, en el sur. Grace la metió en el coche, envuelta en mantas, y condujo hasta la frontera, pero los guardias se negaron a dejar que cruzara, aunque ella les rogó. Era evidente que Bridie moriría si no recibía socorro.

Katja se puso tensa ante lo que temía que vendría a continuación.

De modo que Grace hizo lo que cualquier madre habría hecho. Apretó el acelerador y atravesó el puesto de control lo más rápido que pudo, pero dispararon al coche con sus rifles.

Katja ahogó un grito al leer la brutal realidad, tapándose la boca con la mano.

Grace vivió para contarlo en el hospital, pero murió al cabo de dos días a causa de las heridas de bala. Nunca me pude despedir de ella. Bridie murió en el acto. Fueron asesinadas a sangre fría.

Cuando usted compartió conmigo el dolor por la muerte de su padre a manos de los nazis en Alemania, supe de inmediato que sabría entender el dolor por el que estoy pasando. Quería contárselo en aquel mismo instante, en aquella habitación, mientras el doctor Viktor yacía herido, pero no fui capaz. Era como si mi lengua no pudiera soltarse, por la pena, y me he arrepentido de ello desde que nos separamos. Espero que este breve relato de mi tragedia personal sirva, de algún modo, para reparar mi aparente insensibilidad hacia usted. Si esa fue la impresión que le di, le ruego que acepte mis sinceras disculpas. No era que no me importase, sino que la historia que me contó resonó en mí de una manera tan profunda que no me pareció apropiado mostrarle cómo me había afectado. Nos acabamos de conocer y, aun así, tengo la sensación de conocerla desde hace mucho tiempo.

Si decide ignorar mis disculpas, lo entenderé. Sin embargo, si perdona mis modales groseros y acepta mi amistad, en ese caso estaré deseando volverla a ver. Lo cual confío que suceda muy pronto. Katja, es usted un ave fénix. Ha resurgido de las cenizas de la muerte de su padre. Por ello siento una gran admiración. Tan solo espero que, siguiendo su ejemplo, sea yo capaz de hacer lo mismo.
   Su humilde servidor,
   Daniel Keenan

Al llegar a la última línea, una lágrima cayó sobre la carta, haciendo que se corriera la tinta. ¿Cómo iba a perdonarlo si no había hecho nada malo? La tragedia que había soportado era tan devastadora como la suya propia. ¿Qué era lo que había leído en *Anna Karenina*? «Hay tantas clases de amor como corazones». Sus respectivas tragedias personales eran diferentes en algunos aspectos, pero iguales en otros. Katja se sintió privilegiada de que Daniel Keenan le hubiese confiado tanto. Ella le había abierto su corazón, y ahora él hacía lo mismo con ella. Quería unirse a ella en el camino hacia la curación, y le tendía la mano. Ella se la tomaría y juntos, así lo esperaba, podrían convertir sus tragedias personales en una fuerza para hacer el bien.

Arrodillándose al lado de la cama, Katja apartó la alfombra y, con la ayuda de unos alicates que sacó del cajón de su mesita de noche, levantó una madera del parqué como había hecho tiempo atrás cuando los nazis irrumpieron en su casa en busca de libros prohibidos. Esta vez depositó allí abajo las páginas mecanografiadas del cuaderno del doctor y, junto a ellas, las cartas de Daniel. Todas debían permanecer a salvo. Si las descubrían los nazis, solo podría suceder una cosa.

Capítulo 30

Al principio, Katja no estaba segura de qué le estaban pidiendo que viera ni por qué. La habían citado en el despacho del doctor Ulbricht hacia el mediodía. Ya había pasado una semana desde su regreso de París, y aún no tenía noticias del doctor Viktor.

Ulbricht, con su bata blanca, estaba sentado con una expresión más grave de lo habitual. No levantó la vista de inmediato, sino que permaneció concentrado en algo que había sobre su escritorio, mientras Katja aguardaba nerviosa sus instrucciones. Fue solamente al ordenarle este que se sentara cuando Katja vio los clichés fotográficos.

Aliviada de que finalmente le hablara, Katja le obedeció, juntando las manos sobre su regazo para intentar que le dejaran de temblar. Los segundos iban pasando mientras esperaba a que el doctor la mirase, hasta que, por fin, este volvió a hablar:

—¿Recuerda nuestra conversación del otro día, Fräulein Heinz, acerca de cómo el doctor Viktor recibió aquella herida?

Por supuesto que la recordaba. ¿Cómo iba a olvidarla? Había seguido repitiendo en su mente aquel incidente una y otra vez hasta que parecía que la cabeza le iba a estallar.

—Sí, señor.

Ulbricht asintió.

—Y usted me dijo que el doctor Viktor nunca se había comportado de un modo inapropiado con usted. Creo recordar que dijo que era un «caballero».

A Katja se le removió el estómago. ¿A qué venía todo aquello? Le estaba preparando una trampa y no tenía escapatoria. Estaba a punto de caer en ella.

Ulbricht iba doblando los dedos mientras preparaba su intriga.

—Entonces, ¿cómo explica esto de aquí?

«Fotografías». Katja comprendió de pronto que lo que él había estado observando eran dos copias granulosas de gran tamaño. Él las deslizó hacia el lado de la mesa que ocupaba ella.

Katja sintió que se quedaba sin aliento mientras jadeaba horrorizada al contemplar aquellas imágenes. Una mostraba al doctor Viktor de pie frente a la habitación de Katja en el hotel mientras ella le hablaba desde el umbral de la puerta. La otra fotografía era de ella abandonando la habitación del doctor, con una gran mancha oscura en su vestido claro.

Se empezó a desmoronar.

—No, no. Hay un malentendido. No es...

¡Zas!

La trampa se había activado y ya estaba atrapada entre sus dientes de acero.

—¿Quién las hizo? ¿De dónde las ha sacado?

Estaba medio llorando, medio gritando.

—No importa quién las hizo —contestó Ulbricht con frialdad—. ¿Las puede explicar?

Katja, moviendo la cabeza de un lado a otro, incrédula, de repente se sintió mancillada. Tragándose su indignación, comenzó a decir con la voz entrecortada:

–El doctor Viktor... él... me llamó para ver si estaba lista para la cena, y aquí... –señaló la segunda foto de ella sola– yo acababa de prepararle el vendaje y lo dejaba durmiendo. Eso fue todo.

Ulbricht respiró con fuerza, abriendo sus fosas nasales.

–Seguro que puede inventarse algo mejor, Fräulein Heinz. La camarera dijo que usted no había dormido en su cama durante la última noche de su estancia.

–¿Cómo? –Katja estaba escandalizada–. El doctor Viktor estaba herido, lo estuve velando toda la noche junto a su cama. –Reprimiendo sus lágrimas, se dijo a sí misma que no tenía nada de qué avergonzarse–. Es la verdad, doctor Ulbricht –protestó, enderezando la espalda–. Y si no me cree...

–¿Qué, Fräulein Heinz? ¿Qué hará? Desde mi punto de vista, lo que pasó entre el doctor Viktor y usted en París es de una claridad meridiana. Él siguió buscando favores sexuales de usted y, cuando se sintió rechazado, la atacó. Usted simplemente se estaba defendiendo de su seducción.

Katja estaba a punto de explotar.

–¡Eso es mentira!

–Entonces, Fräulein, ¿sí aceptó sus insinuaciones? –se burló.

–¡No!

–¡Ah! De modo que sí le hizo proposiciones.

–No, no lo hizo.

–¿Por qué lo atacó, pues?

–¡Yo no lo hice! –Se llevó las manos a la boca para evitar gritar–. No lo hice. Lo juro.

Ulbricht suspiró de un modo exagerado, como un maestro de escuela decepcionado por su alumna estrella al suspender.

–Me temo que esto no pinta bien, ni para usted ni para el doctor Viktor. Habrá consecuencias.

Katja alzó la cabeza.

–¿Qué consecuencias?

Ulbricht frunció los labios.

–Hay reputaciones en juego. El buen nombre de la clínica.

–¡Pero si no pasó nada! –gruñó Katja, tratando de frenar su indignación. Sacudió la cabeza de nuevo y se echó hacia delante para apoyarse sobre el escritorio. Pero su exasperación resurgió, como si estuviera intentando explicarle la situación a un niño–. El doctor Viktor acudió a un congreso de psiquiatría en París, en la Sorbona. Lo acompañé como asistente. Saqué apuntes de algunas ponencias. –Golpeó con un dedo el escritorio–. Se los puedo enseñar si quiere. Páginas enteras. Por favor, me tiene que creer.

Pero Ulbricht dio a entender que ya no estaba escuchando. Se limitó a levantarse y, con serenidad, se dirigió hacia la puerta. Abriéndola del todo, le dijo:

–No va a ser necesario. Pero quiero que se centre en sus recuerdos de lo sucedido. Al trabajar en una clínica psiquiátrica, usted debe de saber mejor que nadie, Fräulein Heinz, que la memoria a veces nos juega malas pasadas. Cuando lo haya recordado todo correctamente, comuníquemelo.

Entonces, mirando a la enfermera Wilhelm, que apenas podía contener su alegría por lo que acababa de escuchar, la instó a que acompañara a Katja a la salida.

Katja logró controlar la rabia de camino a su despacho. Una vez dentro, sin embargo, derramó lágrimas ardientes de furia sobre sus mejillas. Dando vueltas alrededor de aquel espacio, supo que estaba atrapada. Tenía que hablar con el doctor

Viktor, debía advertirle del peligro que corría a manos de sus propios compañeros de trabajo. Él siempre había sabido que Ulbricht codiciaba su puesto y que usaría medios sucios para arrebatárselo, pero hasta entonces había sido la palabra de uno contra la del otro. Aquel día, sin embargo, Ulbricht había aportado las pruebas que respaldaban sus acusaciones. Por supuesto, las fotografías no demostraban que hubiera una aventura entre ella y el doctor Viktor, ni tampoco que él estuviera haciendo algo ilícito; pero las imágenes podían malinterpretarse. Por sí solas no corroboraban nada, pero una autoridad que sintiera simpatía por Ulbricht —el Kurator de la universidad, por ejemplo— podría contemplarlas de otra manera, con otros ojos.

Katja estaba en medio del despacho, abrazándose tan fuerte que se clavaba las uñas en los brazos, intentando dejar de temblar, cuando de pronto sonó el teléfono. Aquel timbre estridente la asustó, pero, deshaciéndose de su angustia, lo respondió tras sonar cuatro veces:

—Despacho del doctor Viktor.

—Katja...

Ella dejó escapar una bocanada de aire.

—¡Doctor Viktor! Me alegra tanto tener noticias tuyas —soltó, aunque luego, temerosa de que la llamada estuviera pinchada, dijo—: Pero a Fräulein Schauble le ordenaron...

Ella sabía que la recepcionista había recibido instrucciones de no pasar ninguna llamada de Viktor.

—He disimulado poniendo otra voz —la interrumpió—. Tengo que hablar contigo, y no iba a dejar que esa arpía me detuviera...

—Me alegro de que hayas llamado —dijo—. ¿Cómo estás?

Él respondió con voz apagada:

–He estado mejor, pero planeo volver al trabajo a finales de la semana que viene.

–¿A finales...?

Katja no pudo ocultar su decepción. Solo era viernes. ¿Le estaba diciendo realmente que tardaría una semana más en recuperarse y volver?

–Debes seguir con la transcripción, Katja.

Ella permaneció en silencio.

–¡Katja! –repitió él.

–Sí, sí, lo sé –asintió–. Es solo que...

–¿Qué sucede? ¿Qué ha pasado?

–Es el doctor Ulbricht. Él...

–¿Sí?

No había una manera delicada de expresarlo.

–Tiene fotografías.

–¿Fotografías? ¿Qué fotografías?

Antes de que Katja se lo pudiera explicar, sintió que había alguien fuera y una voz interrumpió la conversación.

–Fräulein Heinz.

Era la enfermera Wilhelm. Katja se preguntó si habría oído que mencionaba las fotografías. Si supiera que el doctor Viktor estaba al otro lado de la línea, la noticia de su llamada llegaría a oídos de Ulbricht. Pensó rápido.

–Me temo que el doctor Viktor no volverá hasta la semana que viene, pero, si quiere hacer una consulta, puedo...

El doctor no le seguía la corriente.

–Katja, por el amor de Dios. ¿Qué está pasando?

Katja sintió de nuevo el olor a jabón fénico.

–Gracias, caballero. Buenas tardes.

Cortó la llamada, soltó el auricular y miró a la enfermera Wilhelm, que le dejaba un nuevo archivo sobre la mesa.

–Para las cinco de la tarde –fue su orden.

Katja suspiró profundamente y rezó para que la enfermera Wilhelm no hiciera suposiciones acerca de su interlocutor. De algún modo, tenía que advertir al doctor.

*

Aquella tarde, en lugar de volver a su casa tras el trabajo, Katja se subió al tranvía que llevaba al norte, a los barrios residenciales, para ir a casa del doctor Viktor. En su bolso había una nota escrita a toda prisa, advirtiendo al doctor acerca de Ulbricht y de las fotografías incriminatorias. «Hombre precavido vale por dos», le solía decir su padre. No tenía claro qué iba a hacer el doctor, pero, si lograba pasarle aquella nota, no estaría desprevenido cuando regresara a su despacho. Por lo menos ahora tendría tiempo de preparar una estrategia para salvar su pellejo y, así lo esperaba, el de ella también.

Al llegar a su casa, Katja tocó el timbre y, para su alivio, atendió la puerta la misma criada. «¿Se llamaba Ute?», se dijo ella.

–*Ja?* –saludó a Katja con el ceño fruncido, aunque claramente la reconoció.

Katja se llevó un dedo a los labios.

–¡Ute! –Retumbaba la voz de Frau Viktor pasillo abajo–. ¿Quién anda ahí?

Katja abrió el bolso y le pasó a la criada la nota doblada, dirigida al doctor Viktor.

Ute no apartaba la mirada de Katja.

–Un vendedor ambulante, *meine Herrin* –contestó.

Katja sonrió y pronunció un *«Danke!»* antes de avanzar veloz hacia el crepúsculo, impulsada por una callada sensación de haberlo logrado.

Capítulo 31

París

Casi todo el mundo en *The Parisian* ya se había ido a su casa cuando Chuck Patterson llamó a su corresponsal jefe a su despacho. El director estaba junto a un archivador, con una botella de *bourbon* en una mano y un vaso lleno en la otra.

—¿Una copa, Danny Boy?

—Claro —aceptó Daniel, cerrando la puerta de cristal tras de sí antes de tomar asiento.

Patterson le sirvió de la botella y luego le entregó una gran copa, antes de volver a su asiento, apoyando el vaso sobre su tripa. Con la mirada puesta en el líquido ámbar, dijo:

—Tenías razón.

Daniel pocas veces había escuchado a Patterson darle la razón a alguien, y menos a él mismo, pero no dijo nada, intuyendo lo que vendría después.

—Ese texto…, bueno, hay que tener agallas. Lo reconozco. Sin duda, yo no dejaría a ese tal Hitler pasear a mi perro y, mucho menos, gobernar mi país. Había oído que se le habían subido los humos a la cabeza, pero parece ser un psicópata de verdad.

Daniel intentó no parecer demasiado ilusionado.

—Ese hombre, sin duda, tiene problemas psicológicos. Le falta un tornillo, como diría mi madre. —Se encogió de hombros—. Pero supongo que a muchos políticos también.

Patterson echó hacia atrás la cabeza, riendo.

–En eso no te falta razón, pero este tipo..., bueno, en una escala de megalomanía, está a este nivel –afirmó, levantando una mano, como si indicara un gráfico imaginario.

Daniel esperó a que su jefe se hubiera acomodado por fin y luego lo miró directamente.

–Entonces, ¿cuál es el veredicto?

Patterson tomó un buen trago de *bourbon*.

–¡Corcho! Es una lectura increíble, pero... ¿es todo cierto? ¿Estás seguro de que la historia concuerda?

–Por supuesto –aseguró Daniel.

Él era periodista. Un cínico empedernido. Un viejo, o tal vez no tan viejo, mercenario. A eso se dedicaba. Así que, tan pronto como Katja y el doctor Viktor se marcharon a Hamburgo, visitó la Biblioteca de los Libros Quemados y buscó referencias a la obra del doctor en libros de texto y en manuales de psiquiatría. Otro psiquiatra alemán de la Sorbona, un tal profesor Stoebbel, había verificado sus credenciales. Daniel llegó a la conclusión de que Viktor era un acreditado doctor y de que cada palabra escrita en su cuaderno era, con absoluta certeza, verídica. Si eso era así, dada la situación en Alemania, su vida se encontraba en peligro, pero esto no se lo mencionó a Patterson.

–Todo cuadra.

–Bien. Entonces, me gustaría ver el resto.

Daniel tomó un sorbo de *bourbon* para disimular su sorpresa. Nunca había estado convencido de que Patterson fuera a decir que sí. Para ser radicalmente sincero, al principio él mismo solo había fingido interés en el historial médico de Hitler. Toda aquella patraña de publicarlo por entregas y de los derechos internacionales se lo había inventado sobre la marcha. Por impulso. Había hecho creer que podría conseguir que lo publicaran porque quería ver a Katja. Hasta aquel primer encuentro en la librería nunca había imaginado que pudiera conocer de nuevo a alguien especial. Pero, al ver a Katja, se replanteó muchas cosas. En la cena en casa de los Dreiberg él se había mantenido distante, pero pudo confirmar su intuición de que ella era diferente. Luego estaba, por supuesto, el paseo por el Sena. Después de Grace, se había dicho a sí mismo que no le entregaría su corazón a nadie más. Sería como traicionar su recuerdo. Pero aquellas pocas horas que pasó con Katja parecieron devolverlo a la vida. Era verdad que apenas habían pasado dieciocho meses desde su pérdida, pero aquella hermosa desconocida alemana había llegado a su vida como una cálida brisa primaveral, y no dejaba de pensar en ella. Él se había mostrado dolido cuando Katja mencionó a Grace y a Bridie aquel día junto al Sena tan solo para enmascarar su propia culpa. No le parecía bien que pudiera volver a sentirse feliz en compañía de otra mujer. Pero lo cierto era que, al castigarse a sí mismo, también lo estaba haciendo con Katja. Su tren apenas había abandonado la estación cuando él empezó a extrañarla. Era absurdo, lo sabía, pero se sentía como si hubiera sido un sonámbulo durante los últimos meses y ella lo hubiera despertado a la vida a su alrededor, a nuevos retos y a lo que significaba estar vivo. Por eso le había escrito, había plasmado sobre el papel su propia tragedia para, si ella quería, hacerla partícipe de su pena y su verdad, del mismo modo que ella le había permitido conocer la suya.

—¿Cuándo me lo podrás conseguir? —preguntó Patterson.

—¿Disculpa? —A Daniel le costó volver al presente.

—El resto del texto, claro.

—Pronto —respondió, aunque todavía no se había planteado ese escenario—. En un par de semanas —dijo, sabiendo que Katja todavía debía pasar a máquina la parte del final del manuscrito.

Un calendario estadounidense en la pared mostraba una imagen de la Casa Blanca tras un cerezo florido. Patterson le echó un vistazo.

—¿Qué tal a final de mes?

Diez días. Daniel no tenía ni idea de si le daría tiempo suficiente a Katja. Asintió.

—Trato hecho —dijo Patterson, alzando su copa y vaciándola luego—. Es una buena historia. Poder, locura y... ¿sexo?

Miró esperanzado a Daniel, mientras este se ponía en pie para irse.

—Que yo sepa, no —respondió, encogiéndose de hombros.

—Qué lástima. El sexo vende, pero bueno... Ya veremos, ¿no? Aunque de momento no haya garantías...

Daniel se forzó a sonreír y asintió, pero, por dentro, temía haberse comprometido a algo que Katja y el doctor Viktor no pudieran cumplir. Y lo que es peor: acababa de dar un paso más en el campo minado que sería la publicación. Se había enamorado de Katja, aunque no estuviera dispuesto a confesarlo todavía. Y aquel entusiasmo inicial de Patterson implicaba que la vida de la joven fuera a correr aún más peligro. Una vez que se publicase la historia de la enfermedad psicosomática y la conducta delirante de Adolf Hitler, temería aún más por la seguridad de Katja.

Capítulo 32

Hamburgo

Había alguien en el despacho del doctor Viktor. La puerta estaba entreabierta. A Katja se le hizo un nudo en el pecho al entrar en la antesala y escuchar pasos en su interior. Había llegado temprano a la clínica, antes incluso que Fräulein Schauble, y planeaba ponerse con la transcripción durante una hora, antes de que la enfermera Wilhelm apilara más historiales médicos sobre su escritorio. Ahora, sin embargo, sabía que tenía que rescatar el cuaderno original de la caja fuerte antes de que fuera demasiado tarde.

Avanzando tan silenciosamente como pudo, acercó un oído a la puerta. Un cajón se abría y luego se cerraba. A continuación, otro sonido. Y un crujido. «¡El cuadro del monte Cervino no! ¡No!». ¿Habría descubierto alguien el secreto que ocultaba? Miró a través de una rendija en la puerta y, para su horror, vio que la caja fuerte estaba abierta del todo. Pegada contra la pared, cerró los ojos barajando las distintas opciones que cruzaban por su mente. Tenía que enfrentarse al intruso.

Tras coger un abrecartas de su escritorio, irrumpió en el despacho. Un hombre, de espaldas a ella, estaba abriendo la caja fuerte. Tenía que detenerlo. Al oírla entrar, el intruso se dio la vuelta.

—¡Doctor Viktor! —exclamó ella.

–¡Katja!

Abrió los ojos alarmado, al verla empuñando el abrecartas y a punto de atacar.

–¡Oh, doctor Viktor! –Contempló el filo del abrecartas con el mismo horror y lo dejó caer sobre el escritorio mientras corría hacia el doctor–. ¿Qué estás haciendo aquí? Creía que te habían dicho que reposaras.

Viktor se tocó el pecho y cerró los ojos un instante, para recuperarse del susto.

–Así es –concedió un momento después–. Todavía siento una banda de polka en la cabeza. Pero tu mensaje...

Katja asintió, y luego se apresuró a cerrar la puerta.

–Ulbricht va a por nosotros.

El doctor frunció el entrecejo.

–¿A por nosotros? –repitió–. Pero él no está al tanto mis notas.

La caja fuerte tenía la puerta abierta, y sacó de ella el cuaderno mientras seguía hablando y lo llevó al escritorio.

Katja negó con la cabeza.

–No creo que lo sepa, pero las fotografías...

De repente, sintió como si una ola de vergüenza le pasara por encima, aunque no había hecho nada malo.

–Ah, ya. –El rostro del doctor se ensombreció, expresando que ya sabía lo que le daba a entender–. No cabe duda de que son comprometedoras –dijo asintiendo mientras pensaba. Un momento después chasqueó los dedos–. ¡La camarera!

–¿Ella? Yo no... –Katja estaba confundida.

–La del cesto de la colada en el pasillo. Me pareció raro entonces. Me preguntaba qué haría allí tan tarde, cuando las camas normalmente se hacen por la mañana. Ulbricht debió de pagarla para que hiciera las fotos.

Katja se detuvo a pensar. Seguramente fue la misma que informó de que no había dormido en su cama la última noche de su estancia en el hotel.

—En cualquier caso, hay unas fotografías que dan a entender que estamos teniendo una aventura. Ulbricht se ha inventado ese cuento sobre tú y yo, y...

Viktor levantó la cabeza.

—¿Cuento? ¿Qué cuento?

Katja ahora estaba frente a él. Hablaba bajo y con cautela, y sus ojos estaban fijos sobre el escritorio.

—Cree que intentaste seducirme y que, cuando yo te rechacé, no quisiste aceptar un no como respuesta.

—¿Qué?

Viktor enarcó las cejas.

—Entonces... yo te golpeé en defensa propia.

Sus propias palabras la escandalizaron al salir de su boca, pero Viktor parecía extrañamente preparado para oírlas.

Una sonrisa hizo aparición en sus labios.

—Claro —dijo asintiendo y con una mirada distante en sus ojos, como si estuviera resolviendo un rompecabezas imaginario—. Un argumento interesante —añadió tras una larga pausa—. Naturalmente, ya sabía que quería convertirse en director de la clínica, pero que llegara tan lejos... —Sacudió la cabeza—. Está empeñado en ser mi ruina. Por eso es todavía más importante que avancemos en lo que nos ocupa. —El doctor se inclinó hacia ella y le susurró en tono confidencial—: Recibí una llamada de Mister Keenan anoche, en mi casa.

Al mencionar a Daniel, un estallido de añoranza le recorrió el pecho recordándole la carta. Su carta privada.

—¿Qué le dijo?

—Me contó que el director de su revista quiere ver el resto de la transcripción y me preguntaba si podríamos conseguírsela a finales de mes.

Katja alzó de golpe las cejas.

—Pero... nos quedan menos de dos semanas.

Viktor asintió.

—Es mucho pedir, ya lo sé. ¿Cuánto te queda por mecanografiar?

Katja reflexionó un instante. Había hecho treinta páginas más desde su regreso de París, pero le quedaban por lo menos otras cien para terminarlo.

—No estoy segura.... La enfermera Wilhelm... me ha estado pasando trabajo extra mientras estuviste fuera y...

El doctor Viktor movió la cabeza de un lado a otro e hizo un gesto con la mano.

—Tendré una charla con la enfermera Wilhelm. Tú eres mi asistente, no la suya. A partir de ahora pasarás a máquina mis notas. Será tu único cometido. ¿Entendido?

—Sí, doctor.

—Ya estoy de vuelta, y concentrarás todos tus esfuerzos en acabarlo cuanto antes mejor.

—Sí, señor. —Pensando que el doctor ya no tenía más que decirle, Katja se levantó de la silla. Pero había más.

—Lo lograremos, Katja. Solamente hace falta que te pongas manos a la obra —le dijo, como si le hubiera pedido que preparase un café o que fuera a buscar más tabaco al estanco. Inclinó hacia ella la cabeza para comprobar su estado de ánimo—. ¿No te estarás arrepintiendo? ¿Todavía crees que estamos haciendo lo correcto?

Katja lo miró ofendida. Por supuesto, todavía lo creía. ¿Cómo podía cuestionar su compromiso para con la causa, especialmente después de haber sido ella testigo del sufrimiento de sus propios padres y de ver cómo Mutti seguía padeciendo?

–Sí, por supuesto –respondió ella, intentando ocultar el dolor que sentía al ser cuestionada.

–Bien –dijo Viktor, y señaló hacia una pila de papel que tenía ante él–. Entonces, tal vez podrías continuar ahora mismo.

Katja se puso en pie y recogió el cuaderno del escritorio. Contra viento o marea, pasaría a máquina las palabras que condenarían a Adolf Hitler a ojos del mundo. Y al final, esperando su valiosa entrega, estaría Daniel. Se preguntó si él estaría tan ansioso por verla como ella lo estaba por verlo a él.

*

Durante los siguientes cinco días, Katja mecanografió frenéticamente, deteniéndose solo de vez en cuando para masajearse las fatigadas muñecas o relajar sus rígidos hombros. Con el doctor Viktor de vuelta en su despacho, había menos ocasiones de ser interrumpida por la enfermera Wilhelm. Pero, de todos modos, temía que el doctor Ulbricht fuese a visitar al doctor Viktor para interrogarlo acerca de las fotografías. Le había ordenado que no se las mencionara a Viktor bajo amenaza de despido. Pero Ulbricht permanecía en silencio, claramente esperando su oportunidad. «¿Por qué razón? ¿Cuándo va a atacar esta víbora?», se preguntaba.

Dejando a un lado el día en que volvió al trabajo, había pocas ocasiones en que ambos hombres pudieran encontrarse. De vez en cuando, se cruzaban en los servicios de los médicos y se saludaban con la cabeza, pero eso era todo. Katja sabía que aquello no era más que la calma que precede a la tormenta. ¿A qué estaría esperando Ulbricht?

La respuesta llegó un día en que, caminando por el pasillo, tuvo que hacerse a un lado para que Fräulein Schauble pudiera pasar. La recepcionista había dejado la puerta que conducía al despacho del doctor Ulbricht ligeramente abierta, y Katja lo escuchó hablando con voz agitada por el teléfono. Asegurándose de que no hubiera nadie alrededor, se acercó y dejó caer deliberadamente uno de los papeles que llevaba, para tener una excusa en caso de que alguien la viera fisgoneando.

—Pero tenemos la prueba. No entiendo por qué...

Se preguntó si estaría hablando de las fotografías. ¿Y quién estaría al otro lado de la línea telefónica?

—También puedo aportar testigos. Todo el mundo tiene un precio.

«¿Testigos? —pensó Katja—. ¿Testigos de qué?». Pero entonces cayó en la cuenta. ¿Estaba insinuando Ulbricht que podía pagar a gente para que mintiera, para levantar falso testimonio? Sin duda, así sonaba. Y una creciente inquietud se apoderó de ella.

—Muy bien. Esperaré hasta entonces. Pero, como bien entenderá, señor, cuanto antes lleguemos a un acuerdo, antes podré actuar.

Se oyeron pasos que recorrían el pasillo. Katja recogió el papel que había arrojado al suelo y se puso en pie. La enfermera Wilhelm se acercaba.

—Qué torpe —murmuró con desdén al pasar por su lado.

Katja volvió a su despacho. ¿Qué era lo que acababa de oír? Al final de la mañana, en cuanto el doctor Viktor regresó de dar una clase, le contó todo lo que pudo recordar. Para su sorpresa, él no se mostró nada sorprendido ante lo que ella le había explicado y la conclusión a la que había llegado. Siguió llenando de tabaco la cazoleta de su pipa sin mirar a Katja.

—Sé que hay planes para abrir una especie de investigación sobre mi supuesta mala conducta. Intentarán cargarme toda clase de imputaciones.

De pronto Katja recordó lo que él le había confiado sobre su anterior asistente y sobre cómo se había quitado la vida.

—¿Te refieres a lo de Leisel? —le preguntó.

Pronunció el nombre que él le había prohibido mencionar y aguardó a su reacción.

El doctor dejó caer los hombros sumisamente y asintió:

—Sí, Leisel.

Tras dejar la pipa en el cenicero, Viktor miró a Katja con expresión contrita.

—Mi mujer siempre ha sido celosa. Nuestro matrimonio fue un error desde el principio. Bastaba con que yo sonriera a otra mujer para que me acusara de infidelidad, y ya se sabe que los rumores se expanden rápidamente.

—De modo que aquí, en la clínica, todo el mundo daba por sentado que tenías una aventura con Leisel, ¿no?

Él afirmó con la cabeza.

—Si echo la vista atrás, cuanto más lo pienso, más convencido estoy de que Ulbricht se lo puso en bandeja. Así que, cuando ella se quitó la vida, todos me culparon.

Katja no apartó la mirada de él durante un rato, asegurándose de que estuviera hablándole de corazón. Su relación laboral jamás había estado clara. Las líneas se difuminaron desde el inicio. Pero siempre había visto en Viktor más a un padre que a un donjuán. Encantador, sí, pero no adúltero.

—Te creo —le dijo ella.

—Bien —contestó—. Porque ambos debemos confiar el uno en el otro.

Recogió de nuevo su pipa y, con una cerilla, encendió la pipa.

Katja se puso en pie para marcharse.

—Hay algo más.

—¿Sí?

—El jefe de Mister Keenan necesita tener el resto del texto a principios de la semana que viene. Hay un cambio en los plazos de entrega.

Ella sintió opresión en el pecho. El doctor Viktor reparó en su expresión angustiada.

—Es una buena noticia, Katja. Significa que está pensando seriamente en publicarlo. Me ha organizado un encuentro con el director el próximo lunes.

—¿El próximo lunes? Pero apenas podré... —replicó Katja.

—Confío en que terminarás tu cometido y de verdad aprecio todo lo que estás haciendo —dijo el doctor Viktor con una sonrisa cautivadora—. Ahora ve y tómate un respiro y come algo para reunir fuerzas, ¿vale? Ya verás, volverás renovada.

Katja aceptó. De nuevo él le pedía que trabajara más duro, y de nuevo ella le decía que sí. No tenía otra opción. Por supuesto, seguiría trabajando todas las horas que Dios quisiera para terminar la transcripción, pero, en aquel momento, pensó que debía aprovechar la oferta del doctor.

—Gracias, doctor —le dijo, justo cuando sonó el teléfono en su oficina.

El doctor Viktor asintió, y fue a responder. Era Fräulein Schauble.

–Frau Flebert está aquí para ver al doctor Viktor –retumbó su voz.

Katja se quedó atónita al oír su nombre. La mujer del Kommodore Flebert. La mujer a quien el doctor Viktor había tratado, la misma cuyo marido era próximo a Hitler y quería seducirla. Consultando la agenda abierta sobre su escritorio, la voz de Katja aparentaba serenidad, aunque, en su interior, no podía estar más alterada.

–¿Frau Flebert? No tiene cita.

–Dice que es muy urgente y que debe ver al doctor Viktor ahora mismo –le respondió.

Viktor, asomado al umbral de la puerta, lo escuchó. Frunció el ceño, preguntándose qué podría ser tan urgente, y se dirigió a Katja.

–La visitaré –le dijo, volviendo a su escritorio–. Pero todavía tienes que ir a comer, Fräulein Heinz. Ya me las apañaré.

Un momento después apareció Fräulein Schauble, de pie, ante una mujer muy bien vestida, cuarentona, con una chaqueta de brocado color melocotón y un sombrero a juego.

–Frau Flebert, para ver al doctor Viktor –anunció.

Tras el fino velo que le cubría los ojos, Katja pudo ver que la esposa del Kommodore lucía un maquillaje intenso, con las comisuras de sus brillantes labios curvadas hacia abajo. Le regaló a Katja una gélida mirada de desprecio y atravesó decidida la puerta del despacho del doctor Viktor. Él se puso en pie para recibirla y, caminando hacia la puerta, la saludó como a una vieja amiga.

–Mi querida Frau Flebert. Qué maravilla volver a verla. ¿Qué la trae por aquí? –le preguntó, antes de cerrar la puerta con firmeza.

Katja fue a por su almuerzo, aunque ya no tenía hambre. La visita de la mujer del Kommodore la había dejado con un extraño presentimiento rondándole el estómago.

*

Frau Flebert no correspondió a la entusiasta bienvenida del doctor Viktor. De hecho, a duras penas parecía hacerle caso, como si estuviera ante su presencia a regañadientes. Tomó asiento sin que la invitaran. Cruzó sus largas y elegantes piernas, y miró hacia todas partes excepto al doctor. Ignorando su pregunta, se quitó los guantes de seda.

–¿Puedo ofrecerle un *Schnapps*, Frau Flebert? –le preguntó Viktor, atento a sus movimientos entrecortados.

¿Le temblaban las manos? No estaba seguro.

–Se lo agradecería muchísimo –respondió, con su voz ronca y grave. Cogió su bolso y sacó de ella una boquilla en la que colocó un Sobranie.

En el mueble bar, el doctor sirvió dos *Schnapps* en sendos vasitos y dejó uno ante su paciente. Al ver que ella estaba buscando algo en su bolso –un mechero, supuso–, le ofreció el suyo, acercándolo a su cigarrillo.

–Gracias –dijo ella, con la respiración jadeante e inhalando con fuerza.

Se hizo una pausa incómoda mientras ella contemplaba el vasito de *Schnapps* que tenía delante, y luego lo tomó en sus manos y se lo bebió de un trago.

Viktor, sentado tras su escritorio, la escudriñó un momento antes de hablar:

–Discúlpeme, Frau Flebert, pero intuyo que algo le preocupa. –El doctor se apoyó contra el respaldo de su silla–.

Teniendo en cuenta nuestras sesiones anteriores, espero que siga confiando en mí y sea franca conmigo.

Ella le dedicó una mirada furtiva, antes de devolver la vista al suelo. No respondió directamente, sino que levantó la cabeza. El doctor Viktor siguió su mirada hasta el reloj de pared.

—Esa chica —dijo ella de repente.

—¿Chica? —Viktor pensó entonces que debía de haberse cruzado con ella de camino al despacho—. Ah, ¿se refiere a mi asistente? Fräulein Heinz.

—¿Estará mucho rato fuera?

Viktor frunció los labios y sonrió ampliamente.

—No lo creo. Le dije que se tomara un descanso, pero es una trabajadora muy concienzuda.

Los labios de Frau Flebert se torcieron.

—¿Y usted, doctor?

—¿Concienzudo? —Arrugó la frente. ¿Por qué le venía con juegos aquella mujer?—. Me gusta pensar que sí —respondió—. Me enorgullezco de mi compromiso hacia mis pacientes, si es lo que insinúa, Frau Flebert.

—También me consta que usted examina a sus pacientes con mucha exhaustividad. —Se contemplaba la manicura de las uñas al hablar, desconcertando todavía más al doctor con aquel comportamiento—. Creo que me sentiría más cómoda si me tumbara —dijo entonces, mirando el sofá.

Viktor asintió.

—Por supuesto, si así lo desea.

Se levantó y lentamente se quitó el sombrero, que colgó en el perchero. Su cabello era oscuro, casi de ébano, e impactaba al contrastar con su piel blanca como la leche. La máscara profesional del doctor se derrumbó por un instante. Enseguida se recompuso y, aclarándose la garganta, le dijo:

—Por favor. —Señaló el sofá de cuero.

Quitándose los zapatos, Frau Flebert se sentó en él antes de levantar las piernas para echarse.

—¿Se siente cómoda? —preguntó Viktor, de pie junto a ella. De nuevo siguió su mirada, dirigida al reloj de pared, y, cuando volvió a observarla, advirtió que se había llevado las manos a la blusa.

—En un segundo lo estaré —contestó, desabrochándosela lentamente.

Cuando se dio cuenta de lo que estaba haciendo, el doctor Viktor alzó las cejas. Frau Flebert acababa de revelar una camisola de seda y la pálida piel de sus pechos.

—No creo que sea nece... —empezó a decir, pero, antes de que pudiera detenerla, ella se levantó, lo agarró de las solapas de la bata y lo atrajo a ella—. ¿Pero qué está...? ¡Por favor! ¡Esto es improcedente! —protestó el doctor mientras ella le tomaba una mano y la posaba sobre su seno izquierdo.

Entonces ella lo miró directamente a los ojos, por primera vez desde que había llegado; su mano cubría la de él.

—Lo siento mucho. Me dijo que lo hiciera —susurró.

—¿Cómo? ¿Quién?

El doctor todavía estaba intentando zafarse de su paciente cuando Fräulein Schauble, enviada por el doctor Ulbricht para llevar unos papeles, entró a tiempo para ver a Viktor en una pose comprometida.

Alarmada, dejó escapar un chillido agudo. Frau Flebert se apartó rápidamente del sofá.

—¡Bestia inmunda! —gritó al tiempo que abofeteaba al

doctor en la mejilla, a la vista de la escandalizada recepcionista–. ¡No! ¡Déjeme!

Estupefacto, el doctor Viktor se frotó la mandíbula y se limitó a observar con desconcierto mientras la paciente se abrochaba torpemente la blusa y Fräulein Schauble lo fulminaba con la mirada.

Un instante después, quien hizo aparición no fue otro que el doctor Ulbricht, impidiendo que la enfermera saliera del despacho.

–¡¿Qué está pasando aquí?! –exclamó, con un rostro que era el absoluto ejemplo de la indignación moralista.

Frau Flebert, que ya se apresuraba a ponerse el sombrero, claramente estaba muy angustiada. Las lágrimas le corrían como riachuelos de rímel negro por el rostro.

–Lo sabe de sobra –le murmuró a Ulbricht al pasar junto a él de camino a la puerta–. Espero que ambos se pudran en el infierno.

Capítulo 33

—Me suspenden de funciones a la espera de una audiencia disciplinaria —dijo el doctor Viktor, completamente paralizado en su escritorio, aquel mismo día.

Katja se encontraba frente a él. Sabía que algo había sucedido mientras ella estaba fuera, almorzando, porque, al volver en poco menos de media hora, aquello era un pandemonio. El doctor Viktor no estaba por ninguna parte, aunque escuchaba gritos que venían del despacho del doctor Ulbricht. Había visto a Frau Flebert abandonando el edificio entre lágrimas. Y, cuando preguntó a la enfermera Wilhelm dónde estaba todo el mundo, esta le había contestado literalmente que se metiera en sus asuntos. Ahora lo comprendía.

Aquel incidente desafortunado fue comunicado a las autoridades. El Kurator de la universidad fue informado y, al escuchar la situación de labios de Ulbricht, convocó una audiencia disciplinaria cuanto antes mejor. Al parecer, el doctor Viktor no era el único que había elaborado un dosier. Por lo visto, Ulbricht llevaba meses juntando información comprometedora sobre su rival.

La visita de Frau Flebert había sido una trampa, y el doctor Viktor había caído de cabeza en ella. Fräulein Schauble fue testigo de lo que parecía ser una agresión sexual contra la esposa del Kommodore. El furioso padre de Leisel, Herr Levi, también había hecho una declaración escrita a Ulbricht en la que implicaba a Viktor en la muerte de su hija (aunque ahora era evidente que la chica también formaba parte de la conspiración para desacreditar al doctor). Había cargos serios en su contra. Y, además, muy bien preparados de antemano para inculparlo. Aquel día Ernst Viktor tenía la expresión de un hombre ya derrotado. A Katja le pareció completamente resignado a su destino.

—¿Han dicho ya cuándo se celebrará la audiencia? —preguntó ella.

—En breve —respondió—. Pero no, no me han dado fecha.

—¿Y hasta entonces?

—Esta misma noche debo abandonar las instalaciones.

—Es realmente injusto —dijo Katja con voz débil.

Pero la vida en sí no era justa. Lo aprendió siendo muy joven, tras la muerte de su padre.

—No es una cuestión de justicia. Es política —recalcó el doctor con una sonrisa irónica—, y es cruel.

—¿Y yo? —preguntó Katja—. ¿Qué voy a hacer?

Los hombros del doctor se movían arriba y abajo al ritmo de su respiración.

—Probablemente te pedirán que testifiques en mi contra.

La cabeza de Katja empezó a darle vueltas, recordando las fotografías. Ulbricht la presionaría para que mintiera, para que dijera que Viktor había tratado de agredirla, al igual que había hecho con la esposa del Kommodore Flebert. La pondrían en una posición imposible. Pero primero tenía algo que debía mostrarle al doctor, y puso un paquete marrón sobre la mesa.

—Está aquí —dijo ella.

El doctor permaneció callado un momento y luego preguntó:

—¿Ya está acabado?

—Sí —susurró.

Había estado trabajando toda la noche para terminarlo.

—¿Me permites? —Alzó las manos.

Katja asintió y observó nerviosa al doctor Viktor mientras abría aquel envoltorio marrón que escondía una elegante carpeta de color *beige*. La transcripción final estaba allí, en toda su aterradora gloria, con una portada que rezaba en negrita: *Anotaciones y observaciones sobre los graves trastornos mentales de Adolf Hitler.*

Katja había mecanografiado la última frase aquella misma tarde, tras colar en la clínica el resto del documento, antes del incidente con Frau Flebert. ¿Pero qué pasaría ahora? Esperaba que su duro trabajo no se fuera al garete. Todos los riesgos que ambos habían corrido tenían que dar su fruto de algún modo.

Dos pares de ojos se concentraban en la carpeta que tenían delante, como si fuera una reliquia religiosa. En silencio, contemplaban su poder. En las manos adecuadas, Katja sabía que podría obrar un milagro y lograr derrocar al malvado tirano. En cambio, si caía en malas manos...

—Tienes que llevarla a París —dijo Viktor de repente, con palabras que atravesaron el aire como una flecha.

—¿Qué? —Katja estaba alarmada—. ¿Yo?

El doctor resopló.

—Es evidente que yo no puedo volver a ir. A mí me seguirán. Dudo que me permitan abandonar el país. Tú, por el contrario...

Katja sacudió la cabeza.

—¿Quieres que lleve el texto a París? ¿Yo sola?

El doctor Viktor hizo una señal con la mano y le clavó la mirada de un modo que indicaba severidad y disculpa a la vez.

–Odio hacerte esto, pero sabes que no hay otra manera.

Katja alzó la cabeza y, de repente, se agolparon en su mente imágenes del hombre con el *trilby*, de su pobre madre y también del doctor Viktor malherido en su cama. Pero luego pensó en Daniel, y su respiración se calmó.

Viktor prosiguió.

–Mister Keenan me aseguró que haría los trámites necesarios con su jefe –le dijo, tratando de tranquilizarla, aunque intuía su reticencia–. Es más importante que nunca que la transcripción se publique cuanto antes.

–¿Pero qué pasará con mi madre? –protestó Katja, consciente de que se entristecería si la dejaba sola de nuevo tan pronto.

Viktor movió la cabeza.

–Ya lograste encontrar a alguien antes.

Sus pensamientos volvieron a Frau Cohen.

–Sí, pero...

El doctor permaneció inflexible.

–Me temo que no hay alternativa.

Aunque la perspectiva de volver a ver a Daniel era un gran consuelo, todavía se sentía inquieta.

–¿No sospechará el doctor Ulbricht si no me presento al trabajo? –preguntó, intentando moderar su creciente ansiedad ante tantos obstáculos.

–Te pondrás enferma. Una de mis últimas acciones como tu superior será concederte una baja médica. En París permanecerás dos noches, pero no podrás ponerte en contacto con nadie mientras te encuentres fuera. –Miró en dirección a su teléfono–. Nunca se sabe quién podría estar escuchando. Mister Keenan te ayudará, ¿entendido?

–Sí, Herr Viktor –concedió, aunque todos y cada uno de los poros de su cuerpo gritaban un «¡no!».

Callada, se quedó mirando al doctor Viktor, que sacaba varios billetes de su cartera y los dejaba frente a ella.

—Para tus gastos —le dijo.

Ella los cogió y los dobló para que le cupieran en la mano. Un dolor agudo y punzante le atravesó el pecho al pensar en lo que le aguardaba. Por mucho que anhelara ver a Daniel, viajar a París con aquel texto la aterraba más, si cabe, que dejar a su madre sola de nuevo.

—Lo siento mucho —dijo él, advirtiendo el terror de su rostro—. No hay otro modo.

Katja asintió y tomó la carpeta en sus manos.

—Ya lo sé —respondió levemente. Tenía en sus manos el documento más explosivo de toda Alemania.

El doctor Viktor se puso en pie y le dio la mano. Katja encontró sorprendente el gesto del doctor, hasta que cayó en lo incierto de su futuro.

—Pero nos veremos pronto de nuevo —insistió ella.

—Por supuesto, aunque no sabemos cuándo. Y, mientras tanto, quiero agradecerte todo lo que has hecho.

Katja sintió escozor en los ojos a causa de las lágrimas que trataba de reprimir y, con voz temblorosa, le replicó:

—Me he limitado a cumplir con mi deber.

Viktor negó con la cabeza.

—Has hecho más que eso y estás a punto de ir mucho más allá.

Algo en su voz le hizo fruncir el ceño a Katja. El doctor, tras rebuscar en su cajón, sacó el cuaderno.

—Cógelo, te lo ruego —le dijo, dejándolo delante de ella—. Ya no está a salvo aquí. Es mejor que lo guardes en tu apartamento.

Katja observó el cuaderno con horror. Ya era bastante arriesgado esconder la versión mecanografiada bajo el parqué, pero aquello, el original, era una pistola cargada. Los pensamientos se le agolpaban en la cabeza, pero logró frenar el pánico que le crecía en el pecho. Lo que le pedía comportaba muchos riesgos, pero sabía que era lo más lógico. Así que lo cogió.

–Sí, tienes razón –contestó, con una voz repentinamente recia.

Tomando, entre las suyas, la mano de Katja que sostenía el cuaderno, el doctor la miró directamente a los ojos.

–Cuídate, Katja –le dijo.

Era la primera vez que la llamaba por su nombre.

–Lo haré –le contestó con dulzura, tratando de frenar el llanto–. Te avisaré en cuanto vuelva…, sea como sea.

No tenía ni idea de qué le esperaba durante los próximos días. Todo lo que sabía era que se enfrentaría a riesgos, algunos de ellos extremos, y que iba a tener que hacerlo sin el doctor Viktor. A partir de aquel momento se apoyaría en Daniel. No podía confiar más que en él. Conteniendo sus lágrimas, ya se dirigía hacia la puerta que conducía a su propio despacho, cuando él la llamó de nuevo.

–Y recuerda, Katja –le dijo, con la misma sonrisa generosa que le hizo parecer tan afable cuando lo conoció–. Tu padre estaría orgulloso de ti.

*

Aquella noche, Katja le contaría la noticia a su madre. Nada más llegar a casa, hizo palanca para levantar la tabla del parqué de su habitación. El cuaderno del doctor Viktor, junto con la transcripción completa, se unió así a la carta de Daniel. Más tarde, ante un bol de patatas hervidas y *Sauerkraut*, le dijo a su madre:

–Mutti, tendré que irme de nuevo, por trabajo.

El tenedor de Hilde se detuvo a medio camino entre el bol y la boca, y miró a su hija con los ojos de una niña pequeña.

–¿Por qué? –le preguntó, dejando caer el tenedor, como si hubiera perdido el poco apetito que tenía.

Katja sintió dificultad al tragar. Ya se temía que aquella fuera su reacción.

–Por trabajo. Como antes. Solo que esta vez no serán más de dos noches. –Se lo comunicó con calma, como si Mutti apenas fuera a notar su ausencia–. Frau Cohen vendrá tres veces al día para comprobar que estés cómoda y bien, y para asegurarnos de que te tomas las pastillas.

Su madre apartó el bol.

–¿Te tienes que ir, Kati? –le preguntó–. Detesto que te vayas.

Katja también lo detestaba, pero sabía que tenía un deber que cumplir. Su padre habría hecho lo mismo, y ahora ella debía honrar su recuerdo arriesgándolo todo por su país.

–Estaré aquí antes de que te des cuenta –respondió, estrechando la mano fría de su madre.

Pero, mientras fregaba los platos de la cena, supo que aquellas eran unas palabras huecas, porque existía una posibilidad, por remota que fuese, de que no pudiera regresar jamás.

Capítulo 34

París

La locomotora entró en la Gare de l'Est a las 18:34 h. Al apearse del tren y pisar el andén de París, Katja se sintió invadida por un extraño temor. Puede que no hubiera guardias armados ni perros ladrando, así como tampoco esvásticas rojinegras colgando de cada columna y cada poste, pero su miedo no era, por ello, menos real. Contempló la sombrerera que llevaba en su mano derecha. Dentro se encontraba el texto mecanografiado que había prometido al doctor Viktor proteger con su vida. Es cierto que había abandonado ilesa Alemania, pero no era menos cierto que también en París había personas que querrían matarla por lo que llevaba consigo.

Al abandonar el andén, se dirigió al vestíbulo principal y sus ojos vagaron por toda la estación. Era el final de la tarde, y estaba repleta de gente que regresaba a casa. Cualquiera podría ser un espía enviado para vigilarla. El hombre con la pata de palo apoyado contra una farola, el vendedor de periódicos, la mujer con el perrito bajo el brazo... De repente, todos le parecieron sospechosos. Al llegar a la parada de taxis casi sin aliento, le pidió al conductor que la llevara a la Rue de l'Odéon, en el distrito 6. Se dirigía a Shakespeare and Company.

*

—¡Katja, querida! —dijo Sylvia mientras besaba sus mejillas, abrazándola como a una vieja amiga.

—Me alegro mucho de verla —respondió ella.

Lo decía de verdad.

Aquella vista reconfortante y el olor a libros parecían envolver a Katja como una cálida colcha, y no podía evitar mirar a su alrededor, maravillada por los estantes llenísimos y las ilustraciones de William Blake. Resultaba increíble verlo todo tal y como lo recordaba, pero faltaba algo.

Como si respondiera la tácita pregunta de Katja, Sylvia le dijo:

—Daniel debe de estar a punto de llegar. Me ha pedido que le prepare una habitación en el piso de arriba. Mientras tanto, permítame que se la muestre. —Empezó a caminar hacia la trastienda—. Me temo que no tiene nada de especial, pero imagino que estará cansada después del viaje —dijo, agachándose para recoger la maleta y la sombrerera de Katja.

Pero ella se lo impidió de inmediato.

—Está bien, gracias —dijo Katja—. Yo me encargo.

Subieron las escaleras. La conserje era una señora mayor que llevaba un vestido negro y un gorro de encaje también negro. Estaba sentada, medio adormilada, en una especie de cuchitril que había entre los pisos. Un reguero de baba le chorreaba desde la comisura de los labios hasta su velluda barbilla, mientras roncaba suavemente como un gato feliz.

Sylvia tosió, y los ojos de la mujer se abrieron de golpe.

—Madame Duprés, estoy esperando la visita de Monsieur Keenan en un rato. Por favor, cuando venga, condúzcalo arriba —le dijo en francés.

Madame, algo molesta por que la hubieran pillado echando la siesta, asintió bruscamente.

«Así que Daniel está a punto de llegar», pensó Katja. La idea de volver a verlo alegraba sus pasos mientras seguía a Sylvia por una estrecha escalera de madera hasta su apartamento, en el segundo piso. Como pasaba con la tienda de abajo, la grandeza de la que carecía era suplida por el buen gusto. Sylvia había pintado las paredes de su pequeño salón de un color gris elegante, y las había adornado con cuadros cuidadosamente seleccionados. Mantas y cojines de seda cubrían dos grandes sofás, y una alfombra turca descansaba sobre el parqué. Había macetas en cada esquina y, por supuesto, libros. Muchos libros. Sylvia le mostró el dormitorio a Katja, ubicado junto a una pequeña cocina. Los postigos estaban cerrados, pero Katja logró vislumbrar una cama doble con una colcha de brocado color crema y una cómoda de madera oscura.

Dirigiéndose hasta la ventana, Sylvia abrió del todo los postigos, que revelaron una noche primaveral.

–*Et voilà!* –exclamó alegremente.

Ya a su lado, Katja le dedicó una sonrisa mientras contemplaba las vistas. Indómita sobre los tejados, se alzaba la Catedral de Notre-Dame.

–Es tan bella –susurró.

–Sí, lo es –asintió Sylvia.

–Ciertamente, es un regalo para la vista –sonó una voz familiar a sus espaldas.

–¡Ay, Daniel, por fin! –dijo Sylvia, ofreciéndole una mejilla a uno de sus clientes favoritos cuando él se acercó a saludarlas.

–No lograrás mantenerme alejado –repuso, aunque a quien miraba era a Katja.

Se acercó más, y Katja se sintió atraída hacia él. Había estado imaginando aquel encuentro desde que leyó su carta, preguntándose cómo reaccionarían el uno ante el otro.

–Me alegro de verla de nuevo –dijo Daniel.

Su expresión era grave, intensa incluso, como si también estuviera tratando de descifrar los sentimientos de Katja hacia él.

–Igualmente –contestó ella, mirando de reojo a su anfitriona y sintiéndose algo violenta ante ella.

Sylvia, intuyendo que su presencia sobraba un poco, se retiró discretamente a preparar una tisana.

–Si me necesitáis, estaré en la cocina –dijo por decir algo.

Una vez solos en la pequeña habitación, Daniel jugueteó con el ala de su sombrero. El espacio entre ellos pareció reducirse tan pronto como Sylvia se fue, pero reinaba la incertidumbre.

–¿Ha recibido mi...?

–He recibido su...

Sus palabras salieron a la vez, y ambos sonrieron.

–Sí –dijo Katja, aliviada al ver su reacción–, sí la he recibido. –Ella no le había contestado por miedo a que pudieran intervenir su correspondencia, poniéndolo a él en peligro–. Quería decirle lo agradecida que estaba... Que estoy... De que se haya tomado la molestia de explicarse, pero, en realidad, no hacía falta.

–¿Lo dice en serio?

Exhaló él en señal de alivio.

–Por supuesto –respondió–. Soy yo la que debería disculparse. Fui... –Buscó la palabra indicada, pero sin éxito–. Cada uno lleva el duelo de forma diferente, y no debería haberlo presionado.

–¿Presionado? –repitió él–. Nunca me pareció que lo hubiera hecho, pero vamos a hacer borrón y cuenta nueva, ¿le parece? ¿Empezamos desde cero?

–Me gustaría –asintió ella, con mariposas en el estómago.

—Gracias, Katja —susurró él.

Había olvidado cuánto le gustaba la pronunciación de su nombre con aquel acento irlandés. Sonaba suave, como briznas llevadas por el viento. Desde su regreso a Hamburgo, la sola idea de poder ver de nuevo a Daniel era lo que la había empujado a seguir adelante todo el tiempo, mientras Ulbricht iba intentando, hasta conseguirlo al fin, mancillar la reputación del doctor Viktor. Daniel era la única luz que brillaba en su oscuridad. Y ahora se atrevía a esperar que sus sentimientos fueran recíprocos. Estaba al borde del abismo, y no estaba segura de cómo acabaría aquel instante.

Los labios de Daniel esbozaron una sonrisa ante sus reconfortantes palabras. Se acercó más a ella, sosteniendo sus manos entre las suyas.

—Significa mucho para mí —le dijo, mirándola a los ojos.

A su tacto cálido y suave, Katja sintió que todo su cuerpo se estremecía. Miró cómo las manos de Daniel acunaban las suyas. Pero, entonces, Sylvia los avisó:

—La tisana está lista.

Su voz consiguió separarlos de repente.

—¿Lo ha traído? —le preguntó rápidamente Daniel, de nuevo con aspecto grave.

El cuerpo de Katja se encogió al salir de su trance, y respiró profundamente. Sus ojos se dirigieron a la sombrerera del suelo.

—Ahí está.

—Bien —respondió él—. El director quiere conocerla mañana a primera hora. —Dio un paso atrás—. ¿Vamos?

Señaló la puerta, y Katja se encaminó hacia el salón, donde Sylvia estaba sentada a la mesa con una tetera de vidrio llena de té de hierbas.

—Tal vez prefieras un *whisky*, Daniel —sugirió la librera, sirviendo la infusión y mirando de reojo.

—En realidad no, pero te lo agradezco —respondió Daniel, con los ojos puestos en Katja—. Una infusión me sentará bien.

Sylvia siguió sus ojos y notó que ambos se intercambiaban miradas.

—Me ha dicho Daniel que mañana tiene una reunión importante con un editor —dijo ella.

Katja frunció el ceño. Daniel había jurado guardar el secreto. Pero entonces él mismo intervino:

—Sylvia sabe que es usted agente literario. Su cliente está llegando lejos, ¿verdad? Le iría bien un descanso.

Katja sintió su estómago revolverse al darse cuenta de que la estaban arrastrando en una espiral de engaño. En París, su misión tan solo era conocida por Daniel y por los Dreiberg. Y, por supuesto, por el jefe de Daniel. La mentira no hacía más que generar más mentiras, pero Sylvia no podía saber la verdadera razón de su estancia allí.

—Sí, yo también lo creo —respondió a la ligera.

Sintiendo una cierta incomodidad entre ellos, Sylvia intervino de nuevo:

—Así pues, ¿tenéis planes para esta noche? —preguntó en general.

Daniel fue el más rápido en hablar, tomando por sorpresa a Katja.

—Sí —dijo con determinación—. Pensé que podríamos ir al restaurante de Michaud esta noche.

—Ah, pues puede que te encuentres a James —contestó Sylvia.

Katja arrugó el entrecejo.

—James Joyce —explicó Daniel, volviéndose hacia ella.

En realidad, Katja no quería ver a ninguno de los conocidos de Daniel. Imaginaba que acabarían enfrascados en alguna larga conversación sobre prosa o sintaxis, o, peor todavía, que los invitarían a sentarse a la mesa del escritor. Aquella noche quería a Daniel para ella sola.

–Esperemos que no –respondió a Sylvia a la vez que sonría a Katja.

Parecía que él también la quería para él solo.

*

Sylvia insistió en prestarle a Katja su vestido de noche de encaje negro para la ocasión.

–Y podría peinarla con un moño a la francesa –sugirió, echando hacia atrás los mechones de su invitada y despejándole el rostro.

Katja estaba sentada frente al pequeño y adornado tocador, con Sylvia a su espalda, hablándole a su reflejo en el espejo.

–Si no tiene inconveniente... –aceptó Katja.

–Sería un placer –afirmó Sylvia, abriendo un cajón donde había horquillas y peines. Mientras le cepillaba el cabello, le dijo–: Cuando está con usted, es como si fuera otra persona.

Aquel comentario, que claramente se refería a Daniel, pilló desprevenida a Katja, que respondió con otra sorpresa.

–Sé lo de su mujer y su hija –le dijo, buscando en el espejo la reacción de Sylvia.

–¿Ah, sí? –contestó ella, arqueando una ceja–. ¿Quién...?

–Monique Dreiberg. Debe de haber sido terrible para él.

En aquel momento el sol se estaba retirando tras los tejados, bañando de luz dorada la habitación.

–Oh, ya lo creo que sí –respondió Sylvia pensativa, deslizando suavemente el peine por el pelo de Katja. Alzó la vista y la miró fijamente en el espejo–. Y todavía lo es. Solo necesita tiempo –añadió con un suspiro–. Y la persona adecuada con quien pasarlo.

*

Una hora más tarde, ya repuesta del viaje, con el vestido de Sylvia y su cabello rubio recogido en un elegante moño, Katja estaba lista para salir de noche.

Al salir de la librería, Daniel, muy apuesto con su esmoquin y su pelo de color arenoso engominado, le ofreció el brazo, y a ella le sentó muy bien tomarlo. Se dirigieron calle abajo, charlando un poco mientras caminaban. Daniel le preguntó acerca del viaje, y su actitud le recordaba al hombre tranquilo y afable que había sido mientras hojeaban libros en el Quai de la Tournelle a principios de la primavera.

El restaurante de Michaud estaba en la Rue des Saints-Pères. Tenía clase y era más bien chic, con cierto aire de lujo, lo cual se reflejaba en los precios de la carta. Por suerte, no había ni rastro de James Joyce, aunque un hombre de anchos hombros y un enorme cigarro se acercó a hablar con Daniel, al igual que una elegante señora mayor, cubierta de diamantes. Ella le tocaba ligeramente el brazo a Daniel mientras le susurraba algo al oído que lo hizo sonreír. Al ver aquello, Katja sintió de golpe una punzada de celos.

–Debes de conocer a mucha gente –comentó mientras el camarero deshacía su servilleta.

Él se encogió de hombros.

–Es mi trabajo –respondió, tomando asiento frente a ella–. Escribo acerca de la alta sociedad parisina: los ricos y los muy ricos. Pero ¿sabes qué es lo mejor? –preguntó, inclinándose hacia ella sobre la mesa, con aspecto convencido.

Ella negó con la cabeza.

—No tienen por qué caerme bien.

Volvió a su posición anterior mientras se reía. Katja también lo hizo, especialmente al ver que se le formaba un hoyuelo en la mejilla que no había visto hasta entonces. Cuando sonreía, todo el rostro se le iluminaba. Quería verlo feliz más a menudo, pero, especialmente, anhelaba ser el objeto de su felicidad.

Daniel pidió un *whisky* para él y le sugirió a Katja que probara un martini —ella nunca lo había probado—. Y, cuando llegaron las bebidas, levantó la copa y le preguntó:

—¿Por qué brindamos?

Ella pensó entonces en el difícil inicio de su relación y en cómo deseaba que fuera agua pasada.

—¿Qué te parece... por un nuevo comienzo?

—Por un nuevo comienzo —dijo él. Y luego, bajando un poco la voz, añadió con una sonrisa—: Y por la amistad.

—Por la amistad —repitió, un poco ruborizada, mientras chocaban sus copas.

Se contentaría con la amistad si no podía tener otra cosa, pero deseaba algo más.

Del menú, Daniel pidió turnedó poco hecho; por su parte, ella comió salmón *en paupiette*, que le supo a gloria. Su conversación fue liviana al principio. El simple hecho de escuchar la voz de Daniel le producía placer. Lo encontraba, a la vez, culto y gracioso. Pero poco después de acabar los *hors d'oeuvres*, su conversación tomó un cariz serio, sobre todo cuando él aludió a las notas médicas. Hablaban de ellas en clave. Como si fueran una pareja mandando señas a los bailarines de una *quadrille*, evitaban ser directos o mencionarlas explícitamente, pero ambos sabían lo que el otro quería decir. Daniel parecía más comprometido con la causa que en ocasiones anteriores, recordándole la envergadura de su misión. Puede que su compañía, la comida y la atmósfera fueran perfectos, pero, en el fondo, la felicidad de Katja no era completa. Ella estaba poniendo en riesgo su propia vida, estaba preocupada por Hilde y por el doctor Viktor, y la idea del encuentro al día siguiente con el director de *The Parisian* también la inquietaba.

Como si le leyera la mente, Daniel le dijo:

—No tienes nada de qué preocuparte con Chuck, ¿sabes? Es un mujeriego. Una mirada tuya, y lo tendrás más que dominado.

Ella sonrió.

—¿Tú crees?

—Sí, seguro —le dijo, y su mirada siguió puesta en ella el tiempo suficiente como para indicar que ya había obrado ese efecto en él.

Capítulo 35

Las oficinas de *The Parisian* se encontraban en una calle chic a escasa distancia del Ayuntamiento de París, el Hôtel de Ville. Aunque estaba a pocos pasos de Shakespeare and Company, Katja decidió coger un taxi. Tenía el texto bien oculto en la sombrerera, pero no se podía permitir correr el riesgo de que la asaltaran por la calle como al doctor Viktor.

Una colección de portadas antiguas adornaba el gran escaparate de vidrio de la oficina, como si fueran caramelos vistosamente envueltos en una tienda de chucherías. Había varios retratos de mujeres elegantes cargadas de joyas, pieles, o ambas cosas a la vez, posando con famosos lugares parisinos de fondo. Una mujer con un traje de seda azul y de espaldas a la cámara contemplaba la Torre Eiffel. Otra, vestida con topos blancos y negros, miraba el Sena. Había asimismo fotos con movimiento: hombres a caballo y provistos de tacos jugaban al polo o sonreían sentados tras el volante de coches deportivos.

Katja las contemplaba con asombro. Se sentía como si fuera la prima pobre que venía del campo de visita. Hamburgo era una ciudad marinera, de barcos y comerciantes. Era una ciudad rica, pero también dura y real. París, en cambio, parecía un cuento de hadas donde todas las calles estaban encantadas y donde todas las jóvenes francesas eran princesas.

–Que no te engañen –dijo alguien detrás de ella.

Katja se volvió rápidamente al oír la voz de Daniel. Estaba muy cerca y se inclinó para besarla en ambas mejillas. Ya estaba nerviosa antes, pero, cuando sus labios rozaron su piel, se tensó por la corriente eléctrica que recorría su cuerpo.

Juntos observaron el escaparate.

—Es todo artificio —le dijo él, señalando las lustrosas portadas—. Creamos el mito y la magia para que la gente pueda aspirar a soñar, pero la realidad es más bien distinta.

Sostuvo el peso de la gran puerta de cristal y la invitó a entrar.

Una joven vestida a la moda se encontraba tras el gran mostrador recepción. Llevaba el pelo corto como un chico y lucía un collar de perlas alrededor del cuello: «exactamente lo opuesto a la Fräulein Schauble de la clínica de Hamburgo», pensó Katja.

—*Bonjour*, Monsieur Daniel.

—*Bonjour*, Jacqueline —contestó él, doblando su sombrero y metiéndoselo en el bolsillo—. ¿Algo para mí?

—Tiene un mensaje de parte de Miss Stein. —Le pasó a Daniel una nota de papel—. Y Monsieur Picasso quiere que lo llame.

—Picasso —repitió Katja, mientras avanzaban por el vestíbulo—. ¿Conoces a Pablo Picasso?

Daniel se encogió de hombros.

—Mi trabajo consiste en conocer a gente.

Se detuvieron ante las rejas del ascensor, donde un muchacho con una guerrera de doble botonadura abrió la puerta corredera. Entraron.

—¿Impresionada? —le preguntó Daniel, mientras se elevaban hacia el segundo piso.

—Sí —contestó ella, cuando el ascensor tembló y frenó.

—Perfecto. Ese era el plan —respondió—. Pero aquí es donde termina la ostentación y empieza el curro.

Sostuvo una vieja puerta de madera, muy dañada en su parte inferior por las continuas patadas que le daban. Katja pasó al otro lado.

La sala era grande y cuadrada, con una especie de cubículo de cristal al fondo, y Katja comprendió lo que le decía Daniel. El contraste entre la imagen grácil y elegante de la recepción con la realidad de lo que él llamaba «la sala de prensa» era enorme.

—Aquí está la sala de motores —le dijo a Katja alzando la voz por encima del traqueteo de las máquinas de escribir mientras pasaban filas y filas enteras de escritorios—. Y allí, el despacho del director.

Una mujer muy arreglada y con gafas Carey estaba sentada en un escritorio justo a la entrada.

—Peggy —la llamó Daniel.

Ella alzó la vista y se quitó las gafas, como si no quisiera ser vista llevándolas.

—Dígame, Mister Keenan —respondió con una sonrisa.

—¿Dónde está el jefe? Tenemos una reunión con él dentro de cinco minutos.

Peggy miró a Katja con expresión de incomprensión y miró en una libreta que había en su escritorio. Cogiéndola, achicó los ojos intentando concentrarse y parafraseó lo que tenía escrito.

—Mister Patterson dice que lo siente mucho, pero que el embajador de los Estados Unidos lo ha invitado a jugar al golf en Le Touquet con muy poca antelación. —Dejó la libreta sobre la mesa para mirar con cautela a Daniel antes de añadir, a modo de disculpa—: Quiere reagendar su reunión para el viernes.

Aquella noticia golpeó a Katja como una bofetada. ¿No era consciente aquel hombre de que ya había llegado la sangre al río y de que, por haberle dado a conocer las notas sobre Hitler, ya se habían puesto vidas en peligro? Estaba claro que no tenía ni idea de cómo era la vida en Alemania, de que allí los judíos podían ir a la cárcel por tener una radio o por subirse al tranvía, y de que cualquier persona que se negara a saludar como lo hacían los nazis podía acabar en un campo. En París, parecía que a la gente no le interesaba lo que pasaba justo al otro lado de la frontera. Para ellos, como si estuviera sucediendo en otro planeta.

—El viernes —repitió Daniel, frunciendo el ceño.

Katja pensó en su madre. Imaginaría que la había abandonado.

—Tengo que volver el... —empezó a protestar, pero Daniel la interrumpió.

—Gracias, Peggy. ¿Podría agendarlo de nuevo a la misma hora?

La secretaria miraba a Katja con desaprobación.

—Claro que sí, Mister Keenan —respondió.

Katja hervía de furia por dentro mientras Daniel la acompañaba fuera de la oficina hacia el vestíbulo. Al contemplar de nuevo las portadas enmarcadas en el escaparate, de repente le pareció que habían perdido su lustre. ¿Cómo lo había llamado Daniel? Artificio. Cuánta razón tenía. Todo lo chic de París, toda aquella *bonhomie*, la *joie de vivre* o comoquiera que lo llamaban los franceses, no podía ocultar su indiferencia ante lo que ocurría en Alemania.

Katja soltó un gruñido en cuanto pisó la acera.

—¡He venido hasta aquí, he arriesgado mi vida para nada! —exclamó, mirando su sombrerera.

—Lo siento mucho —dijo Daniel—, pero así es mi jefe. Es imprevisible. Nuestra única esperanza es que mantenga en pie la cita del viernes. En ese caso, volverías a casa el sábado.

–El sábado –repitió ella. Como si le hubiera dicho el año que viene. Todavía faltaban cuatro días para el sábado. Mutti estaría muerta de preocupación, por no hablar del doctor Viktor–. Si pudiéramos mandarle un mensaje a...

–Puedes utilizar el teléfono de mi oficina –le ofreció Daniel mientras seguían caminando por el bulevar.

–No es tan sencillo –contestó ella, pensando en la advertencia del doctor Viktor–. Tendré que encontrarlo en casa, por la noche.

Daniel sonrió.

–La oficina permanece abierta hasta tarde. No tienes de qué preocuparte. Todo va a ir bien. –Se detuvo entonces para mirarla fijamente, y agregó–: Confía en mí, Katja.

Al fijarse en sus ojos, Katja advirtió un dinamismo que no había notado hasta entonces. Una convicción y una determinación parecían brillar a través de ellos, como si Daniel acabara de abrirle una ventana que hubiera permanecido cerrada para ella hasta entonces. Depositar su confianza en él le parecía natural y correcto. Estaba ansioso por guiarla a través del campo de minas que tenía ante ella, y, por eso, le estaría siempre agradecida.

–Sí –asintió Katja–. Sí, confío en ti.

–Además –dijo él–, dado que tienes que esperar para quedar con mi jefe, puedo mostrarte algunas vistas más.

Extendió su brazo señalando hacia los esplendorosos Jardines de Luxemburgo, que tenían frente a ellos.

Su propuesta le sacó una sonrisa. La idea de pasar más tiempo con Daniel la llenaba de emoción y esperanza, pero el destino de la transcripción pendía de un hilo, y ni siquiera él podía garantizar su seguridad.

Capítulo 36

Hamburgo

En el comedor de su casa adosada de Hamburgo, el doctor Viktor estaba sentado a la mesa esperando a su mujer. Era un ritual que representaban cada día desde hacía veintiocho años. Desde que se casaron, era Gerda Viktor quien cortaba el bacalao. Su padre fue un destacado psiquiatra, y Ernst era su protegido. El primero insistió en unirlos en matrimonio, y el segundo se arrepentía de ello a diario. Desde el principio, Gerda siempre insistió en que, cuando no se encontrara fuera por trabajo, su marido debía cenar a su lado. No importaba que apenas mediara una sola palabra entre ellos o que su silencio fuera a veces tan glacial como para helar la sopa.

Aquella noche en particular, cuando el teléfono sonó en el vestíbulo, el doctor Viktor oyó que Ute respondía en su más correcto alto alemán:

—Residencia de los Viktor.

Por supuesto, lo que el doctor Viktor era incapaz de oír era la voz al otro lado.

—Ute, Ute... Soy Katja, la asistente del doctor Viktor.

Katja sabía que no debía llamar, pero tenía que poner al día a Viktor acerca de las circunstancias y, sobre todo, quería que él le hiciera saber a su madre que, aunque volvería tres días más tarde de lo planeado, llegaría tan pronto como pudiera.

–¡Oh! –fue todo lo que Ute logró decir antes de escuchar los pasos de Frau Viktor acercándose desde el comedor.

–¿Quién es? –ladró su señora desde la puerta.

–Nadie, *meine Herrin* –soltó Ute, improvisando sobre la marcha.

–¿Nadie? –repitió Frau Viktor–. Pásame el teléfono.

Al otro lado de la línea, Katja escuchaba con horror mientras los pasos sonaban cada vez más fuertes.

–Dámelo –ordenó Frau Viktor, con el rostro tirante por la suspicacia al acercarse a la doncella.

Pero todo lo que llegó a sus oídos fue un chasquido en la línea cuando colgaron.

En el comedor, Ernst Viktor había estado atento a todo lo que pasaba al otro lado de la pared. Tenía claras sospechas de quién podría haber llamado. Probablemente Katja estaba metida en problemas, pero temía no poder hacer nada.

*

Al día siguiente permitieron al doctor Ernst Viktor entrar a su despacho en la clínica. Tuvo que tratar una emergencia el mismo día en que fue suspendido –un paciente amenazaba con suicidarse, y se había visto obligado a acudir–, de modo que aún no había tenido tiempo de recoger sus efectos personales. Al menos se alegraba de que Katja lo hubiera librado de la carga del cuaderno, ocultándolo en su apartamento. Era una cosa menos de la que preocuparse.

Con pesar en su corazón, empezó a recoger sus pertenencias. Entre ellas, había un tomo firmado de *La interpretación de los sueños*, de Freud; un cenicero de mármol que le habían

regalado tras diez años de servicio en la clínica, y una fotografía enmarcada de su mujer, que había estado bocabajo
en un cajón durante al menos los últimos quince años.

Había empezado bien, vaciando un armario, cuando poco
después escuchó fuertes pasos que avanzaban por el pasillo.
Esperando que llamarían a la puerta, intentó prepararse,
pero nadie lo hizo. Antes al contrario, sus misteriosos
visitantes no mostraron tanta cortesía. Dos segundos más
tarde, entendió por qué.

–¿Doctor Viktor?

Un hombre con abrigo de cuero y una gorra de visera,
flanqueado por dos guardias, lo llamó desde el otro lado
del escritorio.

–Sí.

Vio de inmediato que sus visitantes eran de la Gestapo.

–Nos han dado autorización para hacer un registro de su
consulta –lo informó el oficial.

–¿Qué? Pero esto pertenece a la universidad –protestó
Viktor–. No disponen de competencias aquí. No hay necesidad de...

El oficial lo interrumpió:

–Tengo órdenes. Debo escoltarlo desde este edificio hasta
su casa. –Y, volviéndose hacia sus hombres, les dijo–: Pro-
cedan.

–¡Esperen! –los urgió Viktor–. ¿Dónde está su orden?

El oficial se burló.

–A la Gestapo no le hace falta ninguna orden.

Un soldado procedió a rebuscar en el archivador como
un perro rabioso, arrojando papeles y archivos al suelo a
medida que avanzaba. El otro empezó a mirar detrás de
los cuadros. Estaba claro que alguien les había informado

tisfecha al saber que la llamada era de naturaleza profesional, hizo señas a Ute para que buscara a su marido en el estudio. Gerda Viktor había recibido la noticia de su suspensión de la clínica con una mezcla de vergüenza y alivio. Vergüenza por lo que dirían los vecinos, y alivio porque ahora podría controlarlo. Mientras su marido, caído en desgracia, permaneciera bajo el mismo techo que ella, no se producirían más desafortunados encuentros con el sexo débil.

Como un perro apaleado, Ernst Viktor se arrastró desde su estudio para responder al teléfono bajo la atenta mirada de su mujer.

–Viktor al habla –dijo.

Luego miró con tal franqueza a su mujer que ella decidió dejar que tuviera una conversación privada, y se marchó.

–Doctor Viktor –Daniel sabía que debía medir sus palabras para no incriminar a la madre de Katja, poniendo también su vida en peligro–, comprendo que es complicado hablar abiertamente, pero tengo un mensaje de una joven que está preocupada por su madre.

–¿No habrá pasado nada, verdad? Nada...

Daniel sintió la ansiedad en la voz del doctor.

–Todo está bien, pero debo comunicarle que ha habido un contratiempo.

–¿Un contratiempo?

–Sí. Todo va según lo planeado, pero deberán esperar hasta el sábado.

–El sábado –repitió el doctor.

–Así es. Si pudiera trasladar lo siguiente a la señora en cuestión, se lo agradecería enormemente. –Se hizo un silencio al otro lado de la línea–. Doctor –lo llamó Daniel, creyendo que se había cortado la comunicación.

Viktor se aclaró la garganta.

—Me temo que me es imposible —fue su respuesta, finalmente—. Me duele la espalda y estaré recuperándome en casa durante un tiempo. Lamento no poder ayudarlo. Adiós.

Y acto seguido devolvió el auricular al soporte, hizo un gesto con la cabeza a Ute y volvió a su estudio sin mediar palabra.

—¿Y bien? —Katja había estado aguardando en silencio, escuchando con creciente ansiedad cómo transcurría la conversación—. ¿Puede hablar con mi madre?

Daniel negó lentamente con la cabeza.

—Me temo que suena a que el doctor se encuentra bajo vigilancia. Su teléfono podría estar pinchado, Katja.

—Es lo que nos temíamos —respondió ella.

Justo cuando creía que todo estaba yendo como debía, que podría llegar a tiempo al día siguiente junto a su madre con un contrato editorial firmado, aquella noticia la golpeó con fuerza.

Capítulo 37

Atardecía otro día nublado, y el cielo se limitaba a exhibir un tono rosado en lugar de algo más espectacular. A pesar de todo, Hilde se había pasado la última media hora junto a sus palomas, pensando en Katja. Esperaba que a su hija le fuera bien en aquello que estuviera haciendo. Su trabajo debía de ser muy importante, seguro, aunque no sabía en qué consistía ni por qué se la estaban robando durante tanto tiempo. La echaba tanto de menos que le dolía el corazón en el pecho. Su único consuelo era saber que su hija no seguiría lejos más tiempo del necesario. Su Kati le había prometido que volvería a casa al día siguiente. Y Katja jamás faltaba a sus promesas.

Las últimas migas de pan estaban esparcidas por el balcón. Las palomas ya habían comido, y ahora le tocaba a ella cenar. Le había prometido a Katja que, en su ausencia, se tomaría el caldo que le había preparado. Frau Cohen se pasaría a verla más tarde, por la noche, de modo que debía forzarse a tomar al menos un par de cucharadas.

Después de cerrar las persianas, se metió en la cocina para calentar el caldo. Diez minutos más tarde lo estaba vertiendo en un cuenco cuando llamaron a la puerta. Chasqueó con la lengua y se limpió las manos en el delantal.

—*Ja, ja!* —gruñó ella, pensando que Frau Cohen llegaba demasiado temprano a visitarla.

Pero en el umbral, en lugar de a su vecina judía, encontró a un hombre. Era más bien joven y con unas gafas cuyos cristales hacían que sus ojos se vieran más grandes. El hombre no hizo ningún intento de sonreír.

–¿Frau Heinz?

Se quitó el sombrero, mostrando un cabello moreno y engominado tras una frente muy ancha.

Ella lo observó con cautela.

–¿Es usted amigo de Katja? –preguntó, entornando los ojos como rendijas.

–Un amigo no. Vengo de la clínica donde trabaja. –Mientras le hablaba, su mirada se perdía por el apartamento–. Su hija ha estado faltando a la oficina. Dicen que está enferma y quería comprobar cómo se encuentra. ¿Podría entrar?

Dio un paso para cruzar el umbral, pero Hilde parecía confundida.

–¿Quién es usted? –preguntó de nuevo.

–Soy el doctor Ulbricht, de la clínica donde trabaja su hija –le dijo ahora en un tono de voz más áspero, casi como el frotar de una lima de hierro sobre la piedra–. Será mejor que entre.

Esta vez entró en el piso pasándole de largo a Hilde y recorriendo el pasillo.

–¡No! –gritó ella a sus espaldas–. Katja no está.

Ulbricht se dio la vuelta rápidamente.

–¿No está? Pero si se supone que está enferma. El doctor Viktor notificó que se ausentaría de la clínica hace dos días.

La miró de modo amenazante.

Hilde arrugó el rostro por el miedo.

–Pero se ha ido –masculló.

–¿Se ha ido? ¿Qué quiere decir con eso, vieja? –le exigió.

Asustada, Hilde se apartó de él.

–Me dijo que era por trabajo. Dijo que volvería dentro de dos días.

Ulbricht asintió. La tensión en su rostro cedió.

–Por supuesto –se dijo a sí mismo–. El pájaro ha volado.

–¿Pájaro? ¿Qué pájaro? –preguntó Hilde, pensando de inmediato en sus palomas.

Los ojos de Ulbricht se centraron entonces en un cuenco de piedras preciosas y un sofisticado collar enmarcado en una vitrina.

–Esta... –no tenía claro cómo denominar aquellos artefactos– esta quincalla... –dijo, cogiendo el cuenco y dejándolo de inmediato sobre la mesa al ver algo que le resultó de mayor interés.

Sus ojos se detuvieron en la fotografía del padre de Katja, y un recuerdo le cruzó la mente.

–¿Es su marido? –le preguntó.

Ella, tímidamente, señaló que así era.

–Mi difunto marido.

–Exacto –asintió Ulbricht.

La fotografía le había devuelto un recuerdo. El rostro del profesor le resultaba familiar. De repente, todo cobró sentido. Él acababa de terminar su doctorado cuando tuvo lugar la quema de libros. La agónica muerte de Reinhart Lemmerz fue la comidilla de la universidad. No sentía ninguna simpatía por aquel hombre. Su desgracia se la había buscado él solo. Sus llamados «principios» lo llevaron a la ruina. Y lo mismo ocurriría con su hija.

Ulbricht se volvió de nuevo hacia la anciana, que se retorcía nerviosa las manos a su espalda.

–Frau Lemmerz –se dirigió a ella–. Ese es su verdadero nombre, ¿o no?

Los ojos de Hilde se abrieron de espanto.

–¿Cómo lo...? –De repente se sintió esperanzada, como si hubiera encontrado a un aliado, a uno de los viejos amigos o estudiantes de Reinhart. Deseaba recordar–. ¿Conocía a mi marido?

–Sí –respondió Ulbricht–. Y creo que su hija planea seguir sus pasos.

–¿Qué insinúa? –Hilde negó con la cabeza.

Acercándose al estante, Ulbricht tomó una fotografía del profesor. En ella aparecía retratado con un líder tribal. Los labios del doctor reflejaban el asco que sentía al escudriñar aquella imagen.

–Su marido era un traidor, Frau Lemmerz –afirmó, moviendo la cabeza–. Se consagró al estudio de los salvajes. No hizo nada por glorificar la raza aria, sino más bien la denigró.

Dejó la fotografía con el rostro hacia abajo para demostrar su desprecio. Aquel movimiento, sin embargo, molestó a Hilde, que se acercó para corregir la posición del retrato, como si el recuerdo de su marido también acabara de ser denigrado.

–Reinhart fue un buen hombre –gruñó ella, sacando de pronto fuerzas de lo más profundo de su ser.

Ulbricht sacudió la cabeza.

–Fue un traidor y ya no está entre nosotros. Frau Lemmerz, ahora parece que su hija también la ha abandonado.

–¿Abandonado? –repitió Hilde.

Sus nudosas manos fueron a parar sobre su pecho.

Ulbricht se encogió de hombros, con los ojos puestos en una pequeña fotografía de Katja que se hallaba junto a la de su padre.

–No va a volver –le dijo, palpando el marco.

–¡No, eso no es verdad! –gimió Hilde, arrancándole la fotografía de las manos a Ulbricht–. ¿Qué está diciendo?

Ahora apenas había rastro de fragilidad en su voz, solo furia.

Las fosas nasales de Ulbricht se abrieron con desdén.

–¿De verdad cree que a su hija usted le importa un carajo?

Hilde dio un paso atrás, con el ceño fruncido.

–¿Cómo? Por supuesto que le importo. Soy su madre.

Ulbricht resopló.

–Nos ha contado de todo acerca de usted en la clínica. Que padece de ansiedad y depresión. Que se siente arrastrada por usted. Es una carga para ella, vieja.

Hilde se tapó los oídos, apretándolos con las manos.

–¡No! –balbuceó–. ¡Miente!

Ulbricht siguió impenitente en su asedio; sabía, al verla tragarse las lágrimas, que estaba cayendo de cabeza en su trampa.

–Le voy a contar algo.

–¿Qué? –dijo Hilde, con los ojos cada vez más abiertos–. ¿Sabe dónde está? ¿Dónde está mi Kati?

Él negó lentamente con la cabeza.

–Su preciosa Kati trabaja para un enemigo del Reich. No puedo decirle dónde está, pero lo que sí sé es que es una desertora de la patria y que la ha abandonado también a usted, vieja. –Se inclinó hacia ella y le asestó un golpe en el pecho, empujándola hacia atrás–. Y otra cosa le voy a decir: nunca más volverá a ver a su preciosa hijita.

Capítulo 38

París

Otro día de espera llegaba a su fin. Katja paseaba con Daniel, el uno al lado del otro, disfrutando de la brisa fresca mientras se ponía el sol, aunque ella se cuidaba de no tocarlo. Evitaba rozar su brazo, darle algún golpecito siquiera a modo de broma. Dependía de él dar el primer paso, si es que iba a dar alguno. Por mucho que lo deseara, sabía que su corazón estaba en las manos de Daniel: él podía rechazarlo, como ya hizo junto al lecho del doctor Viktor, o podía aceptarlo con delicadeza.

La cena en el restaurante de Michaud había sido maravillosa, pero no llegó el tan ansiado beso al final de la velada, cuando Daniel la acompañó de vuelta a casa de Sylvia. Aquella noche no estaba segura de lo que él haría. Ella deseaba algo más que una amistad, pero no sabía si Daniel quería lo mismo. Y tampoco podía culparlo por proteger su corazón de los sentimientos que pudiese albergar hacia ella. Después de todo lo que él había pasado, y considerando los peligros, por no hablar de la distancia entre ellos, podía entenderlo perfectamente.

Él la había ido a buscar a casa de Sylvia y le había propuesto ir a pasear. Algunas tiendas seguían abiertas, con sus iluminados y tentadores escaparates. El aplazamiento de su encuentro con el director de la revista había dejado a Katja aún más nerviosa. Y aunque Daniel, de vez en cuando, le iba mostrando algún edificio y le explicaba su historia, cosa que ella apreciaba, ambos sabían que las cosas no iban bien. Sus pensamientos en torno a la transcripción, el destino del doctor Viktor y la angustia de Hilde proyectaban una larga sombra que oscurecía todo lo demás.

Mientras paseaban por un ancho bulevar, dejando atrás la terraza de un café y el puesto de un frutero, Daniel dijo de repente:

—Es gracioso.

—¿Qué es gracioso? —preguntó Katja.

Él siguió mirando al frente.

—Solía ver a Grace por todas partes en la ciudad, a pesar de que nunca llegó a venir. Veía a una joven tomando café o comprando verduras, y pensaba que era ella. Luego, cuando se giraba y me fijaba en su cara, resultaba ser otra persona.

Se hizo un silencio y Daniel, preocupado de haber revelado demasiado, se volvió hacia ella.

—Lo siento, yo...

—No, no hace falta que te disculpes —respondió ella, consciente de que acababa de confiarle sus pensamientos más profundos. Katja lo comprendía. Al principio, ella también veía a su difunto padre en el parque, en el tranvía o en los cafés. El dolor a menudo jugaba malas pasadas a las mentes vulnerables—. Es duro —continuó diciendo—. Y entonces, ¿qué pasó para que eso cambiara?

La pregunta quedó en el aire, ya fuera porque Daniel no la escuchó o bien porque, simplemente, decidió ignorarla, y echaron a caminar de nuevo.

—Pero recientemente... —siguió él, antes de frenar sus pasos en seco.

–¿Sí? –dijo Katja, con el corazón latiéndole muy deprisa–. ¿Qué ha cambiado recientemente?

Él la miró con detenimiento antes de fijar la vista en la tienda que había justo detrás de ella. Y dejando sin respuesta aquella pregunta, le dijo:

–Hay alguien a quien deberías conocer.

Katja se giró para ver una librería con fachada en forma de arco, en la cual se vendían libros franceses, y a un señor mayor de pie junto a la puerta, a punto de cambiar el cartel de «OUVERT» por el de «FERMÉ». Daniel saludó con la mano y corrió hacia él.

–Monsieur Gaillard.

El anciano, con patillas blancas y un chaleco que no acababa de hacer buenas migas con su barriga, reconoció a Daniel. Con una gran sonrisa, le abrió la puerta de su negocio.

–Monsieur Keenan –lo saludó, abrazando a Daniel con entusiasmo–. *Comment allez-vous?* Tiene usted buen aspecto.

Rodeando el hombro de Daniel con su brazo, examinó su rostro. Daniel puso los ojos en blanco.

–Mejor que la última vez que me vio –respondió él, tratando de liberarse del abrazo del viejo librero.

–Y puedo *suponeg* que este es el motivo de su buena salud.

Los ojos resplandecientes del librero se posaron en Katja. Ella sintió que se ruborizaba.

–Fräulein Heinz ha venido desde Alemania y es amante de los libros, como nosotros –explicó Daniel.

–*Entonses* ha llegado al *lugag* indicado –dijo el viejo, dándole un codazo a Daniel.

Él sonrió y comentó:

–Esta noche solo venimos a hojear, Monsieur.

Gaillard asintió prudentemente.

–Ah, *hojeag* –dijo con expresión de picardía–. Es lo *mejog* que se puede *haseg*.

–Lo es, sin duda –reconoció Daniel, dedicando a Katja una sonrisa irónica y guiándola al interior del local.

–*Et voilà* –anunció Gaillard, señalando los estantes que decoraban la tienda, todos repletos de libros–. Allí están las novelas, y ahí las *autobioggafías*. –Apuntó vagamente en varias direcciones–. *Libgos* de *histoguia* y de *agte*. –Luego lanzó una mirada traviesa a Daniel–. Aunque, *pog* supuesto, los *libgos* más valiosos están en *le* sótano –dijo guiñándole un ojo mientras apartaba la vista de Katja.

Había solo dos bombillas en el sótano, por lo que el librero le dio una linterna a Daniel y le dijo que tuvieran cuidado al bajar. Las desvencijadas escaleras descendían hasta un espacio enorme y destartalado, engalanado con telarañas y lleno de cajas rebosantes de libros.

–Bueno –dijo Daniel, mirando a Katja–, ¿por dónde empezamos?

Él alumbraba con la linterna uno de los montones de libros, mientras Katja ladeaba la cabeza para leer los títulos de algunos lomos. Había fábulas de La Fontaine, cartas de Rousseau y de Voltaire, obras de teatro de Molière y poemas de Lamartine. Los volúmenes estaban todos encuadernados en cuero, algunos con letras doradas, y muchos tenían un aspecto tan frágil que Katja temió que fueran a desarmarse si los abría.

–Son libros de coleccionista –dijo ella–, más para admirarlos que para leerlos.

–Pero son preciosos, ¿verdad?

Daniel cogió un tomo de obras de poetas del siglo XVIII y sopló sobre la cubierta para quitarle el polvo. En el interior, las hojas eran tan quebradizas como el papel de seda.

–Parecen las alas de una mariposa –sugirió Katja.

–Parecen las alas de una mariposa –repitió Daniel, alzando los ojos para encontrarse con los de ella–. Sí –asintió, y entonces fue como si aquel instante se hubiera detenido en el tiempo, dejándolos en suspenso bajo la luz eléctrica.

«¿Por qué hace esto?» pensó Katja. ¿Por qué la torturaba con sus miradas y gestos? La estaba atrayendo como la luz a la polilla que estaba bailando alrededor de una bombilla en aquel preciso momento, y eso la estaba matando. No creía que lo fuera a soportar durante mucho tiempo más.

–Y mira este montón de aquí –susurró Katja, rompiendo de pronto el hechizo–. Parecen novelas. Dumas y Hugo. Daniel se acercó más, y ella pudo sentir el calor de su aliento en la mejilla.

–*El conde de Montecristo* –dijo él, leyendo uno de los lomos de los libros amontonados–. Una historia de cruel injusticia y venganza –anunció con dramatismo.

La bombilla parpadeó ante su rostro en el momento en que Katja se giró hacia él, y ella supo que, si no decía algo entonces, ya no habría oportunidad.

–¿Es eso lo que quieres, Daniel? ¿Crees que vengarte de los ingleses te devolverá a tus seres queridos?

Aquella pregunta pareció afectarle. Se quedó callado unos instantes mientras buscaba en la profundidad de sus ojos.

–No, no –repitió él, antes de empezar a asentir con la cabeza–. Tienes razón –dijo finalmente–, he permitido que la rabia me consuma. Como te expliqué en la carta, ya va siendo hora de que me concentre en lo positivo. Por eso estoy aquí. Contigo.

Prácticamente esperando que él añadiera «y con tu transcripción», Katja aguardó un momento. No sabía qué haría Daniel a continuación, hasta que dijo:

–¿Recuerdas que te he contado que solía ver a Grace por todas partes y tú me has preguntado qué había cambiado eso?

–Sí –respondió ella, con el corazón de nuevo acelerado.

–Bueno –repuso despacio–, la respuesta eres tú.

Aquellas palabras tardaron un rato en calar en ella.

–Oh –fue todo lo que Katja dijo al principio.

Durante una fracción de segundo cerró los ojos y luego los volvió a abrir para asegurarse de que no estaba soñando.

–He pensado largo y tendido desde que te fuiste a Hamburgo –continuó Daniel–. Y te tengo siempre presente en mi mente. Hay algo..., una conexión..., entre nosotros, Katja.

«Una conexión». Katja repitió aquellas palabras en su cabeza y comprendió que él estaba dando un paso más para acercarse a ella. Daniel tenía razón, por supuesto; ella había sabido desde un principio que no podía forzar sus sentimientos. Nadie la había acusado jamás de ser impetuosa, pero tal vez ahora sí había sido demasiado impaciente. Quizá porque nunca había sentido por un hombre lo que sentía por Daniel.

Él suspiró profunda y firmemente.

–Nosotros compartimos algo especial, ¿no es así?

La pregunta quedó en suspenso, hasta que Katja sonrió.

–Sí, así es –convino ella, dejándole margen para que siguiera hablando.

Él se encogió de hombros.

–Ha pasado más de un año desde... –Sus ojos chispeaban bajo el foco de la linterna–. Y he estado furioso todo este tiempo. Furioso y amargado.

Katja asintió:

–Tenías todo el derecho de estar así. No hay necesidad de que te expliques.

La mano de él rozó su mejilla, electrizándola. Durante un segundo, tan solo existían ellos dos. Katja deseaba besarlo, pero se contuvo: tenía que asegurarse de que él sintiera lo mismo por ella. Él tenía que estar convencido de dar aquel primer paso.

–El dolor me cegó, Katja. Pero ahora, gracias a ti, estoy empezando a verlo todo claro de nuevo.

Se inclinó hacia delante, pero no se besaron de inmediato. Se sumergieron el uno en los ojos del otro, antes de que el brazo de Daniel la envolviera y sus labios se posaran repentinamente en los de ella. Katja sintió que su cuerpo se disolvía en el de él y se desvanecía en otra parte, en otra dimensión.

Katja no tenía ni idea de cuánto había durado aquel beso, porque el tiempo parecía haberse detenido, pero, cuando sus labios finalmente se separaron, apoyó la cabeza contra el hombro de Daniel. Y una ola de satisfacción la envolvió.

–Ha sido… –dijo él, despacio, con medio rostro todavía en la penumbra mientras seguía abrazándola.

–Maravilloso –completó ella, alzando la cabeza y mirándolo de nuevo.

–Sí lo ha sido, ¿verdad?

–Monsieur Keenan. *Je vais fermer le magasin dans cinq minutes* –retumbó escaleras abajo la voz del librero.

–El pobre Monsieur Gaillard quiere cerrar la librería… de nuevo –comunicó Daniel, ligeramente avergonzado.

Katja le devolvió su mirada de apuro mientras abría el bolso y, con ayuda del espejo de su polvera, comprobaba que aquel beso no le hubiera dejado ninguna señal evidente en los labios.

–Estás perfecta –le dijo él, recogiendo la linterna y extendiendo su mano hacia la de ella. Katja estaba a punto de tomársela, cuando, de repente, le vino algo a la cabeza.

–Espera –le pidió–. Deberíamos comprar algo.

Cogió el primer libro que encontró sobre el montón más cercano y se adelantó a Daniel, avanzando escaleras arriba.

–*Entonses*, ya han acabado de *hojeag* –comentó Monsieur Gaillard con ironía.

–Ya estamos, gracias –contestó Daniel–. Y ahora nos gustaría comprar. Se volvió hacia Katja, que le pasó el libro que había cogido a toda prisa.

El viejo examinó el título y arqueó una ceja.

–*Integuesante elecsión* –observó.

Daniel le pagó cinco francos, pero, solo cuando Monsieur Gaillard se lo devolvió y tuvo ocasión de mirar la cubierta, comprendió por qué el librero había quedado algo impactado.

Katja esperó a que ambos hubieran salido de la tienda y a que la puerta se cerrara tras ellos para preguntarle por qué el librero había levantado las cejas de aquel modo al ver el libro elegido.

Daniel rio con ganas –algo que no le había visto hacer antes– al mostrarle el título.

–*Madame Bovary* –leyó ella–. *Madame Bovary*. ¿Su autor no fue...?

Daniel asintió:

–Sí, al pobre Flaubert lo juzgaron por obscenidad.

–No me extraña que tu Monsieur Gaillard pusiera esa cara.

–A mí tampoco me extraña –replicó Daniel, riendo y acercándola bruscamente hasta él.

Ella no quería que aquella noche llegara a su fin, pero sabía que lo haría. Mientras proseguían su paseo cogidos del brazo por el Quai de la Tournelle, Katja creyó que iba a estallar de felicidad. Estaba en la Ciudad de la Luz y, adondequiera que mirara, se respiraba amor. Donde antes tan solo veía espías en cada esquina, ahora veía amantes besándose en los bancos o paseando de la mano. Y aquella noche, después de tanto anhelar ella que sus sentimientos fueran correspondidos, finalmente había logrado unirlos. De pronto, los peligros que le aguardaban durante los próximos días le parecían soportables, porque ya no se enfrentaba sola a ellos.

Capítulo 39

Hamburgo

Ute estaba a punto de bajar las persianas aquella noche, cuando vio el coche que aparcaba delante de la casa adosada de los Viktor. Era un coche oficial con los cristales tintados, del tipo que solía utilizar la Gestapo. Nerviosa, se dirigió al espejo más cercano para asegurarse de que su cabello y su cofia estaban presentables, y luego escuchó cómo las puertas del coche se cerraban de un golpe y unos pasos se encaminaban hacia la puerta. Llamaron ruidosamente. Tres miembros de la Gestapo estaban ante ella.

–Venimos a buscar al doctor Viktor –anunció el oficial.

La criada, atónita, no tuvo ocasión de pedirles que esperaran en el recibidor porque simplemente se abalanzaron al interior.

–¿Quién...? –La voz de Frau Viktor la precedía desde el salón, pero tan pronto como salió al vestíbulo y vio a los miembros de la Gestapo, se quedó sin habla.

–Frau Viktor –la saludó el oficial al modo nazi antes de quitarse la gorra. Tras ponérsela bajo el brazo, anunció–: Queremos hablar con su marido.

Gerda Viktor se buscó con los dedos la cruz de oro que le colgaba del flácido cuello, como suplicando en silencio protección divina.

–Sí. Sí, por supuesto –repitió vacilante–. Ute, ve a buscar al señor –ordenó a la asustada muchacha, que rondaba por la entrada.

Confiando en que Ute no podría escucharla, Gerda se inclinó hacia el oficial y le dijo en voz baja:

–¿Esto es por...? –Era incapaz de mencionar el supuesto delito sexual de su marido.

–No se me permite hablar de tales asuntos –le respondió, justo cuando Ernst Viktor aparecía en el descansillo superior.

Empezó a bajar las escaleras con parsimonia. Conforme avanzaba, pudo ver que se trataba del mismo oficial que había registrado su despacho en la clínica. No se dirigió a él hasta haber alcanzado el piso de abajo.

–¿Sí? –Conservaba templanza en su voz, pero su expresión era de perplejidad–. ¿Hay algún problema?

El oficial le clavó una fría mirada.

–Ernst Viktor, tiene que acompañarnos al cuartel general para ser interrogado.

El doctor negó con la cabeza.

–Debe de haber algún error. Estoy a la espera de un juicio, como sabe. Es un asunto de la universidad. –Pero sus palabras tan solo parecían empeorar la situación.

–¡Tengo órdenes! –le gritó.

No había posibilidad de discusión.

Viktor se dirigió a su esposa, en cuyo rostro había una mezcla de desprecio y repugnancia, pero no le dijo nada. Simplemente cogió su abrigo y su sombrero de manos de una agitada Ute, que estaba al borde las lágrimas.

–Estoy listo –le dijo al oficial y, escoltado por dos hombres armados, se llevaron a Viktor de su hogar y lo metieron en el coche de la Gestapo, donde lo esperaban.

Capítulo 40

París

C uando despertó a la mañana siguiente y recordó el beso de Daniel, Katja creyó que había estado soñando. ¿Finalmente él había logrado dar el gran paso y le había confiado su corazón roto? ¿La había elegido a ella para repararlo? De pronto, su borrosa visión se posó sobre el ejemplar de *Madame Bovary*, de Gustave Flaubert, y supo que había ocurrido de verdad. Desperezándose lentamente, recordó la extraña y maravillosa agitación que sintió en algún lugar de su interior cuando él la tuvo entre sus brazos.

Fuera amenazaba con llover, pero todo el mundo estaba con ánimo festivo esperando la celebración del *quatorze juillet*, que conmemoraba la toma de la Bastilla durante la Revolución francesa. Luego irían a la montaña o a la playa durante sus vacaciones pagadas, gracias a aquella nueva ley que había hecho más felices a los trabajadores. Según Sylvia, muchos llevarían consigo el nuevo *best seller* de los Estados Unidos: *Autant en emporte le vent*.

—*Lo que el viento se llevó* —dijo Katja, entrando en la tienda poco después de desayunar.

En el escaparate había apilados numerosos ejemplares del libro.

–¿A los nazis este tampoco les gusta, verdad? –comentó Sylvia, mientras arreglaba el escaparate.

–No –contestó Katja–. Dicen que solo trata de individualismo y de seguir adelante a pesar de las dificultades.

–Justamente lo opuesto a lo que preconizan –recalcó Sylvia de rodillas e intentando alcanzar una esquina alejada para recolocar un ejemplar que se había caído.

–Sí –convino Katja.

–Bueno, yo antes me iría con Rhett Butler que con Adolf Hitler, sin duda –contestó Sylvia, antes de añadir riendo–, si encontrara atractivo al sexo opuesto, claro está.

Katja sonrió, pero siguió mirando los estantes. Estaba como si no encontrara su lugar. El asaltante del doctor Viktor seguía suelto, y ella no se sentía segura yendo sola por las calles; pero allí dentro, entre aquellas cuatro paredes de la librería, la invadía un sentimiento de inutilidad.

–Es una lástima que vuestra reunión haya sido aplazada –dijo Sylvia, abandonando el escaparate y alisándose la falda.

Katja le había explicado que necesitaba quedarse dos noches más, y la librera , muy amablemente, no le puso ningún impedimento.

–La verdad es que me iría bien un poco de ayuda –le comentó–. Especialmente con el servicio de préstamo de libros en la biblioteca. Le mostraré cómo funciona si le parece bien.

–Me encantaría –contestó Katja, repentinamente de mejor humor.

Durante el resto del día, Katja se ocupó de la sala más pequeña, contigua a la parte principal de la librería, devolviendo a sus estantes los libros que habían sido cogidos en préstamo y anotando los que se llevaban los usuarios de la biblioteca. El tiempo pasaba despacio, pero al menos se sentía segura en el refugio de Shakespeare and Company.

Hacia las seis de la tarde Sylvia entró en la sección de préstamo. Durante la última hora nadie había pasado por allí.

—Creo que podría dejarlo ya por hoy —le sugirió a Katja.

Pero apenas hubo pronunciado aquellas palabras, sonó la campanilla de la puerta. Sylvia puso los ojos en blanco.

—Siempre lo mismo —dijo, volviendo sobre sus pasos.

Un momento más tarde regresó con una amplia sonrisa impresa en el rostro, y Daniel justo detrás de ella.

—Ningún visitante de París debería pasar una sola noche encerrado. ¡La ciudad entera nos llama! —exclamó él.

—Pero yo...

Katja miró a Sylvia como pidiéndole permiso en silencio para salir de noche.

—No estaría bien dejar esperando a un guía tan guapo. ¡Venga, largo! —le dijo, señalando hacia la puerta de entrada.

Katja recogió su chaqueta en el vestíbulo interior y se contempló en el espejo. Sus ojos brillaban y su piel estaba reluciente. De repente sintió que podía comerse el mundo.

—¿Nos vamos? —dijo Daniel ofreciéndole el brazo, mientras se adentraban en la noche parisina.

Cruzaron el Sena hacia Notre-Dame, y Katja quedó maravillada ante su arquitectura y las numerosas esculturas, incluidas las famosas gárgolas que ahuyentaban a los malos espíritus.

—¿Es magnífica, verdad? —dijo Daniel, admirando las torres—. E inmortal. Victor Hugo debió de haberse parado aquí mismo para contemplarla cuando se le ocurrió el personaje de Quasimodo.

Aquella idea la entusiasmó. Daniel vio la emoción en sus ojos y la acercó hasta él para besarla en la cabeza. Pero, justo en aquel instante, a Katja le pareció ver a alguien –un hombre que llevaba un *trilby*– cerca de la puerta principal de la catedral. Ella se giró.

–¿Qué ha pasado? –preguntó Daniel, bajando la mirada hacia ella y viendo que fruncía el ceño.

–Ese hombre.

–¿Qué hombre? –preguntó, recorriendo con los ojos toda la fachada de la catedral.

Cuando Katja volvió a mirar, el hombre ya no estaba. Daniel la estrechó entre sus brazos.

–Estás nerviosa. Lo comprendo. Venga, vamos a comer algo.

Se decidieron por un pequeño bistró, oculto en una callejuela lateral, donde eran los únicos comensales, y tomaron asiento en un lugar desde el que podían ver quién entraba y salía. Tras una copa de vino, Katja sintió que sus nervios cedían.

–Aquí estás segura –le dijo Daniel, extendiendo el brazo sobre la mesa para coger su mano. El recuerdo del doctor Viktor tras sufrir el ataque empezaba a desvanecerse en su mente, pero Daniel sabía que su ansiedad permanecía ahí dentro–. He estado pensando acerca del doctor –le soltó de repente.

Katja dejó la copa sobre la mesa.

–¿Sí?

Katja ya le había hablado acerca de la falsa acusación de mala conducta grave que la implicaba a ella misma y a la esposa del Kommodore Flebert. Para Katja, era evidente que el Kommodore había maquinado aquel incidente y había obligado a su mujer a actuar como lo había hecho. El doctor Viktor le había contado que Frau Flebert llegó a excusarse más tarde, culpando a su marido de haberla obligado a aquello.

Daniel asintió:

—Está claro que el doctor está en serios problemas.

Katja se mostró de acuerdo. Por lo que sabía, la audiencia sobre su supuesta mala conducta solo podía terminar de una manera posible. Su memoria la devolvió a la ceremonia de recepción por la botadura del Bismarck, y un dedo señaló a un hombre. Adolf Hitler.

—¿Y si el doctor Viktor consiguiera un visado para viajar a los Estados Unidos?

—¿Un visado? —repitió Katja.

Aquellas palabras se colaron entre sus pensamientos inquietos.

—Le facilitaría mucho la vida —prosiguió Daniel.

Era una propuesta muy tentadora, pero a todas luces inverosímil. Pero entonces Katja recordó al doctor Wilhelm Reich, el profesor antifascista. Los estadounidenses le habían conseguido uno, así que... ¿por qué no al doctor Viktor?

—¿Podrías conseguirlo? —le preguntó ella.

Daniel asintió:

—Mi jefe podría mover unos cuantos hilos. Acude a fiestas en la embajada y es colega del nuevo embajador. Si el doctor Viktor dispone de información valiosa, entonces no debería ser muy complicado convencerlos.

—Eso sería maravilloso —contestó Katja. Sus pensamientos toparon con el inconveniente de Frau Viktor, aunque no creía que el doctor tuviera dudas sobre abandonar a su mujer—. Se lo propondré —dijo, antes de recordar que la comunicación con él era imposible mientras estuviera confinado en su casa.

—Bien —repuso Daniel con una sonrisa—. Entonces, en el supuesto de que Patterson diga que sí mañana, podré empezar a mover ficha.

«Mañana». Katja sintió que se le removía el estómago.

—¿Y crees que dirá que sí?

—Lo creo, sí —respondió él—. Parecía seguro la última vez que hablamos. —Alzó su copa de vino, todavía medio llena, y brindó—. ¡Por el día de mañana! —dijo, mirándola profundamente a los ojos mientras ella también alzaba su copa.

—¡Por el día de mañana! —repitió ella, sintiendo los retortijones de nuevo.

Capítulo 41

La mañana de la reunión en *The Parisian* llegó al fin. Juntos, Katja y Daniel subieron en el ascensor hasta la sala de prensa. Con su recién hallada intimidad habían recuperado la sensación de tener un propósito, un rumbo en la vida. Aquella misión la acometerían juntos.

Con la sombrerera entre sus manos, que contenía el texto mecanografiado, Katja siguió a Daniel, que la guiaba entre las innumerables y ruidosas máquinas de escribir. Él anunció a Peggy su llegada. Esta vez no hubo excusas. Chuck Patterson estaba a la vista, encorvado sobre la mesa en su cubículo de cristal, pero antes incluso de que los invitaran a pasar, Katja pudo leer en la expresión del director que algo no iba bien. Su rostro se retorcía en una mueca mientras hablaba por teléfono. Cuando colgó el auricular, siguió contemplándolo, inmerso en sus pensamientos.

–Buenos días, jefe –lo saludó Daniel.

Patterson alzó los ojos y, al ver a Katja, se puso en pie inclinándose sobre el escritorio para estrecharle la mano. Señaló las sillas que tenía delante.

–Lamento lo del otro día –se disculpó–. Cuando el embajador dice «salta», toca saltar –se encogió de hombros–, o jugar al golf, como fue el caso. Pero... bueno. –Volvió a tomar asiento, con las manos entrelazadas–. ¿Algo de beber? ¿Un café, Fräulein Heinz?

Se estaba andando con rodeos. Katja lo notó.

—No, gracias —le respondió ella.

Si tenía malas noticias, quería terminar lo antes posible.

Patterson hizo de nuevo una mueca.

—Voy a hablarle con franqueza —dijo, golpeando repentinamente el escritorio con la palma de la mano—. Sus valiosas notas médicas, Fräulein Heinz, creo que no llegarán a ninguna parte.

Señaló hacia el pequeño montón de páginas que tenía delante.

Katja sintió un escalofrío.

—Espera un segundo —irrumpió Daniel—. Tan solo has leído los tres primeros capítulos. Aquí tenemos el resto —dijo malhumorado mientras Katja dejaba la carpeta sobre el escritorio.

—¡Corcho! Ya sabes que me leí lo que me diste —respondió Patterson, gesticulando con la mano—. Estaba convencido de publicarlo por entregas, pero luego... —retrocedió en su asiento, suspirando exasperado y apuntando hacia el teléfono— luego recibí una llamada del director de *La Nouvelle Revue Française*.

—¿Y? —dijo Daniel, sabiendo que era una publicación muy respetada, con una tirada cien veces superior a la de *The Parisian*.

—Y... Yendo al grano, lo han amenazado con una demanda judicial por parte del Ministerio de Asuntos Exteriores de Francia si llega a publicar algún artículo desfavorable a Hitler o a Mussolini. Por lo tanto, tampoco vacilarían en amenazarnos a nosotros.

Katja tardó un instante en digerir aquella noticia, pero Daniel se lanzó al ataque.

—¿Pero qué estás diciendo, Chuck? —soltó, sabiendo exactamente cuál sería la respuesta.

Patterson se frotó la mandíbula y miró a Katja.

—Estoy diciendo que no puedo publicar el contenido de esta carpeta, Fräulein Heinz —afirmó, señalando las notas médicas—, porque, si lo hago, el Gobierno francés se me echará encima y podría acabar en la cárcel.

Daniel golpeó el escritorio con el puño, haciendo saltar del susto a Katja. La ira que ella había visto en él anteriormente se hizo presente de nuevo.

—Pero sabes que Hitler es un dictador, que está totalmente resuelto a declarar una guerra.

Patterson hizo un gesto con ambas manos, como si se rindiera.

—Lo sé. Lo sé. Pero tú sabes también que el ministro de Asuntos Exteriores es un contemporizador, y, si te digo la verdad, también lo son muchos franceses. Quieren una vida tranquila, y, después de lo que pasó en 1914, ¿quién puede culparlos?

—¿De modo que ya está? —intervino Katja con brusquedad.

Patterson asintió, mirándola:

—Me temo que sí, Fräulein Heinz. Tengo las manos atadas en esto.

Katja hizo tremendos esfuerzos para no seguir el ejemplo de Daniel y empezar a descargar los puños contra el escritorio. Quería protestar contra lo injusta que era aquella situación. Quería gritar una advertencia, y no solamente para aquella oficina, sino para toda Francia, sobre el futuro que les aguardaba si no actuaban contra Hitler antes de que fuera demasiado tarde. Pero no lo hizo. En lugar de ello, contuvo su furia, se volvió al director y simplemente le dijo:

–En ese caso, no hay nada más que añadir. Gracias por su tiempo, Mister Patterson. –Se levantó–. Adiós.

Cogió las páginas del escritorio y, con la cabeza muy alta, abandonó el cubículo de cristal. Daniel, también reprimiendo el impulso de seguir descargando bilis, le dedicó una mirada furiosa a su jefe y siguió a Katja por la oficina principal, observados por una docena de pares de ojos curiosos.

Katja esperó a estar en la calle para dar rienda suelta a su rabia, sin importarle quién pudiera oírla.

–¿Qué voy a hacer ahora? He fracasado. ¿Qué voy a decirle al doctor Viktor?

–Lo siento mucho –murmuró Daniel, cogiéndola del brazo y atrayéndola suavemente hacia él–. No es culpa tuya. Debí haberlo imaginado. –Pero sus palabras poco hicieron para tranquilizarla–. Pero bueno –dijo para calmarla mientras la abrazaba, sintiendo su cuerpo temblar de furia–, nada será en vano. Todavía podemos advertir al mundo acerca de Hitler. Tan solo debemos encontrar otro medio que lo publique.

Ella lo miró como si nunca se le hubiera ocurrido tal cosa antes.

–¿Otro medio?

–Sí, habrá alguien lo bastante valiente para hacerlo. Tan solo debemos encontrarlo.

Katja se tragó de nuevo la cólera que sentía.

–¿Crees que habrá alguien así? ¿En París? –preguntó–. ¿Crees que alguien correría ese riesgo aunque pudiera terminar arrestado?

–Hay personas valientes en Francia, y las voy a localizar –le dijo él con tanta seguridad que, por un instante, cualquier recelo que pudiera tener acabó por esfumarse.

Pero entonces Katja pensó en el incierto destino del doctor Viktor y en cómo la responsabilidad había pasado a recaer directamente sobre sus hombros. Y las dudas comenzaron a acecharla de nuevo.

–Volvamos con Sylvia –sugirió Daniel–. Allí podremos hablar en privado.

Él le tendió la mano y ella se la aceptó. Juntos anduvieron bajo el sol de finales de primavera, de regreso a la Rue de l'Odéon. En torno a Katja, París latía tan fuerte y vibrante como siempre. Su propio corazón, en cambio, era ahora de plomo. Apenas unas horas antes lo había sentido ligero como una pluma. Casi había olvidado lo que era la felicidad hasta que Daniel llegó a su vida. Ahora, tras la negativa del director a publicar, el hecho de saber que él estaba allí para ella le daba coraje para seguir adelante.

El sonido de la campanilla sobre la puerta de Shakespeare and Company alertó a Sylvia de su inesperada visita. Katja le había dicho que no volverían hasta media tarde. Al ver la sombría expresión en sus rostros, abandonó el mostrador para atenderlos, frunciendo el ceño, sospechando que algo se había torcido.

–¿Qué ocurre? –preguntó, con los ojos pasando de Daniel a Katja y viceversa–. ¿Qué pasa?

Daniel buscó rápidamente una excusa.

–El editor ha rechazado el manuscrito. Fräulein Heinz no tiene motivos para seguir –contestó poco convincente.

La pequeña boca de Sylvia se abrió antes de dirigirse a Katja con unas palabras llenas de franqueza:

–Lo siento mucho, ¿pero volverá a intentarlo con otros, verdad?

Al ver que Katja no estaba de humor para inventar excusas, Daniel volvió a la carga.

–Claro, pero de momento no –dijo él, encogiéndose de hombros.

Katja logró simular serenidad.

–Yo también lo siento, Sylvia, pero ahora tengo que recoger mis cosas –explicó.

–Por supuesto, por supuesto –contestó la librera, mientras un cliente entraba por la puerta–. Madame Duprés te dejará pasar –le dijo, señalando el piso de arriba.

Inusualmente despierta, Madame Duprés hizo lo que le pidieron y los dejó entrar a ambos al apartamento para recoger las cosas de Katja. Cuando la puerta se cerró y se encontraron a solas, Daniel tomó el rostro de ella entre sus manos y la besó prolongadamente una vez más. Aquella era la confirmación de que él la necesitaba tanto como ella a él. Envolviéndolo en sus brazos, lo acercó más a ella. Cuando se separaron, él sonrió con dulzura.

–Sabía que no tendría otra oportunidad –le dijo, mirándola fijamente a los ojos–. Patterson me espera esta tarde para trabajar.

Ella le acarició la mano, que seguía sobre su mejilla.

–¿Cuándo nos volveremos a ver? –preguntó Katja, con lágrimas que amenazaban con derramarse una vez más.

–Pronto –trató de tranquilizarla, aunque ninguno de los dos podía saber cuándo ocurriría eso–. Y, mientras tanto, te escribiré. –La cogió de la mano y le besó suavemente la muñeca–. Y haré todo lo que pueda por encontrar a alguien que lo publique.

Se tocó el bolsillo, donde guardaba doblados los primeros capítulos del cuaderno.

Con el resto de la transcripción de nuevo en la sombrerera y tras despedirse de Sylvia, Katja abandonó la librería con Daniel para parar un taxi en la esquina de la Rue de l'Odéon.

–Adiós –le dijo ella, con la voz quebrada, cuando un taxi se detuvo.

–Adiós no. *À bientôt*, ¿recuerdas? Suena mucho mejor –respondió él.

Katja sonrió ante aquel comentario.

–Sí, *à bientôt* –repitió mientras Daniel le abría la puerta del taxi y ella se acomodaba en el asiento de atrás–. A Gare de l'Est –ordenó al conductor.

Cuando el motor se puso en marcha, Sylvia salió de la librería.

–*Bon voyage*, Katja –gritó, despidiéndose con la mano.

Katja le devolvió el gesto con escaso entusiasmo mientras trataba de contener las lágrimas. No quería llorar hasta encontrarse lejos de Daniel, porque, a pesar de lo que le había dicho, tenía la horrible sensación de que, tras haber encontrado el amor por primera vez, aquella partida significaba que lo perdía para siempre.

Capítulo 42

Hamburgo

Ernst Viktor temblaba en una celda fría y sin ventana. Un banco de metal estaba atornillado a la pared y había un cubo para las heces, pero no tenía ni una sola manta. Varias veces había escuchado pisadas de botas marcando el paso por el pasillo, y el chirrido de las puertas de las celdas al abrirse y cerrarse. Había también otros sonidos: hombres que gemían o lloraban, y una vez sintió un grito aterrador, seguido de un silencio todavía más aterrador.

Cuando llegó al cuartel general de la Gestapo, se dijo a sí mismo que su interrogatorio sería una formalidad y que pronto podría volver a su casa. El oficial, al fin y al cabo, había sido bastante cortés. No lo maltrataron. No hubo violencia. Eso, veinticuatro horas antes. Y, en ese lapso de tiempo, apenas había comido y no había dormido nada. Supuso que sus captores estaban jugando con él. Él, como se recordaba a sí mismo, era psiquiatra. La mente de un hombre a menudo es sugestionable y maleable. Se pueden grabar en ella pensamientos –como lo había demostrado, a su costa, con Hitler–, del mismo modo que pueden borrarse; pueden implantarse ideas en ella, así como pueden corromperse; es posible, además, extraer las respuestas a las preguntas que interesan sin que el sujeto sea consciente de ello. Pero, si querían jugar, él les llevaría ventaja, sin duda. Siempre sabría estar un paso por delante de ellos, porque conocería sus tácticas, ¿o no?

Entonces suspiró profundamente. «¿A quién estoy tratando de engañar? —se dijo—. A mí mismo solamente». No estaba temblando de frío, sino de miedo. Con cada hora que le hacían esperar allí solo, su temor aumentaba.

Para distraerse, centró su mente en Katja. Confiaba en ella sin reservas, pero sabía que le había pedido demasiado. Aun así, como su difunto padre, se estaba jugando la vida por sus principios, por el cuaderno. ¡Era tan fuerte, tan lista y valiente! Dudaba que la pobre Leisel hubiera actuado del mismo modo ante aquella adversidad. El nombre de la chica muerta aparecería seguramente durante el interrogatorio. ¿Qué la habría conducido a la muerte? ¿Quién le habría dado las pastillas? Por otro lado, alguien le había colocado a él, entre sus cosas, el bolígrafo con la inscripción incriminatoria. Y ahí estaba de nuevo, sumido en el fango de la desesperación. Ahora todas sus esperanzas estaban con Katja en París.

*

Katja se alegró de tener el vagón para ella sola durante buena parte del viaje de regreso a Hamburgo. La sombrerera con la carpeta podría permanecer en el estante de enfrente hasta el momento en que pensara dormirse, entonces la bajaría y la pondría junto a ella. Al principio la acompañaron un sacerdote y dos monjas, pero desembarcaron antes de cruzar la frontera. Fue entonces cuando, a solas con sus pensamientos y un pesado dolor en el corazón, sus lágrimas volvieron a derramarse libremente una vez más. Cuando por fin logró dormirse unas tres horas, soñó con Daniel. Caminaban juntos por el Sena, hojeando libros en los puestos, tal como habían hecho aquel maravilloso día de primavera en el que ella se había enamorado tan desesperadamente de él, del modo en que podía mostrarse vulnerable ante ella y a continuación hacerla reír con una sola frase, de la forma en que su sonrisa lograba derretir todo su pesar. Pero, al despertar con la luz del sol en las tierras bajas de Bélgica, su corazón no tardó en hundirse al recordar que cientos de kilómetros la separaban ya del hombre al que amaba.

Cuando el tren volvió a detenerse, ya estaba en Alemania. Una anciana subió y compartió el vagón con ella. Con sus hombros redondeados y su delgada complexión, que parecía que fuera a romperse con una fuerte ráfaga de viento, le recordó a su madre. Rezaba para que Mutti se las hubiera apañado aquellos últimos días. Tener a Frau Cohen allí, velando por su madre, era un descanso, pero seguía preocupada por su estado de salud. De todos modos, la mera idea de verla de nuevo la reconfortó durante las últimas dos horas de viaje. Finalmente, un poco antes de las ocho de la mañana del sábado, el tren entró en la *Hauptbahnhof* de Hamburgo.

Al ver las conocidas y enormes banderas con la esvástica que engalanaban todo edificio público, el miedo volvió a ella. Se había esfumado en París, cuando tenía a Daniel a su lado. En su compañía, se sentía más valiente. Ahora Katja portaba la sombrerera cerca de su pecho al subir a un tranvía que la llevaría hasta su casa. Si la Gestapo llegaba a subir, como hacían rutinariamente por entonces, en busca de judíos y encontraban la carpeta, la interrogarían y ejecutarían. Aquella idea hizo que le cayeran gotas de sudor por la frente. Un hombre sentado a su lado notó que estaba agitada y la miraba con curiosidad. Fue un recordatorio de que ningún lugar era seguro. Se apeó a la parada siguiente.

Al cabo de cinco minutos ya se encontraba en la Müggenkampstrasse, y hasta su maleta le pareció más ligera con el simple contacto de la calle. Aunque sabía que habían estado cuidando de ella, se moría de ganas de ver a su madre.

Al llegar a su rellano, Katja se detuvo para recobrar el aliento antes de buscar la llave. Pero, cuando giró la cabeza a la izquierda, hacia el apartamento de Frau Cohen, dejó escapar un grito ahogado. Alguien había embadurnado la puerta con una estrella de David en color azul, con la palabra *«Juden»* escrita debajo.

Cruzando el rellano, Katja golpeó su puerta.

—¡Frau Cohen! —gritó—. Soy Katja, ¿está bien?

No hubo respuesta. Probó con el pomo de la puerta, y esta se abrió.

—¡Frau Cohen! —la volvió a llamar, corriendo por el pasillo, buscando por todas las habitaciones.

No había ni rastro de su anciana vecina, tan solo una bufanda y una única media sobre el suelo de su cuarto, así como armarios y cajones abiertos, como si hubiera huido a toda prisa. ¿Se habría ido por miedo o tal vez la habían obligado a hacerlo? Katja no tenía ni idea, pero esperaba que Mutti pudiera arrojar algo de luz sobre lo que había sucedido. Corrió de nuevo al rellano, hacia su apartamento, y abrió la puerta con manos temblorosas.

—¡Mutti, Mutti! He vuelto —la llamó, dejando las maletas en el suelo y apresurándose hacia el salón.

Asustadas al oír su voz, la docena de palomas o más que había en el balcón aletearon frenéticas y levantaron el vuelo.

Una corriente de aire familiar le golpeó el rostro, y sintió alivio al pensar que su madre estaría allí fuera. En efecto. Los postigos estaban abiertos y las palomas seguían sobre la baranda del balcón, como siempre; pero Hilde no estaba con ellas. Avanzando por la sala, finalmente la vio, sentada en su sillón favorito, de cara a las contraventanas. Tenía los ojos cerrados, pero su boca estaba abierta del todo. Katja sonrió y posó una mano cariñosa sobre ella para despertarla.

—Mutti, estoy en casa. —Pero no obtuvo respuesta—. ¿Mutti? —Se arrodilló junto a ella. Sintió entonces pánico en su voz. Un bote vacío de pastillas y una botella medio llena de *Schnapps* se encontraban sobre la mesa. Se abalanzó sobre su madre, la agarró por los hombros y la sacudió—. ¡No, Mutti, no!

Intentó buscarle el pulso en el cuello, pero la piel de su madre estaba fría como los azulejos de cerámica del horno y tan pálida como las tallas de marfil. Tras haber comprendido lo que había sucedido, llegaron las lágrimas. Brotaron mientras se echaba al lado de su madre en el sofá, atrayendo su frágil cuerpo al suyo, en un trágico y último abrazo.

—Sabías que volvería, ¿verdad, Mutti? Nunca te he abandonado. ¿Cómo pudiste pensar que lo haría, Mutti? ¿Cómo? —preguntó una y otra vez, acunando a su madre entre sus brazos.

La mecía de un lado a otro como si fuera un bebé y, mientras lo hacía, su sentimiento de culpa resurgió. Nunca debió haber aceptado ir a París con la transcripción. Siempre había albergado dudas sobre los plazos de entrega. Y, en lo más profundo de su corazón, sabía que el no haberle podido enviar un mensaje a su madre había sido el último clavo en su ataúd. Hilde se había sentido abandonada por la única persona en la que podía confiar, en un mundo donde la maldad y la fealdad la asediaban. Sus únicos consuelos habían sido su hija y las palomas. Y su hija la había abandonado. «Si no me hubiera ido a París para entregar la transcripción –se decía Katja–, Mutti seguiría viva».

Se levantó del sofá y recorrió el pasillo hasta el lugar donde había dejado su equipaje. Miró con dureza la sombrerera y, de repente, no sintió más que odio por lo que contenía. Aquello no podía permanecer en el apartamento ni un segundo más de lo necesario. Como uno de los talismanes chamánicos que su padre solía traer de sus viajes por África, el contenido de aquella carpeta había tomado vida propia, como si el propio Hitler le hubiera lanzado una maldición. De pronto se convirtió en el foco de su rabia y su dolor. Así que, agachándose, abrió la sombrerera y sacó la carpeta para arrojarla al pasillo con sumo disgusto. Las páginas acabaron dispersas unos pocos metros más allá. Aquello era pura maldad. Había conducido a la muerte de su madre. La carpeta no podía permanecer en su apartamento ni un solo día más. La quería fuera de su casa y fuera de su vida.

*

El doctor Spier certificó la muerte de Hilde. También dijo que se encargaría de llevarse el cuerpo y de las preparaciones de su entierro. Había confirmado que se había quitado la vida. Al fin y al cabo, no era la primera vez que lo intentaba.

–Gracias, doctor –dijo Katja, mostrándole la puerta. Al abrirla, la estrella azul de enfrente le hizo pensar en Frau Cohen–. ¿Sabe qué pasó? –le preguntó, conocedora de que su vecina también había sido paciente del doctor Spier en el pasado.

Él se encogió de hombros con indiferencia.

–Han estado haciendo redadas de judíos durante las últimas semanas. Los mandan a Neuengamme –le explicó de la misma manera en que un maestro le diría a un padre que su hijo iría de excursión con la escuela.

A él le parecía algo insustancial, pero Katja comprendía su significado. El año anterior habían construido un campo de trabajo cerca de allí. Nadie hablaba sobre ello, pero Katja supo que el destino de Frau Cohen estaba prácticamente sellado.

*

Aquel mismo día, algo más tarde, una vez que los sepultureros se llevaron el cuerpo de su madre, Katja supo lo que tenía que hacer. La carpeta debía ir a parar a casa del doctor Viktor. Estaba maldita. Era tabú. Después de lo que le había sucedido a la pobre de Frau Cohen, estaría más segura en casa del doctor que en la suya propia. Al menos, así lo creía ella.

Cogiendo la sombrerera, con la transcripción en su interior, Katja subió al tranvía que la llevaría a la casa de los Viktor ya al anochecer. Dentro había depositado también una nota de su puño y letra, explicando todo lo que había sucedido en París. En ella intentaba transmitirle al doctor el optimismo de Daniel, asegurándole que aquel no era el final de la misión. Todo seguiría adelante, pero sin ella. Su madre había muerto, y ella se sentía responsable. Había también otras vías que el doctor podía explorar para llamar la atención del mundo libre hacia la peligrosa manía de Hitler. «Pero a partir de ahora lamento decirle que no deseo formar parte de esto nunca más», dejó escrito.

Las persianas de la casa estaban cerradas, pero un fuego ardía en el salón principal. Había alguien dentro, aunque, en esta ocasión, Katja usaría la puerta de servicio. Bajando los empinados escalones que conducían al sótano, llamó suavemente a la puerta. No hubo respuesta. Yendo a su derecha, miró a través de una reja hacia la cocina y vio a Ute atizando el fuego. Volvió a llamar, ahora más fuerte. Segundos más tarde, cuando Ute salió a la puerta, abrió los ojos como platos por la sorpresa de ver a Katja, pero se dispuso a cerrarle la puerta en las narices.

–Ute, por favor –le rogó, cruzando rápidamente el umbral. Apoyada en la jamba de la puerta, le susurró–: Tienes que ayudarme.

–Yo... no... Yo... Frau...

Nerviosa, la criada miró hacia atrás, como si esperara que la señora pudiera aparecer en cualquier momento.

–Simplemente trata de dejar esto en el estudio del doctor Viktor. Él sabrá lo que es –le dijo, sacando el paquete de la sombrerera y entregándoselo a ella–. Por favor, Ute –agregó, empujándolo bajo las narices de la criada–. Para el doctor Viktor. Lo llamaré lo antes posible.

Otra mirada por encima del hombro convenció a la criada de que seguían solas.

–Pero el doctor... –empezó a decir con el ceño fruncido cuando, de repente, oyeron una voz.

–¡Ute, Ute! ¿Eres tú? ¿Hay alguien contigo?

La criada se tensó y luego cogió el paquete de manos de Katja.

–*Nein, meine Herrin* –gritó en dirección a Frau Viktor, y luego volvió a mirar a Katja–. Ahora vete.

–Gracias –pronunció Katja, juntando las palmas de sus

manos y abandonando la cocina a toda prisa para volver a subir las escaleras y salir a salvo a la calle.

Se sentía bien tras deshacerse de aquella carpeta, como si se hubiera deshecho de un conjuro, pero, al mismo tiempo, se sentía mal. Acababa de devolverle el cáliz envenenado al doctor Ernst Viktor, maldiciendo el día en que había aceptado ayudarlo.

Capítulo 43

El tiempo se había detenido en torno a Ernst Viktor. Sin luz natural en su celda, no tenía ni idea de si era de día o de noche. Todo cuanto sabía era que podía oír el eco de unos pasos recorriendo el pasillo y que acababan de detenerse ante su puerta. Esta se abrió con un estruendo.

—¡En pie! —gritó el guardia.

Él se levantó con dificultad, y, tras ser esposado, lo empujaron hacia el pasillo y lo llevaron por un tramo de escaleras hasta una pequeña habitación. Su mobiliario consistía en una mesa y dos sillas.

—¡Siéntese! —fue la orden.

Una vez solo, Viktor comprendió que iba a ser interrogado. Le preguntarían, sin duda, acerca de su relación con Katja y sobre la esposa del Kommodore Flebert. Estaba claro que también sacarían a relucir el suicidio de Leisel. Pero tenía testigos. Katja, por ejemplo, que no dudaría en testificar en su defensa. Sabía que podía confiar en que daría la cara por él ante aquellos matones. Y, aunque lo intentó, en realidad no se le ocurría nadie más que pudiera hablar en su favor.

Ruidos en el pasillo. El taconeo de unas botas. Un oficial se estaba acercando. La puerta se abrió, y un guardia hizo el saludo nazi, al tiempo que entraba un hombre con uniforme naval de alto rango.

—¡En pie!

La expresión de Viktor no pudo ocultar su consternación.

—¿Le sorprende verme, querido doctor? —dijo el Kommodore Flebert antes de soltar una de sus efusivas carcajadas—. Por favor, tome asiento y... ¡Guardia! —Hizo un gesto hacia el otro lado de la sala—. Quítele las esposas.

Otro guardia arrastró una silla para que Flebert pudiera sentarse frente al doctor. Juntando las manos encima de la mesa, el Kommodore sonrió de oreja a oreja.

—Seguro que le gustaría beber algo, Herr Viktor. Café, tal vez, o *Schnapps*.

—Agua, por favor —contestó Viktor, con los labios resecos.

—Naturalmente. —Flebert chasqueó con los dedos—. Confío en que la Gestapo no haya sido poco hospitalaria. Tienen cierta reputación en ese sentido. En la Kriegsmarine somos mucho más civilizados.

Un vaso de agua apareció de repente sobre la mesa y, mientras Viktor se lo bebía casi de un trago, la puerta se cerró.

—Bien —dijo Flebert—. Ahora podemos empezar a charlar un poco. —Aquello sonó como si estuvieran sentados junto al fuego en un club de caballeros. El doctor empezó a sentirse algo menos turbado—. ¿Sabe por qué está aquí?

Viktor frunció el ceño.

—Entiendo que ha debido de haber algún tipo de malentendido. Me dijeron que mi supuesta —puso énfasis en la palabra «supuesta»— mala conducta era un asunto interno y que sería juzgado por un tribunal, Kommodore —le hizo saber.

Flebert asintió. Parecía actuar de manera razonable.

—Y ese podría seguir siendo el caso.

Viktor se permitió soltar algo de aliento en forma de suspiro. «¿Estará mi antiguo colega proponiendo algún tipo de solución negociada?», se preguntó.

Entonces llegó. Flebert presionó sus dedos contra sus labios, como si estuviera preparando su arma para atacar. Y entonces disparó:

—Ese asunto con mi mujer. —Se inclinó hacia él, con los codos encima de la mesa. Su rancio aliento flotó en el ambiente cuando exhaló—. Ambos sabemos que es una mujer muy sugestionable, propensa a los cambios de humor y a la histeria, algo que, por supuesto, no es raro en su sexo. —Viktor, aunque no estaba de acuerdo, siguió en silencio—. Ella podría, claro está, haberse imaginado aquel desafortunado incidente que asegura que ocurrió en su clínica.

El doctor alzó ambas cejas a la vez, esperando por un instante que el Kommodore estuviera de su parte. Aquella insinuación podía jugar en su favor, sin duda. Intentó aprovechar la ocasión, inclinándose hacia delante con entusiasmo.

—Si me permite que le explique. Como ya he dicho, fue un malentendido. Frau Flebert puede tener ciertos problemas con su recuerdo de los hechos.

Su plan, sin embargo, salió mal.

—¿Está llamando mentirosa a mi mujer, doctor?

Viktor reculó.

—¡No, no, por supuesto que no! —sacudió enérgicamente la cabeza—. Pero puede que haya recibido presiones.

Flebert contraatacó.

—¿Por parte de quién?

Viktor suspiró.

—Tengo enemigos en la clínica, Kommodore. Enemigos profesionales que quieren verme fuera de escena. Los cargos contra mí son falsos. Estoy seguro de que usted sabe, como antiguo compañero oficial de la Marina, que nunca tocaría a su mujer de modo inapropiado.

—Pero hay otros que, sin duda, sí lo han hecho —continuó Flebert.

Su boca era ahora una línea recta en medio de su rostro enrojecido.

—No entiendo —respondió Viktor, intentando disimular que lo comprendía demasiado bien.

Flebert ladeó la cabeza.

—La semana pasada la encontré en la cama con un marino mucho más joven. —Hizo una pausa y a continuación esbozó una tensa sonrisa. Volvió a Viktor—. Ya ha sido despachado, por cierto.

Sintiendo que se le secaba la boca, Viktor bebió lo que le quedaba de agua y vació el vaso, diciéndose a sí mismo que no debía pensar demasiado en el destino del joven marino.

—Pero fue lo que mi mujer me contó luego lo que encontré particularmente interesante —señaló Flebert.

—¿Y bien? —dijo Viktor, recordando asustado el consejo que, medio en broma, le había dado a Frau Flebert.

Ahora parecía que no solo estaba en peligro su carrera profesional.

—Me explicó que fue usted quien la instó a conseguirse un amante para superar su frigidez conmigo. —Su boca se contrajo en una sonrisa—. Está claro que no puede ser cierto. Dígame que se lo inventó, querido doctor.

Viktor pensó rápidamente y soltó una carcajada.

—Como ha dicho usted mismo, su mujer es propensa a cambios de humor, que, a su vez, producen a veces problemas de memoria.

Flebert se acomodó en su asiento.

—Qué alivio escucharlo. Me alegro de que, por lo menos,

hayamos aclarado este tema. –Vio el vaso vacío–. ¿Más agua, doctor?

Viktor negó con la cabeza.

–No, gracias.

El Kommodore asintió entonces y, sin dejar de mirar el vaso, añadió:

–Me temo, sin embargo, que hay algo mucho más urgente. –Su dicción era seca, cortante con cualquier cortesía anterior. Viktor tuvo malos presagios y se removió en su silla–. La última vez que nos vimos fue durante la botadura del Bismarck.

Flebert se humedeció los labios.

Viktor afirmó con la cabeza, preguntándose por el calibre del torpedo que le esperaba.

–El Führer reparó en su presencia, naturalmente.

«Ahí está», pensó Viktor, con su estómago revolviéndose con la sola mención de Hitler. El Kommodore ya había lanzado su torpedo y lo estaba apuntando. Viktor creyó que iba a vomitar.

–Fue un honor volverlo a ver –respondió, recordando la reacción de Hitler durante aquel encuentro y cómo sus demoníacos ojos azules lo habían evitado en lugar de atreverse a mirarlo–. Pero no parecía acordarse de mí.

Flebert echó la cabeza hacia atrás y una risa hueca rebotó por las paredes.

–¿Que no se acordaba de usted? Al contrario. Ciertamente, el Führer dio esa impresión, pero le puedo asegurar que su presencia fue sentida. De hecho, verlo le recordó que es probable que usted tenga en su poder algo que le pertenece.

El torpedo ya estaba a punto. Viktor intentó una acción evasiva, aunque sabía que era en vano.

–¿De verdad? ¿Y qué podría ser?

Acercándose más, Flebert dijo en voz baja:

–¿Por qué fueron usted y su guapa secretaria a Francia?

Viktor le arrojó una mirada de espanto. Todo cobraba sentido ahora. Fue el Kommodore quien mandó sus espías a París y sacó las fotografías.

Flebert movía los hombros a modo de burla silenciosa.

–Ya sabe, el Führer cree que usted tiene algo suyo. Algo muy personal. Y quiere que se lo devuelva.

Un impacto directo.

–No sé de lo que está hablando –dijo Viktor, apartando la cabeza de su inquisidor.

–Vamos, ya lo creo que sí –fue su respuesta. Flebert alzó la muñeca para mirar su reloj–. Hace aproximadamente una hora la Gestapo fue a su casa para efectuar un registro. Deberían estar de vuelta en cualquier momento.

–¿Qué? –Durante un segundo, Viktor se permitió mostrar su enfado, antes de pronunciar con más seguridad–: No encontrarán nada que pertenezca al Führer en mi casa.

Recordó que Katja custodiaba la carpeta. Mientras estuviera en sus manos, junto con el cuaderno original, ambos documentos estarían relativamente a salvo. Y él también.

Llamaron entonces a la puerta.

–Ah, el pelotón de búsqueda ya está aquí –dijo Flebert con aires de suficiencia–. ¡Adelante!

Entró a la celda un oficial de la Gestapo con un paquete de papel marrón. Tras saludar al Kommodore, lo depositó sobre la mesa y luego dio un paso atrás. El paquete estaba claramente abierto.

–Vaya, vaya –dijo Flebert, inclinando la cabeza para inspeccionar el paquete. El precinto estaba roto, pero el Kommodore se acercó a él como si fuera un cirujano, retirando el envoltorio marrón con delicadeza para desvelar la carpeta y, abriéndola, descubrir la primera página del documento.

–¿Pero qué tenemos aquí? –preguntó, leyendo con regocijo las letras a máquina de la cubierta.

Ernst Viktor no respondió, aunque sabía perfectamente lo que acababa de ver Flebert. Su boca estaba tan seca que no podía mediar palabra. Se limitó a mirar fijamente la hoja de papel blanco que había sobre la mesa y en la que Katja había mecanografiado el título, escrito con mayúsculas centradas en fuente Brokenscript y tamaño grande: *Anotaciones y observaciones sobre los graves trastornos mentales de Adolf Hitler.*

También supo entonces que era hombre muerto.

Capítulo 44

Katja pasó el domingo entero ocupada con los preparativos del funeral en la iglesia. Su madre había sido una devota católica, y le dolía profundamente que no pudieran enterrarla en terreno sagrado junto con su marido. Ella se había suicidado, y aquello significaba que no podía reunirse con su amado Reinhart en la otra vida.

La muerte de Hilde no era lo único que la angustiaba aquella mañana de lunes. Volver a la clínica tampoco le resultaría fácil. Debía explicar su ausencia de una semana entera, y el hecho de no haber podido hablar directamente con el doctor Viktor solamente empeoraba las cosas. Tampoco ayudaban demasiado las miradas gélidas e inquisidoras de Fräulein Schauble y del resto del personal. Había salido de la clínica como empleada, pero parecía que volvía como una apestada. ¿Albergaban sospechas de lo que había estado haciendo? ¿O ya lo sabían?

Apenas rozó el pomo de la puerta de su despacho, apareció de pronto el doctor Ulbricht como en una emboscada.

—Fräulein Heinz —la llamó—. A mi despacho, ahora mismo.

Katja sintió una opresión en el pecho. Algo había sucedido durante su ausencia. Ahora estaba frente al escritorio de Ulbricht tratando de no temblar. En vano.

—Siéntese —le ordenó como si fuera un perro—. ¿Ya se ha recuperado?

No sabía si le preocupaba o si estaba siendo sarcástico. Decidió explicarle la verdad.

—Mi madre murió ayer —dijo.

Pronunciar aquellas palabras le causaba dolor. Después del doctor Spier y del sacerdote, Ulbricht era la tercera persona a quien se lo contaba y le resultaba doloroso. Sin embargo, en lugar de acompañarla en su sentimiento, Ulbricht se mostró indiferente.

Recostándose en su sillón, comentó:

—No debería haber dejado sola a una mujer en su situación, ¿no le parece?

Katja le lanzó una mirada horrorizada.

—¿Qué quiere decir?

Él continuó con prepotencia, enarcando las cejas:

—Ciertamente, Fräulein Heinz, usted debería aceptar su responsabilidad por la muerte de su madre. La dejó sola, al fin y al cabo.

Las fuertes palpitaciones que Katja sentía en los oídos le impedían pensar, y por supuesto, escuchar. Mintió cuando dijo que estaba enferma. O, mejor dicho, el doctor Viktor mintió en su nombre. De repente, su mente voló a la fotografía de su padre. Ella había advertido que no estaba en su sitio, al igual que el cuenco de piedras preciosas, que había sido arrancado de su lugar habitual y yacía sobre la mesa. Entonces se dio cuenta.

—Usted fue a mi apartamento a comprobar cómo me encontraba. Visitó a mi madre.

Intentó mantener calma en la voz, a pesar de que pugnaba contra la ola de furia que se le acumulaba en su interior.

Ulbricht asintió. Su voz también era comedida.

—Cuando me fui, estaba desesperada. Creía que usted la había abandonado para siempre.

La rabia que le borbotaba a Katja dentro del pecho estalló al fin y salió a la superficie. Dio un salto.

–¡No! –gritó–. ¿Cómo osa decir eso? Ella sabía que nunca la abandonaría.

–Ah, pero sí lo hizo. ¿O no? –Ulbricht dejó que sus palabras calaran en ella un instante antes de recordarle su poder–. Podría despedirla sin darle ni una sola referencia –le dijo.

Katja se detuvo a pensar, luego se hundió en su silla, aguantando la respiración. Era difícil encontrar trabajo. No podría pagar el alquiler, ni tampoco comer.

–Pero no lo haré si usted hace lo que le digo.

«Ya estamos», pensó ella. La negociación o, mejor dicho, el chantaje. Él tenía las fotografías en su poder. Le pediría que mintiera sobre su relación con el doctor Viktor ante el tribunal a cambio de conservar su trabajo.

–Como ya sabe, al doctor Viktor le espera el viernes una audiencia disciplinaria. Es un hombre de moral disoluta y un filosemita, y no hace falta decir que no será lo único de su sórdido pasado en salir a la luz. Y usted, que es buena por naturaleza, testificará contra él.

Aquello era lo que más temía.

–¿Y si me niego?

Ulbricht respondió con sorna:

–Entonces me encargaré de que usted no pueda volver a trabajar en su vida.

*

Aquella noche Katja volvió a la zona residencial donde vivía el doctor Viktor, pero apenas había dado un par de pasos por la calle arbolada en dirección a su casa cuando se paró en seco. Dos miembros de la Gestapo estaban frente a la puerta. Daniel tenía razón al temer que el doctor estuviera siendo vigilado. Parecía que a la suspensión de su cargo le había seguido el arresto domiciliario. ¿Pero por qué no había dicho nada el doctor Ulbricht? ¿Y por qué se había involucrado ahora la Gestapo? Desconcertada, decidió no interferir tratando de verlo. Estaba a punto de darse la vuelta, pero se detuvo para cerciorarse de que sus ojos no la estaban engañando. Un hombre con uniforme naval salía de la puerta principal. Un hombre alto. Un oficial. Mientras ambos guardias lo saludaban con el brazo en alto, pudo reconocer a la imponente figura que se introducía en una limusina que lo esperaba. Era el Kommodore Flebert, y su presencia en casa de los Viktor solo podía significar una cosa.

El pánico le oprimió el pecho al asimilar lo que acababa de ver. Tal vez Ulbricht no supiera nada acerca de las notas médicas, pero el Kommodore sí. Por eso el doctor Viktor estaba bajo arresto domiciliario. ¿Pero por qué no lo habían detenido? Al fin y al cabo, era culpable de traición, y el Tercer Reich no mostraba piedad alguna con los traidores. Volvió sobre sus pasos y esta vez cogió el tranvía directo a la estación de tren. Al llegar, corrió a una de las cabinas telefónicas del vestíbulo. Con mano temblorosa, descolgó el auricular para hacer una llamada internacional a cobro revertido a París, a las oficinas de *The Parisian*.

—Daniel Keenan al habla —sonó su voz por la línea entrecortada cuando finalmente fueron conectados.

—Ay, Daniel. Gracias a Dios.

—¿Qué ocurre, Katja?

—Acabo de ir a casa del doctor Viktor y allí estaba la Gestapo.

Se hizo una pausa en la línea.

–¿Pero todavía la tienes, verdad?

Katja suspiró profundamente al pensar en la carpeta. El arrepentimiento se había apoderado de ella nada más ver a los guardias ante la puerta del doctor. El arrepentimiento y el miedo.

–Todo se ha acabado, Daniel. ¡La tiene él! Cuando regresé de París, me dirigí a su casa y se la devolví.

Desde el otro lado de la línea se oyó cómo Daniel tragaba saliva. Aún pasó un instante antes de que volviera a decir algo, como si necesitara pensar en el siguiente paso que debía realizar.

–Todo va a ir bien –trató de calmarla, intentando ganar tiempo.

–No es así, Daniel. No va a ir bien porque está... está muerta. –De nuevo el llanto estrangulaba sus palabras.

–¿Quién, Katja? ¿De quién me estás hablando?

–De mi madre, Daniel. Mi madre está muerta.

Se apartó las lágrimas con la palma de la mano.

–¡Dios mío! Lo siento. ¿Qué ha pasado?

Katja respondió entre lágrimas.

–Tomó pastillas. Se mató porque... –volvió a ceder al llanto– porque pensaba que yo la había abandonado.

–No, no. No debes culparte a ti misma.

Su voz sonaba preocupada a través del teléfono.

–Ya no sé qué hacer, Daniel. Si la han encontrado, ejecutarán al doctor. Ni siquiera celebrarán un juicio.

–Venga, Katja. Escúchame –le suplicó–. Ayer hablé con la embajada de los Estados Unidos. Tenía una entrevista programada allí y logré intercambiar unas palabras con el representante del embajador. Dijo que, si el doctor Viktor podía conseguir un par de personas que lo respaldaran, su solicitud podría acelerarse.

–Pero se encuentra bajo arresto domiciliario, Daniel. Tiene guardias delante de su puerta.

–¿Cuándo es su audiencia?

–El viernes, creo.

Katja apenas podía respirar y, mucho menos, pensar.

–Debes encontrar testigos que defiendan al doctor.

Ella movió la cabeza de un lado a otro. Era difícil hacerle entender que el miedo atenazaba a la gente.

–Todo el mundo tiene miedo, Daniel. Me han dicho que no volveré a trabajar jamás si no testifico contra él. ¿No lo ves? Y...

–Entonces tienes que descubrir si la Gestapo la ha encontrado.

Su voz era mucho más contundente ahora, y Katja sabía que tenía razón.

–¿Qué pasa si la han encontrado? –murmuró.

–Entonces debes irte, Katja. Sal de ahí mientras puedas. La guerra está a la vuelta de la esquina. Tal vez la semana próxima, tal vez el mes que viene, pero está a punto de suceder, y debes escapar de Alemania mientras puedas.

Sus intenciones eran buenas, pero había muchos obstáculos que sortear para poder volver a París. Los guardias ahora paraban a la gente que pretendía subir a los trenes transfronterizos. Nunca le permitirían abandonar Alemania.

–¿Y qué pasa con el doctor Viktor?

–Si tienen la carpeta, me temo que poca esperanza queda, Katja.

–Pero ¿y si puedo ayudarlo a escapar y lo llevo conmigo a París?

–No lo lograrías. Es demasiado arriesgado.

–¿Arriesgado? –repitió, dándole vueltas a la idea en su mente–. Pero es factible.

–Tienes que salvarte tú, Katja. Haré todo lo que pueda para conseguir a alguien que abogue por el doctor para su visado estadounidense, en caso de que la Gestapo lo suelte, pero no puedes seguir poniéndote en peligro. Te lo ruego, Katja –le imploró desde el otro extremo de la línea–. Llámame de nuevo cuando sepas algo más.

–Sí, lo haré –prometió Katja.

–Hagas lo que hagas –le dijo él–, confío en ti.

Las palabras que le habían estado rondado en los labios a Katja todo el rato finalmente se decidieron a salir.

–Te... –empezó a decir, pero la línea se cortó de pronto.

*

Katja necesitaba despejarse la cabeza. Volvía a pie desde la *Bahnhof* a su apartamento y, justo al llegar al concurrido cruce donde la imagen de Hitler seguía mirando enfurruñada desde lo alto, reparó en el carrito de un puesto de comida al otro lado de la acera. Al verlo, recordó las palabras de Frau Cohen: «El puesto de *Pretzels* en la Müggenkampstrasse». En caso de emergencia, se podía contactar con su hijo mediante aquel tenderete. Le asustaba pensar lo que le habría pasado a la señora, pero tal vez, solo tal vez, Aaron siguiera bien y continuase falsificando documentos en algún lugar de la ciudad. Cruzó la calle. Un joven de pelo grasiento y con espinillas estaba a cargo del puesto.

Al sacar su bolso, Katja le dio algunas monedas.

–Querría un *Pretzel* –le dijo–. Y también me gustaría saber cómo puedo contactar con Aaron Cohen.

El joven la miró con suspicacia.

–No conozco a ningún Aaron Cohen –repuso mientras cogía un *Pretzel* caliente para ella.

–Creo que sí –insistió Katja–. Era mi vecino. Se llevaron a su madre la semana pasada.

El joven depositó el *Pretzel* en una bolsa de papel y se la entregó, al tiempo que miraba nervioso a su alrededor.

–Estoy en apuros. Necesito papeles... rápido.

Katja escudriñó su rostro, pero no encontró señales de que la entendiera.

–Lo siento –respondió él, sacudiendo su grasienta melena–. No sé de qué me está hablando.

*

Regresar al apartamento fue duro para Katja. Estaba vacío y, aun así, su madre seguía presente. En el balcón todavía se congregaban las palomas, esperando a que abrieran la puerta en cualquier instante y les dieran migas de pan. Las zapatillas de Hilde permanecían junto a su cama. Su olor también se negaba a desaparecer del cuarto: una especie de aroma a humedad con rastros de la lavanda, que, no obstante, la reconfortaba.

Katja recogió una blusa que yacía arrugada sobre la cama y se la acercó, respirando su perfume.

–¿Por qué me tuviste que dejar? –susurró, con lágrimas que corrían a su antojo por sus mejillas.

Al principio pensó que los leves golpes que se oían serían obra de alguna paloma, y los ignoró. Pero cuando empezaron a sonar más fuerte, se dirigió al balcón y se dio cuenta de que procedían del vestíbulo. Había alguien llamando a la puerta. Secándose las lágrimas ante el espejo del recibidor, abrió la puerta, con la cadena del pestillo puesta, y observó con cautela quién había fuera. No tardó en abrir de par en par.

–¡Aaron! –exclamó una vez que su visitante hubo cruzado el umbral y estaba a salvo allí dentro–. Me alegro mucho de verte. Pero tu madre...

Cuando se quitó el sombrero, Katja vio que su rostro estaba demacrado y muy delgado. Pero, al verle las manos manchadas de tinta, supo que seguía trabajando.

–Sí, se la llevaron –dijo él con resignación–. He oído que se la llevaron a Neuengamme. –Parecía reticente a hablar sobre ella–. Me han dicho que necesitas documentos.

–Sí, sí. Así es. Ven –le dijo, conduciendo a Aaron hasta el salón.

–¿Cómo está tu madre? –preguntó él, clavando los ojos en el sillón vacío de Hilde.

Katja se mordió el labio.

–Está muerta, Aaron –contestó, sin ganas de querer darle demasiadas explicaciones.

–Lo lamento –dijo él–. Era una buena persona.

–Sí lo era –afirmó Katja–. Y tú también lo eres –añadió, ofreciéndole asiento.

Se sentó frente a él.

–Iré al grano. –Se retorcía las manos al hablar–. Mi jefe en la clínica donde trabajo necesita salir del país, y yo también, pero sé que nos van a detener. Ambos necesitamos pasaportes falsos para irnos a París.

Aaron asintió:

–Has acudido a la persona indicada. ¿Tienes fotografías?

Katja se dirigió a un cajón cercano.

–Este es mi *Reichpass*. Supongo que podrías usar esa foto, pero, en cuanto al doctor Viktor... –siguió rebuscando en el cajón–, ¿te serviría esto? –Le dio un folleto abierto por una página titulada «Personal clínico». El rostro de Ernst

Viktor los contemplaba desde la parte superior de la página–. ¿Podrías hacer algo con esto? –le preguntó, señalando hacia la cara del doctor.

Aaron afirmó con la cabeza.

–Déjalo en mis manos –dijo, arrancando la página del folleto.

–Te lo agradezco –respondió Katja, alcanzando su bolso y sacando los billetes que le quedaban de lo que le había dado el doctor Viktor para su viaje a París–. Toma –le dijo, dejándolos en la palma de la mano de Aaron.

Satisfecho, asintió, pero luego le devolvió los billetes.

–Por tu madre –dijo él, sacudiendo la cabeza–. Los pasaportes te estarán esperando en el puesto de *Pretzels* pasado mañana.

Katja sonrió al serle devuelto un rayo de esperanza.

–Te lo agradezco mucho. Tu madre estará orgullosa de ti, ¿sabes?, dondequiera que esté.

Ante aquel comentario, Aaron inclinó la cabeza. Luego, tras asegurarse de no ser visto, se marchó tan rápido como había llegado.

Capítulo 45

Ernst Viktor estaba a solas en su estudio, observando a su alrededor cuán maravilloso era todo. Desde que logró escapar de las fauces del infierno, le maravillaba ver que existía belleza incluso en las cosas más simples, como su tintero de plata o el pequeño cuadro de una escena forestal que había al lado de la puerta. Cada mueble de la estancia era ahora un icono; cada libro de su biblioteca, un tesoro. Creía que ya no volvería a ver nada de aquello, que ya no podría regresar vivo a su refugio. En el mejor de los casos, había previsto un pelotón de fusilamiento y, en el peor, que le cortaran la cabeza. Pero allí estaba: lo habían soltado de las garras de la Gestapo y había vuelto a casa.

Su antiguo camarada en la Marina, Stefan Flebert, se había apiadado de él, aunque su libertad tenía un precio. El Kommodore le entregó la cerilla encendida, pero fue él quien lo hizo. Verse obligado a quemar sus notas mecanografiadas delante de Flebert fue lo más difícil a lo que había tenido que hacer frente en su vida: era como matar a un hijo. Se sintió como si le hubieran clavado una navaja, pero la única alternativa que tenía, según le advirtieron, era ser ejecutado sin juicio previo. La transcripción estaba ya en sus manos. Su muerte no habría tenido ningún sentido, de modo que llegaron a un acuerdo. A cambio de su silencio, él, Viktor, aparecería ante el tribunal disciplinario y sería acusado de una falta grave de mala conducta. Sería inhabilitado como psiquiatra –al fin y al cabo, había violado el juramento hipocrático–, le quitarían su pensión y viviría el resto de su vida como un paria. Pero, al menos, le permitirían seguir vivo. Por lo que sabía de los nazis, era lo máximo a lo que podía aspirar.

Flebert insistía en que el Führer siempre estaría agradecido a Viktor por mostrarle que podía curarse él solo de su ceguera, y, como muestra de su gratitud, le perdonaba la vida. Por supuesto, él no se había creído nada de lo que había dicho el Kommodore hasta que, finalmente, le permitieron volver a casa. La palabra de Flebert había resultado de fiar, ahora al menos, y Ernst Viktor estaba disfrutando de su libertad.

Desde su regreso, incluso Gerda le parecía casi soportable, aunque sabía que el sentimiento no era recíproco. Su desgracia profesional repercutió tanto en sus vidas que decidió volver a casa de sus padres en Potsdam. Desde que supo de la audiencia, siempre tuvo claro que su marido era culpable de aquella grave falta de mala conducta. Estuvo de un humor de perros durante varios días. Y tampoco es que se la viera muy feliz de reunirse con él cuando el Kommodore Flebert lo llevó de vuelta, pese a que la Gestapo seguiría vigilando la casa hasta la vista del viernes, para asegurarse de que Viktor no intentaría huir antes.

Por ello, poco le sorprendió al doctor cuando Gerda irrumpió como un tornado en su estudio aquella mañana.

–¿Qué significa esto? –exigió saber, mostrándole una cesta con *Pretzels* y una *baguette*–. ¿Es que el pan de la cocinera no te basta ahora?

Ernst Viktor dedicó a su mujer una mirada de perplejidad, frunciendo el ceño al ver el pan.

–No estoy seguro... –empezó a decir, pero ella lo interrumpió.

–Mira –lo regañó, señalando la factura que aparecía en la canasta del pan: «Cuatro *Pretzels* y una barra grande de pan parisino»–. Naturalmente, los guardias se han servido un par de *Pretzels*, pero ¿me puedes explicar el porqué de esta compra? No es nuestro panadero de confianza, pero sabe tu nombre.

Su dedo gordo apuntaba hacia la nota manuscrita.

Intrigado, el doctor se encogió de hombros.

–No, cariño. No tengo ninguna explicación, pero ya que lo tenemos aquí...

Cogió la barra del cesto y rompió una punta antes de metérsela en la boca. Los ojos de su mujer observaban sus manos con asco.

–¡Eres imposible! –exclamó y, chasqueando la lengua, salió de la sala llevándose el resto del pan.

Fue la palabra «parisino» la que hizo mella en él. Todas las *baguettes* son francesas, así que ¿por qué llamarla «pan parisino», a menos que se quiera decir algo en particular? ¿Y por qué iba a su nombre aquel pedido? Observó atentamente la factura y, al reconocer la letra, sintió una ola de adrenalina correr por sus venas. Ansioso, examinó la barra larga y dorada, y notó un extraño bulto en el centro. Al palpar la parte inferior, se oyó un ruido extraño, de modo que, ayudándose de las dos manos, la partió en dos. Había algo dentro: algo cuadrado, envuelto en papel de horno. Al rasgarlo, Viktor apenas podía creer lo que veía cuando un pasaporte francés cayó ante sus ojos. Lo abrió y vio su propio rostro, pero con otro nombre. Y no solo eso. También había una nota. Decía simplemente:

Andén número 5. Jueves. 19:03 h.

Viktor se detuvo un instante. La fecha correspondía al día previo a su audiencia, y el tren de París siempre salía del andén número 5. Le acababan de ofrecer una vía de escape.

–Katja –susurró.

*

El día del ultimátum del doctor Ulbricht a Katja finalmente había llegado.

–Entonces, ¿ya se ha decidido?

El doctor la había convocado a su despacho, tal como ella esperaba, y ahora se encontraba de pie ante él. Imaginó que los nazis ya tendrían la transcripción en sus manos. Seguramente la destruirían. Gracias a Dios, todavía conservaba el cuaderno original.

–Sí, señor. –Sus ojos bajaron a la altura del escritorio. No quería que él pudiera ver el desprecio que había en ellos.

–¿Y bien?

Katja tragó saliva y, con ella, sus verdaderos sentimientos. Había estado pensando largamente acerca de cuál sería su respuesta.

–Sí. Testificaré contra el doctor Viktor.

El rostro de Ulbricht, normalmente solemne, se iluminó con una sonrisa.

–Perfecto –dijo–. Ha tomado la decisión correcta, Fräulein Heinz. Los hombres como el doctor Viktor son una lacra para nuestra profesión. Las indecencias sexuales no deben ser toleradas.

Había tanta convicción en sus palabras que Katja llegó a preguntarse si él sabría algo de aquellas notas médicas. Si alguien le había comunicado su existencia a Ulbricht, él nunca las había mencionado. Tal vez lo mantenían en la ignorancia. Al fin y al cabo, cuantas menos personas conocieran los trastornos mentales de Hitler, mejor. Pero, aun sabiendo que estaba sacando conclusiones precipitadas, ¿y si fuera el propio Hitler quien hubiera ordenado a Flebert que fuera el encargado de aquella farsa? Su mujer era, a fin de cuentas, una de las personas que lo acusaban. ¿Tal vez era el Kommodore, y no Ulbricht, la persona que tiraba de los hilos que iban a conducir, irremediablemente, a la caída del doctor Viktor?

Ulbricht jugueteó con los dedos sobre la mesa.

—Entonces, ¿su declaración?

—Aquí la tengo, señor —respondió Katja, pasándole tres papeles cuidadosamente grapados.

Había escrito su testimonio en el apartamento la noche anterior, sabiendo que sería un requisito. Era una obra de pura ficción, por supuesto. En ella decía que, cuando el doctor le hizo insinuaciones por vez primera, ella lo rechazó. Y que, cuando él insistió en París y fue a su habitación para seducirla, se vio obligada a defenderse de sus insinuaciones sexuales. Al ser atacada, ella se defendió. Cogió un jarrón y lo golpeó. Así fue como se hizo la herida en la cabeza.

Ulbricht la leyó por encima.

—Muy bien —dijo, como si la declaración no fuera más que el trabajo escolar de una niña y no una grosera difamación contra un compañero de profesión—. Ha hecho lo correcto, Fräulein Heinz. Ahora puede retirarse. Ah, y... —señaló la pila de papeles que aguardaban sobre su escritorio—, por favor, llévese este montón de apuntes. Deben estar pasados a máquina para esta tarde. A partir de ahora, trabajará para mí.

*

Aquella noche, Katja acabó de organizarlo todo. Compró dos billetes de ida a París desde la estación de tren. Pero más importante aún era el cuaderno, que ahora se encontraba bajo las tablas del parqué. Era todo cuanto quedaba, pero sería suficiente. En realidad, fue el día en que se dirigía a casa del doctor Viktor para advertirle cuando recordó que lo tenía, y en ese momento se regañó a sí misma por no devolvérselo también. Pero luego, el ver allí a Flebert la asustó tanto que, de repente, se sintió agradecida por haber conservado el preciado original. Ahora estaba decidida a dejarlo en su lugar secreto hasta el último momento posible. Era su sentencia de muerte, pero también su vía de escape.

Finalmente, examinó los pasaportes falsos. Aaron había hecho un trabajo estupendo. Ella había pedido falsificaciones de documentos franceses, creyendo que eso les facilitaría las cosas para llegar a París. Aaron les dio nombres franceses y ambos viajarían en el mismo tren, pero en compartimentos distintos. Debían hacer como si no se conocieran el uno al otro, en caso de que uno de ellos fuera arrestado. El cuaderno original estaría guardado en la sombrerera de Katja.

Cuando llegaran a París, un visado americano estaría aguardando al doctor Viktor, mientras que ella confiaba en que Sylvia pudiera hospedarla hasta que lograra conseguir un permiso de trabajo.

Una imagen de Daniel apareció en su cabeza, y su corazón dio un vuelco al pensar que lo vería en poco más de veinticuatro horas si todo iba según lo previsto. El poemario de W. B. Yeats, el que él le había regalado, estaba sobre su mesita de noche. Al tomarlo entre sus manos, lo besó. Sería su apoyo durante su viaje a París.

Para cuando terminó de comprobarlo todo una y otra vez, ya era de noche. Al día siguiente, después del trabajo, iría a casa a buscar sus cosas y se dirigiría directamente a la estación de tren para encontrarse con el doctor Viktor. De algún modo, probablemente con ayuda de Ute, él conseguiría salir de su casa sin ser visto. Era un riesgo enorme, pero sabía que hallaría el modo de sortear la vigilancia de la Gestapo si sabía que un billete de tren lo estaba esperando en la estación. Juntos, ella y el doctor, subirían a bordo del tren de las 19:03 h con destino a Gare de l'Est. Y si todo funcionaba según lo planeado, ocho horas más tarde ambos estarían comenzando una nueva vida.

Capítulo 46

Ernst Viktor contemplaba fijamente el espejo del baño. El aire era tan frío que su aliento empañaba el cristal, y tuvo que coger una toalla para eliminar la condensación. Si bien estaba feliz de haber vuelto a casa, había pasado una mala noche. No había podido dormir pensando en la inminente vista y en la indudable humillación profesional que sufriría. Sacó sus quevedos del bolsillo de la bata y se los puso sobre la nariz.

Con una mano en cada extremo del lavabo, suspiró profundamente mientras observaba su aspecto en el espejo: el cabello, que, como troncos de pequeños árboles grises, sobresalía de su cuero cabelludo; los profundos surcos de su cara ancha, y su no menos tensa quijada. Con expresión resignada, se dijo a sí mismo que la edad estaba ganándole la partida y que, viendo las profundas arrugas verticales sobre su gran nariz, obviamente había fruncido demasiado el ceño a lo largo de sus cincuenta y cinco años. Pero ahora, tras haber alcanzado un acuerdo con Flebert, le quedaba al menos alguna posibilidad de llegar a la vejez.

Al abrir la puerta del armario del baño para coger su brocha de afeitar, sus pensamientos volvieron a Katja. Podía confiar en ella. Sabía que no lo traicionaría en el tribunal, aunque no podía culparla si había cambiado de opinión. Era joven y tenía una vida entera por delante. Él, en cambio, estaba acabado. Lo máximo que podía esperar era que le dejaran vivir en paz una vida en la sombra. Pero cualesquiera que fueran sus esperanzas –y miedos– aquella mañana, en menos de dos minutos más tarde se habrían esfumado, junto con su cerebro, salpicando todo el suelo y las paredes de baldosas blancas del cuarto de baño.

La última visión borrosa que el doctor vio en el espejo no fue la de sus ojos inyectados en sangre ni la de su barba sin afeitar, sino la de un asesino silencioso que apuntaba una pistola cargada contra su cabeza, antes del fatal disparo.

*

–¡Ernst! –gritó Gerda al oír el ensordecedor estruendo.

A su marido –su torpe e inútil marido– se le debía de haber caído algo pesado al suelo. Esperaba que no hubiera roto nada de valor. Abandonando la cama con esfuerzo y tan rápido como su abultada figura le permitía, se cubrió los grandes pechos tras el batín y caminó tambaleándose hasta llegar al descansillo.

–Ernst, ¿qué has hecho ahora? –bramó.

Ya había alzado el puño para golpear la puerta cuando vio que no estaba completamente cerrada. Apenas la empujó y dio un paso, se quedó inmóvil y bajó la mirada para ver que estaba caminando sobre algo cálido, pegajoso y de un rojo intenso.

En el piso de abajo, en la cocina, Ute también se había alarmado al escuchar aquel ruido. Estaba a punto de subirle una bandeja de desayuno a Frau Viktor, pero, pensando que tal vez el señor o la señora se habrían caído, la dejó inmediatamente para correr escaleras arriba. Apresurada y preocupada, no advirtió que había alguien escondido entre las sombras, oculto bajo la escalera, aunque sí notó una corriente de aire frío en sus tobillos antes de alcanzar el descansillo. Dirigió la mirada hacia la puerta de servicio al pie de las escaleras, justo a tiempo de verla cerrarse. Confundida, continuó subiendo los peldaños y vio a Gerda Viktor con los ojos muy abiertos de horror y dejando escapar un grito estremecedor. Un segundo más tarde, Ute supo la razón. Su señora acababa de descubrir por qué sus pies descalzos tenían aquella cálida sensación: estaba pisando la sangre de su marido.

*

Katja apenas logró dormir aquella noche. Su mente hacía tictac como la maquinaria de un reloj, tratando de sincronizar tiempos y planeando qué hacer ante posibles eventualidades, de modo que, cuando el sol salió sobre Hamburgo la mañana del 30 de agosto, ya estaba completamente despierta. Vistiéndose a toda prisa, decidió coger el tranvía más temprano que de costumbre para ir al trabajo. Se sentía extraña al hacer aquel recorrido por última vez. Pasó el cruce con el puesto de *Pretzels* en una esquina de la Müggenkampstrasse. Pasó el enorme cartel de Hitler y las grandes banderas rojinegras que bailaban con la brisa procedente del Elba. Pasó la librería de Herr Wortzman, donde ella y su padre habían pasado tantas horas felices. Rezaba para que él velara por ella y por el doctor Viktor, y los guiara a ambos en lo que iban a hacer.

Todavía no eran las ocho cuando Katja llegó a la clínica, pero la entrada principal ya estaba abierta, aunque Fräulein Schauble estuviera ausente. Recorriendo el pasillo, Katja vio a su izquierda a la enfermera Wilhelm ordenando documentos sobre el escritorio, y en algún lugar a lo lejos sonó un teléfono. Al acercarse al despacho del doctor Viktor, vio que era su teléfono. Apresurándose a cruzar la puerta, se lanzó a descolgar el auricular del teléfono y respondió del modo más profesional que pudo:

—Despacho del doctor Viktor. ¿En qué puedo ayudarle?

—Fräulein Heinz. ¿Fräulein Katja Heinz?

Aquellas palabras eran pronunciadas entre temblores por una mujer.

Era como si una piedra hubiera caído sobre el pecho de Katja, expandiendo olas de ansiedad por todo su cuerpo. Algo no iba bien. ¿Cómo era posible que conocieran su nombre? El miedo se apoderó de ella de repente. Aclarándose la garganta, preguntó:

—¿Con quién hablo, por favor?

Al principio no reconoció aquella voz embotada, pero pronto se hizo más que evidente.

—¡Está muerto, zorra asquerosa! —Las lágrimas estrangularon la voz de la mujer unos instantes, antes de añadir—: Mi Viktor ha muerto de una bala en la cabeza, ¡y todo es culpa tuya!

La mujer siguió vomitando bilis al otro lado del teléfono. Una cascada de viles acusaciones y mentiras amenazaba con ahogar a Katja, si bien, tras las primeras palabras pronunciadas por Frau Viktor, ella había dejado de escuchar. Aunque se arremolinaban en torno a ella como abejas furiosas, no se molestó en defenderse. La noticia de la muerte del doctor borró todo lo demás, mientras un mal presagio se apoderaba de ella. Viktor ya le había advertido que aquello podía ocurrir. Le dijo que las autoridades hablarían de suicidio o de accidente, pero que jamás contarían la verdad: que habían ordenado el asesinato.

Tras un instante, el teléfono hizo un clic y la línea se cortó. Lenta y mecánicamente, Katja devolvió el auricular a su sitio. El silencio se hizo en la sala de nuevo. El tictac del reloj se oía de fondo, y en la oficina de al lado los hábiles dedos de la enfermera Wilhelm continuaban rebuscando entre los archivos, pero en la cabeza Katja solo resonaban, una y otra vez, las palabras del doctor: «Soy un hombre señalado». Había profetizado su propia muerte.

La perspectiva ahora cambiaba. Sola en su despacho, frente al sillón que ocupaba el doctor, un pensamiento la golpeó con fuerza. El doctor Viktor tenía en sus manos la carpeta con las notas mecanografiadas. Con su muerte, llegaría el inevitable descubrimiento, si es que la Gestapo no la había descubierto ya, y, con ello, su destrucción. Solamente ella sabía acerca del cuaderno original. Aquello la convertía a ella, Katja Heinz, en la única depositaria del secreto de Ernst Viktor, el secreto que lo había conducido a la muerte.

Capítulo 47

La noticia de la muerte del doctor Viktor se extendió como un reguero de pólvora por la clínica. Durante toda la mañana la enfermera Wilhelm tuvo que separar corrillos de enfermeras novatas que descuidaban sus tareas y preferían cuchichear por las esquinas. La mayoría comentaba que había sido un suicidio. El doctor no podía soportar que lo avergonzaran en público. Algunas incluso decían que había hecho «lo único honroso» que podía hacer.

A Katja le resultó imposible concentrarse en la montaña de papeles que el doctor Ulbricht le había encargado mecanografiar el día anterior. Sus manos temblorosas no tenían fuerzas para presionar las teclas de su máquina de escribir, y las lágrimas seguían brotando sin previo aviso de sus ojos. Se estaba secando las mejillas cuando la enfermera Wilhelm entró furtivamente en su despacho con una expresión de maliciosa alegría en el rostro.

–Mira lo que has conseguido –murmuró–, adónde lo has conducido.

Katja le devolvió una mirada horrorizada.

–¿Qué?

–Puede que hayas sido tú quien ha apretado el gatillo. –Achicó los ojos–. Tal vez fuiste tú.

El pánico empezó a llenar el vacío que sentía en el pecho.

–¿Cómo puedes decir algo así? No he tenido nada que ver con la muerte del doctor.

La enfermera soltó una risa burlona y cruzó sus largos y delgados brazos.

–Venga ya. No te hagas la inocente. Todo el mundo sabe que estabais teniendo una aventura.

Por supuesto, Katja estaba al tanto de lo que el personal de enfermería pensaba desde hacía tiempo. Ella había ignorado sus susurros e insinuaciones porque no tenían fundamento. Pero ahora que el doctor Viktor había muerto, tomaban otro cariz.

–Seguro que tienes mejores cosas que hacer que propagar falsos rumores –contraatacó Katja, tratando de mantener la calma. Acababa de meter una hoja de papel en el rodillo de la máquina de escribir–. Y ahora, tengo trabajo que terminar.

La enfermera Wilhelm descruzó los brazos.

–No por mucho tiempo –se burló antes de salir.

Katja podría haberse desmoronado entonces, pero se dijo a sí misma que debía evitar venirse abajo hasta el final de la jornada. Unas cuantas horas más, y se olvidaría de la clínica y de toda aquella gente despreciable que trabaja allí. Pero entonces oyó una voz. Una risa que le era familiar resonó en el pasillo.

«El Kommodore Flebert», pensó.

–Buenos días, Ulbricht –lo oyó decir Katja.

Pegó un oído contra la pared para espiar su conversación, pero solamente lograba captar unas pocas palabras, como «tonto» y «suicidio», que sobresalían por encima de las demás. Estaban hablando del doctor Viktor, despellejándolo como perros babosos, pero también sobre ella. Se sintió enferma y entumecida por dentro hasta que, cinco minutos más tarde, oyó el ruido de sillas arrastrándose y una puerta que se abría.

El Kommodore se iba, pero, en lugar de girar a la derecha en dirección a la recepción, escuchó pasos que se acercaban a su puerta y la vio abrirse de golpe. La enorme figura de Flebert ocupaba todo el umbral.

—Fräulein Heinz, quisiera hablar con usted.

Katja saltó de su asiento y vio a dos marinos uniformados que iban con él, pero solo él entró y cerró la puerta tras de sí. Una sensación terriblemente siniestra la invadió y apenas podía sostenerse sobre las piernas. Fue un alivio que el Kommodore le hiciera señas para que sentara.

—La noticia de esta mañana —comenzó a decir, ocupando la silla que había frente a ella y depositando cuidadosamente sus guantes y su gorra sobre el escritorio— debe de haberle resultado... —Katja esperaba que dijera «sorprendente», pero no fue así— un alivio.

—¿Cómo? —respondió ella, pensando que tal vez no lo había oído bien. Se limitó a sonreír.

—Vamos, vamos, Fräulein Heinz. Le ruego que no disimule que las circunstancias del doctor, acusado de conducta inapropiada, no la dejaban a usted misma en una situación complicada. Al fin y al cabo, iba a tener que testificar contra su antiguo amante.

Katja negó con la cabeza.

—El doctor y yo nunca hemos sido amantes.

Los labios del Kommodore se torcieron en una media sonrisa.

—Usted es una joven muy guapa. Viktor me advirtió acerca de usted. La quería solo para él. —Se inclinó hacia delante y bajó la voz—. Por eso confió en usted.

–¿Confió? –Aquella acusación hizo sonar las alarmas en la mente de Katja–. No sé de qué me está hablando.

Los anchos hombros de Flebert se irguieron.

–Creo que sí lo sabe. Alguien tenía que mecanografiar el historial médico del Führer, y esa persona hubo de ser usted.

Las cuatro paredes del despacho parecían estar a punto de derrumbarse sobre su cabeza. Le costaba respirar.

–No tengo ni idea de que...

Flebert se encogió de hombros.

–Simplemente pensé que le gustaría saber que el doctor destruyó la carpeta que contenía el texto pasado a máquina. La quemó él mismo ante mis propios ojos y me dijo que había dejado el original en el hospital de Pasewalk. También me aseguró que jamás se hizo una sola copia. –Ladeó la cabeza hacia ella–. ¿Me lo puede asegurar usted también, Fräulein Heinz?

El cuerpo de Katja se puso rígido al imaginarse al doctor Viktor llevando una cerilla a los papeles por los que había puesto su vida en peligro, contemplando cómo las llamas devoraban las pruebas que había pasado más de veinte años custodiando. Él nunca lo habría hecho por propia voluntad. La acusación de conducta inapropiada era solamente una pantalla de humo que ocultaba algo mucho más grave. Katja estaba convencida de que el doctor Ulbricht no tenía ni idea acerca de la carpeta, pero simplemente se había apuntado al carro de la audiencia disciplinaria en beneficio de su propia carrera profesional. Él seguramente desconocía que había sido el mismísimo Führer quien había ordenado al Kommodore Flebert que se asegurase de que las notas médicas de Pasewalk jamás se hicieran públicas. Primero habían puesto contra las cuerdas al doctor Viktor con aquellas acusaciones falsas, y luego lo condujeron a la sumisión. En ese momento, al Führer le resultaba más útil vivo que muerto, pero, una vez destruida la carpeta, lo más seguro era deshacerse de él. Y ahora, al parecer, también de ella, dadas las sospechas de Flebert acerca de que ella era la única persona sabedora del secreto del doctor. Aquello tan solo confirmaba que el asesinato de Ernst Viktor había sido llevado a cabo siguiendo órdenes del oficial sentado frente a ella. Bajo el escritorio, Katja apretaba los puños. Quería golpear a aquel hombre maligno y salvaje que se ocultaba bajo el disfraz de su elegante uniforme y contarle al mundo entero que era un asesino.

Clavando una mirada fulminante en Flebert, inspiró profundamente, sabiendo que un solo parpadeo podía traicionarla.

—No había copias —dijo.

Él se puso en pie y caminó hacia la ventana, antes de volverse a mirarla con el rostro pétreo durante unos insoportables segundos para decirle finalmente:

—Bien, porque le aseguro, Fräulein Heinz, que, en caso de que existan notas originales, arderán al igual que su versión mecanografiada. —Fue vagando hasta el asiento de Katja—. Y ambos sabemos que donde se queman papeles a veces ocurren accidentes —le recordó, acercándose a su oído—, como le pasó a su padre.

Los ojos de Katja se abrieron con indignación cuando el recuerdo de las llamas de la quema de libros brilló ante ella. Ella intentó apagarlas. Intentó salvar a su amado Vati. Quiso gritar al sentir el cálido aliento de Flebert sobre su mejilla, pero se obligó a mantener la mandíbula cerrada. Tomar represalias no era una opción. Al menos no de momento.

Simplemente asintió, señalando que cooperaba, y se levantó mientras el Kommodore recogía su gorra y sus guantes para lanzarle una última y estremecedora advertencia.

—Me alegro de que nos entendamos, Fräulein Heinz —le dijo—. Y para sellar esta mutua comprensión, esta tarde mandaré un coche para que la lleve a mi residencia. Confío en que será fiel a la cita —añadió, alargando de repente el brazo por encima del escritorio para alzarle la barbilla y mirarla directamente a los ojos—. Sería una lástima que esa hermosa cara se quemara.

*

Aquellas amenazas lograron que Katja estuviera más decidida que nunca a escapar. No le habían dado otra opción. Salió de la clínica esa tarde y volvió a casa para recoger sus cosas. Tenía que irse antes de que llegara el coche de Flebert a buscarla.

Tras subir las escaleras rápidamente al principio, aminoró el paso al ver la puerta de su apartamento desde el rellano del primer piso. Controlando su respiración, pisó los peldaños con cautela, mientras el miedo empezaba a invadirla. Alguien había estado en su apartamento. Yendo de habitación en habitación, vio que el piso había sido allanado seguramente por orden del Kommodore. No le importaban tanto los ornamentos de porcelana, ahora hechos añicos, o los libros rasgados; lo que de verdad le importaba era lo que yacía bajo el suelo. Corrió hasta su habitación, levantó la tabla bajo su cama y sus hombros se relajaron al verlo. Allí estaba. El cuaderno del doctor Viktor. Introdujo la mano en el hueco polvoriento y lo cogió. Estaba a salvo. Sostuvo el volumen de duro cuero cerca de su pecho mientras su respiración se calmaba. Luego lo depositó en su sombrerera.

Recorriendo el salón en la que sabía que sería la última vez, vio que los intrusos habían dejado las contraventanas abiertas. Fuera, el arrullo de las palomas superaba el estruendo de los tranvías y los automóviles de la calle. Se imaginó a Mutti hablándoles, dándoles migas de pan. Se acercó para cerrar el balcón, pero sus pasos las asustaron y salieron volando. Todas excepto una, aquella a la que le había curado la herida, que permanecía allí. No intentó seguir a las demás. Con lágrimas en los ojos, Katja la sostuvo entre sus manos.

—Vuela, pequeña —le susurró, y añadió tristemente—: Ha llegado nuestra hora de volar.

*

El viaje en tranvía a la *Bahnhof* central le pareció interminable. Todo el tiempo tuvo miedo de ser arrestada y mantuvo la sombrerera pegada a ella, temerosa de respirar, de moverse. La guerra estaba por llegar, y el vestíbulo de la estación era un caos cuando el tranvía frenó cerca. El aullido de las sirenas se repetía en su mente y, desde la ventana, pudo ver dos coches de la Gestapo de los que salían hombres vestidos de cuero.

Entrando a la estación, el sonido de miles de desesperados retumbaba en las altas paredes y en la cúpula del techo, creando un eco y dificultando pensar o siquiera escuchar. Tratando de mantenerse alejada de las garras de la Gestapo, se detuvo a comprar un periódico. Fue entonces cuando escuchó al quiosquero decirle a un comprador que ella estaba siendo buscada por el asesinato de Viktor. La noticia la impactó, pero, en el fondo, solo confirmaba sus peores temores. Flebert estaba resuelto a arrestarla y condenarla. La condena a muerte sería una forma cómoda de enmascarar el motivo real de su ejecución.

Con la cabeza que le estallaba y el peso de la maleta y la sombrerera, Katja avanzaba torpemente entre la multitud. Llegó al andén número 5 justo antes de que cerraran las puertas.

–El billete, *bitte* –oyó que gruñía un guardia.

Deseaba que no notara sus manos temblorosas al presentarle los documentos. Mientras esperaba a que los revisara, sus ojos recorrieron todo el vestíbulo por si había algún problema. Vio que se producía un tumulto un poco más allá en el vestíbulo. Cabezas cubiertas con gorras negras sobrevolaban, como gaviotas, el mar de viajeros. La Gestapo acechaba en torno al tren que estaba por salir.

–Gracias, Fräulein –dijo el guardia, en apariencia satisfecho.

Al devolverle su billete, la dejó pasar. Pero entonces...

–Reichpass, bitte!

Un funcionario de aduanas le clavaba los ojos. Se le removió el estómago al hacerle entrega de su pasaporte francés con una sonrisa encantadora. Pero se le secaba la boca mientras el funcionario examinaba el documento con atención. ¿Sabría que era falso? ¿Vería que la fotografía se había pegado o que el sello era de imitación? Contuvo el aliento.

El aduanero la observó.

–Französisch? –preguntó, arqueando una ceja.

–Oui –mintió ella.

–¡Eso fuera!

Apuntó a su pañuelo. Un tirón dejó a la vista su cabellera rubia, y la revelación la hizo sentir vulnerable, desnuda incluso, mientras el guardia la inspeccionaba.

Un movimiento reticente de la cabeza le señaló a Katja que podía avanzar. Tras serle devuelto el pasaporte, y con la cabeza muy alta, recorrió el andén tan rápido como le permitía su pesado equipaje.

El tren a París estaba abarrotado de gente que deseaba abandonar Alemania antes de que las botas nazis se movilizaran. No solamente los asientos estaban ocupados, sino también los pasillos. Había ancianos sentados sobre maletas, mujeres en cuclillas en el suelo, con niños pataleando en su regazo y bebés llorando. Avanzando con dificultad por el pasillo, atestado de gente y repleto de humo, encontró su compartimento de tercera clase y se acomodó en el único asiento que quedaba libre. Sacó el libro de poemas que le regaló a Daniel y lo colocó en su regazo. Una familia ocupaba los demás asientos. Una madre y un padre, dos niños y una anciana –la abuela, supuso–.

Juntos, los seis permanecían en silencio; nadie se atrevía a moverse, con los ojos clavados en el suelo. Estaban demasiado asustados incluso para respirar. Katja tuvo la impresión de que no era la única que ocultaba un secreto. Y cuanto más analizaba los demacrados rostros de los adultos, más lo entendía. Sus hombros caídos, oprimidos bajo el peso de una carga invisible; aquellas ropas raídas imposibles ya de remedar... Contrastando con aquellos pómulos demacrados, las sombras oscuras solo acentuaban lo que podía advertirse en sus ojos cuando los padres se atrevían a levantar la mirada con cautela: miedo.

El reloj de la estación en el andén le indicó a Katja que apenas faltaban dos minutos para la hora de salida prevista. El tiempo se detuvo hasta que, desde algún lugar en el exterior, se oyó un grito. El padre volvió la cabeza hacia la ventana. Un segundo más tarde, un miembro de la Gestapo aparecía allí fuera, seguido de otro que llegaba a toda prisa. La madre y el padre se intercambiaron miradas de terror. Se oían botas que recorrían el pasillo. Uno de los hijos, una niña pequeña, empezó a gimotear cuando una figura hizo aparición ante la puerta corredera. Un miembro de la Gestapo que pasaba observó en el interior. Los ojos de Katja se volvieron al poemario, mientras la puerta se abría; por una fracción de segundo, quedó paralizada.

–¡Tú! –gritó el oficial.

Katja alzó la cabeza a tiempo de ver cómo se abalanzaba sobre el aterrado padre y lo levantaba por las solapas.

–¡Fuera, cerdo judío!

La niña lloraba, y su hermano comenzó a hacerlo también mientras su padre le suplicaba a aquel salvaje.

–¡Pero si tenemos papeles! –exclamó, hurgando en el bolsillo de su abrigo.

–¡Fuera! –rugió el oficial mientras su compañero empezaba a tirar de la abuela.

–¡Fuera ahora mismo, vieja judía! –chilló, apuntándole de repente con una pistola.

–¡No, por favor! –rogó la madre, llevándose a la hijita a su lado.

Un oficial sacó la porra y golpeó las manos temblorosas del padre, haciendo saltar por los aires sus papeles.

–¡He dicho que fuera!

Arrancaron a la frágil anciana de su asiento sin dificultad y la empujaron hacia el pasillo. No tardó en seguirla el niño, pero, cuando le mordió la mano al oficial, lo premiaron con un bofetón en la cara y cayó de espaldas. Alterada por lo que veía, su madre se abalanzó entre gritos al pasillo, mientras su marido era sacado a rastras finalmente a manos del otro oficial. Uno por uno, los llevaron de malas maneras al andén.

Katja también gritaba por dentro, pero se contuvo. Quedaban apenas unos segundos. Debía mantener la compostura, aunque su corazón se rompió en silencio.

De algún modo, consiguió frenar su nerviosismo, aunque no fue hasta que el expreso estuvo bien lejos de la estación de Hamburgo, ya de camino a París, cuando se permitió relajarse un poco. Intentó no recordar los gritos de los niños judíos, sumergiéndose en el poemario de Yeats. Se imaginó a Daniel leyéndolo con su voz suave y tranquilizadora. Pero todavía faltaba cruzar la frontera con Francia. De momento, sin embargo, ya podía respirar mejor e incluso descansar un poco. Posó las manos sobre la valiosa sombrerera en su regazo y, finalmente, cerró los ojos.

*

Poco después de la medianoche, el tren se detuvo con una sacudida justo antes del puesto de control fronterizo con Francia, y Katja volvió a sentir que se le tensaban los nervios. Se cerraron de golpe las puertas y se oyeron gritos cuando los guardias alemanes recorrieron el tren por última vez, en busca de judíos y otros «indeseables».

—¡Papeles! —bramaron, avanzando por los pasillos.

A través de su mirada somnolienta, Katja vio que un guardia se acercaba y daba un puntapié a la maleta de un hombre que dormía. Este se despertó asustado y rápidamente sacó sus documentos. A continuación, el guardia abrió la puerta corredera de su compartimento.

—*Reichpass, bitte* —le dijo.

Katja le pasó sus documentos de viaje, con el corazón en vilo.

El guardia miró primero el cuidadosamente falsificado pasaporte francés y luego a ella, antes de devolvérselo sin mediar palabra.

Momentos más tarde, los guardias franceses también subieron al tren para comprobar los documentos. Una vez más, Katja contuvo la respiración mientras uno de ellos examinaba el documento falso.

–*Bienvenue*, Mademoiselle –la saludó, llevándose la mano a la visera de su quepis.

–*Merci*, Monsieur –contestó ella, en su mejor francés.

Apenas hubo abandonado el guardia su compartimento, Katja se permitió respirar de nuevo. Ahora solo quedaban cinco horas entre ella y París, donde el hombre a quien amaba la esperaba, y donde juntos podrían continuar la lucha para honrar el legado del doctor Viktor.

Capítulo 48

París

Al sonido de la campanilla que presidía la puerta, Sylvia alzó la vista de su libro de contabilidad. Soltó el bolígrafo y vio a una joven rubia que entraba en su tienda con dificultad por el esfuerzo de llevar una maleta en una mano y una sombrerera en la otra. Tardó unos instantes en darse cuenta de que no era una clienta cualquiera.

—¡Katja! —exclamó, corriendo a recibirla. Se detuvo a medio camino al ver su rostro—. Pero, querida, se la ve muy pálida. ¿Qué ha pasado?

Ya fuera por el cansancio, el estrés extremo o simplemente el mero alivio de haber llegado sana y salva a París con el cuaderno, Katja no supo dar respuesta a la librera. En cambio, empezaron a bailar estrellas ante sus ojos, sus piernas comenzaron a doblarse y sintió que se caía por un pozo sin fondo. Todo parecía desvanecerse.

Lo siguiente que supo era que despertaba en un gran sillón, en el despacho de la trastienda. Había una cocina en una esquina y Sylvia estaba vertiendo agua hirviendo en una tetera.

—Pobre, pobrecita... Está exhausta.

Le estaba sirviendo a Katja una humeante infusión de hierbas justo cuando la campanilla de la tienda volvió a tintinear.

–Ah, perfecto –dijo con una sonrisa, como si estuviera esperando a alguien.

Al principio Katja creyó que estaba soñando, especialmente cuando, a través de una neblina de imágenes confusas, vio a Daniel avanzando a zancadas hacia ella. Pero, en cuanto él le tomó la mano entre las suyas y le habló, la niebla frente a sus ojos comenzó a dispersarse y pudo verlo claramente. Era real, pero parecía preocupado.

–Katja, Katja... –susurró él–. Gracias a Dios que estás a salvo. –Se volvió a Sylvia–. ¿Qué ha pasado?

Sylvia sirvió más tisana en tazas de cristal.

–Como te dije por teléfono, simplemente apareció aquí y la pobre se desmayó.

Daniel le acarició la frente, con aspecto de preocupación.

–Será mejor que llamemos a un médico.

–No, nada de médicos, te lo ruego –dijo Katja, recobrando de repente su voz.

–Pero sí debe descansar. Voy a preparar su habitación –dijo Sylvia, sonriendo a su invitada–. Luego Daniel la puede acompañar a mi apartamento cuando esté lista.

Una vez solos, Katja oyó a Daniel respirar de alivio.

–Me alegro tanto de verte. Estaba muerto de preocupación. –Sujetó su mano firmemente y, uniendo ambos sus labios, se besaron con ternura–. ¿Está contigo el doctor Viktor? –le preguntó Daniel, separándose un momento después.

Sus palabras, como un jarro de agua fría, la inundaron de dolorosos recuerdos. Su silencio anunciaba malas noticias.

–¿No ha podido venir, verdad?

Ella se puso rígida.

–No –respondió–. No, no ha podido. Está muerto.

–¡Dios mío! –exclamó Daniel–. ¿Pero cómo...?

–Lo mataron. Sé que lo hicieron.

Las lágrimas que había intentado controlar se desataron y cayeron en cascada por sus mejillas.

–Oh, mi amor –le dijo, abrazándola–. Lo siento mucho.

–Le dispararon. Al principio quisieron que pareciera un suicidio, pero luego vinieron a por mí. Querían arrestarme por su asesinato.

–Ay, Dios –susurró–. ¿Y las notas?

–Obligaron al doctor a quemar el texto.

–¿Qué?

Una mirada de horror invadió el rostro de Daniel.

–Pero todavía tengo el cuaderno original –anunció ella, dirigiendo la vista hacia la sombrerera–. Sospechaban que yo había hecho una copia, de modo que registraron mi apartamento de arriba a abajo. Yo ya había planeado escapar con... –Su voz se quebró, impidiéndole continuar–. Ya había conseguido billetes de ferrocarril para nosotros dos. El doctor Viktor debía venir conmigo.

Daniel le acarició la cabeza.

–Lo sé, lo sé. Su visado para los Estados Unidos llegó justo ayer –le dijo.

Katja se apartó de él al oír aquella noticia. ¡Era tan irónico! Pero eso la llevó a pensar que no podían permitir que la muerte de Viktor fuera en balde.

–No es demasiado tarde para publicar el cuaderno, ¿verdad?

Daniel negó con la cabeza.

–No, no lo es.

Katja detectó esperanza en su voz.

–¿Y eso? ¿Has encontrado a alguien que lo pueda publicar? –preguntó, tirándole de la chaqueta.

Él hizo un gesto irónico con la cabeza.

–Puede ser. Es una revista llamada *New Diary*, dirigida por emigrados alemanes. Dreiberg fue quien me la sugirió. A su editor no le asusta publicar artículos antifascistas.

–Tenemos que intentarlo todo –dijo Katja, repentinamente algo animada.

–Y creo que deberíamos contárselo a Sylvia –propuso Daniel–. Está de nuestro lado.

Sylvia se había portado tan bien con ella. Con tanta amabilidad. Y, además, también odiaba a Hitler.

–Lo entiendo –contestó–. Pero todavía debemos andar con cuidado. Me buscan, y sabes que esta ciudad está infestada de espías alemanes, y...

Se detuvo cuando vio el modo en que la miraba.

–Te cuidaré –le dijo él y la besó con cariño en la frente–, pero primero debes descansar. Todo va a ir bien, mi amor. Ahora estás a salvo.

Capítulo 49

Tres días después de la llegada de Katja a París, Hitler invadió Polonia. Dos días más tarde, por la radio, el primer ministro Daladier anunció la noticia que los franceses temían recibir: Francia y Gran Bretaña estaban en guerra contra Alemania.

–Por supuesto que debe quedarse aquí –dijo Sylvia a la mañana siguiente, mojando su *baguette* en una gran taza de café–. Necesito que me ayuden en la tienda. Podría ser mi asistente.

Puede que la declaración metiera a Francia en la guerra, pero a los franceses, por lo que parecía, aquello no les apetecía. Katja tampoco tenía mucho apetito aquel día, y jugueteaba con el cruasán de su plato, de la panadería que había tres números más allá de donde vivía.

–Coma algo –la regañó Sylvia, mirando a su invitada con desaprobación–. Puede que estemos en guerra, pero hay que disfrutar de nuestra comida mientras se pueda. Están hablando de racionamiento. ¿Se imagina decirle a un francés que no puede comerse su *filet mignon*?

Katja, sentada frente a ella, no encontró demasiado tranquilizador aquel comentario, pero agradecía el ofrecimiento de Sylvia. Con una más que probable orden de arresto contra ella, y sin el doctor Viktor ni su madre, sería una locura volver a Alemania, incluso en el caso de que no se hubiera declarado una guerra. La observación de Sylvia también le recordó las palabras de Daniel. Era justo contarle la verdad. Y ahora parecía un momento tan válido como cualquier otro.

Apartando el cruasán, Katja le dijo:

—Sylvia, hay algo que quiero que sepa, pero debe darme su palabra de honor de que no se lo revelará ni a un alma.

La cabeza de Sylvia, con su pulcro aspecto, se alejó de su *baguette*.

—Un secreto —repitió ella, con un brillo ardiente en los ojos, como un niño al que le fueran a contar una historia de misterio—. Me encantan los secretos.

Katja negó con la cabeza. Debía dejar claro que se trataba de un asunto grave.

—Es algo muy serio —empezó a decir.

Sylvia, captando el tono de su voz, también alejó su plato y se inclinó sobre la mesa mientras Katja continuaba.

—Mi amigo el doctor Viktor murió a causa de este secreto, de modo que no se lo contaré con ligereza.

La expresión de Sylvia también había cambiado. Fruncía el ceño y, clavando una mirada solemne en Katja, de repente pareció mayor.

—Si tiene algo que ver con derrotar al monstruo de Hitler, entonces, querida, considéreme dispuesta para el combate.

*

—¿Cómo fue la reunión con el *New Diary*? —preguntó Katja cuando vio a Daniel al día siguiente.

Habían acordado quedar para cenar, y se dirigieron a un pequeño bistró con manteles de cuadros y velas en viejas botellas de vino, a una manzana de distancia de la librería.

–En principio, parecía interesado –contestó, mientras el camarero les entregaba la carta–. Al menos quiere ver las notas personalmente. Si le parece que podría funcionar, entonces le gustaría que yo escribiera un artículo sobre el cuaderno.

–¿Pero eso significa que no publicaría el cuaderno en su totalidad? –preguntó Katja, con un cierta decepción en su voz.

–Así es. Pero es una revista muy influyente.

Eligieron una mesa en una esquina. Habían ocurrido demasiadas cosas desde que se vieron por primera vez, demasiadas cosas terribles. Pero aquella noche Daniel había logrado aportar un toque positivo. Katja lo observaba pensativa. Una vela solitaria parpadeaba entre ellos, dejando el reflejo de su rostro surcado en penumbra. Era el rostro de alguien bueno y honesto, aunque la tragedia y el *whisky* hubieran hecho mella en él.

Tras una pausa, habló Katja:

–¿Crees que hago mal por querer seguir adelante? ¿Por intentar que publiquen el cuaderno?

Daniel enarcó ambas cejas.

–Por supuesto que no –respondió, haciendo que la llama parpadeara al exhalar. Le cogió la mano desde el otro lado de la mesa–. Hay que persuadir a los franceses para que pongan su corazón en la lucha. Saber que se enfrentan a un loco demoníaco que no se detendrá ante nada hasta que su glorioso Reich triunfe podría convencerlos.

–Entonces, ¿tal vez se debería traducir al francés? –sugirió ella.

Una mirada de dolor se deslizó por el rostro de Daniel.

–Sí. No. Bueno, tomaremos esa decisión cuando llegue el momento, ¿de acuerdo? De momento, deberíamos esperar y ver qué decide el director del *New Diary*.

Katja siguió ojeando la carta.

–Le conté a Sylvia acerca del cuaderno –dijo de golpe.

Daniel soltó su panecillo.

–¿Cómo se lo tomó?

Katja sonrió.

–Es una mujer formidable. Podemos confiar en ella. Quiere que trabaje en su tienda. La chica estadounidense que la ayudaba se ha vuelto a casa.

–¿Por la guerra?

–Sí –contestó Katja–. Muchos extranjeros están abandonando Europa, de modo que estaré a cargo del servicio de préstamo de la biblioteca.

Daniel abrió los ojos con fuerza.

–¡El servicio de préstamo! Pero eso es fantástico. –Sonrió–. Y eso quiere decir que te quedarás aquí cerca. –Se inclinó sobre la mesa para tomar su mano–. Te eché tanto de menos cuando volviste a Hamburgo, Katja. No quiero volver a perderte.

*

La guerra en Polonia proseguía. Cada noche, durante las siguientes semanas, Katja se sentaba junto a la radio de Sylvia, cada vez más ansiosa, hasta que el 6 de octubre, después de días de bombardeos y destrucción a manos de las tropas alemanas y rusas, los valientes polacos finalmente aceptaron la derrota.

Sylvia, con un vaso de borgoña en la mano, se puso en pie para apagar la radio, completamente asqueada.

–¿Te irás de aquí? –le preguntó Katja, sabiendo que un Hitler victorioso pronto dirigiría su atención hacia otros lugares. Francia podía estar en su punto de mira.

Sylvia la miró consternada.

—¿Irme? —repitió indignada—. ¿Adónde? París es mi hogar.

Katja había captado fragmentos de conversaciones relajadas en la librería y sabía que varios escritores expatriados ya habían vuelto a los Estados Unidos o a Gran Bretaña, y muchos otros estaban considerando irse mientras pudieran.

—Además —añadió Sylvia, claramente enardecida por el vino. De repente, sonaba como un político francés—, Hitler jamás atacaría nuestra poderosa Línea Maginot. Francia estará a salvo.

Katja deseaba poder estar de acuerdo. El día anterior había sabido que el director del *New Diary* ya no necesitaba un artículo sobre el doctor Viktor y el historial médico de Hitler. «El momento ya ha pasado», fue la excusa que le dio a Daniel.

Como si siguiera sus pensamientos, Sylvia le preguntó:

—¿Qué noticias tienes del cuaderno? ¿Habéis encontrado algún medio que os publique la historia?

—No, no lo hemos conseguido. —Sacudió la cabeza y, sin pensarlo, cogió de la silla el libro que había estado releyendo. Hemingway. *Adiós a las armas*. Le resultó irónico.

—¿Qué vais a hacer?

Katja suspiró.

—No estoy segura. —Le dirigió una sonrisa a Sylvia para transmitirle su determinación—. Pero no me voy a rendir.

Sylvia sonrió ligeramente.

—Querida, tu determinación jamás ha estado en duda. —Tomó otro sorbo de vino—. Tan solo me preguntaba si yo podría ser de ayuda.

—¿De ayuda? —repitió Katja, cerrando de golpe su libro—. ¿Cómo?

Capítulo 50

Aunque Katja ahora tenía a Daniel para que la protegiera, el miedo permanecía ahí como un dolor sordo. El tiempo había pasado volando desde que escapó de Alemania en tren. Habían pasado ya casi ocho semanas, y el horror de lo que le había sucedido al doctor Viktor y a su madre, aunque seguía acechando en lo más profundo de su mente, empezaba a parecer algo más distante. Sin embargo, mientras el cuaderno siguiera en sus manos, sabía que no había descanso posible.

Durante el día trabajaba en la biblioteca de Shakespeare and Company, pero, por la noche, se centraba en la propuesta de Sylvia. Ella, la librera más famosa de París, se había ofrecido a publicar el cuaderno del doctor Viktor.

«Ya lo hice con el *Ulises* de Joyce, y puedo hacerlo ahora con las notas médicas sobre Hitler», le había dicho Sylvia durante la cena unos días antes. Incluso se había ofrecido a recaudar ella misma el dinero. Desde entonces, Katja y Daniel pasaban sus noches traduciendo las doscientas páginas originales del casi ilegible alemán al inglés.

Iban por la mitad de su traducción, cuando una mañana de noviembre, en la que el frío viento azotaba las hojas de los castaños de indias en los bulevares, el teléfono de la librería sonó. Sylvia, con el inventario a medio hacer y rodeada de desordenadas montañas de libros, respondió. Una de sus clientas, una rica viuda estadounidense, pedía un ejemplar de *David Copperfield*. Por el motivo que fuera, dijo que era urgente, aunque, en realidad, todo lo que la señora Wannamaker encargaba lo quería de inmediato.

Momentos más tarde, Sylvia llamó a Katja, que estaba en la sección de préstamo de la biblioteca, en la sala contigua.

–¿Podrías llevarle un libro a la señora Wannamaker, en la Rue Soufflot?

Katja apareció por la esquina y vio que Sylvia le entregaba un pequeño paquete con forma de libro, envuelto en papel marrón.

–Ha pedido que se lo entreguen ya mismo.

–Por supuesto –contestó Katja.

Su mañana había transcurrido muy lenta, arreglando los estantes. Le iría bien aquella excusa para respirar aire fresco, así que partió enseguida hacia la residencia de la viuda, a unos veinte minutos a pie.

Sylvia volvió a su inventario y pasó otra media hora antes de que sonara de nuevo la campanilla de la puerta y entrara un hombre de mediana edad, más bien alto, con un abrigo oscuro y un *trilby*. Apartando la vista para recibir a su cliente, Sylvia tuvo la impresión de que era un hombre que se dedicaba a los negocios. Tenía cierto aire de formalidad, pero, cuando se acercó y se quitó el sobrero revelando su bigote de herradura y su cabello rubio pálido, Sylvia pensó que tenía más aspecto de alemán que de francés o británico. Algo le decía que debía tratarlo con cautela.

–*Bonjour* Monsieur. *Puis-je vous aider?* –lo saludó ella.

Siempre elegía hablar en francés a los clientes si no estaba segura de su nacionalidad.

–Tiene una tienda magnífica –respondió el cliente en un inglés poco natural.

Sylvia tenía razón. Por su acento, notó que era alemán. Pero ¿qué hacía en París cuando su patria estaba en guerra con Francia? De todos modos, aceptó su cumplido.

–Gracias.

El alemán avanzó hasta el mostrador.

–Confío en que me pueda ayudar.

Avanzó hacia ella con una arrogancia que Sylvia encontró vagamente desconcertante.

–Puedo intentarlo, señor.

Dejó su sombrero sobre el mostrador.

–No busco ningún libro, me temo, sino a una persona.

Sylvia enarcó una ceja.

–Es hija de un amigo. Un oficial naval alemán. –Tras buscar en el interior de su abrigo, sacó una pequeña fotografía–. Se cree que viajó a París justo antes de que la guerra empezara. Soy propietario de una empresa aquí y me ofrecí a ayudar. Por supuesto, sus padres temen por su vida.

Al dar la vuelta a la fotografía, la sostuvo frente al rostro de Sylvia. Era un retrato de Katja.

La conmoción era evidente en la mirada de Sylvia, pero se mordió la lengua para hacer tiempo.

–No –dijo, sacudiendo la cabeza–. Lo siento.

–¿No es una de sus clientas? Sé que es una gran amante de los libros, y está claro que esta es la librería más famosa de París.

De nuevo, Sylvia agradeció el cumplido, pero se mantuvo firme.

–Como le he dicho, no conozco a esa joven, pero si la veo...

–Su nombre es Katja Heinz. Su padre está muy ansioso por encontrarla, al igual que yo.

–Por supuesto –contestó Sylvia, con una sonrisa nerviosa, sabiendo que Katja podría regresar en cualquier momento.

–Volveré a llamar.

Otra sonrisa falsa de Sylvia.

Aparentemente satisfecho, el hombre asintió.

–Buen día, señor –le dijo ella, deseando que se fuera de la tienda.

Al recoger el sombrero del mostrador, lo sostuvo hacia un lado y le dedicó una ligera reverencia.

–Buen día, Miss Beach –pronunció, antes de girarse, ponerse de nuevo el sombrero y salir de la tienda.

La sonrisa de Sylvia rápidamente se desvaneció. Se le puso la piel de gallina, estremecida, en cuanto se marchó. Aquel hombre sabía su nombre. Por supuesto, lo conocían muchos de sus clientes, pero él no era un cliente habitual. Iba a por Katja y era un espía alemán, estaba segura. Después de haber oído todo lo que Katja había tenido que pasar por aquel cuaderno, supo que aquella visita escondía algo terrible.

Temblando todavía, se dejó caer en una silla cercana y se quedó mirando al vacío hasta que la campanilla de la puerta la sacó de su aturdimiento. Katja había vuelto de su recado.

–¿Estás bien? –le preguntó a Sylvia al ver su turbada expresión. Corrió en su dirección y se arrodilló junto a la silla–. ¿Ocurre algo?

Sylvia se giró hacia Katja con el gesto torcido.

–Ay, querida –le respondió–. Me temo que sí.

*

Katja ya no estaba segura en la librería. El manto protector bajo el que Daniel y Sylvia la habían cubierto había sido arrancado. Desde que escapó a París y Sylvia le ofreció una cama y un trabajo en la librería, desde que Daniel la tomó entre sus brazos y le dijo que la protegería, Katja había tenido una seguridad que no había podido disfrutar desde que su padre murió. Pero ahora, el Kommodore Flebert le había mandado a su espía para localizarla otra vez. Había ordenado asesinar al doctor Viktor y no dudaría en hacerle a ella lo mismo.

—Lo siento muchísimo, querida —le dijo Sylvia aquella noche, alargando una mano por encima de la mesa para coger la de Katja. La sopa que le había servido a su invitada seguía intacta—, pero aquí ya no estás segura.

Daniel estaba sentado al lado de Katja.

—¿Pero qué voy a hacer? —suplicó ella, con la cabeza entre las manos—. ¿Adónde voy a ir?

Se hizo una pausa y, mirando a Sylvia, siguió sus ojos, que se posaban en Daniel.

—Hemos llegado a un acuerdo —dijo él, apartando su plato de sopa y acercándose para tocarle el brazo—. Te quedarás conmigo.

Katja negó con la cabeza.

—No podría, de verdad...

—Tengo una habitación libre —dijo galante antes de añadir—: Y hago el mejor estofado irlandés de todo París.

—Pero yo...

—Daniel tiene razón —interrumpió Sylvia—. Dices que ese hombre encaja con el que os siguió a ti y al doctor aquella vez. Si ha sido enviado por el Kommodore nazi, es porque sospecha que tú tienes las notas médicas originales.

Daniel asintió, con sus ojos verdes amarrados a los de ella.

—Tienes que mantenerte escondida una temporada. Por favor, Katja —le suplicó él—. Hazlo por mí.

—Y por mí también —insistió Sylvia.

Katja sabía que lo que le decían ambos tenía sentido. Debía tener en cuenta la seguridad de ellos dos también. El hospedar a una fugitiva a la que buscaban sin duda ponía en peligro a Sylvia. Suspiró apesadumbrada.

—Tenéis razón. Ya lo sé.

Daniel suspiró también.

—Bien —dijo él—. Entonces, nos iremos esta noche en cuanto oscurezca.

A Sylvia le pareció bien y ahora fue ella quien se inclinó sobre la mesa para acercarse a Katja.

—Sabes que esto es lo mejor, cariño. Por el bien de todos.

*

Al abrigo de la oscuridad, Daniel llamó a un taxi para llevar a Katja y su equipaje a su apartamento. Al llegar, la guio hasta el segundo piso, y entraron.

Al encender las lámparas y cerrar los postigos, Katja miró a su alrededor. Pocos esfuerzos había invertido Daniel en hacer de aquel lugar un hogar, un lugar habitable al menos. Estaba claro que le faltaba un toque femenino. La sala estaba presidida por un gran escritorio, y sus ojos inmediatamente se sintieron atraídos por una fotografía que había sobre ella: la de una bella joven con su bebé. «Grace y Bridie», se figuró.

—Siento todo este desorden —se disculpó Daniel, agachándose para recoger un paquete de cigarrillos tirado por el suelo—. Intento no pasar demasiado tiempo aquí. —Se encogió de hombros—. Ya sabes.

Katja lo sabía, pero simuló no reparar en aquel desorden, en la capa de polvo que cubría todas las superficies, o en la taza sucia de café que reposaba sobre la mesa.

—Es un apartamento muy bonito —afirmó.

Daniel apreció que fuera amable con él, y una risa ahogada hizo que sus hombros se agitaran levemente antes de dirigir la mirada hacia el otro lado del salón.

—Permíteme que te muestre tu cuarto –se ofreció, guiándola por el piso.

Al abrir una puerta, la dejó completamente abierta y rogó a Katja que entrara primero. Ella sonrió antes de seguir adelante, pero, cuando finalmente pudo ver la habitación, no pudo evitar ahogar un grito.

Daniel dio un paso atrás ante su reacción.

—Lo siento mucho. Debí haberte avisado –reconoció, apresurándose a quitar el conejo de peluche y la muñeca de trapo que había sobre la colcha rosa de la camita.

Era un santuario. Un dormitorio infantil. De una niña pequeña.

—Hace mucho tiempo que no entro. He estado intentando... –empezó a dar excusas atropelladamente mientras arrancaba la colcha y luego descolgaba el cuadro de un hada en la pared.

Katja negó con la cabeza. Odiaba verlo tan desquiciado.

—No, por favor. –Le detuvo el brazo–. No hace falta.

Agarrando su otro brazo, lo miró directamente a los ojos.

—Está bien, Daniel. Está bien no tirar la toalla. Recordar las cosas buenas.

—Yo... Ya sabes...

En su aflicción, se le trababa la lengua.

Katja se agachó para sentarse en la cama y dio una palmada sobre el espacio que había a su lado, invitándolo a tomar asiento.

—¿No lo ves? –dijo ella, tomándole la mano mientras se sentaba–. Tus recuerdos de Grace y Bridie son parte de ti –alzó la

mirada–, como lo son también el color de tu pelo o la forma
de tus labios. No deberías ignorarlos. Yo tampoco quiero ignorar los recuerdos de mis padres. Los necesito para que me
den fuerzas. –Se dio una palmada en el pecho–. Todavía son
parte de nosotros, nos convierten en quienes somos. –Bajó la
vista, al igual que su voz–. Hacen que te ame, Daniel –dijo y,
cuando lo volvió a mirar, él tenía los ojos llenos de lágrimas.

–Katja –pronunció su nombre en un susurro, y lo hizo con
tal tristeza que Katja pensó que se le rompería el corazón.

Se volvió hacia ella entonces y la rodeó con sus brazos para
reclinar su cabeza sobre su cuello. Sus lágrimas se derrama-
ban cálidas sobre la piel de Katja. Ella también lo abrazó
y, a cada sollozo de él, sentía como su dolor acumulado
abandonaba su cuerpo, hasta que algunos instantes después
su respiración se relajó en un ritmo más pausado.

–Perdóname –dijo finalmente Daniel, apartándose–. Es la
primera vez que..., bueno...

Se pellizcó el puente de la nariz con el pulgar y el índice.

Katja comprendió entonces que él no había liberado completamente su dolor antes, que había permanecido ahí latente
todo el tiempo.

–Es una buena sensación, ¿verdad? –dijo ella.

–Sí, lo es –respondió–. Como si volviera a nacer. –Se en-
jugó las últimas lágrimas, manteniendo la mirada fija en el
rostro de ella–. ¿Quieres tumbarte conmigo en la cama? –le
preguntó repentinamente.

Katja no lo dudó.

–Sí, sí –contestó, y juntos se recostaron, reposando sus
cabezas sobre las almohadas de la cama individual; Katja
la apoyaba en el hueco del brazo de Daniel, con la mano
derecha colocada sobre su cuerpo.

Acostada allí, con él, se sentía como si también hubiera nacido de nuevo. Y así permanecieron en silencio durante un rato, observando a la luna elevarse sobre el oscuro cuadrado de la ventana abierta.

Fue Daniel quien habló primero:

—Nunca pensé que podría volver a amar a alguien. Pero tú... tú has devuelto la luz a mi vida. —Le besó suavemente la cabeza—. Te estoy muy agradecido.

—Ambos deberíamos estarnos mutuamente agradecidos —repuso Katja.

Ella se giró y luego tiernamente lo besó en los labios, perdiéndose en su tacto.

Y allí siguieron hasta que el sueño los liberó a los dos.

Capítulo 51

Era Nochebuena y, a pesar del clima gélido, la perspectiva de pasar su primera Navidad con Daniel despertó en Katja un estado de ánimo festivo. Ella le había comprado un regalo –un libro, evidentemente–; por su parte, él pensaba llevarlas a ella y a Sylvia a un restaurante para una cena especial. «El ganso del chef es de leyenda», les había dicho.

Desde hacía semanas, no había señales del «hombre de negocios» alemán, y Katja empezaba a pensar que la guerra habría desviado su atención hacia otra parte. La semana anterior ya había vuelto a trabajar en Shakespeare and Company, ayudando con los pedidos navideños en el despacho en la trastienda de Sylvia, alejada de los clientes. Por eso, estaba decidida a divertirse y se había apuntado a la propuesta de Daniel.

Esa mañana, en la librería tuvieron una avalancha de compras de última hora, pero, por la tarde, las ventas fueron decayendo.

–Tengo que salir un segundo a buscar *brandy* –anunció Sylvia–. Siempre lo tomo con mi café en esta época del año. ¿Te las arreglarás sin mí?

Katja, que estaba empaquetando libros en la trastienda, y en ese momento tenía serios problemas para hacerlo con un pesado volumen de Dostoyevski, respondió sin pensar.

–Por supuesto –asintió, peleándose con el libro.

Tan solo unos instantes después, Katja oyó que sonaba la campanilla de la puerta y sintió pasos que avanzaban hacia el mostrador. Al principio, pensó que tal vez Sylvia se habría dejado algo y volvía sobre sus pasos, pero no. Mientras se enderezaba y caminaba a la tienda, Katja pudo ver a un cliente muy bien vestido. Él hizo sonar el pequeño timbre dorado del mostrador para que lo atendieran, antes de volverse hacia la puerta.

–*Bonjour,* Monsieur –lo saludó en francés.

«Nunca supongas que los clientes son hablantes nativos del inglés –le había aconsejado Sylvia–. A los franceses no les gusta».

–*Bonjour,* Mademoiselle –respondió a su vez el cliente, mientras se quitaba el *trilby*. Hasta aquel momento le había dado la espalda. Ahora se había dado la vuelta y la miraba–. ¿O debería decir Fräulein?

El corazón de Katja le dio un vuelco. Enseguida pensó que había algo vagamente familiar en él, pero ahora, al ver su cabello rubio y su delgado bigote, lo reconoció e inmediatamente se alejó un paso del mostrador.

El hombre sonrió.

–Parece usted alarmada, Fräulein Heinz. Pero saber que está usted sana y salva hará las delicias del Kommodore Flebert.

Un escalofrío recorrió el cuerpo de Katja. Quiso abrir la boca para hablar, pero no le salían las palabras. Había una fría amenaza tras la sonrisa de aquel hombre mientras le hablaba:

–Ya que estoy aquí, me gustaría ver si tienen un ejemplar de un libro muy especial que parece ser imposible de conseguir en Alemania.

Ella se aclaró la garganta, pero la boca siguió tan seca que le costaba hablar.

—Y ese li-libro, ¿cuál es?

El hombre bajó la cabeza y hurgó en el bolsillo de su abrigo.

—Tengo el título aquí escrito —le dijo, sacando un papel arrugado—. Ah, sí —añadió con sorna, como si necesitara que le recordaran el nombre—: Se llama *Anotaciones y observaciones sobre los graves trastornos mentales de Adolf Hitler*. —Volvió a meterse el papel en el bolsillo—. El autor era un tal doctor Ernst Viktor. Ya fallecido, creo.

Katja se agarró a una esquina del mostrador para dejar de temblar, mientras rezaba para que alguien, quien fuera, entrase en la tienda y el nazi se viera obligado a huir.

—No me resulta familiar, caballero. No consta entre nuestras existencias.

El hombre torció la cabeza.

—Qué lástima. Tenía entendido que sí —replicó, con una mano rebuscando en el abrigo y sacando de él una Luger. Katja no podía creerse que aquel hombre la estuviera apuntando directamente con el arma—. ¿Está segura de que no tiene una copia? Tal vez podría cerrar la tienda y hacerme el favor de buscar en el almacén —sugirió, mientras la encañonaba con la pistola.

El miedo se apoderó de ella. Lentamente, asintió.

—Cerraré la tienda —dijo, y empezó a alejarse del mostrador con cuidado yendo hacia la entrada principal.

Él la siguió a escasa distancia y, cuando llegaron al cristal de la puerta, presionó la pistola contra su espalda.

—Ni un movimiento en falso —la amenazó al tiempo que ella cambiaba el letrero a «FERMÉ».

Cien posibles situaciones empezaron a pasarle por la cabeza mientras la adrenalina le recorría todo el cuerpo. ¿Qué podía hacer? No tenía fuerzas como para desarmarlo. Sylvia tardaría por lo menos otros diez minutos. ¿Vendría alguien en su ayuda? ¿Un cliente, tal vez?

De soslayo, reconoció a una figura que se acercaba por la calle. Debía pensar deprisa.

—Acabo de recordar —le dijo de repente, tras echar un vistazo al reloj de la pared— que espero a un cliente que está por venir a recoger un pedido en cualquier momento.

Detrás de ella, veía el reflejo del alemán en el escaparate y cómo apretaba la pistola contra su espalda. Él entrecerró los ojos con suspicacia.

—Entonces, se llevará una decepción —respondió él, incrustando la boca del arma en sus costillas—. ¡Ahora cierra la puerta con llave!

Pero ya era demasiado tarde. Haciendo caso omiso del letrero, Daniel estaba a punto de abrir la puerta, cuando Katja la abrió de par en par y chilló:

—¡Va armado!

Sin dudarlo un segundo, Daniel se abalanzó sobre el alemán, cogiéndolo por el cuello y tratando de quitarle la pistola.

—¡Sal de aquí, Katja! —gritó—. ¡Vete!

Justo entonces sonó un disparo, y una pirotecnia carmesí estalló.

Tras un segundo de silencio se oyó un sonido inusitado. Un borboteo. El tiempo se detuvo hasta que Katja cayó sobre sus rodillas y su cabeza impactó fuertemente contra el suelo. El alemán se soltó de los brazos de Daniel y salió por la puerta. Daniel también cayó al suelo, aterrizando sobre sus rodillas, junto al cuerpo inerte de Katja, justo cuando su sangre empezaba a brotar.

*

Se diría que toda Europa se encontraba paralizada por el más frío y cruel de los inviernos. Las cañerías estaban congeladas, y las reservas de alimentos frescos eran escasas. En Shakespeare and Company, Sylvia tuvo la estufa encendida durante aquellas amargas semanas, aunque poca gente se aventuraba a salir fuera de casa. Muchos escritores, sin embargo, se sintieron atraídos por la calefacción de la librería, pero todos allí hablaban sobre Katja.

Después de la operación para extraerle la bala del pecho, no se sabía si sobreviviría o no. Daniel la velaba junto a su cama en el hospital. Además de la herida de bala, sufrió una fractura craneal cuando su cabeza impactó contra el suelo. Permanecía inconsciente. También Sylvia la visitaba regularmente. Una semana después del tiroteo, cuando todavía había pocos indicios de recuperación, Sylvia encontró a Daniel sentado junto a la cama de Katja, sujetándole la mano izquierda mientras la observaba con atención. Sentada frente a él, pudo ver que estaba contemplando un anillo de diamante en el tercer dedo de la mano izquierda de Katja. Él, entonces, la miró, y Sylvia advirtió que había estado llorando.

—Lo tenía todo planeado —dijo él, con una voz cargada de lágrimas—. Iba a proponerle matrimonio en Nochebuena, al volver del restaurante.

—Ay, mi querido amigo... —repuso Sylvia, con los ojos absortos en el solitario del dedo pálido e inmóvil de Katja—. Sé que te dirá «sí» cuando se recupere.

Le tendió la mano, inclinándose sobre la cama, para consolarlo. Daniel, sosteniendo todavía la de Katja, tomó la mano de Sylvia en la mano que le quedaba libre, de modo que los tres quedaron conectados.

–Katja va a salir de esta –le aseguró Sylvia–. Sabe que estás aquí por ella, dándole tus fuerzas y deseando que viva. Es solo cuestión de tiempo.

Daniel asintió y la miró, con sus ojos húmedos brillando en la tenue luz de la habitación.

–Ya he perdido a dos personas a las que amaba, Sylvia. No puedo perder a otra.

Capítulo 52

El milagro se produjo a mediados de febrero, cuando prácticamente todos habían empezado ya a perder la esperanza. Madame Duprés estaba convencida de que había sido gracias a sus plegarias por ella en una capilla lateral de Notre-Dame, y Daniel quería creerla, pese a que hacía mucho tiempo que había perdido la fe. Fuera milagro o no, Katja había recuperado la consciencia. Lo primero que oyó fue una voz. ¿Era de un hombre? Intentó abrir los ojos, pero sus párpados le pesaban.

–Katja –sintió esa voz de nuevo, suave y fresca como el musgo.

Apenas logró entreabrir los ojos, alcanzó a ver luces y sombras. Luego los colores. Azul, amarillo y verde. Y luego el tacto.

–Katja, soy yo.

Aquella mano, cálida y reconfortante, envolvía la suya, y entonces lo reconoció.

–Daniel.

–Sí, aquí estoy, mi amor. Estás bien. Vas a estar bien.

Ahora sus ojos consiguieron enfocar su cara, y vio su sonrisa.

–¿Qué ha pasado? –susurró ella.

Sentía la garganta llena de cristales.

–Da igual. Lo importante es que ahora estás a salvo –respondió él.

Un dolor agudo le atravesó el pecho. Dio un respingo.

–Me han disparado, ¿verdad?

La expresión de Daniel se ensombreció.

–¿Y el cuaderno?

Intentó moverse, pero el dolor volvió a azotarla.

–Está a salvo. No tienes de qué preocuparte.

Katja se relajó un poco al oírlo, pero luego volvió otro recuerdo.

–El agente. El hombre del *trilby*.

Daniel suspiró hondo y sacudió la cabeza.

–Olvídalo.

–Pero ¿qué pasó con él?

Daniel negó con la cabeza.

–Ya te lo he dicho, olvídate de él, mi amor.

¿Cómo iba a decirle que la policía francesa parecía incapaz o poco dispuesta a destinar los recursos necesarios para localizar a su atacante?

–Escapó, ¿verdad? Él... –Sus ojos se abrieron de espanto, pero otro ataque de dolor ahogó sus palabras.

–Lo único que importa ahora es que te mejores –insistió Daniel, tomándole una mano y llevándola hasta sus labios. Fue entonces cuando Katja reparó en el solitario anillo brillando a la luz.

–Un anillo –susurró ella–. ¿Daniel?

Lo miró fijamente, como pidiendo explicaciones.

Él movió la cabeza pensativo y luego, levantándose de la cama y sin mediar palabra, se arrodilló al lado de Katja, que, desconcertada, frunció el ceño. Pero seguidamente Daniel, cogiéndola de la mano de nuevo, la miró profundamente a los ojos y le dijo en un tono lírico y grave:

–Katja, querida, mi amor, ¿quieres casarte conmigo?

*

Con el comienzo del deshielo a finales de marzo, fue como si París, al igual que Katja, hubiera despertado de un largo sueño. Cuando el sol hizo sentir su presencia, las terrazas de los cafés volvieron a llenarse, la música de acordeón flotaba en el aire cálido, y Katja pudo por fin abandonar el hospital. Shakespeare and Company la volvía a necesitar.

—Bienvenida de nuevo —sonrió Sylvia, abriéndole los brazos para abrazarla.

Katja se inclinó hacia ella con cuidado. Todavía le fallaban las piernas, y simplemente cogió a su amiga de ambas manos. Su torso todavía estaba dolorido.

—Claro —dijo Sylvia, recordando de repente la herida—. Ya tienes lista tu habitación, querida. Daniel te ayudará a instalarte, y luego os llevaré un poco de tisana.

Habían llegado a la conclusión de que, hasta que Katja no estuviera del todo repuesta, el apartamento de Sylvia sobre la librería sería el lugar más seguro para quedarse. Para su asesino, Katja había muerto aquella tarde. Daniel había movido algunos hilos, logrando que los periódicos no se hicieran eco de aquel asalto. Aquello, pues, sería lo mejor para Katja. Nadie podía pasar por la librería sin ser visto. Y, como Daniel trabajaba todo el día y no podía cuidarla, dejó a Madame Duprés la responsabilidad de echarle un ojo a la paciente... entre siesta y siesta, claro está.

Mientras Katja estuvo en el hospital, la traducción del cuaderno se detuvo en un principio, con Daniel tratando de asimilar el impacto de haber estado a punto de perderla. Él luego centró todas sus fuerzas en la recuperación de Katja, pero, en cuanto ella recobró la consciencia, dedicó el doble de esfuerzo en la traducción. No cabían más excusas. Ahora más que nunca, el cuaderno se había convertido en una peligrosa responsabilidad. Cuanto antes se publicara, antes desaparecería el peligro. Sylvia seguía entusiasmada con el proyecto y, de algún modo, había logrado reunir el capital suficiente para financiarlo, estableciéndose un plazo límite para mandar una copia a los tipógrafos. El documento final debía estar en la imprenta en las próximas dos semanas, aunque distaba de estar a punto para entonces. Además, Katja tenía otras ideas.

–He estado pensando... –empezó a decirle a Daniel cuando fue a visitarla después del trabajo al día siguiente.

Él le había llevado en una bandeja una infusión y rodajas de manzana.

Todo el tiempo que pasó postrada en la cama del hospital le sirvió para pensar en una nueva estrategia. El plan de Sylvia de publicar el cuaderno traducido era generoso, pero, después del tiroteo, Katja creía que su publicación llevaría demasiado tiempo. Y, además, no existía ninguna garantía de que las librerías lo fueran a proveer. Tenía que actuar con celeridad.

Por lo que informaba la radio, parecía ser que Gran Bretaña era el único país presto a levantarse contra la tiranía nazi. Además, el Gobierno británico se había comprometido con la lucha mandando miles de tropas a Europa. La idea de entregar el cuaderno traducido a manos británicas se le ocurrió tras oír uno de los discursos retransmitidos de Mister Churchill. Según había advertido, mientras que todos en Europa esperaban que la tormenta pasara antes de que les llegase el turno de ser devorados, él temía que eso no fuera así. ¿Qué había dicho exactamente el primer ministro? Algo sobre que la furia se extendería «cada vez más fuerte, cada vez en más sitios», y alertaba a Francia y Gran Bretaña acerca de pactar una «paz bochornosa». Sus palabras lograron espolearla.

–Creo que deberíamos llevar la traducción a la embajada británica –soltó Katja de repente.

Su propuesta tomó desprevenido a Daniel.

—¿Qué?

La miró pasmado, sentado junto a ella en la cama.

—Tal vez su Gobierno esté interesado en conocer más a su enemigo.

Daniel permaneció callado. Claramente, aquella sugerencia lo había pillado por sorpresa. Tras un momento, asintió:

—Puede que hayas tenido una buena idea. Podría serles útil conocer cómo funciona la mente de Hitler. Y está todo ahí, sobre el papel. El doctor Viktor realizó, sin duda, un trabajo minucioso en la descripción de su perfil.

Katja contemplaba el interior de su taza.

—El cuaderno también estará más seguro en sus manos.

Cuanto más había pensado en ello en el hospital, más lógico le parecía.

—Sylvia tiene buenos contactos en la embajada británica —señaló Daniel.

—Porque todos son clientes suyos —repuso Katja sonriendo.

—La traducción está casi a punto. Me puse de nuevo con ella en cuanto supe que estabas... —Su voz empezó a fallar, y le costó unos instantes recuperar la compostura—. Pero necesito que me ayudes a terminarla.

Katja cogió su mano.

—Entonces daremos el paso. Está claro que los británicos lo querrán —dijo.

Pero Daniel ya no la estaba escuchando. Llevando la yema de uno de sus dedos a los labios de ella para que dejara de hablar, le dijo:

—Me alegra mucho tenerte de vuelta.

Y entonces la besó larga y tiernamente, y la guerra pareció estar a un millón de kilómetros de ambos.

Capítulo 53

Consiguieron una cita con el representante adjunto –un tal Mister Herbert Horner– en la embajada británica. Era un contacto personal de Sylvia y, por lo visto, también un admirador de Anthony Trollope. Sylvia dijo que una vez se quejó de que no podía entender que hubiera tanto revuelo en torno a Hemingway. Tras aquello, la librera reconoció que había enfriado su actitud con él, pero seguía teniéndolo de su lado.

Desde que dispararon a Katja, el cuaderno del doctor Viktor había estado guardado en una caja fuerte en Shakespeare and Company, y solo lo sacaban cuando Daniel o Sylvia trabajaban en él.

–Supongo que eso significa que, después de todo, ya no tendré ocasión de publicar el historial médico de ese pequeño tirano repugnante –razonó Sylvia, entregando la gruesa carpeta con las notas traducidas a los brazos de Daniel–. Habría sido un *best seller*, eso seguro.

Katja no ocultaba su decepción. Tanto ella como Daniel habían pasado muchas horas ocupados en la traducción y el mecanografiado de aquellas notas, preparando la copia para los impresores, pero las circunstancias habían cambiado de forma dramática.

–Apreciamos tu oferta en su momento. Realmente lo hicimos, pero así será más seguro para todos –le explicó Katja.

Descubrir que su asaltante alemán seguía rondando por ahí la había dejado en vilo. Únicamente cuando hubieran entregado la transcripción, junto con el cuaderno original, a los británicos, volvería a sentirse más tranquila. El sentimiento de saber que estaba pasándole un cáliz envenenado a otra persona le pesaba, pero ahora se lo entregaría a una organización, no a un individuo. Se sentiría aliviada al deshacerse de él, después de todas las desgracias que había acarreado no solamente sobre ella, sino sobre todas las personas relacionadas con él. Suficiente sangre había sido derramada ya. El doctor Viktor se sacrificó por él e, indirectamente, también lo hizo su madre. Si algo les pasaba a Daniel o a Sylvia, Katja jamás podría seguir viviendo en paz consigo misma. Ambos habían arriesgado mucho. Había llegado la hora de poner fin a todo aquello.

Daniel solía decir que el cuaderno era una «piedra de molino» que ella cargaba alrededor del cuello y que, mientras estuviera en su posesión, no podría ser libre. Tenía razón, por supuesto. Pero ya fuera una maldición, un cáliz o una piedra de molino, o cualquiera que fuera el nombre que uno quisiera darle, aquellas notas médicas sobre Hitler pronto dejarían de estar en manos de Katja, y tanto ella como Daniel podrían sentirse liberados de la fuente de todos sus males. Al menos, ese era el plan.

Enviaron un coche para llevarlos a la embajada británica, a poca distancia al otro lado del Sena. El chófer, Pierre, era uno de los que empleaba *The Parisian* habitualmente. Daniel sabía que era de fiar. La berlina llegó a la hora convenida, y Katja se acomodó en el asiento, con el cuaderno y la traducción mecanografiada sobre el regazo. Daniel estaba sentado a su lado.

–Dime que estoy haciendo lo correcto –dijo ella, mientras pasaban por la Place de la Concorde. La plaza se veía majestuosa bajo el sol primaveral. París había emergido de su capullo invernal con la primavera, aparentemente ajeno a la realidad de la guerra que se estaba librando a unos cientos de kilómetros de distancia. Era como si consideraran que, cual niño problemático, lo mejor era dejar a Hitler a su antojo. Y, tal vez, como ese niño conflictivo, dejaría de molestar si lo ignoraban.

–Por supuesto que estás haciendo lo correcto. Es lo que el doctor Viktor habría querido –le aseguró Daniel, apretándole la mano–. Finalmente, su voz será escuchada por gente capaz de hacer algo gracias a su trabajo.

Se llevó a los labios la mano de Katja y la besó. Ella estaba a punto de devolverle aquella ternura, de acercarse y besarlo en los labios, cuando el coche dio un volantazo de repente, haciéndolos caer bruscamente a la izquierda.

–¡¿Pero qué...?! –gritó Daniel.

El chófer no respondió de inmediato. Estaba demasiado ocupado mirando por el espejo retrovisor. Un Mercedes negro había salido disparado de una calle aledaña y casi se estrella contra ellos. Ahora les pisaba los talones, acelerando tras ellos por la Place Vendôme. Dando otro volantazo a la derecha, Pierre tiró por otra calle y se precipitó a toda velocidad hasta el otro extremo. Un giro a la izquierda los llevó hacia el Jardín de las Tullerías, antes de pisar el freno y detenerse con un chirrido, ocultándose detrás de un seto.

Katja se dio la vuelta para ver que el Mercedes pasaba de largo a toda velocidad. Inspiró profundamente.

Pierre alzó la vista hacia el retrovisor.

–Alguien está enfadado con usted, Monsieur Daniel –bromeó antes de poner la marcha atrás.

–Podríamos decir que sí –contestó él–. Tal vez deberíamos seguir caminando desde aquí. Puede que sea más seguro. Estamos a pocos minutos a pie.

Pierre respondió con un galo encogimiento de hombros.

–Como desee.

Daniel ayudó a Katja, que seguía fuertemente aferrada a la carpeta, a salir del coche. Ambos se mantuvieron cerca del perímetro de los jardines, mirando todo el tiempo por encima del hombro por si volvía el Mercedes. Cuando lo vieron de nuevo, rondando lentamente y muy cerca de la acera, se apretaron contra un árbol hasta que pasó. Pronto se encontraron en la Rue du Faubourg Saint-Honoré. Katja vio en lo alto la bandera del Reino Unido ondeando sobre un espléndido edificio. Mucha gente formaba una larga cola ante la entrada. Katja supuso que serían judíos desesperados buscando amparo. Los nazis estaban de camino. Habrían llegado al refugio de la embajada británica en el último momento.

*

Herbert Horner era un hombre de gruesas gafas, antiguo alumno del Eton College, con bigote encerado y un bien adiestrado perro de caza. El animal, tendido a los pies de su dueño, levantó la cabeza cuando Katja y Daniel entraron en el despacho del representante adjunto.

–¿No les molestan los perros, verdad? –preguntó Horner mientras se levantaba a saludarlos.

–Un perdiguero –dijo Daniel, experto, agachándose a darle palmaditas al perro.

–Sí, exacto. ¿Le gusta la caza? –repuso el inglés.

Daniel compartió una mirada cómplice con Katja. Estuvo tentado a responderle: «Sí, pero no de ciudadanos irlandeses inocentes». Pero, por el bien de Katja, puso a raya su lenguaraz cinismo y la diplomacia salió ganando.

–No, señor, pero, en el fondo, soy un chico de campo.

–Mmmm... E irlandés, al parecer –dijo Horner, volviendo a su asiento.

–Así es, pero es mi prometida la que tiene algo de interés para ustedes.

–Ah, sí. La carpeta, según me adelantó nuestra amiga en común, Miss Beach. Por supuesto, Miss Heinz, técnicamente es usted del bando enemigo, por lo que esta visita debe mantenerse en secreto. ¿Queda claro?

Katja asintió. No había sido fácil conseguir acceso a la embajada, y estaba agradecida por aquel encuentro.

El representante adjunto se inclinó hacia delante.

–¿Lo trae usted consigo?

Katja dejó el cuaderno sobre el escritorio, junto con la transcripción en la carpeta.

–Este es el original en alemán –explicó, señalándolo–. Y esta es la traducción al inglés.

Horner se colocó las gafas y cogió la carpeta.

–Mi alemán está un poco oxidado –dijo sonriendo, al ignorar el cuaderno y elegir directamente la traducción.

Tan pronto como inclinó la cabeza para leer la cubierta de la versión inglesa, volvió a levantarla de inmediato.

–¡Dios santo! –exclamó– ¡Notas médicas sobre Adolf Hitler!

Katja se sintió valorada con aquella reacción del embajador adjunto.

–Sí, señor. Fueron recopiladas por su psiquiatra, el doctor Ernst Viktor. Trató a Herr Hitler por un trastorno mental durante la Gran Guerra.

Horner se aclaró la garganta y movió los hombros en círculos dentro de su chaqueta, como si encontrara aquella revelación aún más inquietante.

—Ya veo —dijo al hojear las primeras páginas, sacudiendo la cabeza—. Este material es... —buscó la palabra indicada— extraordinario.

—¿Pero les será de utilidad a los británicos? —preguntó Daniel.

Horner asintió:

—Así será, imagino.

Katja frunció el ceño.

—¿Imagina, señor?

Aquella vaga respuesta no era lo que estaba esperando, especialmente tras la primera reacción del funcionario.

Horner se quitó las gafas de golpe y suspiró.

—Debo ser sincero con usted, Miss Heinz. —Sus ojos iban de Katja a Daniel y viceversa—. En el supuesto de que Hitler decida avanzar hacia occidente e invadir Francia, y, Dios no lo quiera, llegue hasta París, entonces tenemos instrucciones de quemar todos los documentos que poseemos para evitar que caigan en manos enemigas.

Daniel lo miró con recelo.

—No lo entiendo. ¿Qué nos está queriendo decir?

Horner colocó los codos sobre la mesa, formó un triángulo con los dedos y miró la carpeta.

—Lo que quiero decir, Mister Keenan, es que, por importante que sea esta información, podría terminar en una hoguera si la custodiamos aquí.

A Katja se le cayó el alma a los pies. No era lo que esperaba ni lo que quería oír.

—¿Qué sugiere que hagamos? —preguntó, empezando a mostrar su paciencia a punto de resquebrajarse.

–Si realmente desean que esto llegue a las manos adecuadas, y estoy seguro de que la inteligencia británica estará de lo más interesada, el único modo es llevarlo ustedes mismos.

Katja esperó un instante para ver si el funcionario estaba bromeando o no, pero Daniel, interpretando literalmente sus palabras, se pasó una mano exasperada por el pelo.

–No puede decirlo en serio –inquirió Katja.

Horner negó con la cabeza.

–No bromeo con este tipo de asuntos, Miss Heinz –le dijo–. Tenemos agentes. Agentes competentes cerca de Calais. Podrían hacerlo llegar al despacho adecuado.

Daniel resopló tan solo de pensarlo.

–No me lo puedo creer –murmuró muy bajo, haciendo que el perdiguero de repente se sentara sobre sus patas traseras y lo observara alerta. Se inclinó sobre el escritorio para mirar a Horner directamente a los ojos–. Hemos tenido que arriesgar nuestras vidas para llegar hasta aquí. A mi prometida incluso le dispararon. –Su dedo apuñalaba la carpeta–. ¿Y ahora me dice que tenemos que ir aún más lejos?

Temerosa de que Daniel se pasara de la raya, Katja le dirigió una mirada de reprimenda. Su temperamento podía dar al traste con todo, como bien sabía.

–Sería de gran utilidad si nos pudiera dar un nombre, señor –le dijo ella, con serenidad.

Herbert Horner movió la cabeza en señal de negación.

–Me temo que no puedo facilitar nombres de agentes, especialmente... –hizo una pausa, algo avergonzado– especialmente, y discúlpeme, a una ciudadana enemiga.

Ante aquel comentario, Daniel empezó a mirar al techo como suplicando a un ser superior. Katja vio que apretaba los puños, pero, de nuevo, se interpuso para calmar las aguas.

–Lo entiendo, Mister Horner. Les agradecemos su tiempo y...

De repente llamaron a la puerta, y la cabeza del perdiguero dio un brinco. Una mujer vestida con un traje que no le quedaba bien entró.

–Lo siento, Mister Horner, pero tiene a Sir George al aparato.

El representante adjunto se mostró aliviado al ser rescatado por una llamada telefónica.

–Si me disculpan –dijo, recibiendo el auricular de su despacho–. Es una llamada de la Oficina de Guerra.

Los estaban echando. Katja recogió la carpeta y el cuaderno del escritorio, y ambos se dirigieron a la puerta, abierta para ellos por la mujer del traje.

–Meldrum –soltó de pronto Horner a sus espaldas. Ambos se dieron la vuelta–. El contacto es Meldrum. Pero no lo saben por mí –advirtió, descolgando el teléfono–. Ah, y buena suerte –añadió, tapando el auricular con la mano y mirando a su perro. Luego susurró–: La van a necesitar.

Capítulo 54

—¿Y ahora qué hacemos?

Daniel se dejó caer en una butaca en el apartamento de Sylvia, tras servirse un gran vaso de *whisky*. Aunque por entonces ya apenas bebía licores, hizo una excepción, dadas las circunstancias.

Katja, sentada en el brazo del sillón, se mostró muy sorprendida ante aquella pregunta, como si todavía quedara algún resquicio de duda. Se irguió.

—Vamos a Calais, por supuesto.

Daniel farfulló su respuesta:

—¿Lo dices en serio?

—Pues claro que sí —respondió ella, golpeando juguetona a su prometido en el hombro—. Podemos ir en tren. No será fácil. Sé que la mayoría están cargados de tropas que van y vienen al frente en estos momentos, pero hallaremos la manera.

Él la miró con los ojos muy abiertos, inclinándose hacia delante con el codo apoyado en sus rodillas.

—¿Y luego qué? Una vez en Calais, ¿cómo encontramos a ese Meldrum, o comoquiera que se llame? ¿Es un agente británico o tal vez un oficial de las Fuerzas Armadas? Sencillamente, no lo sabemos...

Su voz estaba teñida de desesperación.

Katja se encogió de hombros.

–No puede ser tan difícil. Habrá redes. Conexiones. Al fin y al cabo, tú te dedicas a eso, Daniel. Me dijiste una vez que, si los buenos periodistas se mezclan con la gente adecuada, entonces surgen buenas historias.

Él sonrió y sacudió la cabeza.

–¿Eso dije? –preguntó, contemplando el fondo de su vaso.

–Sí, así es –insistió Katja, enarcando una ceja y acercándose para rodearle el cuello con su brazo.

Él se cuadró ante ella.

–Y si decido ir contigo a Calais, ¿qué harás tú por mí?

Aquel comentario la descolocó un poco, y se puso de pie.

–Yo... bueno... –Sacudió la cabeza y lo miró profundamente a los ojos–. No te voy a mentir, mi amor. Será peligroso, y entenderé si no quieres venir conmigo. Estoy siendo un poco loca e imprudente, pero, si no hago todo cuanto esté a mi alcance para que el cuaderno llegue a las manos apropiadas, entonces no podré vivir conmigo misma.

Daniel gesticuló una negativa y soltó con brusquedad:

–Si las cosas van mal, simplemente no podrás seguir viviendo. Punto y final.

Ambos eran conscientes de que conseguir o no entregar el cuaderno era una cuestión de azar. Pero Daniel también sabía que la mujer con la que tenía intención de pasar el resto de su vida se iría a Calais con o sin él. Así que, al cabo de un instante, dijo:

–Por supuesto que iré contigo, querida. –Le plantó un beso inesperado en los labios, y le cogió la mano izquierda para contemplar el anillo de compromiso que le había puesto en el dedo cuando estaba en el hospital–. Pero solo con una condición –añadió pensativo.

–¿Cuál? –preguntó Katja curiosa.

Levantando la vista de nuevo, pronunció con una sonrisa:

—Que nuestro viaje a la costa francesa sea también nuestra luna de miel.

*

—Estás tan guapa —dijo Monique, observando el reflejo de Katja al sentarse frente al espejo de tres caras del apartamento de Sylvia.

Llevaba el rostro despejado, con la melena rubia recogida hacia atrás y adornada con flores frescas, sujetas mediante una antigua peineta de marfil.

—Algo prestado —añadió Sylvia, guiñando el ojo.

Los ojos de Katja se veían húmedos bajo el sol de aquella primavera tardía. De pequeña, siempre había imaginado el día de su boda, pero jamás pensó que sería así. Feliz, sí, pero teñido de profunda tristeza y una sensación de urgencia. Había pasado menos de una semana desde su encuentro con el representante de la embajada británica, y tanto ella como Daniel habían tomado una decisión. Su misión en Calais no podía esperar. Pidieron hora a la *mairie* a toda prisa. Además de Sylvia, Monique y Oskar, todo el personal de la Biblioteca de los Libros Quemados fueron invitados a la ceremonia, así como algunos compañeros de trabajo de Daniel en *The Parisian*, incluyendo a Chuck Patterson y su esposa, y, por supuesto, a Madame Duprés.

Al levantarse de su pequeño banco en el tocador, Katja se dirigió al espejo de pie para inspeccionar su vestido. Monique había tenido la amabilidad de dejarle el vestido largo y de color marfil que había llevado cinco años antes en su propia boda. Verse vestida de novia fue demasiado para

Katja, y la temida ola de emoción que amenazaba con salir acabó por desbordarse.

Al romper a llorar, Monique corrió hacia ella.

—*Oh, ma chérie!* —trató de calmarla, rodeándola con sus brazos—. Eres sensible. Es el día de tu boda. Es de lo más natural.

—¡Ay, Monique! —exclamó Katja, agradecida por aquel amistoso abrazo, pero no podía explicarle cómo se sentía en realidad.

Sí, era el día de su boda y no tenía dudas de que Daniel fuera su alma gemela. Por ello se sentía absolutamente afortunada. Sin embargo, junto a esa felicidad, estaba ese sentimiento de tristeza por no poder compartir con ninguno de sus padres aquel día. Y, más aún, ensombreciéndolo todo, estaba el hecho de que el día de su boda podría ser también su despedida final. Si algo iba mal —mal de verdad— en Calais, sería la última vez que estaría con la gente que más le importaba en el mundo. ¿Cómo podía explicarle a Monique que aquel sentimiento planeaba sobre ella como un pájaro de mal agüero?

—Disculpa —dijo Katja finalmente, apartándose—. Tienes razón. Es de lo más natural sentirse así.

El banquete tuvo lugar en el restaurante de Michaud, donde Katja y Daniel habían cenado por primera vez *à deux*. A causa de la guerra, el Gobierno había decretado un día exento de carne, pero a nadie le importó que los canapés no la incluyeran, siempre que el champán fluyera en abundancia. Pocos de los invitados conocían la existencia del cuaderno, por supuesto, pero todos sabían que Katja había huido de un régimen asesino.

Cuando llegó el momento de los discursos, Sylvia insistió

en hacer uno. Al ponerse en pie, la sala entera pareció caer bajo su embrujo.

—Si alguna vez hubo malhadados amantes, helos aquí —anunció a un público silencioso, volteando con gracia su cabeza en dirección a los recién casados—. Su amor por la literatura los unió, y, es justo decirlo, también están entre mis mejores clientes, así que espero que lo sigan siendo durante muchos años.

Sus palabras alegraron el ánimo de los presentes. La risa de Chuck Patterson se oía por encima de la de todos los demás, en un ambiente festivo que incluso logró mantener a Madame Duprés despierta.

Cuando le tocó el turno a Daniel, se puso en pie para recordar a aquellos que deberían haber estado con ellos para celebrarlo: el doctor Viktor y, por supuesto, los padres de Katja.

—Habrían estado muy orgullosos de su hija si hubieran estado hoy aquí. Orgullosos de su sentido del deber y de la justicia, de su voluntad de sacrificarse por sus creencias. —La miró allí, sentada a su lado ya como su esposa, y añadió—: Tan solo espero estar a la altura de su coraje.

Aquella noche, por vez primera, Katja durmió en la cama doble de Daniel. En la cama individual, con apenas un endeble tabique de separación entre ellos, se había quedado muchas veces despierta durante horas escuchando el sonido de su respiración. En ocasiones lo había oído hablar. Suponía que estaría soñando con Grace y Bridie. Tal vez tenía pesadillas con ellas, del mismo modo que ella las tenía con su padre en medio de las llamas. Una vez, cuando escuchó que un grito se convertía en sollozo, corrió hacia su lado para tumbarse con él y rodearle la cabeza con sus brazos.

Daniel no se despertó y no parecía ser consciente de que ella estuviera allí, pero daba la impresión de que su presencia lo reconfortaba y enseguida se tranquilizó.

Lo había deseado como a ningún otro hombre, y ahora que su deseo había sido oficialmente bendecido, podía dejar que la engullera. Daniel sentía lo mismo. Apenas estuvo cerrada la puerta de su apartamento, cayeron el uno en los brazos del otro, arrancándose frenéticamente la ropa, corriendo hacia la cama, la cama doble. Al principio fue una locura. Katja se vio atrapada en un tornado que le hacía dar vueltas a su alrededor, dejándola sin aliento. Pero luego llegó la ternura.

Al sentir la blanda piel desnuda de Daniel, acarició su cabello y buscó su corazón.

—Gracias —le dijo él, con gentileza.

—¿Por qué?

—Por esperarme.

Capítulo 55

—A ver si me aclaro –dijo Chuck Patterson con los pies sobre la mesa, escuchando lo que le proponía su corresponsal estrella.

Se masajeaba la nuca mientras se iba haciendo a la idea. A medida que la guerra se iba prolongando semana tras semana, finalmente comprendió que no podía seguir ignorándola. Estaba afectando a la vida de sus lectores, que veían restringidas sus vacaciones en yate y sus banquetes formales. Además, había llegado a pensar que necesitaría un corresponsal de guerra.

–Entonces, ¿tú te encargas del texto y tu encantadora nueva esposa sacará las fotografías?

Al principio, Daniel sintió horror ante el plan que Katja había tramado el día anterior. Pero finalmente lo aceptó. Los recién casados serían periodistas de guerra totalmente acreditados, viajarían en tren con las tropas y tendrían carta blanca para llegar hasta el frente. Allí, de algún modo, lograrían encontrar al tal Meldrum, el hombre a quien podían confiar la carpeta para llevarlo al MI6 o a Whitehall, o a quien fuera que la encontrara útil en Gran Bretaña. Era de locos. Peligroso, además. Pero, con Daniel a su lado, Katja sintió que tenía el valor para terminar la misión que había emprendido con el doctor Viktor. Lo haría en nombre de su recuerdo, y en el de sus padres también.

–Entonces, ¿tu esposa es fotógrafa?

Lo puso a prueba Patterson.

–No –respondió Daniel con sinceridad–. Pero aprende rápido y, conociendo a Katja, seguro que encontrará la forma de acompañarme de todos modos. Así que, ya que estará conmigo, ¿por qué no encargarse ella de conseguirte algunas instantáneas ?

*

El estado de ánimo de las tropas en el tren a Calais era diverso. Desde el vagón que ocupaba, abrazada a Daniel, Katja podía oír a algunos soldados cantando canciones enardecedoras; otros, en cambio, viajaban más pensativos.

Había otros dos periodistas en el vagón, junto con un fotógrafo que todavía no había abierto la boca y que, por lo que Katja había podido leer en sus papeles, era francés y se llamaba Gerard Joubert. Todos hombres, todos fumando y, lo que era más importante, legítimos corresponsales de una revista, periódico o agencia de prensa. Y allí estaba ella, sentada con una bomba sin explotar en forma de carpeta, en una mochila sobre el regazo. Se sentía una impostora, haciéndose pasar por una experimentada fotoperiodista cuando, en realidad, más que disparar fotos, era el tiro a los patos de las atracciones de feria lo que ella había practicado. Daniel, por contra, ya había cubierto una guerra. Nunca había entrado en detalle sobre lo que había visto en España cuatro años antes, pero sabía, por su expresión, que la mera mención de aquello lo dejaba de un humor sombrío.

La noticia del avance de los alemanes llegó dos días después de su reunión con Patterson. Katja le había ofrecido a Daniel la oportunidad de echarse atrás, de retirarse: «Parece que se dirigen hacia nosotros», le había dicho. Ella, en cambio, ya había llegado hasta ahí y seguiría hasta lograr lo que se había propuesto, ya fuera con su nuevo esposo o sin él.

A unos veinte minutos de Calais, fue Katja quien empezó a tener dudas. Mirando a lo lejos a través de la ventana del vagón, vio columnas de humo negro elevarse al cielo azul, difuminando el crudo horizonte. Miró a Daniel, que también entrecerraba los ojos por la luz del sol, tratando de procesar lo que estaba viendo. Llevaban dos días enteros viajando por culpa de unos retrasos en la línea que les habían obligado a pasar una noche en vela en un andén de Lille. Estaban, además, desconectados de la actualidad. «Qué ironía», pensó ella. Así que, cuando el tren se detuvo una hora después, uno de los periodistas –un robusto canadiense llamado Flanders, con una barba de al menos tres días– salió para enterarse de las novedades. Diez minutos más tarde regresó y, con rostro lúgubre, les comunicó las inquietantes noticias:

–Los alemanes han logrado avances, y los británicos están huyendo. Parece que tendrán que evacuar Calais.

–¡Menuda bomba! –dijo un inglés andrajoso, pelirrojo y con un ojo de cristal, de una agencia de noticias.

Katja miró a Daniel y vio que la sombra del miedo se posaba en su rostro. No era lo que habían planeado. Pocos días antes, Calais no era ni siquiera importante estratégicamente para los británicos. Ahora, de repente, se había vuelto crucial para las cadenas de suministro. Aunque quisieran, no había vuelta atrás.

Cuando finalmente lograron llegar al puerto de Calais y salieron de la estación de ferrocarril, las murallas del casco antiguo se cernían sobre ellos. Enfrente estaba el mar, gris como las temibles fortificaciones. El ruido de un arma en algún lugar cercano espantó a las palomas que allí había y, por un instante fugaz, Katja pensó en Mutti, pero enseguida vio a un soldado bigotudo que se acercaba a ellos. El brigadier Wareham resultó ser el oficial de enlace entre el ejército y la prensa; Katja tuvo la impresión de que había elegido el trabajo menos idóneo, porque no podía ocultar su desagrado por la prensa.

–No podrían haber elegido un momento peor –dijo mientras su ayudante los conducía a los cinco a un Land Rover–. Esto se va a poner tremendamente difícil. –Dio un golpecito a la cámara de Joubert–. Nada de fotografías no autorizadas –advirtió, antes de dirigirse a Katja y preguntarle en tono paternalista–: ¿Cree que va a poder con esto, jovencita?

Katja abrió la boca para protestar, pero Daniel le apretó la mano disimuladamente.

–Esta jovencita es mi mujer –repuso con una sonrisa falsa–. Estará más que bien.

El chófer del oficial llevó al equipo de prensa al campamento británico, cruzándose con cientos de soldados franceses por el camino. Estaban protegiendo los baluartes y murallas que apuntalaban la ciudad antigua. Sus rostros se veían fatigados y demacrados. Katja pudo advertir que solo eran soldados de nombre: sus corazones se encontraban en el campo o con sus familias. No tenían estómago para la lucha.

Cuando el Land Rover llegó al puerto, nuevos barcos soltaban su cargamento de tropas de refuerzo. Decenas de jóvenes uniformados de color caqui salían disparados de las pasarelas y se dirigían a la ciudad para acampar. El ruido de los camiones y la maquinaria era casi insufrible, y los ladridos de las órdenes se perdían en medio de una cacofonía de aviones de la Royal Air Force.

–Los alemanes están avanzando con varias docenas de tanques Panzer –gritó Wareham imponiéndose al traqueteo del motor.

Daniel dio un abrazo tranquilizador a Katja mientras rebotaban por la irregular carretera hacia el campamento británico. Sus ojos se desviaron hasta la mochila, que ella seguía apretando sobre su regazo. Acercándose a su oído, le susurró:

–Cuando finalmente encontremos a ese Meldrum, ya estaremos fuera de esto. Entonces nos podremos largar.

Su voz manifestaba un cierto desdén. Había llegado a odiar aquella carpeta, culpándola de haberlos metido en aquel desastre.

Katja asintió. Con el veloz avance de las tropas alemanas, sabía que tan pronto como depositaran la carpeta en manos que fueran de fiar debían buscar el modo de regresar a París, antes de que fuera demasiado tarde.

Una vez que llegaron al cuartel general, Wareham les mostró la sala de prensa: una oficina improvisada con dos mesas, tres máquinas de escribir y dos teléfonos de campaña.

–¿Y esto es todo? –preguntó Flanders, a quien no parecía preocuparle si alguien podía sentirse ofendido.

Wareham hizo un movimiento nervioso con el bigote.

–No es mucho, pero tendrán que ir tirando con lo que hay –les dijo.

Los ojos de Katja barrieron la sala.

–¿Y si nos hace falta algo, señor? –preguntó ella.

–Espero de todo corazón que no me molesten. Tengo mejores cosas que hacer. Pero, si surge algo, pueden acudir al coronel Meldrum. Él los ayudará.

–Gracias –dijo Katja, incapaz de creerse su suerte.

El brigadier Wareham acababa de evitarles un montón de gestiones y burocracia al identificar al contacto que les había nombrado el diplomático británico. Asegurándose de que no pudieran oírlos, Katja se volvió a Daniel, emocionada, y le dijo:

—En ese caso, mañana haremos una visita al coronel Meldrum.

Aquella noche, mientras yacían uno al lado del otro en las camas del campamento, escuchando el martilleo de las armas a unos pocos kilómetros tierra adentro, Katja se sentía inquieta. Como si intuyera su agitación, Daniel se irguió apoyado en un codo y le alargó una mano en las tinieblas.

—¿Cómo le va su luna de miel, Misses Keenan? ¿Disfrutándola? —preguntó.

Un haz de luz procedente del exterior de la tienda le iluminaba el blanco de los ojos.

Acercándose ella también, le pasó un brazo alrededor del cuello y, atrayéndolo hacia sí, le plantó un suave beso en los labios. «Misses Keenan», repetía en su cabeza. Su nuevo nombre sonaba maravilloso pero ajeno al mismo tiempo. A punto estuvo de decírselo, de contarle su secreto, pero consiguió acallar su impulso. Resultaba más seguro para él si no lo sabía. Entrelazando sus dedos con los de Daniel, se durmió reconfortada, pensando que, si ambos morían aquella noche, al menos sería como marido y mujer; como uno solo, en la vida y en la muerte.

Capítulo 56

Calais

El cielo azul se volvió de un gris ominoso a la mañana siguiente, coincidiendo con la noticia de que una división de tanques alemana, detenida el día anterior, había empezado a avanzar de nuevo hacia Calais. Una batalla se estaba librando a menos de sesenta kilómetros hacia el interior. La Luftwaffe había salido en masa. Había, por lo menos, ciento cincuenta tanques enemigos, según los rumores de inteligencia que le habían llegado a Daniel, y más de quince mil hombres.

–Eso significa que los británicos y los franceses están en desventaja numérica: tres alemanes por cada uno –calculó el canadiense–. No creo que tengan muchas posibilidades.

–¿Ellos solo? ¿Y nosotros qué posibilidades tenemos? –preguntó el reportero pelirrojo del traje astroso, a quien Katja conocía ahora como Sharples–. Acabo de escuchar que los alemanes rechazaron una ofensiva en la carretera a Dunkerque y que los británicos tuvieron que batirse en retirada. Nos van a acorralar.

Estaba dibujando una imagen funesta, y Katja se dio cuenta de que el tiempo se estaba agotando.

–Tenemos que ir a ver al tal Meldrum ahora mismo –le dijo a Daniel, que se hallaba mecanografiando un parte en la sala de prensa–. Está en el cuartel general, en la ciudad.

—¿Cómo te has enterado? —preguntó él.

Katja dio un par de palmaditas al estuche con la cámara Rolleiflex que colgaba de su cuello.

—Estuve hablando con un capitán que quería una foto de recuerdo —contestó—. Le prometí que se la mandaría a su amada si me decía dónde podía encontrar al coronel.

Daniel asintió:

—Entonces, ¿a qué estamos esperando?

Pidieron que los llevaran al casco antiguo de la ciudad, rodeado por viejas murallas que se alzaban imponentes y oscuras. Los franceses las protegían, con los cañones que asomaban desde los baluartes apuntando directamente hacia el mar.

—El despacho de Meldrum está en un sótano. Debe de ser por aquí cerca —gritó ella.

Su voz sonaba ronca, como si se hubiera fumado cien cigarrillos a la vez. Saltó del Land Rover y aterrizó con un golpe seco, con la carpeta en la mochila colgada delante.

Esquivando furgonetas y zigzagueando entre columnas de tropas, al fin llegaron a la Rue León Gambetta. A su alrededor, todo era un caos. El estruendo de los tanques disparando se intensificaba a cada hora y flotaba un olor acre en el aire. Colas de harapientos civiles y soldados heridos serpenteaban hacia la Gare Maritime para subirse a barcos de evacuación que llegaban y eran atacados nada más atracar en el puerto.

Avanzaron con esfuerzo, de vez en cuando aplastándose contra la pared para sortear camiones cargados de suministros. Había hombres gritándose unos a otros por encima del zumbido de los motores. Una fila de vehículos salía lentamente de la ciudad para bloquear las carreteras antes de que llegaran los tanques alemanes.

De repente, Katja vio a un grupo de oficiales saliendo de un edificio.

–¡Debe de ser aquí! –gritó, abrazando su mochila contra el pecho.

Corriendo hacia la puerta principal, sintió que su corazón se aceleraba. No tenía ni idea de cómo iba a acceder al tal coronel Meldrum, ni de cómo lo persuadiría para que llevara la carpeta a un lugar seguro; pero sabía que debía intentarlo. Daniel estaba a unos pasos de distancia, mientras ella se precipitaba hacia una escalera.

–¡Señorita! ¡Señorita! –Un guardia le cortó el paso–. Solamente personal autorizado.

–Pero el coronel Meldrum me busca –respondió ella, mostrando su pase de prensa–. Estoy aquí para fotografiar documentos sensibles.

Los ojos del soldado se abrieron de par en par al inspeccionar el pase.

–Ah, entonces pase, señorita –concedió, retirándose a un lado. Pero al ver que Daniel también quería acceder al despacho del coronel, se puso en medio–. Solo usted, señorita.

Katja inspiró profundamente y le lanzó una mirada a Daniel. Tendría que hacerlo sola.

Corriendo por el pasillo, zigzagueando entre el laberinto de pasadizos, llegó a lo que suponía que sería el despacho del coronel Meldrum. Ante ella había un tremendo caos. El aire estaba cargado de polvo. Había cajas apiladas hasta el techo, papeles a medio empaquetar y mapas rasgados en las paredes.

Asaltando a un recluta que pasaba por allí, Katja le mostró su cámara mientras le decía apenas sin aliento:

–Estoy aquí por orden del coronel Meldrum.

El recluta se detuvo a mirarla de pies a cabeza.

–Si usted lo dice, señorita –contestó, y luego apuntó con la cabeza a un hombre de mediana edad con boina de un regimiento, que gritaba mientras hablaba por teléfono.

Cuando colgó el auricular, Katja le saltó encima.

–Señor. Coronel Meldrum, señor.

El oficial refunfuñó.

–¡¿Cómo demonios ha llegado usted hasta aquí?! –exclamó.

–Señor, tengo algo muy importante que entregarle, pero es secreto. –Sus ojos se desplazaron a otro oficial que los observaba.

–¿Me será de utilidad para impedir que casi doscientos tanques alemanes aniquilen a la mayoría de mis hombres? –ladró.

Katja flaqueó.

–No.

–Entonces, no me interesa.

Se puso en pie, pero Katja le bloqueó el paso.

–Por favor, señor. Puede que no detenga a los tanques, pero podría ser de ayuda en la guerra. Debe escucharme.

El coronel estaba escandalizado.

–Joven, yo no tengo por qué hacer nada de lo que usted me diga. Fuera de mi camino.

Continuó con sus zancadas hasta la puerta.

–Se lo ruego, señor. Mister Horner, de su embajada en París, me dio su nombre.

–¡¿Cómo?!

Ahora que había logrado captar su atención, Katja hurgó en la mochila para sacar la carpeta.

–Mire, señor. –Se la plantó delante de sus narices.

–¿Qué diablos es esto? –preguntó al verlo.

Katja tomó oxígeno.

–El historial de salud mental de Adolf Hitler. Demuestra que es psicológicamente peligroso, señor.

Meldrum agarró el documento y clavó los ojos en la cubierta.

–¡Dios santo! Notas médicas sobre Hitler. Bueno, supongo que esto es algo –dijo. ¿Se estaba ablandando? Katja rezó para que así fuera, pero perdió toda esperanza cuando se lo devolvió–. Pero estaremos evacuando la ciudad en las próximas horas, y es probable que muchos de nosotros no vayamos a salir de esta. De modo que, jovencita, si yo estuviera en su lugar, cuidaría de algo de semejante importancia y procuraría hallar otro modo de introducirlo en Inglaterra, porque ahora mismo yo no estoy seguro de poder hacerlo.

Pasó de largo y salió, dejándola a solas con la carpeta.

Aquel era el fin.

Un minuto más tarde, Katja abandonó el edificio y acudió al lugar donde la esperaba Daniel. Por la expresión de Katja, supo que no había podido convencer al coronel para que aceptara su preciado envío. Ella lo miró, con los ojos llenos de frustración y de furia.

–¿Dijo que no?

Katja cerró los puños.

–He sido tan estúpida –gruñó, apretando los dientes.

–Vayámonos de aquí –dijo Daniel, conduciéndola al creciente caos de la calle. Una columna silenciosa de tropas exhaustas, con los destrozados restos de las compañías, recorrían penosamente la calle hacia el puerto.

–Debe de haber otro modo –decía furiosa–. Si al menos pudiéramos...

Daniel la agarró entonces y, clavando sus manos sobre sus hombros, la empujó contra una pared.

–Lo has intentado –le dijo con los labios resecos–. Lo hemos intentado, pero...

Justo entonces, un Messerschmitt solitario sobrevoló sus cabezas y empezó a escupir balas, ametrallando a las tropas que había en tierra. Algunos hombres se lanzaron al suelo, otros corrieron a ponerse a cubierto. Daniel llevó a Katja tras un muro cercano mientras el ataque del avión era respondido con una descarga de artillería antiaérea desde algún lugar cercano al puerto. Pero los tiros fallaron, y el piloto alemán vivió un día más para seguir matando.

Daniel ayudó a Katja a levantarse. Sin inmutarse, ella sacudió la cabeza. Tenía su mejilla derecha algo manchada de tierra, pero Daniel advirtió algo más en su rostro: una mirada salvaje ardía en sus ojos.

—¿No lo entiendes, verdad? —le gritó ella, ahora con la voz áspera y severa.

—¿Qué? —Daniel se echó hacia atrás, como si lo hubiera azotado con un cinturón.

—No voy a rendirme. No puedo —chilló, entre el ruido de los obuses que explotaban.

—No seas absurda, no va a servir de nada —replicó él, agarrándola de la muñeca.

—Yo misma llevaré la carpeta a Inglaterra —espetó, mientras intentaba soltarse.

Daniel encontró la idea tan ridícula que dejó escapar una sonrisa de sus labios, que enseguida se desvaneció al ver que Katja hablaba totalmente en serio.

—¿Qué? ¿Pero cómo? Los alemanes nos están rodeando. Este lugar es lo único que hay entre ellos y los británicos, y no nos van a dejar marchar voluntariamente.

—Hay barcos. Los hemos visto. Se llevan a los heridos. Podrían llevarme.

Daniel se rascó la nuca y dio una vuelta completa sobre sí mismo, como si, con ello, pudiera hacer desaparecer el disparatado plan de su esposa. Por la cara que seguía poniendo ella, supo que no había surtido efecto.

Dio un golpe a la mochila que ella llevaba.

—Entonces, ¿quieres llevarla a Inglaterra? ¿A Whitehall, a Westminster o adónde sea que se reúnan los mandamases británicos? ¿O por qué no entregársela a Mister Churchill en persona? —Agitaba las manos con frustración—. ¡Te estoy diciendo que es una locura, Katja!

Ante aquella bronca, Katja permanecía en silencio, viendo cómo él le decía que había llegado la hora de abandonar la misión que los había unido.

Lentamente, ella negó con la cabeza y escudriñó sus ojos.

—Daniel —le dijo, con un tono más moderado—. Si me rindo ahora, no podré vivir conmigo misma.

—¿Incluso si eso implica morir en el intento? —preguntó exasperado.

Ella asintió de nuevo:

—Sí. Antes prefiero morir en el intento que vivir habiendo fracasado.

Él suspiró con fuerza y luego la atrajo hacia él, pero la mochila se interpuso en su camino, de modo que le quitó las correas de los hombros y la besó en los labios.

—Y por eso te quiero —dijo él.

Ella se separó, con los ojos en llamas.

—Muy bien —gritó, cogiendo de nuevo la mochila—. ¡Entonces tenemos un barco que abordar! Y, tomándolo de la mano, empezó a correr en dirección al puerto.

*

Cuando cayó la noche, los tanques alemanes retumbaron hasta las antiguas puertas de Calais. Bajo el fuego de artillería pesada, atacaron por el sur y el suroeste de la ciudad. El destacamento se propulsó hasta las posiciones avanzadas de un batallón británico, y los hombres exhaustos tuvieron que ser evacuados. Los alemanes rápidamente tomaron un puente y rompieron los muros del perímetro exterior, rodeándolos como cucarachas y ametrallando a cualquiera que se encontrara en su camino. Hacia el amanecer, estaba claro que habían abierto las fauces del infierno. Desde arriba, empezaron a llover obuses sobre los barcos que trasportaban a los heridos, que, aun así, seguían llegando: en muletas, en camillas, todos ellos tratando de esquivar el incesante bombardeo.

En la ciudad vieja, explosiones y chirridos ensordecedores rasgaban el fangoso cielo, y las antiguas murallas que un día rechazaron a corsarios e invasores amenazaban ahora con desmoronarse como castillos de arena.

—¡Debemos llegar al muelle! —gritó Katja en medio del atronador rugido de la artillería, con su propia voz luchando por sobreponerse a su garganta seca. Pero ¿cómo lo harían? Era imposible de saber. Los emplazamientos de las ametralladoras estaban fijos y apuntaban al mar, y no tierra adentro al enemigo. A pesar de estar bajo fuego intenso, algunos soldados parecían seguir manteniendo su posición, pero iban cayendo en número conforme los obuses alemanes alcanzaban su objetivo.

Katja y Daniel estaban en las afueras de la ciudad, al este del puerto. Cerca de ellos, los soldados se amontonaban en camiones; sin previo aviso, Daniel cogió de la mano de Katja y se subieron a uno, justo cuando empezaba arrancar en dirección a los muelles. Esquivando explosiones de obuses por el camino, el camión llegó cinco minutos después, encontrando una masa de soldados y civiles que se arremolinaban alrededor del embarcadero: estaban todos aterrorizados, perdidos y sin saber qué hacer. Un oficial de alto rango se subió de repente sobre el capó de un Land Rover y tomó el mando, ordenando a las tropas que adoptaran posiciones en las casas que había a ambos lados del puente.

–¡Luchad como en el maldito infierno! –oyó Katja que gritaba.

Mientras tanto, ella y Daniel se habían metido en un almacén del extremo este del puerto, donde se vieron obligados a refugiarse. Para su asombro, los otros dos periodistas también estaban escondidos en el mismo edificio. Parte del techo se había venido abajo, y tuvieron que abrirse paso entre puntiagudas vigas y cristales rotos hasta llegar a una zona que seguía indemne. Hallaron un montón de sacos vacíos apilados en una esquina, con los que podrían mantenerse abrigados. No había rastro de Joubert. Sharples, el reportero de la agencia, comentó que creía haber visto que lo abatían.

En la ciudad, la lucha se endureció y los Stukas, desde el cielo, soltaron su letal cargamento. Lanzaron bombas indiscriminadamente sobre el puerto y la ciudad vieja. Flanders y Sharples salieron a buscar comida y agua, y, lo más importante, información. Pero, al caer la noche, el canadiense regresó tambaleándose, agarrándose un brazo ensangrentado y con noticias funestas.

–La esvástica ya ondea sobre el Hôtel de Ville, y los alemanes han enviado al alcalde a la ciudad para pedir a los británicos que se rindan –jadeó–. Si no lo hacen, no quedará piedra sobre piedra en Calais.

–¿Y se han rendido? –preguntó Katja, apresurándose a inspeccionar su herida.

–Todas las comunicaciones con Londres están cortadas, pero ese loco brigadier que tienen, Nicholson, le ha dicho al alemán que, si quieren Calais, tendrán que luchar por ella.

Durante las siguientes horas, la batalla se recrudeció. Katja se tapaba los oídos para intentar dormir un poco echada sobre los sacos, pero era inútil. La oportunidad de escapar se estaba yendo a pique. Entonces decidió actuar.

–¿No estarás pensando en hacer fotos? –preguntó Daniel, viendo que abría el estuche de su cámara.

–Solo compruebo que no se haya estropeado –dijo ella, de espaldas a él. Un segundo más tarde se giró, sonriendo–. ¿Quién sabe? Puede que todavía se pueda revelar la película.

–Y esa es otra razón por la que te amo –repuso Daniel–. ¡Eres tan testaruda! –La besó en la cabeza e hizo que se sentara con él en el suelo, apoyados ambos contra la pared–. Puede que no me gusten los británicos, pero luchan tremendamente bien. No se rinden –reconoció, mientras colocaba un saco sobre ellos para calentarse.

Un momento más tarde, otro obús aterrizó cerca. Hizo temblar el suelo a sus pies y que se desplomaran varios cascotes, justo cuando la puerta se abrió de golpe. Sharples estaba de pie, y la sangre le brotaba de una herida en la cabeza. Katja se acercó a ayudarlo.

–Esto me enseñará a no rondar por ahí –bromeó débil.

Daniel lo ayudó a sentarse mientras Katja le limpiaba la herida con una venda que conservaba de su estancia en el hospital.

–Vas a estar bien –le dijo ella–. Es un corte muy feo, pero vivirás.

–Se están quedando sin municiones –gruñó–. Es inútil.

Hacia la medianoche, excepto por los fuegos que ardían

por la Place d'Armes, todo estaba siniestramente tranquilo. Las armas habían callado.

En el interior del almacén, Katja estaba temblando de frío y se llevó el saco hasta la altura de la barbilla.

—No me gusta esto —dijo, temerosa de que casi todos los demás hubieran sido ya evacuados y los hubieran dejado allí solos para enfrentar al enemigo.

Daniel caminó sigiloso hasta una ventana que había explotado. A través de aquella oscuridad, sus ojos no acertaban a ver más que negro. Pero sí pudo oír el leve murmullo de unos hombres que hablaban cerca. Y no solo eso... ¿Tal vez había un barco ahí fuera? Se sentía la débil vibración de un motor. ¿Estaban evacuando todavía? Era imposible saberlo.

Arrastrándose por el suelo, le dijo a Katja:

—No estamos solos, pero no sé decir cuántos británicos quedan. —La acercó a él de un tirón.

—Lo siento mucho —susurró ella un momento después, mientras él la sostenía, tiritando, entre sus brazos.

—¿El qué sientes? —Daniel se puso rígido—. ¿Qué has hecho por lo que te tengas que disculparte?

—Arrastrarte hasta aquí. Hacer que vinieras aquí.

—No me has obligado a hacer nada —le dijo él—. Sabes que voluntariamente te seguiría al fin del mundo, pero vamos a necesitar todo nuestro ingenio para salir de esta.

Ella reparó en que no había terminado la frase con un «vivos», pero sabía que era lo que estaba pensando. Mirándolo, dibujó con un dedo el contorno de sus pómulos.

—¿Lo conseguiremos? —preguntó ella.

Daniel la estrujó con fuerza.

—Por supuesto que lo conseguiremos —le dijo.

Katja deseaba poder tenerlo tan claro como él.

Capítulo 57

Al romper el alba, inhóspita y gris, los alemanes lanzaron su ataque final, ya desde el aire, donde a los Stukas se les unían los Junkers, ya desde tierra, con la precisión de su fuego de mortero. Los británicos, sin embargo, se enfrentaban a ellos sin tanques ni apoyo de artillería. A pesar de que los obligaban a retroceder, ellos se negaban a rendirse. Esporádicas ráfagas de balas rasgaban el aire cargado de humo, y la situación empeoraba con cada hora que pasaba.

Daniel vigilaba. Flanders llevaba binoculares consigo. De vez en cuando, un grupo de tropas británicas se apresuraba a ocupar una nueva posición, más hacia el puerto, y al final de la tarde, a través del humo acre, creyó avistar un buque junto a la costa.

—Voy al lugar donde puede que estén los barcos —anunció Daniel, repentinamente en pie—. Creo que todavía siguen evacuando a gente.

—¿Estás loco? —gimió el canadiense herido, con la espalda apoyada contra la pared—. Estarás lleno de agujeros antes de llegar allí.

—Tenemos que intentarlo —convino Katja, levantándose y uniéndose a Daniel—. ¿Y usted, Mister Sharples?

El inglés se apretaba el vendaje ensangrentado de la cabeza.

—Sí —dijo despacio—. Sí, iré con vosotros.

—Buena suerte —le deseó Daniel al canadiense.

Flanders sonrió y replicó:

—Eres tú quien la va a necesitar, irlandés.

Los tres se aventuraron al exterior, manteniéndose cerca de la pared del almacén y de camino al puerto con cuidado. Un obús silbó cerca de ellos y explotó a escasos quince metros. Esperaron algunos segundos hasta que el humo se disipó, y luego prosiguieron. Sorteando los fragmentos de la carcasa de un camión quemado, se refugiaron bajo un vagón mientras una nueva ola de bombarderos los sobrevoló como murciélagos de alas gigantescas. Hubo más explosiones, al tiempo que ráfagas de artillería caían sobre los almacenes cercanos. Llegó la noche y, con la luz que se apagaba, se desvanecía también la esperanza de un rescate.

Katja, Daniel y Sharples llevaban una hora agazapados tras un muro, atrapados por el incesante bombardeo procedente de la ciudad. Las chispas salpicaban el aire como fuegos artificiales, pero, aun así, los británicos no se rendían. Daniel calculó que debían de quedar menos de cincuenta hombres, aunque no había modo de saberlo con certeza. De pronto se oyeron fuertes pasos, acompañados de gritos. Eran voces británicas. Mirando con cuidado por encima del muro, Daniel pudo distinguir tres o cuatro docenas de soldados, entre los que había también heridos que todavía podían caminar, algunos con los uniformes hechos jirones y otros en camillas, yendo de camino al puerto. Volvió a agacharse.

—Esta es nuestra última oportunidad —jadeó—. Sigámoslos. Rápido.

Ayudó a Sharples a ponerse en pie y señaló a Katja con la cabeza.

—Vamos.

Se unieron a la variopinta columna de soldados mientras pasaban de edificio en edificio, avanzando lentamente hacia el puerto.

—Habrá un barco que nos llevará —le dijo Daniel a Katja, cargando la mayor parte del peso de Sharples mientras lo arrastraba por el camino.

Diez minutos más tarde los hombres se detuvieron, y varios focos de reconocimiento escudriñaron el horizonte. Aun así, Katja no podía ver ningún barco, tan solo un gran vacío negro al frente, donde ella sabía que estaba el mar. Entonces se dio cuenta de lo que estaba pasando.

—¡Dios mío! —gritó, al ver que las tropas, desesperadas, descendían por un saliente hasta un rompeolas que sobresalía desde la arena, contra el que las olas chocaban con fuerza. Se echó hacia atrás—. ¡Es un suicidio!

La marea estaba subiendo, y el agua de mar ya iba lamiendo la escalera, pero uno a uno los hombres la fueron bajando y muy despacio lograron llegar al rompeolas. Cuando ya no pudieron avanzar más, se apretaron como sardinas para protegerse del frío. Eran un objetivo fácil para las tropas alemanas, que avanzaban con celeridad.

Katja dudó y miró hacia atrás. El fuego enemigo parecía estar cada vez más cerca y los silbantes obuses caían sin parar.

—¡No tenemos otra opción! —gritó Daniel en medio del rugido de la artillería—. ¡Vamos! —Saltó al rompeolas y luego la ayudó a bajar las escaleras—. Mantén el equilibrio —le dijo, guiando luego a Sharples hasta la viscosa estructura.

Las algas cubrían las tablas de madera, haciendo que resultara traicionero caminar sobre ellas. Un resbalón, y caerían a un mar cada vez más alto, por efecto de la marea.

Daniel condujo a Katja y a Sharples cerca de las tropas. De vez en cuando, el cielo se alumbraba como el día y pudo ver que algo había llamado la atención de aquellos hombres. Siguió sus ojos. Una gran figura blanca se abría paso en mitad de la oscuridad.

—¡Dios mío! —exclamó de repente, con los ojos entrecerrados para poder ver mejor—. Un barco está llegando. —Y un instante después, añadió—: Un jodido barco alemán.

—Estamos acabados —gimió Sharples.

Katja se agarró con fuerza a Daniel. Su cuerpo sufría convulsiones cada vez que tosía, mientras el humo amenazaba con asfixiarlos. Empezó a rezar.

Las tropas se preparaban también. Demasiado entumecidos para moverse, demasiado exhaustos para gritar, esperaban que el barco enemigo abriera fuego y pusiera fin a su tormento. Pero, entonces...

—¡Es de los nuestros! —se oyó un grito—. Joder, ¡es de los nuestros!

—¿Qué? ¡Oh, gracias a Dios! —exclamó Katja, abrazando a Daniel.

La artillería alemana también vio el barco. Lo tenían en su punto de mira y empezaron a disparar un momento después. Un obús silbó junto a ellos y estalló en el mar, muy cerca, provocando que una gélida masa de agua saliera disparada y los empapara. Su fuerza hizo que Sharples perdiera el equilibrio; se tambaleó y cayó al mar, aunque Daniel logró agarrarlo del brazo y devolverlo al rompeolas, antes de que su cabeza se sumergiera.

Arriba, en el puerto, el fuego seguía. Las llamas iluminaban ya parte del rompeolas, así como a aquellos hombres que, alineados como los patos de una atracción de feria, serían fácilmente derribados uno a uno por los francotiradores alemanes. A pesar de todo, el barco británico siguió avanzando, y Katja vio que estaba remolcando algo. Una barcaza. Cuando se encontrara a su alcance, podrían intentar introducirse en ella y ser llevados a un lugar seguro. Sintió que la adrenalina le recorría todo el cuerpo. Completamente empapada y tiritando de frío, se dijo a sí misma que solo tenía que aguantar unos minutos más.

—Todo irá bien, ¿verdad? —le preguntó a Daniel, al sentir su brazo rodeándola.

—Sí, mi amor. Todo irá bien. Recuerda que eres un ave fénix. Resurgirás.

La besó y la estrechó aún más contra él, haciéndola sentir más segura.

Apenas unos segundos después, el barco —un yate motorizado, según Daniel— hizo unas maniobras y sus hélices se detuvieron. Pese al tumulto, alguien ladró una orden y las tropas empezaron a abandonar de un salto el rompeolas para subir a la barcaza. Los heridos iban primero. Había tres camillas, y Daniel empujó a Sharples al final de la cola.

—Nunca podré agradecerte lo suficiente... —dijo el reportero, estrechando la mano de Daniel.

—Invítame a una pinta de Guinness algún día —respondió él.

Desde la orilla, continuaba la lluvia de balas de ametralladora. El cielo seguía ardiendo entre rondas de artillería. Y lo que es peor: cuantas más explosiones iluminaban el cielo nocturno, mejor podían ver cómo las tropas alemanas avanzaban con rifles por entre las rocas. Empezaron a disparar a muy poca distancia. Eran objetivos fáciles. Dos hombres fueron alcanzados por los francotiradores justo cuando subían a la barcaza. El agua del mar saltaba hasta las rodillas de Katja, helándola hasta el tuétano. Y todo esto mientras ella seguía con la carpeta a salvo en la mochila, manteniéndola en alto para evitar que las olas se la tragasen. Los obuses iban cayendo a su alrededor, propulsando el agua hasta el cielo. Alguien gritó. Otro hombre había sido herido por la bala de un francotirador. Katja, que ya había empezado a avanzar, miró a su alrededor. Daniel todavía estaba detrás de ella; sus labios se movían como si estuviera rezando. Inclinando la cabeza hacia su boca, de repente entendió lo que decía. Estaba recitando uno de los poemas de Yeats, del volumen que le había dado en lo que parecía una vida anterior.

—«La oscurecida marea de sangre se desata, y en todas partes...». —Ella se unió a él en el siguiente verso—: «La ceremonia de la inocencia se ahoga...».

—Pero nosotros no —rezó ella—. Por favor, Dios, nosotros no.

Finalmente, llegó su turno de embarcar.

—¡Apresuraos! —gritó una voz en la oscuridad.

Faltaban unos pocos pasos para llegar a la barcaza. De algún lugar por encima de ella, en la nada, surgió una mano. Katja intentó extender el brazo para agarrarla, pero el bulto de la mochila se lo impedía.

—¡Ya la cojo yo! —chilló Daniel desde atrás, desabrochando una de las correas mientras ella se desprendía de la otra y le entregaba la carga.

Liberada de aquel peso extra, se vio capaz de agarrar el brazo del desconocido, al que se unieron otros, para subirla bruscamente hasta la cubierta. Al rasparse las espinillas, gritó de dolor, antes de volverse a Daniel, que le pasaba la mochila. Katja estiró su brazo tembloroso todo lo que pudo para cogérsela, mientras la barcaza cabeceaba.

–¡No puedo... acercarme más! –gritó ella.

Entonces él logró colgarse una de las correas alrededor del cuello y levantó los brazos para agarrarse a la borda e impulsarse hacia arriba.

–¡Subo! –exclamó, saltando del rompeolas, pero justo entonces su cuerpo pareció estremecerse.

Katja se inclinó hacia delante, pero de repente vio que él la miraba con los ojos en blanco. Por un instante, parecía que se le hubieran congelado las extremidades, hasta que, una fracción de segundo después perdió el control y se hundió en las oscuras aguas, arrastrado por el peso de la mochila.

–¡Daniel! –chilló Katja–. ¡No, Dios, no!

La barcaza viró a la izquierda cuando el motor empezó a soltar humo con fuerza.

–No, no podemos dejarlo ahí. ¡Mi marido, por favor!

Abalanzándose a un lado, Katja extendió una mano mientras gritaba frenéticamente el nombre de Daniel. Tragando lágrimas de desesperación, siguió arañando el agua, luchando por cogerlo, pero entonces sintió que varias manos tiraban de su cuerpo hacia la barcaza.

–¡No! –gritó–. ¡Daniel!

Aunque su angustia la cegaba, podía ver con suficiente claridad que su marido ya no estaba allí. El furioso mar seguía revolviéndose, arremolinándose a su alrededor. No había ni rastro de él. Los coléricos obuses se precipitaban por todas partes, y el barco cogía velocidad para escapar de ellos. No quedaba ninguna esperanza. Daniel Keenan había sido tragado por el mar. Y con él las notas médicas sobre Adolf Hitler.

Capítulo 58

Londres

Katja sollozaba, sentada en una sala de espera desprovista de alma en Whitehall. El humo en el ambiente le recordaba a Calais, solo que esta vez procedía de cigarrillos, no de artillería. De todos modos, ese olor acre le despertaba recuerdos de su huida de la ciudadela en llamas apenas cuarenta y ocho horas antes. En la deslucida pared que tenía ante ella, un póster instaba a todo el mundo a «Mantener la calma y seguir adelante». Lo hacía lo mejor que podía, pero, sin Daniel a su lado, le estaba resultando muy difícil.

Desde que la rescataron, apenas había dejado de temblar. Era incapaz de comer o dormir, y las ropas que le había dado la Cruz Roja en Dover apenas la abrigaban. Lo único que había logrado salvar de los escombros de Calais estaba envuelto en una bolsa de lona caqui. Se aferraba a ella como un náufrago a una tabla de madera mientras aguardaba en la sala de espera. Pero una punzada de culpabilidad apuñalaba su conciencia. Había ocultado la verdad a Daniel, y aquello la hacía todavía más desdichada.

Aquella fatídica noche, lo último que su amado hizo antes de caer al agua fue liberarla al tomar él la mochila y colgársela al cuello. Luego una bala impactó en él y, mientras se hundía bajo las olas, el peso de aquella carga lo arrastró hasta las frías profundidades marinas. Katja hizo una mueca de dolor al recordar que una vez él se refirió a las notas del doctor Viktor como «una piedra de molino» que ella llevaba alrededor del cuello. Echando la vista atrás, cuán proféticas resultaban aquellas palabras. Si ella se lo hubiera dicho antes, las cosas tal vez habrían sido de otra manera. Pero había callado su secreto para protegerlo, o al menos eso pensaba, y ahora él ya no estaba.

El viaje a Inglaterra había sido una lúcida pesadilla que se repetía una y otra vez. En su mente centelleaba el escaso tiempo vivido con Daniel: fragmentos de conversaciones pretéritas, el recuerdo de su tacto, su primer beso... y cómo ella se había enfrentado en vano a las olas para tratar de salvarlo. Recordaba también su primera entrevista en la clínica: cómo había comparado la depresión de su madre con una ola gigantesca que te golpea, se te lleva por delante y finalmente te arrastra hasta lo más hondo. «Qué ironía que Daniel haya tenido que morir de tan horrible manera», pensó.

Katja fue subida de nuevo a la barcaza por los soldados rescatados. Sus gritos se fundían con el silbido de los obuses que explotaban a su alrededor y que hacían saltar columnas de agua por el aire. Las explosiones mecían la endeble barcaza, arrastrada por un yate a motor. Varios hombres fuertes la sujetaron mientras la pequeña embarcación daba tumbos en el negro oleaje. Tuvieron que hacerlo, ya que, en aquel momento, lo único que Katja deseaba hacer era tirarse por la borda y reunirse con Daniel.

Se alejaron de la costa francesa a toda velocidad, pero el yate que tiraba de la barcaza –ahora sabía que se llamaba HMS Gulzar– aminoró su velocidad tan pronto como estuvo fuera del alcance de la artillería. Durante la hora siguiente, continuaron avanzando a través de las olas hasta que rompió el alba, y pudo ver claramente por primera vez. A su alrededor había hombres cansados de batallar, acurrucados unos contra otros para compartir algo de calor. Habían escapado de la muerte por los pelos, y, aun así, sus rostros estaban cincelados por el dolor y la fatiga, como sabía que estaría el suyo. El hedor de sus uniformes, mezclado con el diésel del motor, le dio ganas de vomitar. Pero entonces...

–¡Dover! –gritaron.

Las cabezas abatidas se volvieron a alzar. Los cuerpos se retorcieron en busca de aquella visión. Estaba claro que, en el horizonte, bajo el pálido tono rosado que les imprimía el sol naciente, se alzaban los famosos acantilados de creta blanca de Inglaterra.

Los que tenían suficiente energía gritaron vivas. Incluso algunos de los heridos sonrieron. Otros lloraron lágrimas de alivio. Pero Katja solo sentía un dolor que la destruía por dentro, como si cada kilómetro que había recorrido la hubiera alejado más de Daniel. Él ya no estaba, y ella todavía no podía creerse lo que había ocurrido. A pesar de saber que su seguridad estaba al alcance de la mano, un terrible impulso, como una fuerte corriente, la arrastraba hacia la otra orilla, donde él se había perdido.

Hubo caos en el muelle cuando lo alcanzó el yate. Sus pasajeros desembarcaron sanos y salvos en Dover poco antes de las seis de la mañana. Cincuenta y uno de ellos. «Debería haber cincuenta y dos», pensó Katja. Ella, con piernas temblorosas, fue acompañada por un amable sargento hasta el centro de acogida, donde, envuelta en una cálida manta, logró a duras penas tomar una taza de té dulce. Sin embargo, a pesar de estar a salvo y de la bondad de los desconocidos, una puñalada en las costillas le recordaba, como si necesitara recordarlo, que su propia guerra personal estaba lejos de terminar.

El estridente timbre del teléfono sobre el escritorio en la Oficina de Guerra, en el otro extremo de la sala, interrumpió sus pensamientos. La secretaria, una joven con cierto aire de despreocupada eficiencia, respondió.

—El coronel Meldrum la verá ahora, Misses Keenan —le dijo, colgando el auricular tras un instante.

Con los ojos, dirigió a Katja a la puerta de al lado.

—Gracias —dijo Katja al levantarse, agarrando el bolso cerca del pecho.

Por fin sentía que estaba avanzando. No había sido fácil llegar tan lejos. En Dover, había hablado con un oficial que estaba a cargo de los evacuados de Calais, y al principio fue bastante despectivo. Sin duda, la veía como una histérica, cuyos desvaríos eran resultado del *shock* y el agotamiento. Pero, cuando mencionó el nombre del coronel Meldrum, su actitud cambió. «¿El coronel Meldrum, dice?», repitió él, con una ceja alzada, y desde aquel instante la situación progresó con premura. Se hicieron llamadas telefónicas y se dispuso todo lo necesario, de modo que, tras ser reconocida por un médico y recibir ropas limpias, aunque no fueran de su talla, Katja fue enviada en tren hacia Londres, y ahora se encontraba en la Oficina de Guerra en Whitehall.

El coronel, un hombre pulcro con incipiente calvicie —que en Francia había ocultado gracias a una boina—, se levantó de un brinco en cuanto vio a Katja entrar en su despacho. Ahora parecía mucho mayor que en el sótano de Calais, pero el estrés siempre envejece a la gente. El recuerdo de su anterior encuentro pasó ante los ojos de Katja: la oscuridad, el polvo y el rugido incesante de las bombas. Y el saber que, a pesar del caos y el horror, Daniel la estaba esperando fuera.

–Misses Keenan –la saludó. Ni siquiera antes de enviudar se había acostumbrado a su nombre de casada–. Me contaron acerca de su marido. Siento mucho su pérdida –dijo Meldrum con sinceridad, tendiéndole la mano.

La noticia de su infortunio parecía haber ablandado el contorno de sus bruscas formas en Calais.

Katja se mordió el labio. No iba a derrumbarse ahora. Sus circunstancias personales no debían ser un obstáculo para su misión. Le estrechó la mano, y luego se sentó frente a él.

–¿Todavía tiene la transcripción de las notas médicas de las que me habló? –le preguntó, señalando la bolsa de lona.

Katja negó con la cabeza.

–Se perdió en el mar, en Calais.

–Oh. –Su voz decayó–. Pero me contaron...

La familiar agudeza volvió a su voz.

Nadie lo sabía, ni siquiera Daniel. Pero, antes de abandonar París, ella había envuelto en hule el cuaderno original del doctor Viktor y lo había ocultado en un compartimento del estuche de su cámara. Desde el principio, el cuaderno había sido un arma peligrosa, y debía proteger a Daniel de él. Él siempre pensó que lo había dejado en la caja fuerte en París, con Sylvia. Pero Katja sabía que, si los nazis invadían la ciudad, la posesión de aquel cuaderno implicaría la ejecución de Sylvia. En Calais, en cambio, serviría de copia de respaldo en caso de perderse la transcripción o de caer en manos enemigas. Pero cuando el plan original de entregar la carpeta al coronel Meldrum y escapar de nuevo a París quedó en nada, tuvo que pensar en otra cosa. Se le ocurrió mientras se refugiaban de los morteros alemanes en el almacén. Sacó secretamente del estuche el cuaderno del doctor Viktor y, asegurándolo con uno de los vendajes que había guardado de su estancia hospitalaria en París, se lo pegó contra el estómago. Nadie más, ni siquiera Daniel, sabía dónde estaba. Y allí permaneció hasta que estuvo a salvo en la tierra firme de Dover.

–Aquí está el original –dijo Katja, buscando en su bolsa y sacando el volumen encuadernado en cuero. Lo dejó sobre el escritorio y lo rozó con la mano para sentir la pátina del cuero bajo sus dedos, como si fuera una reliquia–. El doctor Ernst Viktor fue el psiquiatra de Adolf Hitler en la Gran Guerra. Aquí se encuentran sus notas y un detallado perfil psicológico del Führer –explicó, deslizándolo sobre el escritorio.

–Ah, el cuaderno original –murmuró Meldrum.

Katja se preparó para su reacción. Aquel era el momento que tanto ella como Daniel habían soñado, el momento que haría posible, según esperaba, que el legado del doctor Viktor siguiera vivo. Pero, cuando llegó, fue un anticlímax. Se oyó el familiar crujido del cuaderno al abrirse y el susurro de las páginas al pasar, afortunadamente secas como hojas de otoño, pero el examen del coronel Meldrum fue de lo más somero.

–Ya era difícil de leer en inglés, imagínese en alemán –comentó mostrando escasa disposición, bizqueando ante las últimas páginas.

Sus palabras no podrían haber dolido más a Katja que si la hubiera golpeado directamente en el estómago. Todavía peor, su tono brusco era desconcertante. Vio cómo se le estaba escapando la oportunidad de entre las manos, igual que había perdido a Daniel bajo las olas. Debía actuar. Aquella vez había algo que podía hacer. Soltó:

–Puedo traducirlo. Estoy segura de que resultará de interés.

El coronel apretó los labios; parecía ligeramente ofendido.

–Permítame ser yo quien lo juzgue, Misses Keenan.

En su interior, Katja se retorció, sintiendo que estaba a punto de llorar. Rápidamente, se controló e insistió:

–Puedo volver a transcribirlo, señor.

Añadió ahora el vocativo, para que estuviera de su lado.

Meldrum asintió antes de formar un triángulo con los dedos y examinarla con curiosidad.

–Sí, sí, sé que podría –respondió, como si estuviera pensando en voz alta. Inspirando profundamente, se levantó de repente. Katja pensó que la invitaría a marcharse, pero lo que hizo fue dirigirse a la ventana y mirar al exterior. Tras lo que pareció una eternidad, volvió a su escritorio y le preguntó–: ¿Cuáles son ahora sus planes, Misses Keenan?

La pregunta la pilló desprevenida. «¿Planes?», pensó ella. Los planes eran para las personas que tenían futuro. Sin Daniel, no era su caso.

–No tengo ninguno –respondió con sinceridad.

–Mmm... –El coronel se inclinó hacia delante–. En ese caso, ¿puedo proponerle algo?

Katja se removió en su asiento y se tensó.

–Por favor, sí.

Meldrum cogió un lápiz y lo apuntó hacia ella.

–Necesitamos gente como usted. Hablantes fluidos de alemán que tengan algo personal contra Hitler. –Enarcó una ceja–. ¿Estaría dispuesta a presentarse como candidata para un trabajo de funciones absolutamente secretas?

El corazón de Katja empezó a martillearle en el pecho.

–Pero ¿qué pasa con las notas médicas?

Había un tono de súplica en su voz mientras miraba el cuaderno, todavía sobre la mesa.

–Todo a su debido tiempo, Misses Keenan –contestó con brusquedad.

Cogió el cuaderno y lo depositó en el cajón superior de su escritorio, como si fuera un asunto concluido.

Con aquel gesto cruel, era como si el coronel Meldrum la hubiera encerrado en una habitación a oscuras y hubiera escondido la llave. El cuaderno era su única conexión física con el doctor Viktor y con Daniel, y ahora incluso eso lo había perdido. Miró alrededor de la sala, tratando de ganar tiempo. En realidad, no tenía nada que perder y nada por lo que vivir, a no ser que pudiera ser útil en la lucha contra el Tercer Reich. El coronel Meldrum empezó entonces un discurso, algo acerca de firmar la Ley de Secretos Oficiales y trabajar para la inteligencia británica. Pero no estaba escuchando. Ya había tomado una decisión. Ahora que Daniel ya no estaba, lo arriesgaría todo una vez más para ser útil a los Aliados. Sin vacilar, contestó:

–Por supuesto, señor.

Capítulo 59

Del despacho del coronel Meldrum, Katja había sido enviada al tercer piso del mismo edificio de Whitehall para que la interrogara otro oficial, quien le pidió que firmara la Ley de Secretos Oficiales. Desde allí viajó a una antigua casa señorial, al norte de Londres, conocida como Camp 11. Tiempo después supo que se trataba de Trent Park. En aquel lugar se ocupó de transcribir las grabaciones que, sin su consentimiento, se realizaban a los prisioneros de guerra alemanes de más alto rango mientras charlaban relajadamente entre ellos. También, para gran alivio suyo, le pidieron que transcribiera el cuaderno del doctor Viktor al inglés. Luego, al final de la guerra, llegó la llamada.

Al principio no sabía cómo se sentiría volviendo a Francia después de tantos años viviendo en Inglaterra. A diferencia del Londres al que se había llegado a acostumbrar, la ciudad de París parecía extraordinariamente intacta. En lugar de tener que caminar entre ruinas para ir de compras y sin necesidad de asfixiarse con el polvo de ladrillo levantado por los trabajos de demolición, todavía se podía pasear tranquilamente por los bulevares o las calles más lujosas sin encontrar nada esparcido por ahí. Aunque los

alemanes habían ocupado la ciudad, no la habían destruido.
Todo el mundo lo agradecía. El destino de Shakespeare and
Company y, por supuesto, de Sylvia era otra historia. Katja
le había escrito varias veces desde el final de la guerra, pero
todas las cartas le fueron devueltas con las palabras «*Parti
sans laisser d'adresse*» estampadas en ellas. ¿Pero adónde
se había ido exactamente?

Un periódico que Katja estaba leyendo informaba de que
Hemingway había estado entre los primeros Aliados que
llegaron a París hacia el final de la guerra. Según el artículo,
él se había ocupado personalmente de los últimos francotiradores alemanes que quedaban en los tejados aledaños a
la Rue de l'Odéon, liberando a Sylvia y al resto de la calle.
La historia hizo sonreír a Katja, que, habiendo oído anteriormente otras proezas de Papa, bien podía creérsela. Pero
aquello fue lo último que supo de su querida amiga.

Cuando su oficial al mando le comunicó que la enviaban
a París, Katja saltó de alegría ante la ocasión de volver a
ver a Sylvia en persona. Entonces, llegaron las dudas. Y los
sentimientos encontrados. Le preocupaba que le resultara
demasiado doloroso regresar a los lugares que solía frecuentar con Daniel, recordar su visita a los puestos de libros, o
simplemente maravillarse ante la imagen de Notre-Dame
desde la orilla opuesta del Sena. Y ahora ella volvía a ha-
llarse de camino a la Rue de l'Odéon, en un brillante día de
primavera que le hacía pensar en aquella mañana en que
Daniel y ella visitaron a los *bouquinistes* por vez primera.
A cada instante que pasaba le parecía verlo, con su chaqueta de *tweed* y su sombrero doblado, deambulando con
la cabeza metida en un libro. Su corazón latió más rápido
al acercarse a la calleja, pero entonces recordó que estaba

muerto. Una aplastante soledad la oprimió de pronto, y una nube de tristeza pasó sobre su cabeza una vez más. Estaba tan inmersa en sus pensamientos que perdió toda noción del presente y, sin querer, rozó el hombro a un hombre cuando sus pasos se cruzaron en el bulevar.

—¡Cuidado! —pronunció una voz inglesa.

Katja alzó la vista y vio a un hombre pelirrojo con un traje que no le quedaba bien.

—Lo siento, es culpa mía —contestó Katja, tirando de la manga de su chaqueta, que se había doblado un poco, antes de reparar en que aquel hombre seguía mirándola con curiosidad—. ¿Lo conozco?

Las cejas de él se levantaron a la vez, y Katja advirtió que tenía un ojo de cristal.

—¿Mister Sharples? —dijo ella, pensando en el reportero de la agencia británica de prensa al que había conocido en Calais.

La sorpresa era evidente en el rostro de aquel hombre.

—¡No me lo puedo creer! —exclamó, dando un paso adelante y estrechando su mano—. Su marido me salvó la vida —dijo, atrayéndola hacia él y dándole un abrazo.

Cuando lo sintió tan cerca, los recuerdos volvieron a Katja con la misma rapidez con que ascendía la marea aquella noche en Calais. Sí, Daniel le había salvado la vida. Llegó a ver que Sharples, herido y vulnerable, había logrado trepar con gran esfuerzo a la barcaza para ponerse a salvo, mientras silbaban los obuses y los francotiradores alemanes iban eliminando uno a uno a los aterrados hombres que aguardaban en el rompeolas.

Al sentir que los hombros de Katja se agitaban en un silencioso llanto, Sharples dio un paso atrás.

–Lo siento mucho –dijo, viendo ahora que las lágrimas corrían libremente por su rostro–. Fue un héroe.

Ella asintió y esbozó una sonrisa, al tiempo que se limpiaba las mejillas con un pañuelo.

–Sí, sí lo fue –convino–. Me alegro de verlo, Mister Sharples. ¿Qué hace aquí?

Él se mordió los labios.

–He vuelto a mi antiguo trabajo con la agencia. ¿Y usted? Me preguntaba qué habría sido de usted después de llegar a Inglaterra.

–Me fui a Londres, donde me uní al Servicio Territorial Auxiliar, como puede ver –contestó, mostrándole su uniforme caqui. No podía contarle la verdad.

Sharples asintió con la cabeza.

–Ya veo –dijo, intuyendo que ocultaba algo–. Yo me uní al Ejército cuando me soltaron del hospital. Mire. –Señaló su frente, ahora dividida en dos por una gran cicatriz, y Katja recordó su herida en la cabeza. Luego añadió–: Lo siento mucho, me tengo que ir. Voy tarde a un encargo, pero, si se queda más tiempo por aquí, búsqueme. –Le entregó su tarjeta de visita–. Le debo una copa.

–Gracias –respondió Katja, cogiendo la tarjeta–. Estaría bien.

Entonces se separaron. Katja seguía anonadada por aquel encuentro. Ver a alguien que había estado presente la fatídica noche en que perdió a Daniel la desconcertaba. La había devuelto a ese momento, reabriendo una profunda herida. Como es natural, no podía contarle a Sharples lo que había estado haciendo en Inglaterra tras haber entregado el cuaderno del doctor Viktor a la inteligencia británica. Durante los meses posteriores a su transcripción del trabajo del doctor

Viktor, no oyó nada más sobre ella. Al principio creyó que el texto transcrito corría el riesgo de acabar sepultado bajo la avalancha de informes del servicio de inteligencia, y, aunque siguió preguntando, nadie supo darle respuestas acerca de su destino. Después de todo lo que ella había arriesgado, después de todo lo que el doctor Viktor y su amado Daniel habían sacrificado, todo parecía inútil. Dudaba sobre si habría merecido la pena. Pero entonces, en 1941, los estadounidenses entraron en la guerra y todo cambió, aunque ella se había enterado de lo que había pasado recientemente. Poco después del Día de la Victoria en Europa, todavía en su puesto en Trent Park, el oficial al mando del campo le dijo que quería verla. Evidentemente, se sintió nerviosa y desconcertada por la orden. Desde hacía tiempo, había perdido toda esperanza de volver a saber del destino del cuaderno del doctor Viktor. El oficial, un teniente coronel, no la hizo esperar demasiado y le informó de que, después de haberlo entregado ella en Whitehall, el cuaderno fue enviado a un equipo de psicólogos en Trent Park para su análisis experto. Al darse cuenta de su importancia, finalmente llegaron órdenes «de arriba», según palabras del oficial al mando, para mostrar el cuaderno traducido al servicio de inteligencia de los Estados Unidos; de allí, el cuaderno había acabado sobre la mesa del presidente Roosevelt. Resultó que los estadounidenses estaban ansiosos por conocer a fondo el estado psicológico de Hitler. Después de leer el relato del doctor Viktor sobre la desquiciada creencia del Führer de que era el mesías de Alemania, se convencieron de que no había más opción que unirse a los Aliados en Europa.

Katja siguió caminando por el Sena hasta que por fin llegó a su destino. La Rue de l'Odéon se veía casi igual que cuando la dejó. La callejuela todavía mantenía su aspecto ecléctico: un desvaído aire chic, con su tienda de cachivaches y la floristería donde Sylvia había comprado el ramo para su boda. El olor a cruasanes recién horneados emanaba de la panadería, tan reconfortante como el aroma a lavanda de la perfumería.

La guerra le había impedido volver al apartamento y ocuparse de las cosas de Daniel, como cualquier viuda. Ella quería seguir tirando hacia delante. Había buscado frenéticamente algo a lo que aferrarse para no hundirse también. Tal vez su sombrero. Alguno de sus libros. Cualquier cosa por la que sentir apego. Pero nunca pudo rescatar nada que la consolara. No tenía ni una sola fotografía de él. Incluso ahora seguía teniendo pesadillas, reviviendo en sus sueños la noche en que murió, su imagen agarrado al borde de la barcaza mientras su cuerpo se congelaba, tras ser alcanzado por el proyectil. A menudo se despertaba gritando en mitad de la noche, después de haber visto cómo Daniel desaparecía bajo el agua. Katja pensó que siempre sería así.

Todo parecía igual que antes, aunque no del todo. Mirando a lo lejos a lo largo de la calle, se dio cuenta de que algo faltaba. El famoso cartel de Shakespeare and Company ya no animaba a rebuscar entre los tesoros que aguardaban en la tienda. Katja se detuvo un instante frente al edificio donde debería estar la librería, y se apresuró a recorrer aquella estrecha callecita una vez más. El número 12 parecía haber desaparecido. Donde antes había habido ventanas, ahora estaba todo tapiado. La puerta era anónima, y de Shakespeare and Company no quedaba ni rastro.

Un sentimiento terrible de pérdida le caló hasta los huesos de Katja, y su corazón empezó a desmoronarse. Lo intentaría una vez más antes de darse por vencida, pero entonces, volviendo sobre sus pasos desde la floristería del número 6, se halló de nuevo ante la misma puerta. No había error posible. Aquello era, o había sido, el número 12.

Unos pasos más allá, se fijó en las persianas. Estaban bajadas, como imaginó que estarían, y las coloridas macetas con geranios también habían desaparecido de los alféizares. En cualquier caso, no podía irse sin intentar contactar con alguien. Llamó a la que estaba segura que solía ser la entrada lateral de la tienda; una puerta que daba a un vestíbulo estrecho, del que partían unas escaleras que conducían hasta el apartamento de Sylvia, además de a la tienda. Incluso estaba pintado de un color diferente. Ya no era del verde que recordaba, sino negro. Aguardó unos segundos, pero, al no salir nadie, se obligó a sí misma a despedirse. Esta vez, pues, no habría un *à bientôt*. Realmente era un *au revoir*. Antes de que las lágrimas asomaran a sus ojos, se giró, dispuesta a marcharse. Pero entonces...

–*Oui,* Madame?

Cuando oyó la voz, Katja se volvió y vio a una joven que estaba en el umbral de la puerta donde acababa de llamar. Se apresuró hacia ella.

–*Bonjour...* –le dijo atropelladamente–. *Je... Est-ce que...?* –En casi siete años no había pronunciado una sola palabra en francés y se le trababa la lengua–. Estoy buscando a Miss Beach. Sylvia Beach. Aquí tenía su librería. Shakespeare and Company. –En su voz había un ruego.

La joven tenía un flequillo negro y generoso que le tapaba los ojos. Enfatizó sus labios sensuales poniendo morritos mientras examinaba a la desconocida que tenía delante.

—Miss Beach está fuera. ¿La puedo *ayudag* en algo? Soy su asistente —contestó en un acento francés tan espeso como su flequillo.

—¿Está fuera? —Katja repitió sin aliento—. Entonces, ¿sigue viva? ¿Y está aquí?

—¡*Pog* supuesto! —repuso la chica, como si nunca hubieran existido dudas acerca del paradero de Sylvia—. Está en la *estasión* de tren, *encontgándose* con un amigo que vuelve de *Inglategga*.

—¿Inglaterra? —repitió Katja. Se preguntó quién sería, pero su alivio al descubrir que Sylvia seguía en París desvaneció aquel pensamiento rápidamente—. ¡Es maravilloso! —exclamó, y en su rostro estalló una sonrisa—. ¿Puedo esperarla aquí dentro?

—*Bien sûr*, Madame. No va a *tagdag*.

La puerta se abrió de par en par y Katja pasó ansiosa al interior. Enseguida su entusiasmo inicial se convirtió en decepción. Su rostro se desencajó mientras miraba alrededor. La tienda que una vez estuvo repleta de libros de todas las formas y tamaños, que rebosaba de novelas, antologías y enciclopedias, ahora estaba completamente vacía. Las paredes habían sido despojadas de los dibujos de William Blake y de los retratos de Oscar Wilde, D. H. Lawrence, Gertrude Stein y todos los demás, y ni siquiera quedaban los estantes.

—¿Qué ha pasado? —preguntó Katja, confundida al ver tal desolación donde solía haber tanta vida—. ¿Dónde están todos los libros?

—¿No lo sabe? —replicó la muchacha, casi en tono acusador, dejando a Katja como a una ignorante.

—No. He estado fuera —respondió, y añadió algo incómoda—: La guerra.

El rostro huraño de la chica pareció ceder un poco.

–Ah, sí, la *guegga* –repitió, como si Katja hubiera sacado a la luz algo que fuera mejor desterrar–. Miss Beach tuvo la tienda *abiegta* hasta que, un día, un *ofisial nasi* le pidió su copia *espesial* de *Finnegans Wake* del *escapagate*. Cuando le dijo que no se lo podía *quedag*, *entgó* en *cólega* y le dijo que se *llevaguía* todos los *libgos*.

–¿Qué fue lo que hizo? –quiso saber Katja, horrorizada.

La chica se encogió de hombros.

–*Hiso* unas cuantas llamadas, y todo el mundo vino a *ayudag*. Lo *tgasladamos* todo al *tegseg* piso. Incluso quitamos la *instalasión elégtgica* y los estantes, y pintamos encima del *cagtel* de la fachada.

–¿Qué hicieron los nazis? –preguntó Katja.

Otro encogimiento de hombros.

–Nadie *espegó* a *veglo*. Miss Beach simplemente se escondió en casa de amigos *dugante* el *guesto* de la *ocupasión*.

–¿Y todos los libros? ¿Qué pasó con ellos?

–*Ahoga* solo vendemos por *cogueo* postal. Hay muchos *aguiba*. –Señaló con la cabeza hacia arriba, hasta que sus ojos desaparecieron bajo el flequillo–. Y esos de ahí acaban de *llegag* de *impguenta*.

La muchacha apuntó hacia una enorme caja de cartón sobre el suelo. La habían abierto, revelando cubiertas de un azul brillante con llamativas imágenes blancas.

Justo entonces se oyó el sonido de la puerta lateral, y por ella entró Sylvia, elegante, con un traje azul hecho a medida y su cabello peinado al estilo paje.

–¡Hemos vuelto, Suzette! –gritó desde el diminuto vestíbulo, sin saber que tenía una visita–. ¿Han llegado ya los ejemplares? –preguntó emocionada, entrando a la tienda–. No puedo esperar a...

Solo entonces se dio cuenta de que Suzette no parecía compartir el mismo entusiasmo, sino que dirigía su atención a alguien que había detrás de ella.

—Hay alguien que quiere verte —dijo su asistente, señalando con la cabeza hacia el lugar donde Katja había estado esperando.

Sylvia se giró y miró curiosa a la joven enfundada en el uniforme del Ejército británico.

—Hola —saludó ella—. ¿Puedo ayudarla en algo?

—Sí, ya lo creo que sí —respondió Katja, incapaz de contenerse por más tiempo y quitándose la gorra de visera—. Hola, Sylvia.

Se hizo el silencio cuando Sylvia se llevó las manos a la boca para sofocar un grito.

—¿Katja? —pronunció su nombre en voz baja al principio, como si cuestionara su propia cordura.

La puerta principal se cerró de golpe, y se oyó el ruido de nuevos pasos por el vestíbulo.

—Menudo viaje —dijo una voz.

Era una voz masculina con acento irlandés.

Katja se quedó petrificada al escucharlo, como clavada en el suelo.

—Estoy feliz de volver —añadió la voz mientras se oía el golpe seco de una maleta al caer al suelo.

Poco más tuvo que esperar Katja para ver que aquella voz pertenecía a un hombre vestido de *tweed* y que llevaba un sombrero plegado en una mano, del que se había despojado al entrar en la tienda.

Sylvia, paralizada junto a la puerta, fue la primera persona que él vio.

—¿Pasa algo malo? —preguntó, viendo que el rostro de Sylvia parecía de alabastro—. Tienes un aspecto...

Calló al seguir los ojos de Sylvia, fijos en alguien con ropa militar, una joven de cabello rubio. Esta permanecía en pétreo silencio en una esquina, paralizada por la impresión. Nada más verla, el hombre también se quedó helado, como si tuviera que procesar lo que tenía ante él.

—¡Dios mío! —susurró, y luego repitió más alto—: ¡Dios mío!

—Daniel, Daniel —fue todo cuanto Katja pudo decir, con la garganta rebosante de emoción.

Por un instante, ninguno de los dos habló, ninguno de los dos se movió. Los años retrocedieron como la marea de Calais. Ambos tenían su pasado cara a cara, y no podían creerse que fuera también su presente. Todavía en *shock*, Katja empezó a vacilar. Daniel era un fantasma. «Esto no puede ser real, ¿o sí?», se decía. Mientras avanzaba a tientas para agarrarse a una silla cercana, Daniel corrió hacia ella para evitar que se cayera.

Temblando de forma incontrolada, Katja se abrazó a él, incapaz de creer lo que estaba viendo.

—Pero te moriste... Te vi... Las olas... —espetó ella.

En los breves instantes que siguieron, nada podría haber logrado separarlos. Llorando el uno sobre el hombro del otro, ninguno de los dos habló.

—¡Katja! ¡Mi querida Katja! —dijo Daniel finalmente.

—¿Cómo... cómo? —sollozó ella, soltándose de sus brazos para seguir con la yema de los dedos el contorno de sus pómulos y labios, asegurándose de que era real—. ¿Cómo...?

—¿Por qué no vais al piso de arriba, a mi apartamento? —propuso Sylvia, entre lágrimas de felicidad—. Ahí podréis estar a gusto. Tenéis tantas cosas que deciros. Tantas historias por contaros.

Daniel condujo a Katja arriba, al apartamento, y se sentaron juntos en el sofá.

–¿Me cuentas qué pasó? –le pidió Katja.

Sus ojos húmedos seguían fijos sobre su rostro, como si no creyera lo que estaba viendo.

–Me hirieron en el hombro –explicó–. La bala no me alcanzó el corazón por apenas cinco centímetros. Los alemanes me sacaron del agua, y durante las siguientes semanas estuve en un hospital de prisioneros nazis hasta que se dieron cuenta de que era ciudadano irlandés y no podían retenerme. –Sacudió la cabeza–. Me mandaron de vuelta aquí, a París, de modo que trabajé como mensajero para la Resistencia. ¿Y tú? –dijo, acercándola a él–. ¿Qué pasó contigo? ¿Dónde has estado? Busqué por todas partes. Por eso estuve en Inglaterra. Acudí una y otra vez a la Cruz Roja y a todos mis contactos, pero no figurabas en ninguna lista de bajas. Simplemente te desvaneciste.

Ella asintió, recordando las horas interminables que pasó transcribiendo las grabaciones de los presos nazis en Trent Park.

–Mi trabajo era muy... No me permitían... –Otro sollozo ahogó su voz, y él la estrechó entre sus brazos de nuevo–. ¡Pero lo logré! –le dijo, apoyada en su hombro.

Suavemente, la apartó de su lado.

–¿Qué es lo que hiciste? –preguntó con el ceño fruncido, leyendo su rostro desesperadamente.

–Yo tenía el cuaderno –le dijo.

–¿Tenías qué? –preguntó Daniel incrédulo.

–Guardaba el original conmigo.

–¿Cómo? ¿Qué quieres decir?

–Até el cuaderno a mi cintura con una venda.

–¿De modo que no todo se perdió con la mochila?

–Exacto. Entregué el cuaderno a los servicios de inteligencia británicos y me pidieron que lo tradujera antes de mandarlo a Washington. —Se hizo una sonrisa en sus labios.

—¿A Washington? —La voz de Daniel estaba cargada de incredulidad...

Katja afirmó con la cabeza.

—Fue uno de los motivos por los que los estadounidenses decidieron unirse a la guerra. Las notas del doctor Viktor los convencieron de que Hitler estaba desquiciado y había que detenerlo.

Daniel abrió los ojos extasiado, y luego la levantó y la hizo girar entre sus brazos.

—Sabía que nunca te rendirías con el cuaderno, como yo nunca me rendí contigo. No podía descansar hasta encontrarte, mi amor.

Justo entonces, se abrió la puerta y una mujer corpulenta, de riguroso negro funeral, asomó la cabeza. Al parecer, el sonido de sus animadas voces había despertado a Madame Duprés de su siesta.

—*Qu'est-ce qui se passe?* ¿Qué es todo este *albogoto?* —preguntó airada, frotándose los ojos.

La anciana tuvo que detenerse un instante, mirando con detenimiento a aquella joven con un extraño uniforme marrón, antes de ver quién era en realidad.

—*Mon Dieu! C'est toi?* ¿*Egues* tú de *vegdad?* —Abriendo los brazos, la conserje avanzó como un pato hacia ella y la abrazó con afecto—. *Pego cgueíamos* que...

—Nada de eso importa ya —interrumpió Daniel. Arrastró a Katja hacia sí—. Ahora mismo nada importa excepto nosotros.

—¿Y tal vez esto también? —sugirió Sylvia, entrando en la habitación con uno de los libros con la cubierta azul brillante que Katja había visto en la caja procedente de la imprenta.

Se lo entregó a Katja.

—¿Qué es? —preguntó, tras examinarlo por un instante. En la cubierta, con grandes letras, figuraba el título *Buscando a Katja* y, debajo, el nombre del autor—. ¿Daniel? —jadeó.

Daniel palpó la cubierta y asintió.

—Estaba tan desesperado por encontrarte que hice lo único que sé hacer. Escribí un libro sobre mi búsqueda, con la esperanza de que alguien apareciera con información. —Cogió el libro—. Es nuestra historia, Katja. Trata acerca de todo lo que hemos pasado y de cómo te perdí.

—Lo escribiste todo —dijo Katja, mirando fijamente el libro.

—Sí —contestó Daniel—, y Sylvia lo imprimió para mí. Se publica en Inglaterra el mes que viene. Ese es el motivo por el que fui a Londres, para que me entrevistaran en los periódicos y publicitarlo. —Sus ojos se posaron sobre la cubierta—. Todo está aquí, mi amor. Todo sobre tú y yo, y el doctor Viktor, claro está. Y... —buscó la primera página y señaló la dedicatoria—, ¿ves esto?

Katja tuvo que enjugarse las lágrimas cuando lo leyó: «Para mi amada Katja, dondequiera que estés, siempre».

—Nunca perdí la esperanza —dijo Daniel—. Nunca dejé de creer que seguías viva. —Sonrió, al ver cómo ella se acercaba el ejemplar—. Y me has demostrado que estaba en lo cierto.

Cogiendo el libro de sus manos, Katja se lo llevó a los labios y lo besó.

—Pues ahora ya puedes escribir otro capítulo sobre cómo nos hemos vuelto a encontrar —le dijo, ligeramente sonriendo.

Buscando sus labios, lo besó una vez más, segura de que habría muchos más capítulos por escribir y de que, de ahora en adelante, los escribirían juntos.

Una carta de Tessa Harris

Muchas gracias por haber elegido leer *La mecanógrafa de Hitler*. ¡Espero que lo hayas disfrutado! Si es así, y te gustaría ser de los primeros en conocer mis nuevas novelas, sígueme en mis redes sociales, que encontrarás más abajo.

Escribir una novela requiere muchas horas de investigación y escritura. Espero que esta historia haya logrado atraparte y, si ha sido así, te agradecería que me dejaras una reseña. Siempre es un placer conocer la opinión de los lectores, y eso ayudará a que otras personas descubran mis libros también.

Gracias,

Tessa

Nota de la autora
y agradecimientos

Una de las cosas más emocionantes de ser escritora de novela histórica –y son muchas– es la posibilidad de descubrir, durante la investigación, historias y datos nuevos, o por lo menos interesantes, ampliamente desconocidos.

Cuando esto me sucede, separo todos y cada uno de los datos que prometen ser una «pepita de oro» en una carpeta bajo el nombre «POTENCIAL». Esto es exactamente lo que hice mientras trabajaba en mi segunda novela contextualizada en la Segunda Guerra Mundial, *The Light We Left Behind*. Ambientada en una antigua mansión señorial inglesa, la novela cuenta la historia de los «oyentes secretos», hombres y mujeres que, de manera encubierta, grababan y traducían las conversaciones de los generales alemanes de máximo rango encarcelados en un campo de prisioneros de lujo. Mi heroína es una psicóloga que tiene como tarea la redacción de los perfiles de algunos de los presos de mayor jerarquía en el campo. El personaje de su jefe fue inspirado por el doctor Henry Dicks, un psicólogo del Ejército británico, que estudió al infame nazi Rudolf Hess durante su detención en Gran Bretaña. Al tiempo que se examinaba a Hess, los servicios secretos estadounidenses –la Oficina de Servicios Estratégicos (OSS, por sus siglas en inglés)– encargaron un informe psicoanalítico de Adolf Hitler, cuyos resultados fueron presentados a finales de 1943 o principios de 1944.

Uno de los entrevistados durante aquellas pesquisas fue un psiquiatra alemán, el doctor Karl Kroner, exiliado entonces en Islandia. Kroner dejó por escrito que Hitler había sido tratado a causa de un trastorno psicológico por uno de sus colegas de profesión más respetados, el doctor Edmund Forster. Lo tituló *Un análisis psicológico de Adolph Hitler: su vida y su leyenda*, por Walter Langer, un documento de 165 páginas que fue clasificado como «secreto» hasta 1968, pero que hoy en día se encuentra ampliamente disponible.

Tan pronto como tuve la ocasión, empecé a investigar sobre el doctor Forster, y lo que descubrí fue más extraordinario de lo que hubiera imaginado. Forster tuvo la mala fortuna de haber tratado al cabo Adolf Hitler después de un ataque con gas en la Primera Guerra Mundial. Su historia parece haber servido de inspiración a una novela titulada *El testigo ocular*, escrita en 1938 por un emigrado judío residente en París y llamado Ernst Weiss. Weiss se suicidó más tarde, cuando los nazis invadieron París, y su manuscrito no se publicó hasta los años sesenta del pasado siglo. Si bien el libro recibe la categoría de «ficción», el doctor David Lewis, junto con otros estudiosos, incluido Rudolph Binion, concluye que su base se encuentra en las notas originales de Forster. Existen sorprendentes paralelismos entre algunos pasajes de *El testigo ocular* y ciertos episodios de la propia vida de Forster. La supuesta «novela» cubre el periodo de 1900 a 1936, y muestra la relación entre el psiquiatra-narrador y un paciente conocido simplemente como AH. Este paciente sufre de ceguera histérica y es curado a través de la hipnosis, con terribles consecuencias. Cuando AH sube al poder en Alemania, ordena que su historial médico sea destruido. El psiquiatra de la novela es apresado, y luego obligado a huir a París.

En realidad, Edmund Forster no tuvo tanta suerte. Ser testigo de la llegada al poder de su antiguo paciente lo perturbó sobremanera y buscó la ayuda de un grupo de emigrados judíos que vivían en París. Deseaba publicar el historial médico de Hitler, pero sabía que su vida correría peligro por ello. Tras viajar a París con sus notas, se cree que Edmund Forster se las entregó a un grupo de escritores antifascistas alemanes en 1933. Uno de ellos sería Ernst Weiss. En cuanto a Forster, se convirtió en una persona cada vez más aislada en su profesión y finalmente desacreditado. En 1933 lo relevaron de su puesto en el hospital y, poco después, fue hallado con una bala en el cerebro. Oficialmente, se había suicidado, aunque bien pudo ser asesinado, como había pasado con otros doctores que habían tratado a Hitler a lo largo de los años.

En la década de 1930 París era, por supuesto, un hervidero de nuevos y apasionantes artistas, poetas y escritores. Las vanguardias habían llegado, y muchos se entregaron a ellas. Además de famosos pintores, escritores como James Joyce, Ezra Pound, T. S. Eliot y Ernest Hemingway vivieron y trabajaron en la ciudad (*París era una fiesta*, de Hemingway, es una dedicatoria de amor al París de los años veinte). También encontraron un mecenas en la riquísima escritora estadounidense Gertrude Stein. Aunque era judía de origen, se convirtió a la ultraderecha política y devino admiradora de Hitler.

Al servicio de aquella fascinante y variopinta comunidad de artistas y escritores anglófonos se hallaba Shakespeare and Company, la famosa librería fundada por una estadounidense, Sylvia Beach. Su autobiografía, *Shakespeare and Company*, es altamente recomendable. Aunque la tienda original ya no existe, la actual Shakespeare and Company –en una ubicación diferente, a la orilla izquierda del Sena– es propiedad de la increíblemente dinámica Sylvia Whitman, tan apasionada por los libros como su tocaya. Fue su padre, George, quien inauguró el nuevo local después de la guerra, con la bendición de Sylvia Beach. Un letrero sobre la puerta cita dos versos del poeta W. B. Yeats: «No seas poco hospitalario con los extraños, / quizás sean ángeles disfrazados».

Finalmente, el rescate de las tropas británicas de Calais por el HMS Gulzar está basado en hechos reales. Parece ser que los británicos no se habían dado cuenta de que los alemanes controlaban Calais, y el Gulzar acudía allí para rescatar a los heridos que hubiera. La Royal Navy creyó que los británicos seguían defendiendo el puerto. Bajo un fuego incesante, el Gulzar emprendió una veloz retirada, pero no sin antes rescatar a unas cincuenta tropas británicas varadas en un rompeolas, con los alemanes avanzando por entre las rocas pisándoles los talones. Al amanecer, habían llegado a Dover. El brigadier Claude Nicholson fue capturado en Calais y murió en un campo de prisioneros nazi. Por su heroísmo, fue nombrado Compañero de la Orden de Bath.

Si os apetece leer más acerca del doctor Edmund Forster, os recomiendo el fascinante libro del doctor David Lewis titulado *Triumph of the Will: How Two Men Hypnotised Hitler and Changed the World*. En cuanto a las notas médicas originales sobre Hitler, suponiendo que sobrevivieran, el doctor Lewis asegura que lo más probable es que estén escondidas en una bóveda de algún banco suizo. Si algún día salen a la luz, serán de una importancia histórica trascendental. Hasta entonces, los escritores de ficción como yo debemos limitarnos a especular; por ello, los personajes de Katja y Daniel Keenan son completamente ficticios.

Como siempre, agradezco a mi marido Simon su apoyo y buen juicio; a mi brillante editora, Belinda Toor, sus sabios consejos, y a todo el equipo de HQ Digital.

Índice